夢違

恩田 陸

目次

夢の中から責任は始まる。
——W・B・イェイツ

一章　幽霊

幽霊を、見た。

そう浩章《ひろあき》が思ったのは、暮れも押し迫った十二月の午後のことで、陽射しはなく街全体がすっぽりと冷気に包まれた寒い日だったが、白昼であることは間違いなかった。

話には聞いたことがある。

そういうものは、いかにも出そうな場所で丑三《うしみ》つ時に現れるのではなく、忙しい朝や間の抜けた午後、見慣れた雑踏や日常の場所に、ひょいと紛れているものなのだと。

浩章の友人に、朝の通勤時間、歩道橋の上で幽霊に会ったという男がいる。

彼の話はこうだ。

いつも通り、駅前の巨大な交差点の上に架かる歩道橋を他の通勤客の後に続いて早足で上がり、顔を上げた時、視界の隅に女が見えた。

変だな、と思ったのは、誰もがぞろぞろ歩道橋を渡っているのに、その女が立ち止まっているからだった。女はやけに背が高く、まるで頭と足をつかんで上と下から引っ張ったみたいに間延びして見えた。しかも、まだ暖かい時期なのに、白いダウンコートを着て、白いブーツを履いている。

おかしなのがいるなあ、と思いつつ彼はその女に近付いていったが、女の顔が動いているのに気付いてハッとした。目にも留まらぬ、有り得ない速さで、女の顎《あご》がカクカクと上下に開いたり閉じたりしていたのだ。

いっぺんに背筋が凍りつき、彼は目を合わせないようにしてなんとか女の脇を通り過ぎた。もっと奇妙なことに、ぞろぞろとこちらからも向こうからも人がやってくるのに、誰もその女に気を留めている様子がない。皆が自然に彼女の脇を通り過ぎ、無表情に歩道橋を渡っていく。

そんな馬鹿な。誰もあの異様な女に気付いていないというのか？

彼は我慢しきれず、反対側の道路に降りる時にそっと後ろを振り向いた。

女は消えていた。

彼は愕然《がくぜん》とした。

どう考えても五メートルくらいしか離れていなかったし、彼が女の脇を通り過ぎて振り返るまで三秒となかった。その三秒間で向こうまで女が走っていったとしてもまだ後ろ姿は見えたはずだし、ただでさえ大勢の人の重さで歩道橋はいつも揺れているのだから、あれだけ大柄な女が全力疾走しようものなら、歩道橋は大きく揺れたはずである。

だから、あれは幽霊だったんだよ。

友人は、居酒屋の席で淡々とそう言った。冗談を言う男ではないし、至極常識的で有能な人間であるだけに、同席していた皆が反応に困って顔を見合わせたことを覚えている。

見たのはそれ一度だけ？

誰かが尋ねた。友人は頷《うなず》く。

その女は今のところそれ一度だけ。朝でも出るんだなあって思ったよ。気付いてないだけで、実は結構あちこちで出くわしてるのかも。

真顔で言うなよ、と誰かが突っ込みを入れる。ぎこちない笑いが起き、それから話題はもっと聞き慣れた、それぞれのオフィスの他愛《たあい》のない怪談に移っていった。

心からゾッとした時、人はなんとか平常心に戻ろうとし、恐怖にもぎ取られて凹《へこ》んだ部分を平らに均《なら》そうとする。あの時、彼らは「ホンモノ」の話を聞いてしまったことに動揺し、手垢《てあか》の付いた怪談で自分たちの心を均そうとしていたのだ。

浩章もその一人だった。だが、その彼が今、なるほど、あの時あいつが言っていたのはこういう状況だったんだ、と考えているのだった。

この時、浩章がいたのは中央図書館の二階であった。都心の広い公園の中にあり、窓の外では冬枯れの木々の枝が揺れている。隣接するテニスコートのナイターの明かりが、まだ早い時間なのに既に点灯していた。

「年の瀬なのに」なのか、「年の瀬だから」なのか、たまにしか来ないので分からなかったが、中は結構混み合っていた。長時間滞在している人間が醸し出す、独特な疲労と倦怠《けんたい》の空気がどんよりと閲覧席の頭上を覆っている。

この図書館は一階と二階の一部が吹き抜けになっている。二階のエレベーターホールの前はバルコニー状で、一階が見下ろせる。二階の吹き抜け部分をぐるりと囲むようにして部屋がある。バルコニーの向かい側は競馬場の実況席のような窓で、パソコン専用席で作業をしている人が並んでいるのが見える。そして、その部屋と向かい側を繋《つな》ぐ部分が吊《つ》り橋状の渡り廊下になっているのだった。

浩章がその女を見たのは、この渡り廊下だった。エレベーターの脇の階段を上がってきて、なんとなく吹き抜けのバルコニーから一階を眺めていたら、すうっと一人の女がその廊下を渡っていくのが目に入ったのである。

あれ、知ってる人だ。とっさにそう思った。

見たことのある女だと直感したものの、浩章がその女をちゃんと見るまでにはわずかな間があった。

しかし、人間の脳味噌《のうみそ》というのはたいしたもので、そのわずかな時間に目にした女の特徴に該当する者を記憶の中から検索し、それが誰かを探り当てていた。

古藤結衣子《ことうゆいこ》。

そうだ、彼女だ。古藤結衣子。

その名前と顔が一致した時の浩章の動揺は、自分でも驚くほどだった。文字通り、視界がぶれるほど、全身が大きく揺さぶられたような気がしたのだ。

浩章は慌てて顔を上げ、向かいの渡り廊下を見た。

が、その時には女の背中が廊下の先の部屋に入っていった、その影だけが見え、もはや姿は見えなくなっていた。

ガラス窓越しに姿が見えるだろうとじっと見守っていたが、女が通る気配はない。ガラス窓の向こうのパソコン専用席の後ろは書架だから、そのあいだに入ってしまったに違いない。浩章は足早にその書架に向かった。今あそこに行けば、絶対会えるはずだ。

整然と並んだテーブル、ずらりと並んだ書架。パソコンの使用法を職員に教わる男性。閲覧席は八割がた埋まっていて、誰もが黙々とメモを取ったり本を読んだりしている。

浩章は足音を立てず、それでも急いで奥の書架に向かった。

書架のあいだで本を物色している女性は何人かいたが、どれもほんの少し前に目にした女ではなかった。

灰色のセーターだった。タートルネックのセーターとカーディガンがセットになったタイプで、衿《えり》もとにちらっとパールのネックレスをしているのが見えた。スカートは黒で、裾《すそ》がかすかに翻るのを見たので、フレアースカートだったと思う。

書架が並んでいるとはいえ、見通しのよい部屋である。たちまち中を見終わり、パソコン専用席に座っている女性も確かめてみたが、彼の見た女性はいなかった。

いない。まさか、そんなはずは。

さっき彼女が入っていったところと今浩章が歩いてきたところ以外、このフロアの出入口はない。隠れるような場所も、見逃すような死角もない。

彼女はどこへ？　確かに見たのに。あの渡り廊下を歩いていく姿、スッと横切る姿を。

消えた？　彼女は消えてしまった？

浩章は自分でも滑稽《こっけい》に思うほど動揺していた。

混乱する脳裏に、友人の話に出てきた歩道橋の上の女の幽霊が浮かぶ。

もちろん、自分で見たわけではないので、彼の話から浩章が造り上げたイメージだ。

妙に顔の長い、顔色の悪い女がぼんやり立っている。顔は見えない。顔だけが激しく震えるように動いていて、表情が定まらないのだ。

灰色のセーターを着た女。その女が渡り廊下に立っている。こちらを見ている。激しく動いている顔。表情が分からない。そういえば、古藤結衣子はどんな顔をしていたっけ。思い出せない。一時は毎日のように間近に見ていた顔なのに——

「何かお探しですか？」

声を掛けられてハッとした。

怪訝《けげん》そうな顔の職員がこちらを見ている。

浩章は努めて表情を繕った。

「いえ。大丈夫です」

よほど挙動不審か、真っ青な顔をしていたのだろう。職員は何か言いたげだったが、あきらめたように離れていった。

浩章は小さく咳払《せきばら》いをし、平静を装いながらエレベーターホールに出た。

それでも未練がましくきょろきょろ周囲を見回し、さっき女が横切るのを見た渡り廊下を注視する。

やはり、何かと見間違えることなど有り得ない。視界の中を動いていく姿を目にしたのだから、確かに自分はあの女を見たのだ。もしかすると、反対側に戻っていったということは？

何か見落としている可能性はないかとぐずぐず考えていたが、ふと館内の時計を見ると、いつのまにかそこで一時間近く時間を無駄にしていたことに気付いた。ようやく本来の目的を思い出し、もうひとつ上の階に上がろうと、階段に向かう。

三階は吹き抜けはなく、大きなひとつのフロアになっている。

そこでも浩章は、無意識のうちに灰色のセーター姿の女性を探していた。ひととおり見て回り、やはり見つからないことを確かめてから、渋々目的の棚のあるコーナーに移動していき、何冊かの本を手に取った。

空いている席を見つけて腰を下ろし、本を開いてみたものの、浩章の頭の中は、さっき見た女の姿が繰り返し巻き戻されていた。

女を見た。そして、彼女はどこかに行ってしまった。とりあえずこのことを前提としよう、と浩章は考え直した。

では、本当にあれは古藤結衣子だったのだろうか。

自問自答する。考えてみれば、そちらのほうが問題だ。

世の中には似た雰囲気の人がいるものだし、正直、若い女の子などほとんど見分けがつかない。かつては自分の親が、一緒にTVを見ていてアイドル歌手の顔と名前が覚えられないのを馬鹿にしていたが、自分も大人になってみると、アイドルと呼ばれる十代の子供たちの顔がさっぱり分からない。しかも、最近はひとつのグループの構成要員が以前よりも遥《はる》かに多くなっていて、ますます顔と名前が一致しない。

だから、誰かと勘違いしているのではないかと言われても仕方がない。

しかし——古藤結衣子に限っては、それはないのだ。

浩章は、じっとページを睨《にら》みつけていた。

古藤結衣子には他の女にはない特徴があった。その特徴が、さっきの女にはあったのだ。左に向かって歩いていく女の横顔。その左側のこめかみに、ひと房目立つ、白い部分。

ああ、これね、生まれつきなのよ。

結衣子のふわりとした声が蘇《よみがえ》る。

ここだけ白いの。他が真っ黒だから目立つでしょ？　どういうわけか、この部分だけずっと白髪なの。白、というより銀色かな。

白い指で、そこの部分をつまんでみせる。

あたしのいた高校なんか、ひどいのよ。目ざわりだからそこ染めてこいって生活指導の先生に言われちゃって。最初はハイって言って、素直に言われたとおりせっせと染めてたけど、だんだん馬鹿らしくなってきて。だって、仕方ないじゃない？　生まれつきなんだもの。だから、途中から染めるのやめたの。黒い柴犬《しばいぬ》って、眉毛《まゆげ》の部分白いでしょ？　あれと似たようなものだと思ってくださいって言って、あとはずっとこのまま。

あの髪の毛が目に入っていたからこそ、結衣子だと気付いたのだ。そうでなければ気に留めることもなかっただろう。あれはやはり結衣子だ。結衣子だったとしか思えない。

あれは結衣子だ、と頭の中で繰り返しながらも、浩章の手は本のページをめくり、メモを取っていた。どのくらいそんな時間が続いたのか、一区切りついて顔を上げると、窓の外は真っ暗になっていた。時計を見ると、人との約束の時間まで一時間を切ろうとしている。

いけない、急がなくては、と浩章は立ち上がり、本を戻しに行った。

一階の受付で入館証を返しながら、ふと、さっき古藤結衣子は入館証を下げていただろうか、と気になった。

彼女は手ぶらだった。この図書館ではA4サイズ以上のものは持ち込めないので荷物はロッカーに預けなければならないし、入館者のほとんどはストラップにカードが付いた入館証を首から下げている。だが、さっき見た彼女が入館証を下げていた覚えがないのである。

外に出ると、風はないのに冷たい空気が頬を打つ。図書館の明かりの届かない暗がりに足を踏み入れると、たちまち重い寒さに身体がすっぽりと包まれた。

一瞬ぶるっと身体を震わせ、浩章は門を出て歩き出す。

皓々《こうこう》と明るいナイター設備の中でテニスをしている男女の掛け声が響き、その白々しい明るさが、かえってその外側にある闇の暗さを強調しているように思える。

なんとなく後ろを振り返った。誰かが後をついてくるような気がしてならないのだ。

路地の暗がりに、コツコツとヒールの音が響く。黒いストッキングを穿《は》いた細い足が見え、黒のフレアースカートが見え、女性のシルエットが浮かんでぎょっとする。

が、歩いてきたのは全然見も知らぬ女性だった。浩章が凍りついたように棒立ちになっているのを見て、ちょっと不審げにこちらを見たが、無表情に通り過ぎていく。

再び歩き出し、長い坂を下りて明るい幹線道路まで辿《たど》り着くと、安堵《あんど》の溜息《ためいき》が漏れた。

師走《しわす》の街は賑《にぎ》やかでせわしなく、たちまち喧噪《けんそう》とネオンの明かりが闇を掻《か》き消し、浩章は全身ががちがちに強張《こわば》っていたことに気付く。

地下鉄の階段を降りながら、彼はようやく、さっき自分が見たものが何かを認めた。

あれは古藤結衣子の幽霊だ。

灰色のセーター。こめかみのひと房の銀髪。

そう、なぜなら、彼女は十年以上も前に死んでいるのだから。


この世ならぬものを見た、というざらざらした感触は、その晩明るいレストランで食事をしている最中も浩章の身体の中に残っていた。

仕事仲間四人での、気の置けないおしゃべりが続いている。

彼らの業界は守秘義務が厳しいので、こうしてたまに集まって話す時は必ず個室を取る。誰もが日頃家族にも話せない仕事を抱えているので、自然と皆がいつも饒舌《じようぜつ》になり、気がつくとゆうに三、四時間は過ぎている、というのが普通だった。

浩章も会話を楽しんでいたが、やはり背中に灰色の影が張り付いているようで、まだ自分の意識の一部があの図書館にあるような気がした。

「今度、ついに音が付くらしいね」

向かいに座っている鎌田康久《かまたやすひさ》が思い出したように呟《つぶや》くと、浩章の隣の大堂玉紀《だいどうたまき》がすぐに反応した。

「そうそう、あたしも聞いたわ。臨床実験に成功したって」

「カリフォルニアでしょ」浩章も頷《うなず》く。

鎌田の脇で鬼塚健司《おにづかけんじ》が溜息をついた。

「凄《すご》いですよね、本当に付いちゃうんだ。かつては絵が見られるだけでも凄いって思ったのに」

「早いねえ最近は。技術の段階が次に進むの」

「絵もどんどん鮮明になるしね」

　この中では、鎌田がいちばんの年長で身体も大きいが、気さくで親しみやすい人柄なので、浩章も玉紀もため口をきいている。いっぽう、鬼塚は最年少だが、玉紀と一歳しか違わないのに丁寧な言葉遣いを崩さない。

「でもさ、あれって問題だよね」

　浩章はグラスを置いた。

「結局は、画像処理で補ってるわけじゃない。確かに鮮明にはなるけど、実際に見てる時にあんなに鮮明なのを見てるとは思えないし、ボケた絵で見てるのならボケた絵のままにしとくほうがリアルだと思うんだけどな」

「そこは難しいところよね」

　玉紀が首をかしげる。

「あたしたちは分析のために見てるんで、映画を観てるわけじゃない、っていうのは分かるよ。でも、逆に言うとあたしたちは分析のために見てるんだから、材料が鮮明になるのはいいことなんじゃないの？」

「確かに俺らは映画を観てるわけじゃない」

　浩章は玉紀の言葉をそっくりそのまま繰り返した。

「だから、出てきた絵のうまい下手や質を評価する立場にないってことだよ。子供にカウンセリングで絵を描かせたら、その絵を分析するために誰かが何か絵を描き加えたりするか？」

浩章は皆の顔を見回した。

「しないだろ？　それと同じだよ。絵が不鮮明だってことは、本人にとっても不鮮明なんだし、こんなふうに見えてる、ってことが分かれば、そのほうが分析するにしても正しい一次情報なんじゃないかなあ」

「えー、それはヘンよ」玉紀が反論する。

「顕微鏡の精度が上がったからって、顕微鏡を責めないでしょ？　見るほうの見え方が変わっただけで、情報そのものは全く変わってないのなら、よく見えるようになったほうがいいに決まってるわよ」

玉紀は同期だからというわけではないだろうが、昔から浩章の言うことにいちいち突っかかる傾向がある。

「どっちでもいいと思いますけどねえ」

鬼塚がのんびり呟いた。

「こんなふうに見えてるのか、というのが知りたい時もあれば、細部の鮮明な情報が欲しい時もあるじゃないですか。手に何を持ってるのか、とか、いったい誰を見てるのか、とか。特定できる情報が欲しい時は、もっとクリアに見られたらいいなあと思いますよ。ケースバイケースなんじゃないのかな」

「うーん」浩章と玉紀が同時に唸《うな》った。どちらの声にも不満そうな響きがこもっているので、鬼塚は苦笑した。

「ともかく、今の映像技術ってすごいよね。こないだのTの事件だってさ」

　鎌田が言うと、みんなが「ああ」と頷いた。

　Tは二年ほど前に亡くなった、凝った映像美で知られたイギリスの世界的映画監督である。彼の死後、彼が保存していた「夢札」が流出したという触れ込みの映像がネット上に流れて大騒ぎになったのだが、遺族が調査したところ、彼のファンが作った映画だったことが判明したのだ。鎌田は続けた。

「あんなの、絶対分かんないよ。実際、ああいう仕事してる人ってあれくらい精巧な絵、平気で見るし。ましてやCG使われちゃったら、ますます見分けもつかない。下手すると、あのまずっとTの夢札ですってみんな信じてたままだったかもしれないよ」

「うん、あれは凄かった。よく出来てたよね。これがまた、微妙に彼が晩年撮りたがってた映画の内容とシンクロしてて」

　Tのファンだった玉紀は大きく頷いた。

　Tには、制作費が集まらなかったり事故が起きたりして制作中止に追い込まれた映画が何本かあり、死の直前まで制作再開に意欲を燃やしていたことはファンには周知の事実だった。偽映像を作ったファンは、お蔵入りになったフィルムの一部を観ていたらしく、それを基にTの「夢札」を造り上げたのである。

「そのことの是非は別として、視覚化するっていうのは恐ろしいことだと思ったなあ」

　鎌田はじっと自分の指先を見つめた。

「夢札を引く技術の精度が上がったせいだけじゃなくて、絶対ここ数年で、みんなが見る夢の『絵的な』精度が上がったと思わない？」

同意の声が上がる。浩章が口を開いた。

「うん、それは思う。恐ろしいものだよね、目にしちゃうってことは。そうか、他人はこんなふうに鮮明な夢を見てるんだ、って思うと、みんなも次第にそういう夢を見るようになるんだよね。昔は、夢っていうのはみんなモノクロで、色付きの夢を見るだけで病気なんじゃないかって言われてた時代もあったくらいなのに」

玉紀が肩をすくめる。

「フィギュアスケートのビールマン・スピンみたいなものよね。かつては、あんな技、関節外さないと他の人には絶対出来ない、って言ってたのに、次の世代になると、みんな出来る」

「確かに」四人で笑った。

「とにかく、あらゆる意味で情報量って、べらぼうに増えてるよね」

鎌田はまだ指先を見ていた。そこに何かが書かれているみたいに。

「いつのまにか、鮮明だとか色鮮やかだ、という言葉の意味するところが、情報量が多い、という概念に言い換えられちゃったんだよねえ。どれだけ画素数が増えたか。どれだけビット数が上がったか。どれだけ容量が大きくなったか。これまであまり深く考えてこなかったけど、これって、実はかなり重要な転換だったと思うんだ。視覚的なイメージの違いを説明するのに、数値化したっていうのはさ」

浩章は、不意に不安な気持ちが込み上げてくるのに戸惑った。

なぜだろう。鎌田の話の内容のせい？　それとも他の何かのせいだろうか。

鎌田の話は続いていた。

「昔は、風景だって、人体だって、もっとシンプルで大雑把だった気がする。なんにもないだだっぴろい原っぱを駆け回って、土地を耕してできたものを食べて、人間の身体だって肺と心臓があって血が流れてる、程度の認識だったんだよね。それが、生態系だの遺伝子だの、肉眼で見えないようなところまでぎっしり情報が詰まってることをみんなが認識しちゃった。実際に、ものを見る時だって、昔は当時のザラザラした粗い映像みたいに、かなりの部分を省略して見てたんだと思う。でも、デジタル化が進んでどんどん細かいところまで見えるようになると、実際に、人間の目もデジタルカメラのようにものを見るようになる。本当に『見える』ようになるんだ。さっきのビールマン・スピンじゃないけど、一人が百メートルを走るのに十秒を切ると、他にも走れる人間が出てくるのと同じさ。この先、どこまでいくんだろうね。いったいどこまで『見える』ようになるんだろう」

この先どこまで。いったいどこまで。

次の瞬間、浩章はびくっと全身を震わせていた。隣の玉紀が一緒になってびくっとする。

「どうかしたの？」

「いや、なんでもない」

手を振りつつも、浩章は耳を澄ましていた。

そうか、このBGMのせいだ。

このメロディー。さっきから店の中に低く流れていたピアノ曲。

ドビュッシーの前奏曲集第一巻。有名な「亜麻色の髪の乙女」は第八曲だ――次は「とだえたセレナード」――そしてそのあとに続く曲は――

「あれ、なんだかおかしくないですか」

鬼塚がもぞもぞして天井を見上げた。

「さっきから、同じ曲ばかり流れてません？」

鎌田と玉紀も同意する。

「ホントだ」

「そうね、言われてみれば同じところばかり。これって有線かしら？」

浩章はゾッとした。

皆の言う通りだった。ずっと、ドビュッシーの前奏曲集の第八曲から第十曲の三曲だけ、えんえんと繰り返されている。

なぜこれが。よりによって、古藤結衣子の幽霊を見たその晩に。

「聞いてみようか。すみませーん」

玉紀が店員を呼び、そのことを指摘すると、店員が調べに行った。

やがて、流れていたドビュッシーがぷつんと途切れ、ショパンのピアノ曲になった。

「失礼しました、CDが音飛びしてたみたいで。これまでそんなことなかったんですけど」

店員が首をひねりながらそう言いに来た。

「なんだ」

「お店のオーディオ使ってたのね」

みんなはすぐに会話に戻ったが、浩章は不自然なほど心臓がどきどきするのを感じていた。

最初は、普通の夢なの。

ふと、古藤結衣子の声が脳裏に蘇《よみがえ》った。

穏やかで落ち着いた、ふんわりした声。誰かが淡雪のような声だと言っていたっけ。

最初は他愛のない、いつもの夢から始まるの。

野原で楽しく遊んでたりして、そんな気配は全然ないの。夢中になってシロツメクサの冠なんか作ってるのね。でもね、そのうち、「亜麻色の髪の乙女」が流れてくるの。

浩章は耳を塞《ふさ》ぎたくなった。

聞きたくない。何度も聞いたあの話を、もう思い出したくない。

しかし、結衣子の声はいよいよはっきりと頭の中で鳴り響いていた。

まだ「亜麻色の髪の乙女」のうちは、そんなに警戒してないのね。でも、どこかで「ああ、あの曲が流れてる」とは思っているの。いつも気がつくのが遅いのよ。ここでこのまま夢を見続けていてはダメだと気付いて目を覚ませばいいのに、夢の中のあたしは馬鹿で、いつものんびり野原なんかで遊んでいるの。で、いつのまにか曲が「とだえたセレナード」に変わってて、ここでようやく夢の中の景色が嫌な感じになるのね。晴れてたのが俄《にわ》かに真っ暗に曇ってきたり、一緒に遊んでたはずの友達がみんないなくなって、一人ぽつんと取り残されているのに気付くの。

結衣子は、決して激昂《げきこう》したり泣き喚《わめ》いたりはしなかった。どんなに恐ろしい話でも、淡々と世間話のように口にするのだった。彼女がどれほど恐ろしい目に遭っていたか、どんなに深く絶望していたか、あの頃の浩章には想像もつかなかったのだ。

結衣子の乾いた声が続ける。

「とだえたセレナード」が終わる頃には、絶望で胸がいっぱいになっているの。もう引き返せない。もうここから先は、最後まで見なければ目覚めることはないと知っているの。

そして、あの曲が流れてくるのよ——第十曲の、「沈める寺」が。

店を出ても、浩章の頭の中ではまだドビュッシーの「沈める寺」が流れていた。

もしも結衣子の夢札に音が付いていたら、俺はこの曲を聴いていたのだろうか。

玉紀と鬼塚は自宅の方向が同じなので、タクシーに相乗りして帰っていった。

鎌田と二人、並んで歩く。

どうしてドビュッシーなんだろう、と結衣子と話し合ったことがある。

結衣子は「さあね」と首をひねっていた。

父がよく聴いてたからあたしも小さい頃から聴いてたの。

ドビュッシーって、子供心にも何か他の作曲家と違ってる気がした。色彩的というか——つまり、視覚的な感じがした。夢の中で聴く音楽みたいだと思ったわ。その印象のせいかもね。

「次の仕事のことで話があるんだけど、もう一軒どうだ？」

鎌田がちらっと浩章の顔を覗《のぞ》き込んだ。

「いいですよ」

「大丈夫か？　風邪でも引いたのか。さっきから顔色がよくないぞ」

「いえ、実はちょっと昔のこと思い出しちゃって——何度も同じ曲が掛かったでしょう。あれで、古藤結衣子のことを」

「ああ」

鎌田は思い当たったらしく、「そうか、あの曲か」と頷《うなず》いた。

もちろんあの事件のことは彼も知っている。結衣子の夢札は、この業界の者なら誰でも一度は目にしたことがあるはずだ。古藤結衣子があの夢を見る時にいつもドビュッシーを聴いていたというのは有名な話だった。

「そうか、おまえ、個人的にも知り合いだったんだものな」

「ええ、まあ」

さすがに、昼間彼女の幽霊を見たとは言えなかった。

「彼女は気の毒だったなあ。生きていてくれれば、どれだけ研究が進んだだろうと今でも時々思うことがあるよ」

「でも、やっぱりあれが限界でしたよ。むしろ、よくあそこまで耐えたと思うな」

「おまえ、彼女の夢札、どのくらい見た？」

「ほぼ全部。俺、彼女を知っていたことがこの職業に就くきっかけだったから」

「なるほどね」

二人はしばらく無言になった。

夢判断。それが彼らの仕事だった。かつて、オーストリアの精神医学者ジークムント・フロイトが同名の本を出したのは一九〇〇年のことである。それから一世紀余、夢そのものを映像データとして保存できるようになり、更に二十年近くが経つ。まさに、肉眼で「夢」を見て、本物の夢判断が行われるようになったのだ。

そして、古藤結衣子は、予知夢を見ていることが認められた、日本で最初の人物であった。

二章　仕事

二軒目のバーでも、鎌田と浩章はカウンターではなく、バーテンダーに話を聞かれる恐れのない奥の壁際の小さなテーブルを挟んだ。

つい、店に流れている音楽が気になったが、ここで低く流れているのはジャズのスタンダード・ナンバーで、浩章は内心密《ひそ》かに安堵《あんど》した。

「次の仕事って――ひょっとして、あれですか。G県の小学校の」

酒を注文してから、浩章は声を潜めた。

「どうしてそう思った？」

鎌田は意外そうに浩章を見、探るような目つきになった。

「いえね、最近はカウンセラーも増えたし、僕らみたいなプロパーの夢判断が二人組まなきゃならないのは、よほど対象の夢札の数が多い時だけですから」

「確かに」

浩章の言葉に鎌田が頷く。

「一クラス三十人分、掛ける二週間分だからね」

「じゃあ、やっぱりあの事件のなんですね」

「うん。今日正式に依頼が来た」

「データはもう届いてるんですか？」

「年内には来る予定。年明け、すぐに見始めたいんだけど、スケジュール大丈夫だよね？」

「はい。今のところ、急ぎのはないんで」

そう答えてから、浩章は更に声を潜めた。

「やっぱり、集団食中毒なんかじゃなかったんですね」

鎌田は無表情に頷いた。

「ああ。違う。最初はそういうふうに報道されてたけど、情報が錯綜《さくそう》してたのと、もしかすると、そう説明したかったのかもしれないな」

「説明したかった？」

「原因不明のパニックだなんて言っても、誰にも信じてもらえないだろ」

「そりゃそうです。でも、実態はそれに近かったんですね？」

「そうらしい」

それは、三週間ほど前に、G県の山沿いの小学校で起きた事件であった。

ある風のない穏やかな午後、昼休みも終わろうという時間帯、四年生のクラスで生徒たちが突然次々と苦しみ出したのである。驚いた職員が救急車を呼び、集団食中毒かと救急車が何台も駆けつけ、いっとき校庭は騒然となった。

しかし、子供たちが落ち着いてきて徐々に事情が分かるにつれ、事件はなんとも説明しようのない奇妙な様相を呈してきたのである。

「新聞記事は食中毒の疑い、で載ってたし、後追い報道はほとんど出なかったのに、どうして集団食中毒じゃないと思った？」

鎌田は用心深く尋ねてくる。

「実は、家内の実家があの近くで、彼女の幼馴染《おさななじみ》があっちで小学校の教師をしてるんです。事件のあった小学校じゃなかったんだけど、仕事仲間から聞いたんでしょうね。ちょうど最近法事があって、向こうに家内が帰った時にたまたまその幼馴染に会って、『変な話を聞いてきた』って」

「そうだったのか。いったいどういうふうな話になってた？」

鎌田が興味を示した。

「最初、子供たちの異変に気付いた職員は『苦しみ出した』と思い込んでいたんだけど、あとから考えてみたら、正確には『泣き喚《わめ》いていた』んだそうです」

浩章が妻からまた聞きしたところによると、事件の状況はこうだ。

昼休みの終わり頃、事務職員の女性が、尋常ではない泣き声に気付いた。

ひきつったような、異様な声。

気になって廊下に出てみると、三、四人の子供たちが泣きながらよろよろと歩いてくる。

「どうしたの」と声を掛けても、みんな声を掛けられたことにも気付かない様子で表情を強張《こわば》らせ、バラバラと外に上履きのまま出ていく。

状況が分からず眺めていると、あとからあとから子供たちが出てきて、皆泣きながら外に出ていく。子供たちを追って慌てて外に飛び出すと、子供たちは校庭でうずくまり、わんわん泣いている。中に何人か、もどしている生徒を見かけたのが「食中毒だ」と思った原因だったという。「たいへんだ」と思い、「大勢の子供たちが苦しみ出した」と救急車を呼んだのだった。

たちまち多数の救急車が駆けつけた。

救急隊員が泣き叫ぶ子供たちの様子を見る。

しかし、徐々にこの状況が奇妙であることに気付き始めた。

食中毒が給食によるものならば、同じものを食べている全校生徒にも症状が出るはずである。だが、校庭にいるのは、四年生ひとクラスの生徒だけだった。しかも、彼らは泣き喚いているのだが、身体的に食中毒の症状を見せている者はいない。吐いた生徒が数人いたが、それも悪いものを食べたせいではなく、何か精神的にショックを受けたせいであるようだった。

子供たちを介抱しようと飛び出してきた教職員も、事態が把握できず、救急隊員と顔を見合わせるばかりである。

パニック状態にある子供たちが落ち着いてきたのは、それから三十分近く経ってからで、「いったい何があったのか」と尋ねる教師たちに対しても、皆ぼんやりとした表情で、自分たちが校庭に飛び出してきたことにも気付いていない様子で、「どうして校庭に出てきたのか」と聞かれて初めてきょろきょろと周囲を見回す始末である。

何よりも奇妙であるのは、教室で何があったのか、誰も覚えていなかったことだった。「怖くなった」「逃げなくちゃと思った」と何人かの生徒が証言したものの、なぜ「怖くなって」「逃げなくては」ならなかったのかは、誰ひとりとして説明できなかったのだ。

唯一、ヒントになりそうな証言は、ある女子生徒の「何かが教室に入ってきた」というものだった。

不審者が侵入したのか、と騒ぎになり、正門と裏門に設置されている監視カメラの映像を調べてみたが、誰かが出入りした形跡はない。塀を乗り越えれば入れないこともないが、玄関の前には事務職員の部屋があって、誰かが入ってきたら分かるはずである。こっそり隙を見て忍び込んだのだと言われればその可能性はあるが、誰かが入ってきた、あるいは出て行ったのを目撃した人物はいなかった。

「その女の子の証言は、言葉通り？」

鎌田が口を挟んだ。

「言葉通りというのは？」

浩章が聞き返すと、鎌田は答えた。

「『何かが教室に入ってきた』と言ったんだね？　『誰かが教室に入ってきた』ではなく」

「ああ。はい、そうです。『何かが教室に入ってきた』と言ったそうです」

「そうか。で？　その先は？」

鎌田は話の続きを促した。

「結局、いろいろ調べたけれど、侵入者がいたという証拠は見つかりませんでした。子供たちもすっかり落ち着いて、二日もするといつも通り元気に登校するようになって、事件としてはそれでおしまい。事件があったことすら、すっかり忘れてしまってるように見えたらしい」

「でも」

鎌田は浩章の顔をじっとみた。

「そうじゃなかったんだね」

「はい。異常に気付いたのは、子供たちの親でした。事件が起きて数日経ってから、夜、子供たちが夢にうなされるようになったというんです。全員ではないんですが、十数人。いや、それ以上」

「なるほどね」

鎌田は、浩章の話の内容を予想していたようだった。浩章は続けた。

「あまりにうなされるので、子供を起こしてどんな夢を見ていたのか聞いてみても、みんな覚えていない。というか、説明できないようなタイプの夢だったらしい」

「だから、夢札を引いてみることにしたわけか」

「はい。近々、子供たちの夢を調べてみるかもしれない、という話を聞いたんで、もしかすると依頼が来るかもしれないと思ってたんです」

「そうか」

鎌田は、どこか浮かない顔で頷《うなず》いた。

「もっとも、小児精神衛生センターに依頼が行くかなとも思ったけど。子供のは難しいし、内容によっては警察や福祉関係の世話になることも多いから」

子供の夢を見るのは難しい。子供自身が自分の体験や感じていることをイメージ化するのがまだあまり上手でないのと、自分を客観的に捉《とら》える能力が成熟していないからだ。また、夢を調べた結果、虐待を受けていたり何らかの家庭的な問題が露呈するケースが少なくないため、警察などとも連携が必要になってくる。

「小児精神衛生センターのほうが、予約で満杯なんだ」

鎌田がぼそりと呟《つぶや》いた。

「え？」浩章は聞き返す。

「これはまだ公表されてないんだがね」

鎌田は戸惑ったような表情でかすかに身を乗り出した。

「実は、これだけじゃないんだよ」

「これだけじゃないというのは？」

浩章も当惑しつつ鎌田の顔を見た。仕事大好き人間の鎌田が、こんな表情を見せるのは珍しい。青ざめた彼を見ているうちに、またじわじわと不安な気持ちが込み上げてきた。

その時、耳元に聞き慣れたメロディーが流れてきて、浩章は「うわっ」と反射的に腰を浮かせていた。

「どうした？」

鎌田がギョッとして身を引いた。

「まただ。どうしてこの曲が」

浩章は腰を浮かせたまま、ひきつった顔で店の中を見回した。さっきまでジャズが流れていたのに、いつのまにかまた、ドビュッシーの前奏曲集が流れている。

「亜麻色の髪の乙女」

浩章はゾッとして思わずカウンターの中のバーテンダーを見た。その視線の強さにバーテンダーがたじろぐ。

「何か？」と聞いてきたので、浩章は口ごもりながら、「いえ、なんでクラシックになったのかな、と思って」と低い声で答えた。

「ああ、時々掛けるんですよ。僕がこのCDが好きなんで」

バーテンダーは頭を掻《か》いて、CDジャケットを取り上げた。

この盤は浩章も知っていた。完璧《かんぺき》主義で知られる有名なイタリアのピアニストが録音した盤である。結衣子もこの盤を聴いていた。

しかし、なぜ今日に限って二度もこの曲が流れてくるのだろう。まるで浩章を追いかけてくるかのように。まるで、浩章に向かって古藤結衣子を忘れるなと言わんばかりに。

「偶然が続くな」

鎌田も呟いたが、浩章の反応が気になったのだろう。怪訝《けげん》そうな表情で「何かあったのか？」と聞いてきた。

浩章はバツの悪い顔になった。誰が見ても彼の反応は些《いささ》か異常だろう。

「いえ、実は今日の昼間——ええと、荒唐無稽《むけい》な話だと思われるかもしれませんが」

浩章は口ごもりながらも、昼間図書館で古藤結衣子らしき人物を見たことを話した。

「きっと誰かを見間違えたんだと思うんですけど。幽霊ってことはないと思うし」

冗談めかして片付けようとすると、「そうかな」と鎌田は真顔で呟いた。

「俺もおまえと一緒に、さっきの店と今の店、あのタイミングでドビュッシーを聞いた。だから俺は、おまえは本当に昼間古藤結衣子を見たんだと思うよ。それが幽霊なのか本人なのかどうかは分からないけど」

「そんな」

浩章は苦笑した。

「古藤結衣子は死んでるんですよ。だったら、本人なわけはないでしょう」

「でも、実はあの時の遺体が古藤結衣子だったかどうかは確認されてないんだろう？　彼女が今もどこかで生きている可能性もないわけじゃない」

「可能性という点ではそうです。彼女のものではないかとされていた遺体は歯型も照合できないくらい激しく焼けていたし、現場はめちゃめちゃで複数の遺体が混ざってたし。でも、あれ以来誰も彼女を見ていません。生きていたら当然家族に連絡してくるはずでしょう。常識的にみて、あの時死んだと考えるのが適当だ」

「常識的に考えればね」

鎌田はあっさりと頷く。

「でも、当時の彼女が置かれていた状況を考えると、彼女があの事故を利用したと考えることもできるんじゃないか？」

浩章はぎくっとした。

それは彼自身がずっと心の奥底で抱いていた疑念だったことに気付かされたからだ。

「おまえも身近で彼女を知ってたわけだから、彼女が大変な立場だったことは覚えてるだろう。マスコミも騒いだからな。ペテン師扱いされたり、神様扱いされたり、相当本人もつらかったはずだ」

相当なんてものではなかった。

傍《はた》から見ていても、どうして彼女があの状態に耐えられるのか、浩章には全く理解できなかったほどである。見た目は華奢《きゃしゃ》で柔らかだったが、結衣子の感情は極めて安定しており、強靭《きょうじん》な精神力にはいつも驚かされた。

「次に自分が見る夢がいつも注目されている。しかも、それは不吉な内容だ。その内容について、ああでもないこうでもないと言われ、挙げ句の果ては夢を見ること自体に恨みつらみを言われる。俺だったら、そんな立場から逃げ出したいと思うね。死んだと思われれば、もう自分の夢を覗《のぞ》かれることはないし、追い回されることもなくなる」

「だけど――だけど、彼女はある種の使命感を持っていました。子供の頃からそういう夢を見ていたから、あきらめていた部分があった。それに、彼女が仮に自ら姿を消すにしても、兄にだけは連絡してくれたはずです」

そう、古藤結衣子は六歳離れた浩章の兄、滋章《しげあき》の婚約者だったのだ。

初めて彼女を紹介された時、浩章はまだ高校生だった。彼女は、兄の通う都内の私大の医学部の後輩だった。

結衣子を一目見て、彼は強く魅了された。柔らかな雰囲気。穏やかな笑み。ひときわ印象的な、ひと房の銀髪。

「愛し合っていたからこそ、離れるという場合もあるんじゃないかな」

鎌田は淡々と言った。

「お兄さんも巻き込まれてただろ？　婚約者ということで、マスコミに追い回されてた記憶があるよ。彼女からしてみれば心苦しかっただろうね」

「それは兄も覚悟してたと思います」

浩章は動揺しながらも兄を弁護した。

脳裏には、兄の悲愴《ひそう》な声が蘇《よみがえ》る。

あいつがあれだけ気丈に耐えてるんだから、俺が弱音吐くわけにはいかないよ。

確かに、当時、兄にとって結衣子の存在が負担になっていたことは否定できなかった。兄もかなりのストレスを感じていたし、その兄を見守る両親や浩章も息を潜めて暮らしていた覚えがある。

「まあいい。生きているか死んでいるか分からないが、とにかく彼女は今日おまえに何かを告げようとした。そういうことだろ？　二度のドビュッシーも。俺はオカルトは信じないけど、そういう予兆めいたものは存在すると思ってる。おまえもそう思ってるから、あんなに取り乱したわけだ」

「はあ、まあ」

浩章は顔を赤らめていた。

もちろん、浩章も超常現象を信じているわけではない。しかし、この仕事でさまざまな夢を「見て」いると、理屈では説明のできないような不思議なことがこの世には歴然と存在していることも実感させられるのだ。だから、鎌田の言わんとするところがよく分かった。

では、結衣子はいったい自分に何を告げようとしているのだろうか。今ごろになって、一日に何度も。なぜ兄にではなく自分になのか。

もっとも、兄は結衣子が亡くなって二年ほどして結婚し、今は二人の子供にも恵まれ、穏やかな家庭を築いている。いっぽう、浩章が夢判断などという仕事を選んで活動していることを考えれば、未《いま》だに結衣子の呪縛《じゅばく》をひきずっているのは彼のほうということになり、こっちに出てくるのも無理はない、という気もしてくるのだった。

結衣子は初恋の相手だったのだ、と浩章は認めた。兄の恋人として現れたのだから、初恋を自覚した時点で同時に失恋していたのだが。

自分は成就できなかった想いをこの仕事で埋めあわせようとしているのだろうか。

ふと、急にさっき鎌田が言いかけたことが気になってきた。

ひょっとして、結衣子が告げようとしていたのは、鎌田が持ってきた次の仕事についてだったのではないだろうか。

「小児精神衛生センターは予約がいっぱいだと言いましたよね。それってどういう意味ですか。これだけじゃないっていうのは？」

鎌田は渋い表情になった。

「G県の事件だけじゃない。似たような事件が各地で起きてるってことさ」

「えっ？」

浩章は耳を疑った。

「ああいう事件が？　他のところでも？」

鎌田は無言で頷《うなず》いた。

「関西のほうが多い。それ以外は東北で一件。北陸で二件」

「全然知りませんでした」

「まだ公表はされてないと言ったろ。たぶん、報道も控えられてると思う」

「どうして？」

「全く原因が不明だからだ。こういうのって、報道されると必ずそれに影響されて類似の事件が起きる。影響されて起きたものと本当に群発しているものを混同するんじゃないかと恐れているんだろう」

「全部で何件くらい？」

「確定されてないが、十数件、という感じだ」

「いつごろから？」

「ここ半年から一年。この半年でぐっと増えたらしい」

「同じなんですか？　パニックを起こして？」

「どれも、最初は食中毒が疑われている。しかし、そうではなく、何が起きたのか誰も覚えてないところが共通してる」

「小学校ばかり？」

「中学校でもひとつあったが、あとは全部小学校だそうだ」

不気味な沈黙が降りた。

子供たちのあいだで何が起きているのだろう。

「光化学スモッグ、ってことはないですよね。なんらかの化学物質のせいだとか」

それはないだろうと思いつつ、浩章はのろのろと言ってみた。

鎌田は首を振る。

「それは食中毒と同じだ。ひとクラスだけっていう理由が説明できない」

「で、夢札を見た小児精神衛生センターは何と言ってるんです？」

喉《のど》がカラカラになっていた。

鎌田は不意に黙り込んだ。

浩章はバーテンダーに新しい酒を注文する。無性に喉を湿らせたかった。

「なかなかみんな話したがらなくってね」

鎌田はボソボソと呟《つぶや》いた。

「見ないと信じない、って言うんだ」

浩章は乾いた笑い声を立てた。

「そんな。俺たちはプロですよ。夢札がどんなにバラエティに富んでて、信じられないような絵の連続か知ってるでしょうに」

「それでも、信じないだろうと言うんだ」

鎌田は辛抱強く繰り返した。

「それで、鎌田さんは見たんですか？」

「いや、まだ見せてもらってない。今回送られてくるデータ映像で、自分の目で確かめようと思って。先入観なしに見たいんだ。噂は聞いたがね」

「どんな噂です？」

鎌田は肩をすくめた。

「教えないでおくよ。それこそ、とても信じがたいような噂だ。おまえにも先入観なしに見てもらいたいし」

「分かりました」

浩章は素直に頷いた。正直なところ、聞きたくなかった。それどころか、この仕事に関わりたくない、とすら心のどこかで考えていた。この仕事を始めてから、これまでそんなふうに思ったことは一度もなかったのに。

「おまえ、最近、夢を見るか？」

唐突に、鎌田が尋ねた。浩章は面喰《めんく》らう。

「あんまり見てませんね。自分の夢札は研修期間に飽きるほど見ましたけど、人のを見るようになったら、自分の夢は見なくなったような気がします。俺、割に熟睡するタイプなんで」

「そうか。羨《うらや》ましいな」

「鎌田さんは？」

「俺は最近眠りが浅くてな。寝てるあいだずっと夢を見てる感じだ。しかも、自分で自分の夢をずっと分析して、自分で解説してるんで、全く休んだ気がしない」

「それはつらいですね」

「仕事で見た夢札が自分の夢にも侵入してくるんだ。やっぱり、夢は外からやってくるんだなと思ったよ」

「鎌田さんの持論ですよね」

浩章は微笑んだ。

夢は外からやってくる。それは鎌田が普段からよく口にしている言葉だった。

我々は、眠っていても外界と接していて、常に外界を感じている。耳も聞こえているし、匂いも嗅《か》いでいるし、いろいろなものに触れている。眠っている人の近くで大きな音を出せば夢の中でもその音を聞いているし、胸に重いものを載せたら夢の中でもそれを感じる。寝ごとを言っている人と会話できたりもする。つまり、外部から夢に介入できるということだ。

しかし、鎌田が言うのはそういう物理的な意味ではなく、もっと根源的な話だった。

よくアイデアが降ってくる、とか、霊感が訪れる、とか言うだろう。昔から、何かのインスピレーションや芸術的なイメージは、必ず外からやってくるものとして表現されている。みんな、薄々気付いているんだ。個人個人の意識の外に、人類全体が共有する巨大な無意識があって、そこからいろいろなものがやってくるのさ。夢もそのひとつで、文字通り「外から」やってきて、人間の脳に侵入しているというわけだ。

何度も聞かされた鎌田の話を思い浮かべながら、浩章は、ふと、そんな巨大な無意識が意志を持ったとしたらどうなるのだろう、と考えた。人類全体をすっぽりと覆う巨大な無意識。それがある意図を持って人間の夢に侵入してきたら。

慌ててその考えを打ち消す。

まさか。そんなことが起きるはずはない。無意識、それ自体、人間が造り出したものなのだから。人間がその一部なのだから。

「もしかすると、今度の仕事はそれを証明するきっかけになるかもしれないな」

鎌田はひとりごとのように呟いた。

「夢が外からやってくることの証明ですか」

「ああ、そうだ」

鎌田はうっすらと笑みを浮かべた。

「これまでは、夢札の精度を上げることばかりにエネルギーを取られてきた。『見る』方法論ばかりが発達して、肝心の夢そのものについてのメカニズムやその意味についての研究は足踏みしてきたわけさ。だけど、今回の場合、夢札そのものの質が異なる予感がする。質的に夢というものの概念が変わる、エポック・メイキングな仕事になるかもしれない」

鎌田の目は期待に満ちていたが、浩章にはその期待がどこか不吉なもののように感じられた。

夢が変えられたらいいのに。

古藤結衣子の声が、すぐ耳元で聞こえたような気がした。

三章　TV

遠くから何かがやってくる。

浩章は、そう感じてそっと顔を上げた。そこは、無人の教室だった。

がらんとした教室に、小ぶりの椅子と机が並んでいる。

小学校らしい。黒板に白墨で日付が書かれている。

三月十四日。

この日付に見覚えがあった。大事な日だったという気がするのだが、その理由は思い出せなかった。

浩章はいちばん後ろの窓際の席に座っていて、それまで机の上に突っ伏していたようだった。むろん、成人した現在の姿のままで座っていたので、椅子も机も小さすぎる。不自然な姿勢が長かったのか、身体の節々が痛んだ。

のろのろと教室を見回す。

これは、彼が通った小学校とは違うようだった。彼の通った小学校は街中で、窓の外には殺風景なビルしか見えなかった。この学校は窓の外に山の気配があって、広い空間が広がっているようだ。

よく見ると、机と椅子はどれも微妙に乱れていた。座っていた子供たちが慌てて立ち上がり、そのまま飛び出していったかのようだ。

それにしても、なんだかすうすうする。

教室の中には、ねっとりとしたミルク色の霧が流れていた。頰がひんやりと冷たく、うっすらと湿っている。その霧のせいで黒板や教壇が霞《かす》んで、濃くなったり薄くなったり、あるいは遠ざかったり近づいたりするように見えるのだった。

窓を振り向くと、いちばん後ろの、浩章の近くの窓が二十センチほど開いていた。

霧はそこから流れ込んでくる。

窓を閉めなければ。

浩章は立ち上がり、窓を閉め、しっかりと鍵《かぎ》を掛けた。これで霧は入ってこない。少しだけホッとする。

窓の外には濃い霧が立ち込めていたが、その向こうに深い山々の稜線《りようせん》が続いているのが分かった。山一面に桜の花が咲いているのも見えた。山頂近くに、ポツンと黒っぽい建物がある。

どこだろう、ここは。

浩章は窓の外を眺め、もう一度教室を見回した。霧が薄れて、さっきよりは輪郭がはっきりしたような気がした。

しかし、それでいて、どこか現実感が希薄で周囲はぼんやりとしていた。しかも、教室の壁が半透明になっていて、廊下がかすかに見通せるのだ。

なるほど、これは夢だ。

浩章は、突然、そう意識した。

俺は夢の中で目を覚ましたのだ。

鎌田から仕事の話を聞いて、事件の舞台になった小学校の夢を見ているのに違いない。こんなにはっきりと夢の中で夢だと認識したのは久しぶりだった。鎌田の話が影響しているのだろう。彼はいつもこんなふうに自分の夢を自分で分析しているのだろうか。

まあいい。夢のなりゆきを見守ろう。

浩章は教室を出てみることにした。

逃げ出した子供たちはどこに行ったのだろう。

廊下も無人で、やはり霧が立ち込めていた。廊下の窓は全部開け放してあるので、そこからどんどん霧が流れ込んでくるのだ。

駄目だ、これでは。浩章は焦りを感じた。

こんなにあちこち開けてあったら、奴らが入ってきてしまう。

浩章は慌てて窓を閉めていった。窓は重く、すべりが悪くてなかなか閉まらなかった。

急がなくては。

気は急《せ》くばかりなのに、ちっとも仕事は捗《はかど》らなかった。しかも、廊下は長くて、窓はまだまだ沢山ある。浩章は絶望した。

駄目だ、間に合わない。このままでは奴らが入ってきてしまう。

ふと、夢の中の自分を分析している浩章の声がする。

奴らって誰だ？　誰が来るんだ？

しかし、夢の中の浩章は窓を閉めるのに必死だ。渾身《こんしん》の力を込め、窓を引っ張るのだがぎしぎしとしか動かない。

その時、ズシン、と校舎全体が鈍く震動した。

浩章はぎくっとして手を止め、耳を澄ました。

遠くでひどく重いものが倒れたような、そういう響きだった。

ズシン。

しばらく間を置いて、再び校舎が震動した。

窓ガラスがびりびりと揺れ、また静かになる。

奴らだ。夢の中の浩章はそう直感した。

もう、悠長に窓を閉めている時間なんかない。どこかに逃げなければ。どこに逃げればいい？　子供たちのように、校庭に出たほうがいいのだろうか。

浩章は隠れる場所を探すことにした。

ズシン、という音は間を置いて続いており、近付いてくるようでもあったし、ずっと遠くの同じ場所で響いているようでもあった。

とにかく、音のする方角とは反対のほうに逃げよう。そう決心して、足早に廊下を進む。

廊下の奥に、薄暗い階段があり、踊り場が見えた。急いで一階に下りる。ぽっかりと開いた玄関が見え、そこだけ外の淡い光が射し込んで明るかった。その光を見たら、やはり外に出ていきたくなった。

玄関に向かっていくと、その正面にある事務室から明かりが洩《も》れているのに気付いた。

まずい。あそこに見張りがいる。

浩章は身体をかがめ、足音を立てないように壁沿いに進んでいった。

「受付」と書かれたプレートの置かれたカウンターの上は素通しの窓になっている。そっと覗《のぞ》いてみると、事務職員が何人もいて、雑談をしながら仕事をしていた。時折笑い声も上がり、奴らがやってくるというのに、誰も危機感を覚えていないらしかった。

どうしよう。今玄関を出たら必ず見つかってしまう。目撃されてしまう。こんないい歳をした男が、昼間の小学校にいるのを見られたら、いかにも怪しい。つかまるかもしれない。警察に通報されるかもしれない。

浩章はカウンターの手前の壁のところにうずくまり、ジリジリと焦燥感に駆られていた。

相変わらず、一定の時間を置いて床と壁が震動しているのが分かる。心なしか、さっきよりも震動が大きくなり、間隔も短くなっているような気がした。カウンターの上の窓がカタカタと揺れているが、笑い声で掻《か》き消される。

ああ、どうしよう。冷や汗が流れてくる。

もうすぐ奴らが来てしまう。

その時、一階の廊下の窓の外で、何かが動いているのに気付いた。

そこのところがうっすらと明るく、大勢の人がいる気配がする。

何だろう。

浩章はいったん引き返し、目立たぬように窓に近寄ると、外に目をやった。

あれは、いったい。

窓の外を、大勢の子供たちが泣きながら行進していた。

しくしく泣いている子や、大声で叫んでいる子もいる。子供たちの周りを、ちゅんちゅん鳴く小鳥が飛び、蝶《ちょう》がひらひらと舞い踊っている。

何を嘆き悲しんでいるのだろう。

浩章は、子供たちの後ろから小さな輿《こし》がやってくるのに気付いた。誰が担いでいるのか分からない。子供たちではなく、大人が担いでいるようだが、担いでいる者の姿は灰色でよく見えないのだ。そのせいで、輿はまるで宙に浮かんでいるようだった。

しずしずと進んでくる輿。子供たちはその後ろにも付き従い、泣きじゃくっている。

どうやらあの中に誰かがいて、その誰かのために泣いているようである。

輿は四角くて黒っぽい御簾《みす》が四方に掛かっていた。時折、その御簾がふわりと揺れて外側にわずかに持ち上がり、風が吹き出してくる。

その時、浩章は雷に打たれたように直感した。

古藤結衣子だ。

あの中に、古藤結衣子がいる。

そう確信すると、居ても立ってもいられなくなった。

浩章は窓を飛び越え、外に飛び出した。

奇妙なことに、外に飛び出してみるとそこは山里の一本道で、それまで彼がいたはずの小学校は姿を消していた。驚いて周囲を見回すが、あの小学校は影も形もない。

しかし、今は古藤結衣子のほうが大事だった。我に返ると、子供たちと輿はずいぶん先まで行ってしまっている。慌てて追いかけた。

走っているのに、なかなか追いつけない。

結衣子さん！

浩章は大声で叫んだ。

待ってください、そこにいるのは分かってるんだ。いろいろ聞きたいことがあるんです。あなたはあの事件からあと、どこにいたのか。どうして姿を隠していたのか。そして、どうして去年の暮れ、図書館で俺の前に現れたのか。

浩章はそう輿に向かって叫んでいた。

子供たちの列が、ぴたりと止まった。

子供たちが怯《おび》えたようにこちらを振り返り、ざわざわと騒いでいる。

浩章が呼びかけたせいで立ち止まったのではなさそうだった。浩章のほうを見て何か言っているが、浩章を通り越して、彼の後ろから来る何かを指差している。

浩章はつられて後ろを振り向いた。

空が真っ暗だった。遠い山なみの向こうから、どす黒い雲がどんどん広がってきて、急速にこちらに向かっている。雲は生き物のように膨れ上がり、迫ってくる。

全身に鳥肌が立った。

あの向こうに、奴らがいる。そう直感した。

子供たちもそれを恐れているのだ。

蜘蛛《くも》の子を散らすように、子供たちはバラバラと逃げ出した。たちまち周囲の草むらの中に潜り込んで姿が見えなくなる。

そして、道の真ん中に、あの輿だけが浮かんでいた。担いでいるはずの灰色の影は、もう見えなくなっていた。

浩章は輿に駆け寄った。

結衣子さん、逃げましょう。ここは危ない。奴らが来ます。そこから出てください。輿を担いでいた連中はいなくなってしまいました。

御簾に手を掛けようとした瞬間、突然、四枚の御簾がバシンと大きく開き、突風が吹き出してきて浩章の身体を激しく打った。

気がつくと彼は地面になぎ倒されていた。

恐る恐る顔を上げると、再び御簾は何事もなかったかのように下りている。

突然、耳元ではっきりと結衣子の声がした。

私は、そこにはいないわ。

浩章は辺りを見回した。

じゃあ、どこに？　どこにいるんです？

返事はなく、遠くから何か異様な声が響いてきた。あの黒い雲から聞こえてくるというよりも、地面の底から響いてくるように感じられた。

重なりあう、奇妙な声。威嚇のような、呪文《じゅもん》のような、経文のような、心を震わす声である。

結衣子さん。浩章は叫んだ。

今度こそ本当に、浩章は炬燵《こたつ》の上に突っ伏した状態で目を覚ました。

一瞬、自分がどこにいるのか分からなかった。

炬燵の上の開いたままの本。脂の付いた眼鏡。丸い籠《かご》に盛られた蜜柑《みかん》。肩と背中が痛い。

そうか、実家に帰って新年を迎え、もう明日は東京に戻るところだった。

変な夢、見たな。ごしごしと目をこする。もう覚醒《かくせい》しているのに、まだ夢が続いているようなおかしな心地だった。

つけっぱなしになっていたTVに目をやる。

が、画面の中の異様な風景に、浩章は弾《はじ》かれたように背筋を伸ばし、座り直した。

画面の中には、飛び散る炎の欠片《かけら》が躍っていた。

暗闇の中を、目の前に榊《さかき》を掲げた男たちが静々と進んでくる。

そして、異様な声が響いていた。うなるような、うめくような、心のどこかがざわざわする不思議な声。

浩章は慌てて眼鏡を掛けた。

なるほど、夢が続いていると感じたのも無理はない。この声は、たった今、夢の中で聞いていたあの声だ。逆に、この声を聞いていたのであの夢を見たのかもしれない。

なんだっけ、これ？　どこかで見た記憶がある。ドキュメンタリー番組のようだが。

巨大な松明《たいまつ》を持つ二人の男が、地面をこすりながら歩いている。そうすることで、燃え盛る松明の炎がちぎれて、光の筋を描くように点々と地面に落ちていくのだった。

道を清めているのだ——神様がこれから通る道を。

そんな文章がふっと頭に浮かんだ。

映像は、開けた場所に出た。古代の装束を着けた人々が歩き回っている。画面に小さく字幕が出た。

「お旅所《たびしょ》」

そうか、これは春日《かすが》大社のおん祭《まつり》だ。

浩章はそう思い当たった。

奈良の春日大社で、おん祭のしめくくりとして十二月十五日から始まる祭事。

今のは、夜中に行われる「遷幸《せんこう》の儀」だ。

あの異様な声は「警蹕《けいひつ》」と呼ばれるもので、神様がこれから通ることを先払いとして周囲に知らせるのである。

夢の中で、輿の御簾がバタバタいっていたのも、この番組を「聞いて」いたせいだと気付く。「遷幸の儀」では、本宮から神様がお旅所と呼ばれる言わば宴会場に移動する際、出立を朝に見立てるために、拝殿の窓にあたる板をバタバタと開け閉めするのである。さっき夢の中で結衣子が乗っている輿の御簾が開け閉めされたのは、恐らく番組の中でのその場面とシンクロしていたのではないだろうか。

それにしても、奇妙な夢だった。浩章は首の後ろを揉《も》んだ。あの小学校。やけにリアルだった。

そして、すぐ耳元で囁《ささや》いた、はっきりとした結衣子の声。

私は、そこにはいないわ。

あんなにはっきり彼女の声を思い出したのは久しぶりだ。

あれは、本当に聞こえているのだろうか。新しい夢札に音が付いたら、もう一度あんなふうに声が聞けるのだろうか。

私は、そこにはいないわ。

ＴＶの中では、「お旅所」に移った神様に「朝ごはん」を差し上げる儀式が行われている。

そう、日本の神々は移動する。どこかからやってきて、またどこかへ帰っていく。春日大社の若宮がこの「お旅所」に来る時も、姿を見てはならない神様は、榊を目の前に掲げた神官に囲まれて移動するのだ。

普段だって、神様は神殿の中にいるわけではない。ご神体はあるにはあるが、それはあくまで「依《よ》り代」であって、極端な話、対象はなんだっていいのだ。岩や山など、場所そのものがご神体であるケースも多い。

不在の神。

そんな言葉を思い浮かべた。

鎌田の言うように、もし夢が外からやってくるのであれば、眠りの中で見ている夢そのものが依り代といえるのではないか。夢を依り代として何かがやってきて、また帰っていく。人はそんな儀式を夜な夜な繰り返しているのだ。

彼女は、そこにはいないよ。

不意に、低い別の声が脳裏に蘇《よみがえ》った。

同時に、一人の青年の顔も。ひょろりとした黒いスーツ姿の青年。いや、まだ少年の面影を残していた。

そうだ、あの時、彼はそう言った。

静かなのに、やけに印象的な男だった。浩章と同じくらいの歳だったのではないだろうか。

結衣子の葬儀。

歌の歌詞にもあったが、私はお墓にはいません、というのは結衣子にこそふさわしい言葉だった。彼女と確認できる遺体が見つからないまま、結局合同告別式という形で行われた葬儀だったのだから。他にも身元が確認できていない人が大勢いて、告別式会場にはあきらめきれない遺族の嗚咽《おえつ》がこだましていた。

マスコミの取材が大勢詰めかけており、告別式会場の周辺は異様な雰囲気に包まれていた。彼らの目当てのひとつが、結衣子の死とそれに対する関係者の反応にあることは間違いなく、混乱して他の遺族に迷惑を掛けては申し訳ないので行かないほうがよいのではないか、と言う両親に対し、兄はきっぱり「行く」と言った。

兄の滋章は、きっと結衣子に対する自分の気持ちに区切りをつけたかったのだろう。彼女の存在を負担に感じていた時期もあっただろうが、それでも彼女は彼が伴侶《はんりょ》に選んだ女性だったし、恋人だった期間も決して短くはなかった。

彼女の死という突然の喪失に、滋章はかなり混乱していたし、どう受け止めてよいのか分からないようだった。宙ぶらりんで取り残された彼は、気持ちを整理し、きちんと彼女に別れを告げるきっかけを求めていたに違いない。

それは、滋章だけでなく、両親も同じ思いだったはずだし、浩章もそうだった。

結局、一家四人で告別式に出かけた。

浩章は、いつ古藤結衣子の関係者だと名指しされるかとびくびくしていたが、会場に足を踏み入れたとたん、悲嘆にくれる大勢の遺族を目の当たりにして、そんな気持ちはどこかへ吹っ飛んでしまった。

浩章は、兄が泣くところを初めて見てショックを受けた。しっかり者で頼りになる兄しか知らなかったので、そんな兄が肩を震わせ歯を食いしばっているところは、見知らぬ誰かとしか思えなかったのだ。

棺《ひつぎ》がひとつもない、花と祭壇だけという会場だった。幾つか遺影が並べられていたが、まだ死亡が確認されていないからと写真を出さない遺族も多かったと聞く。結衣子の遺影もなかったし、兄も出す気はなかった。

結衣子には、係累がほとんどいなかった。高校時代に両親を事故で亡くし、祖父母にも数えるほどしか会ったことがないという。

結衣子はあまり話したがらなかったが、どうやら親戚《しんせき》と遠ざかったのは、幼い頃から彼女が見ていた予知夢のせいらしかった。

昔々、どこの国の話だったか忘れたけれど、悪い知らせを持ってきた兵士はその場で斬り殺されたそうよ。

そんなことを言っていたのを思い出す。

その気持ち、分かるわ。いつも悪い知らせしか持ってこない人がいたら、しまいにはその人を不吉だと避けるようになるし、その人自身を憎むようになるでしょうね。

滋章は、結衣子の死を知らせるべき心当たりがないことに愕然《がくぜん》としていた。

確かに結婚式はごく親しい人だけで、とは言っていたけど、こんなことになっても、俺、誰に連絡すればいいのか全然分からなかった。俺、あいつの何を知ってたんだろう。

それでも、告別式には同僚の他に、結衣子の死を知った大学の友人や彼女の夢札を見ていた研究者たちが自主的に来ていたようだった。

彼女の親戚は来ていないのだろうか。いくら折り合いが悪かったとはいえ、血縁者の一人や二人、葬儀に来ていてもいいのに。

浩章はなんとなく会場の中を探していたが、ふと、一人の青年に目を留めた。

彼は悲嘆にくれる遺族の中で、ぽつんと浮いていた。もちろん黒のスーツで、追悼の表情を浮かべてはいたのだが、周囲とはどことなく異質な感じがしたのだ。

そして、青年も浩章のことを見ていた。

青年はそっと浩章に近付いてくると、なかなか進まない焼香の列で、浩章の隣にさりげなく並んだ。

「結衣子の婚約者の弟さんだよね？」

浩章はたじろいだ。自分を見ていたのは、こちらのことをたぶん雑誌か何かで見知っていたからだったのだ。

が、彼は浩章が身構えたのに気付き、慌てて小さく手を振って打ち消した。

「違うよ、僕は野次馬じゃない。結衣子のこと、小さい時から知ってた」

安堵《あんど》よりも驚きが勝っていた。

「ひょっとして、結衣子さんのご親戚ですか？」

浩章が勢いこんで聞くと、青年は、困ったような顔になった。

「親戚、とはちょっと違うんだけどね」

「じゃあ、幼馴染《おさななじみ》ですか？」

浩章が聞くと、彼は「うん、そんなところ」と曖昧《あいまい》に返事をした。

「親戚の方はいらしてないんですか」

浩章はなおも声をひそめつつ質問を続けた。彼女の幼い頃を知る人に会ったのは初めてだったので、好奇心が抑えきれなかったのだ。

「来てないと思うな。僕は、たまたま東京にいたから来たんだ」

「たまたま、ですか」

浩章は、その返事がひどく冷たいものに思え、不快そうな声を出してしまった。

「結衣子さんが親戚と折り合いが悪かったというのは本当だったんですね」

そう呟《つぶや》くと、青年は「え」と意外そうな声を上げた。

「結衣子、そんなふうに言ってた？」

今度は、浩章のほうが意外そうな顔をする番だった。

「そんなふうにって――だって、結婚式にも誰も呼ぶつもりはないし、彼女の口ぶりだと、彼女が見る夢のせいで親戚に疎遠にされてる、という感じでしたよ」

「ふうん。そうなんだ。まあ、元々係累は少なかったけどね」

青年は考え込む表情になった。浩章は面喰《めんく》らう。

が、青年は顔を上げ、独り言のように呟いた。

「彼女は、そこにはいないよ」

「え？」

「だから、誰も来ないんだ」

青年の視線の先には、白い花が並べられた祭壇があった。

「そりゃ、確かにまだ遺体は確認されていません。正確には、遺体の数も把握できてないみたいだし」

「いや、そういうことじゃなくてさ」

青年は噛《か》んで含めるように繰り返した。

「そこには、彼女はいないんだ」

会話が噛み合っていないということだけは分かったが、浩章には彼が何を言いたいのかさっぱり分からなかった。

青年は急に浩章を振り返ると、穏やかな笑みを浮かべた。

「結衣子が、君の話、何度もしてたよ。優しくていい子だって」

「結衣子さんが？」

これもまた意外な話で、浩章は目をぱちくりさせた。

「僕の話を？　兄貴の間違いじゃなくて？」

「ううん、弟さんのほう。東京で何度か結衣子に会った時、いつも君の話をしてた」

胸の奥にほんのり明かりが灯《とも》るような喜びを覚えたが、次の瞬間、その結衣子がもうこの世には存在しないのだと気付く。

列が少しずつ祭壇に近付くにつれ、さすがに話はできなくなった。焼香のあと、いつのまにか青年と浩章は離れてしまっていて、探してみたがそのまま見つからなかった。

東京で結衣子と何度も会ったという青年。

そんな幼馴染の話を結衣子から聞いたことがあるかと滋章に尋ねてみる機会はなかった。

浩章はＴＶを見ながら青年の言葉を胸の中で反芻《はんすう》していた。

名前を聞かなかったけれど、いったい何者だったのだろう。あの時、名前を聞き出しておくべきだった。しかも、今まで彼のことをすっかり忘れていたのだ。

今更ながら、くやしい気持ちになる。

あれ以来、封印されたかのように家族のあいだで古藤結衣子の名前が出ることはなかった。浩章が夢判断の道を選んだ時ですら――それが彼女の影響によるものだと誰もが思っていたであろうに――誰からも、そう指摘されることはなかったのだ。

もちろん、浩章自身、彼女の影響であると口にすることはなかった。その頃には兄は結婚していたし、実際、彼女の名前はすっかり過去のものになっていたのだ。

しかし、たとえ古藤結衣子の話題が許されるような状況であったとしても、家ではやはり彼女の影響だとは言えなかっただろう。

ましてや、あの日の体験を境に夢判断という職業を具体的に目指すことを決心したとは、誰にも言えるはずがない。

浩章はぼんやりとＴＶを眺めていた。

番組の中で、「おん祭」にいつのまにか昼間にたっていた。色鮮やかた装束を身に着けた人々がゆるゆると舞いながら道を進んでいる。

「お渡り式」と呼ばれる時代行列だろう。

あの日。

浩章は再びまぶたが重くなってくるのを感じた。暖まった身体もだるく、動かすのが面倒だ。

分かっている。浩章は、口の中で呟いた。

眠くなるのは、あの日のことを思い出しそうになっているからだ。無意識のうちに、あの記憶から逃げ出そうとしているからだ。

あの強烈な体験。あの異様な体験。あの日を境に、自分は変わってしまった。

浩章はなんとか身体を起こし、過去の記憶に引き戻されそうになるのをこらえた。

顔が苦痛に歪《ゆが》み、必死に自分に言い聞かせる。

大丈夫、あの夜のことは誰も知らない。浩章と結衣子以外は、決して誰も。

結衣子が、最後の——そして、彼女の死の原因となる事件の——予知夢を見たあの夜。

あの夜、浩章は彼女と一緒にいた。

彼女の部屋で、彼女と二人きりで、予知夢を見る彼女と一緒にいたのだった。

誰にも話したことはなかったし、誰かに話すつもりもなかった。プロとしてこの仕事を始めてからは、すっかり忘れていたはずなのに。

浩章は必死に目を開けてTV画面に見入る。この祭を見ていれば大丈夫だとでもいうように。

ふと、何かが気に掛かった。すっと目の前を何かがかすめたような気がした。

何だろう。今、何かに目を留めた。

その理由に気付いた。

TV画面の中に、知っている顔があったのだ。

誰だ？　慌てて画面を見直す。

有名人とか、その類《たぐい》ではなかった。個人的に知っている顔だった。時代行列。沿道で見守る裃《かみしも》姿の男たち。その後ろをぎっしりと埋める観客。カメラの向きが変わってしまったので、もう見つからないかもしれない。身を乗り出して画面の隅々まで目を走らせる。

分かった。

その瞬間、ぞくりとした。

あの青年だ。たった今思い出していた、結衣子の葬儀の時に出会ったあの青年。

彼が、舞っていた。

踊りの種類は、浩章には見分けられなかった。しかし、烏帽子《えぼし》を着け、ゆったりした浅葱《あさぎ》色の衣装をまとった青年が、ゆるゆると身体を動かしている。

胸がどきどきしてきた。

正面を向いてくれ。こっちを向け。そう強く念じる。

一瞬、顔がアップになった。落ち着いた、しかし鋭い目をした印象的な顔。その顔が、あの告別式会場での顔に重なる。

次の瞬間、画面は切り替わってしまっていた。

思わずほうっと溜息《ためいき》をつく。

確かにあの青年だった。そう口の中で呟いてみるが、画面から姿を消してしまうと、たちまち自信がなくなってきた。気のせいかもしれない。彼のことを考えていたから、たまたま似た人がそんなふうに見えたのではないだろうか。

いや、逆かもしれない。

そんな考えが頭に浮かんだ。

浩章が彼の顔をきちんと記憶していたかどうか分からない。順番が逆で、舞い手の中に彼に似た顔を無意識に見つけていて、それで彼のことを思い出したのかもしれないではないか。

いったん思い出してしまうと、その顔が正しいのかどうかはともかく、なかなか青年のイメージは消えなかった。

彼に連絡を取ることは可能だろうか？　このTV番組を作った制作会社に連絡してみるとか。

そこまで考えたとき、浩章は「あっ」と小さく叫んでいた。

口を開けたまま、凍りついたようになる。

どうしてこれまで思いつかなかったんだろう。

あの青年の謎めいた言葉と行動が、今になって全く別の意味を持つことに気付いたのである。

浩章は冷や汗が噴き出すのを感じた。

彼女は、そこにはいないよ。

あれは、文字通りの意味だったのではないか。

つまり——古藤結衣子は死んではいない。生きているのだ、と。

彼は、浩章にそう伝えるためにあの場所に来ていたのではないだろうか。恐らくは、結衣子に頼まれて。彼女があそこにいないこと——生きていることを知っていたから、親戚《しんせき》は誰も来なかったのだ。彼もちゃんと言ったではないか。

「だから、誰も来ないんだ」と。

すうっと身体が沈みこむような気がした。

なんて馬鹿だったのだろう。彼のメッセージにちっとも気付かず、冷たい親戚だと一人で腹を立てていたなんて。

それならば彼の言葉には筋が通っているし、浩章に話しかけたのも頷《うなず》ける。彼は、滋章に結衣子が生きていると伝えるわけにはいかなかった。なぜならば、結衣子は自分が死んだことにして、滋章から身を引くつもりだったからだ。滋章と同様に、結衣子もあの事件を別離のきっかけにしたかったに違いない。

しかし、彼女は浩章にはそのことを伝えたかった。だから、彼女が生きているのを知っていたが、「たまたま東京にいた」あの青年を告別式に行かせたのだ。

もしかして、俺はとんでもない過ちを犯したのではないか？

今度は血の気が引いていくのを感じた。

ひょっとして、結衣子は浩章が彼女を探してくれるのを待っていたのではないか。

あの事件の直前、兄と結衣子の関係はかなりぎくしゃくしていて、互いに避けているようだった。むしろ浩章と一緒にいる時間のほうが長かったし、彼女も浩章のほうを頼りにしているという実感があった。自分は生きているというメッセージを浩章のほうに伝えたのは、浩章に自分のところに来てほしいという意味だったのではないだろうか。

だとすれば、俺は彼女を失望させたのかもしれない。

部屋で一人、じっと何かを待っている結衣子の姿が目に浮かぶ。カレンダーに、時計に時々ちらりと目をやる結衣子。

来てくれるだろうか。いや、浩章なら、きっとメッセージに気付いてくれる。あの夜を一緒に分かち合った浩章なら。

しかし、月日は虚《むな》しく日一日と薄紙を剝《は》がすように過ぎ去っていく。何かを希薄に、少しずつ色褪《いろあ》せさせてゆく。

期待していた歳月はやがて失望に変わり、あきらめになる。浩章のあまりの鈍感さにあきれただろうか。あるいは、気付いていて無視しているのだと恨んだかもしれない。

あの青年が、結衣子にこう言っているところも目に浮かんだ。

まあ、僕があれだけはっきり匂わせても気がついてなかったみたいだし、あきらめたほうがいいんじゃない？

その声はあまりにもリアルだった。

流れた歳月はあまりに長かった。

滋章が結婚して二子をもうけ、浩章が夢判断として独り立ちし、家庭を持つだけの歳月。

一瞬、眩暈《めまい》を覚えた。結衣子と過ごしたあの夜からあとの時間がいっぺんに巻き戻されたような気がしたのだ。有り得たはずの歳月。存在しなかったかもしれない歳月。その大きさに、浩章は押し潰《つぶ》されそうな心地になる。

浩章はのろのろと炬燵《こたつ》の上の蜜柑《みかん》に手を伸ばした。

炬燵で居眠りしていたせいで喉《のど》が渇いていたことに気付いたのだ。蜜柑を飲み込んでいるうちに、少し冷静さを取り戻してきた。

やはり昨年の暮れ、図書館で見たのは生身の結衣子だったのだろうか。あの日、彼があの図書館に行くことは誰にも伝えていなかったし、予定していた行動ではなく、たまたま時間が空いたのと近くにいたので寄ってみたに過ぎなかった。

だとすれば、たまたま彼女が浩章の前に現れたのではなく、図書館にいた結衣子の前に偶然浩章が現れた、という構図だったのではないだろうか。

さぞかし、結衣子も驚いただろう。まさかあんなところに浩章がやってくると思っていなかった結衣子は、渡り廊下で自分を見つけた浩章に気付いて慌てる。だから、急いで渡り廊下の向こうの書架のあいだに一瞬隠れた。

浩章はすぐに奥の書架に探しに行ったつもりだったが、それでも数秒のタイムラグがあった。いったん奥の書架に隠れた結衣子は、浩章が渡り廊下正面の閲覧コーナーを回って探しにくるのを見て、元来た渡り廊下を急いで戻り、反対側のスペースを通り抜けて階下に降りれば、奥の書架のあいだを探す浩章に見つからずにあのフロアから逃げ出すことは可能だ。

うん、こちらのほうが自然だし説得力がある。浩章は一人で頷いた。

結衣子は生きていた。

そう認めると、落ち着いた。その一方で、次々と疑問が湧いてくる。

ずっと東京にいたのだろうか。大都会のほうが身を隠しやすいのは事実だ。結衣子の場合、髪を染めて髪型を変えてしまえば、身体的特徴がはっきりしているだけに、逆にすぐに雑踏に紛れてしまえるだろう。

しかし、なんとなく、ずっと東京にいたというのはしっくりこなかった。しばらくどこかに行っていたのではないかという気がした。

彼女は、中学校の途中から高校までを富山で過ごしたが、元は奈良の出身だと聞いている。身を隠すのであれば、土地鑑のある場所を選ぶだろう。そのどちらかにいたのではないか。そして、ごく最近になって東京に戻ってきたのだ。そんな気がした。

では、なぜ東京に？　なぜあの図書館にいたのだろうか。

調べもの。

そう思いついてギクリとした。

インターネットでほとんどのものが調べられる現在でも、やはり図書館、しかも東京の中央図書館でしか探せないものがあるに違いない。そのためだけに、知り合いがいる東京に危険を冒して結衣子がやってくるとすれば、その理由はただひとつ。

彼女はまた、夢を見たのだ。

何か重大な災厄の夢を。

浩章はゾッとした。

そうなのだ。彼女が生きているということは、彼女はまだ夢を見続けているということなのだ。あの恐ろしい夢、「沈める寺」の調べとともにやってくる、避けようのない夢を。

予知夢を見る人間は、世界で多数確認されているし、今もその数は増え続けている。その夢を利用しようという研究も始まっている。

しかし、日本の場合、何人かは確認されているが、子供だったり、あやふやだったりでその精度はどれも低かった。何より、最初に確認された古藤結衣子があまりに明確で精度の高い予知夢を見ていたので、それ以降は彼女の夢を基準として比べられるのと、本当はもっと予知夢を見ている人間がいるのに、彼女を巡る世間の大騒ぎを見て恐れをなしてしまい、その事実をひた隠しにしているのではないかと言われているのだった。

結衣子は、子供の頃から自分が未来の夢を見ていることになんとなく気付いていたが、成長するにつれ、夢の内容が悲惨なものであった時、なんとかその未来を変えることはできないかと考えるようになったという。事故や事件の夢を見た時は、その場所が特定できないかと、夢の中でヒントを探す習慣が身についたそうだ。

彼女が、夢札の技術が開発された時、自主的に被験者になると申し出たのは、自分の夢を記録できれば、悲惨な未来を回避できるかもしれないと考えたからだった。

実際、いろいろな人に夢札を見てもらい、その事件が起きる場所や巻き込まれる人を特定し、森林火災や大規模な事故を回避できた例があったのだ。

しかし、そううまくいくケースはまれだった。場所や人を特定するのは意外に難しく、よほど多くの人に夢札を見てもらわないと効果がない上に、内容によっては他人のプライバシーに関わることもあるので、夢札そのものを公開するわけにはいかない。例えば、交通事故の夢を見て、事故に遭う車のナンバーが夢札から読み取れたとする。しかし、予知夢を見たからといって、その車の持ち主を探し出し、事故に遭うからその場所に行かないように、と警告するところまでは、個人情報に関わることなのでできないのである。

もうひとつ問題なのは、予知夢で見た内容がいつ起きるものなのか分からないことだった。風景や着ているものでだいたいの季節が分かればいいが、日付が特定できるのはまれだった。

どのくらい先の夢を見ているのかは、結衣子をずっと悩ませている問題だった。翌日起きることを見る時もあるし、半年先の出来事だったこともある。それまでの最長は、十ヶ月先に起きた事件だったそうだ。

しかも、ややこしいことに、結衣子はしばしば過去の夢も見ていた。夢で見た事故がなかなか起きないので、今度は外れたか、それとももっと先なのかと思っていたら、何かの拍子に過去に起きていた事件だったのを発見して驚いたという。過去の夢の場合、近過去とは限らず、かなり古い事件のこともあったそうだ。

とにかく、予知夢が予知夢たるには、実際に事件が起きたことが確認できなければ証明できない。夢の大部分は本当に起きたかどうか確認できず、悲惨な未来の回避という結衣子の願いを実現するのは非常に困難だったのだ。

予知夢を見ていることを公表すれば、いったいどんなトラブルに巻き込まれるか、結衣子は子供の頃からの経験で、ある程度は予想していたはずだ。それでも公表することを選んだのに、目的が容易に叶《かな》えられないと悟ったことは、さぞかし彼女を落胆させただろう。そのことも、あの事件を機に「引退」する要因になったのではないか。

これまでの十数年のあいだ、結衣子は自分の見た夢にどう対処していたのだろう。世間的にはもう亡くなったことになっているのだから、表立って予知夢の内容を公言したり、場所を特定するなどの活動はしにくくなったはずだ。

もう割り切って黙殺していたのか。それとも、密《ひそ》かに別の方法を模索していたのか。自分が結衣子だったらどうするだろう。

恐ろしい夢を見て、恐怖と共に目覚める。胸の動悸《どうき》が治まるのを待ち、今見た夢を反芻《はんすう》する。あの夢の場所はどこだろうと考え、手がかりを探す。しかし、もはや夢札を見ることはできない――

少しは値段が下がったとはいえ、今も夢札を見るには大変な費用が掛かる。

夢札を引く、つまり夢を記録するほうは、チップの高性能化やヘッドフォン型の軽量なメモリーが開発されたので、なんとか最新型のデスクトップパソコンくらいの値段で手に入れることが可能になったが、読み出すほうは医療検査機器なみの高価なもので（実際、医療機器の扱いになっている）、維持管理費用も含めると、とても個人に手を出せるような代物ではない。

読み出し機械は一台一台が登録されているし、浩章たち夢判断はその機械でしか夢札を見ることができない。夢札を特別な許可無く持ち出したり複製することは厳重に禁止されている。

夢札は究極の個人情報だからだ。

夢札の発明が話題になった頃、アメリカのベンチャー企業がホテルを買い取って夢札を見せる、というビジネスを始めたことがある。

豪華なホテルに一泊してゆったりしたベッドで眠って夢札を引き、翌日ホテル内に併設された読み出し機械であなたの夢を見せます、専門のカウンセラーが分析もしてくれますよ、という商売だ。費用は高価だったが、一時はお客が殺到してたちまち全米にチェーン展開する勢いとなり、日本でも上陸が噂されていた。

しかし、夢札の発明の興奮が冷めると、やがてそのビジネスは急速にすたれた。

確かに、あなたが夜見ている夢を起きている時に映像で見せると言われれば、話のタネに誰でも一度は見てみたいと思うだろう。だが、しょせんは夢なのだ。落ち着いて考えてみれば、夢は毎晩見ている、至極ありふれたものに過ぎない。現実に何かの役に立つわけでもなければ、金を出してでも見たい娯楽というわけでもない。初期の読み出し機は映像の精度が低かったこともあって、夢を「見た」人々の興味はたちまち薄れた。チェーン店は縮小撤退を余儀なくされ、関連企業の株価は軒並み下落した。

結局、ビジネスとしての夢札は、精神医療の分野に特化して生き残ることになったのである。

特に、日本では最初から医療機器として扱われることとなった。この種の新しいものの認可に非常に時間が掛かる日本独特の事情もあったが、その間にアメリカの夢札ビジネスの盛衰騒ぎを目の当たりにし、アメリカの大物政治家やハリウッドスターらいわゆるセレブリティの夢札映像の流出事件が大問題になったこともあって、導入当初から医療分野に限定するべきだという風潮が強かったためだろう。

そのせいか、日本では「夢札を引く、イコール心療内科の治療」というイメージが固定した。

いっぽう、欧米では、少しイメージが異なる。

最初に夢札の技術が発見された時、脳科学者や医学関係者以外で、その技術に強く興味を示し、巨額の私費を投じて機械を購入した幾つかのグループがあった。

ひとつは高名なデザイナーや画家ら、アーティストと呼ばれる人たち。むろん、映像関係者も多数含まれていた。

もうひとつは、新興宗教の教祖やワンマン企業の創業者など、個人のカリスマで組織を引っ張るタイプの人々。

そして、もうひとつは、意外にも、物理学者や数学者など、最先端の自然科学の研究者たちだったのである。

共通点は、常になんらかのインスピレーション、あるいは啓示を求めている人々という点だろう。皮肉なことに、かつて預言者たちが夢の中で数々の啓示を受けてきたはずのいわゆる世界三大宗教の聖職者たちは、公式見解としてはむしろこの技術に対してひどく慎重であり、使用することに対して疑問を呈していた。

そういった経緯からか、特にヨーロッパでは、夢札は「啓示を与えてくれるもの」というアーティスティックなイメージが強く、仕事や表現のヒントを求めて定期的に夢札を引いている人も多いという。

日本は本音と建前の国だからかもしれないねえ、と浩章は仕事仲間と話したことがある。欧米では懺悔《ざんげ》の習慣があるので、カウンセリングも日常的に行われているし、夢札を引くのもその延長で受け入れているが、日本の場合、本音があるという意識は共有しているものの、本音の内容をさらけだすことには根強い抵抗がある。いわば究極の「本音」である夢札を恥ずかしいものと考えるのも無理はない。

そこへ、世界各地での予知夢の発見、そして古藤結衣子の一件が重なり、夢札を引くことに対する一種のタブー感のようなものが醸成されてしまったような気がするのだ。

ともあれ、結衣子は無償で毎日夢札を引き、週ごとに研究者に渡していた。最初のうちは研究者と一緒に自分の夢札を全部見ていたそうだが、慣れてきてからは、何か本人が重大だと感じる夢を見た時に即座に分析を頼む以外、ほとんど見なくなったという。

彼女が亡くなったと判定された時点で彼女に貸与されていたヘッドフォンは回収されたはずだし、彼女が自分で保管していた夢札も研究所に寄贈されたと聞いている。

たぶん、彼女は自分の夢を黙殺することにしたのだろう。

そんな気がした。

予知夢の一部をブログなどで公開している人は今でもいるが、えてして「自称予知夢」なので、あまり話題になっていないし、当たったという話もほとんど聞かない。

もし結衣子が自分の予知夢に従ってなんらかの行動を起こしていたら、気付かれないはずはない。

その彼女が、今、自分の生存がバレるという危険を冒して動き出したのだ。

夢が変えられたらいいのにね。

浩章はざらりとした不安を感じずにはいられなかった。

ただでは済まない。きっと何かが起こる。しかも、今度の仕事が関係している何かが。

そんな暗い予感は、けたたましい笑い声に中断された。いつのまにか番組が変わっている。

浩章はのろのろとリモコンを手に取ると、TVを消した。

四章　侵入

夢札を犯罪捜査に使えないかという提案は、開発された当初からあった。被疑者あるいは被害者の夢札を引いて、そこから捜査のヒントを得られないかというのだ。しかし、犯罪捜査に使えないかという提案と同時に、夢札にどこまで証拠能力があるのかという疑念も強かった。

なにしろ、夢なのだ。日ごろ、我々は嫌な上司や口うるさい伴侶《はんりょ》を殺すところをしょっちゅう夢に見ている。取調べなどで精神的に追い詰められると虚偽の自白をしてしまうことはよく知られているが、夢も嘘をつくし、記憶は簡単に塗り替えられる。おまえが殺しただろう、と言われると実際に自分が殺しているところを夢に見てしまうのだ。

実験的に幾つかの国で捜査に使われたという噂があるが、真否のほどは確かではない。夢札の中の情報の虚実のよりわけがあまりに大変なので、早々に中止されたというのである。唯一の成功例は、全米各地で二十年以上に亘《わた》って三十人以上殺したという連続殺人犯の夢札を引いて、行方不明だった被害者の遺体を複数見つけ出した、という事例だった。これは実際に公表されたので事実であるが、非常に幸運な例であることは間違いない。

結局、夢札なんてなんの役に立つんだ、昔の夢占いとやってることはちっとも変わらないじゃないか、と陰口を叩《たた》かれた時期もあるし、今もそういう声は絶えない。

それでも意義はあり成果は上がっている、と浩章たち夢判断に従事する者や研究者たちは考えている。

鎌田はよく「お習字みたいなもんだ」というたとえを使っていた。

習字の授業で先生は、子供の書いた字を朱の墨を使って直す。はね、はらい、とめ。先生は言う。ここは勢いよく、ここはこらえて、もっと紙いっぱいに伸び伸びと。

実は、あれは字を直しているのと同時に、子供たちの性格や性向について指導しているのと同じなのだ。誰でも面と向かって「こらえ性がない」とか「もっとリラックスして」と言われると反発するが、書いた字に対して指導されると「もっともだ」と素直に聞ける。字には書いた人の性格がそのまま出るし、うまい下手が一目瞭然《りょうぜん》だ。自分の書いた字をきちんと見て直し、上達するためには、冷静な自己客観性が必要なのである。

それと同じことが夢札にも言える、と鎌田は言う。

こんな夢を見ました、きっとあれが理由だと思います。

誰でもある程度は、自分の夢や自分のことを分析できる。

しかし、これまで主観的な話を聞くだけだった研究者やカウンセラーが、一緒に本物の夢を目視することの意義は大きい。

言葉にできなかったことが目の前にある。知らず知らずのうちに抑圧されていたものや、ずっと気に掛かっていたのに気にしないふりをしていたものを「ほら、これですね」と指摘された時に認めることができる。

夢札は人間に新たな自己客観性を獲得させる手段になり得るのだ、と鎌田は力説する。

それでは、今度のケースはどうなのだろう。

浩章は、雨に濡《ぬ》れそぼる道路を急ぎながら考える。

年明けの初出勤の朝は、冷たい雨で街全体が灰色に沈んでいた。新年の華やかさはもう消えかかり、誰もが黙りこくってそれぞれの職場を目指している。

子供たちが集団で悪夢に悩まされているという事件。今日から、その大量の夢札を見なければならない。新しい夢札を見るのはいつも緊張するが、今朝はこれまでにないほど神経質になっているのを感じた。なんだか嫌な予感がする。

結衣子のことも、ずっと気に掛かっていた。

今も東京にいるのだろうか。それとも、もうどこかへ帰ってしまったのだろうか。彼女は何を調べていたのだろう。

またあの図書館に行ってみようか、と思いつつ、小さな水溜《みずた》まりを避け、ひょいと顔を上げた。

ふと、正面の緩やかな坂の上にある歩道橋が目に入った。何かが心に引っかかり、足を止める。

歩道橋の上に動かない人影があったからだ。

いや、正確に言うと、動かない傘、だった。

幾つもの傘がせわしなく横切っていくのに、その緑色の傘だけが動かなかった。

いつか聞いた怪談を思い出してどきんとした。

まさか、あの幽霊では？

無視して通り過ぎようとしたが、できなかった。その傘を持つ人物が、自分のことを見ているような気がしたからだ。

ひょっとして結衣子では、と一瞬思ったが、傘の下の肩の輪郭や長身らしき背格好は、どう見ても男性のものである。

浩章は、そちらに向かうべきか迷った。あの歩道橋は通勤路には入っていない。

と、その男は突然向きを変え、さっさと歩き出した。たちまち他の傘に紛れて見えなくなる。

いなくなってしまうと、結衣子の時と同じで、単なる気のせいに思えてきた。再び歩き出す。

しかし、踵《きびす》を返してから急に思い当たった。

あの男ではないか。

結衣子の葬儀に現れた男。TVの画面の中で踊っていた男。

慌てて振り返ってみたが、あの男どころか、歩道橋の上には誰もいなかった。

まさかね、と思い直す。どうしてあの男がこんなタイミングで目の前に現れるというのか。

しかも、俺の通勤先や、通勤時間を知っていたというのか。そんな偶然があるはずがない。

振り切るように足早に歩き出す。

だが、頭の中ではめまぐるしく考えていた。

もし結衣子が東京にいるのなら、あの男が東京にいても不思議ではないのではないか。

あの男は結衣子と親しいようだったし、彼女の生存についても承知している。東京に土地鑑もあるようだ。結衣子が何かをするのなら、一緒にいてもおかしくない。

それでは、どうして俺の周りに立ち現れる必要があるのだろう。

浩章は首をひねった。

もしかして、結衣子は俺に目撃されたことを彼に話したのだろうか。ひょっとすると、彼は、俺が本当に結衣子を見たのかどうか確かめようとしているのかもしれない。結衣子に頼まれた可能性もある。だって、結衣子本人が俺に聞くわけにはいかないのだから。

口止めをしたいのかもしれない、と気付く。

結衣子が何よりも恐れているのは自分の生存がバレることだ。半ば伝説化された彼女が生きていると俺の口からバレてしまったら、彼女としてはいちばん困るのだろう。

浩章は知らず知らずのうちに苦笑していた。

俺が喋《しゃべ》ると思っているのだろうか。結衣子のためを思えば、黙っているはずだとは考えないのだろうか。

口の中に苦いものを感じた。彼女が生きていることに気付かなかったことを思えば、彼女が不安に思ったとしても仕方がない。

もやもやした気分を抱えたまま研究所に辿《たど》り着いたが、門をくぐる頃には全てが気のせいのように思えてきた。とにかく、目の前の仕事に集中しなくては。

研究所は、虎ノ門《とらのもん》の目立たない一角にあった。

そっけないビルなので、ここが夢判断のための施設であると気付く人はめったにいない。

「新年明けましておめでとうございます」

「おめでとうございます」

セキュリティ・カードを何度もかざしつつ、他の職員に挨拶《あいさつ》する。

鎌田は浩章の顔を見ると、新年の挨拶もそこそこに早速分析室に連れていった。

「来てるぞ、一クラス分」

夢札保存用の黒いケースが積み上げられているのを見て、浩章は思わず唸《うな》った。

「ずいぶん沢山ありますね」

「結局、クラス全員分、二週間、夢札を引いたらしい」

「その後、どうなんですか。まだ悪夢を見てるんですかね」

「一応収まったようだ、という話だけど分からん。まだ小学校は冬休みだから、新学期になったらまた調べてみると言っていた」

二人でモニターの前に並んで座る。

分析室は、細長い長方形をしている。

夢の読み出し機であるモニターが、独特の長い形をしているためだ。どういう原理でそういう形なのかまでは知らないが、緩やかな曲線を描いたベージュ色の機械は、誰が言い出したか「獏《ばく》」という通称で呼ばれている。言われてみれば、ああいう哺乳《ほにゅう》類動物の形に似ていなくもない。もちろん、夢を食べる動物、ということからその名が選ばれたのだろう。

以前は専門の技師がいて、別室でモニターの調整をしていたが、最近のものは分析者が操作できるものに変わりつつある。

「それじゃ、始めるか」

鎌田が部屋の調光器を操作した。ゆっくりと暗くなる。

浩章は目を閉じて深呼吸した。

夢判断には、人それぞれの流儀がある。

先入観を避けるため、モニターを見る前はなるべくTVを観ないという人もいれば、逆に被験者が夢を見た日のTV番組を調べ、できるかぎり映像を手に入れるという人もいる。どちらも、目から入った情報が夢に影響を与えると考えている点では一致している。

浩章は、どちらかといえばなるべく映像を入れないようにするタイプだった。今朝もニュースはラジオで聞いた。鎌田は逆で、いろいろ観て分析時に自分の連想を大事にするという。

「ヨネクラサトシ。十歳。十二月七日」

鎌田が淡々と被験者のデータを読み上げる。

まれに被験者の情報を与えられずブラインドで見る場合もあるが、今回の場合、事件の情報は既にあるし、被験者が全員小学校四年生の子というのは分かっている。

「ひとクラス全員引いた、ということは、悪夢を見ていないと思われる子の分も入ってるということですね？」

浩章は低い声で尋ねた。鎌田が頷《うなず》く。

「うん。比較のためと、悪夢を見ている児童を周囲に特定させないために全員引いたんだろう」

「なるほど」

今回のように、クラス全員が同じ体験をしていると考えられる場合、比較のためというのはよく分かる。

最初はぼんやりしていた画面が突然パッと明るくなった。

走り回る男の子たちの姿が見えてくる。

右に左に駆ける少年。上を見上げる少年。

遠くに飛んでいくボール。

どうやら、野球をしているところらしい。

学校の校庭にいるようで、遠くにうっすらと山が見える。

塁に出たのか、ベースが目の前に迫ってきて、グラブが覆いかぶさってきた。

目をつぶったのか、一瞬暗くなる。

恐る恐る開かれる目。

アウトになったらしく、渋々起き上がり、地面を見ていた視線がボールをつかんで天に向かって掲げられたグラブに向けられる。

野球はえんえんと続いた。

少し途切れたかと思うと、また始まる。

校庭を走り回る少年たち。

しかも、同じ試合が繰り返されているらしく、いつも視線がスライディングをしてアウトになったところで途切れるのだ。

この夢を見た日の昼間にやった試合なんだな、と浩章は思った。

アウトになったのがよっぽど悔しかったらしい。あるいは、その時の印象が強く焼きついているのだろう。スライディングをしたり、何かにぶつかったり、肉体的にインパクトがあった出来事は夢で反復されやすいのだ。

少年たちの野球は更に繰り返された。

この日の出来事では、野球のインパクトがよほど強かったのだろう。

たぶんこの子は悪夢を見ていないほうだな。

辛抱強くモニターを眺めながら浩章はそう予測した。近々にインパクトのある体験をしていれば、当面の記憶はそちらで占められ、古い記憶は隅に押しやられる。

このまま野球で終わりかな。

そう思いかけた時、ふとあることに気付いた。

空がどんどん暗くなっているのだ。

さっきから少年たちは同じ野球を校庭で繰り返している。そして、校庭の向こうには、普段彼らが見ているであろう山が見えている。

その山の向こうの空が、少しずつ暗くなり、黒い雲が広がってきているのだ。

浩章はヒヤリとした。

まるで、俺が見た夢のようだ。

山の向こうから黒い雲がどんどん広がってきて、子供たちが怯《おび》えて見上げている――

あの夢が目の前のモニターの画像と重なり、思わず身震いをした。

山の向こうから何かがやってくる――

と、夢札の読み出しが終わったピー、という電子音が鳴ってハッとする。

「意外に短かったな。野球で疲れてぐっすりってところか」

鎌田が夢札を取り出しつつ呟《つぶや》いた。

通常、人の眠りは浅い眠りと深い眠りが交互に繰り返されている。浅い眠りの状態が「夢を見ている」状態で、夢札はこの状態に反応する。その長さは人によっても異なるし、同じ人でも日によって異なる。

また、夢でも覚えているものと覚えていないものとがあるが、「夢を見たことを覚えているもの」のほうがより鮮明に記録できるらしい。

らしい、というのは、人によっては、全然見た夢を覚えていないのに引いた夢札は非常に鮮明、という場合があるからだ。その理由はまだよく分かっていないが、映像記憶力の個人的な差のせいではないかと言われている。

通常、人間の目はいい加減だから、目の前にあるものをあえて意識して覚えようとしても、一部あるいは曖昧《あいまい》にしか再現できないものだ。しかし、漫画家などに、パッと見た景色をそっくりそのまま絵に再現できる人もいる。訓練の有無もあるが、そういう能力の差が夢札にも現れるのではないかというのだ。

成長期の子供は熟睡するので、夢札を引いても短いことが多い。もっとも、夢札を引かなければならないような子は精神的に不安定で眠りも浅いため、平均よりも長い時間夢を見ている。そして、その内容は実に複雑だ。抱えている葛藤《かっとう》を口で説明できない分だけ観念的な夢を見ているケースが多いのである。

今回の場合はどうだろう。

鎌田と浩章は事前に予想を立ててみたが、悪夢を見る契機がはっきりしているのだから、ある程度ストレートな形で出てくるのではないかという意見で一致していた。

だが、不安もあった。事件のこと、夢の内容、どちらも誰も覚えていないというのは解せないし、かなり強い心理的抑圧が掛かっていることを示すからだ。

「続いて、同じくヨネクラサトシ、十二月八日」

鎌田の声が響く。

一人ずつ二週間分、通して見ていくのである。続けて見ると、夢の「癖」のようなものや、問題点となる部分が浮き上がってくるものなのだ。

画面がぼんやりと灰色になり、ゆっくりと影が動き出す。

しばらくは影が混ざりあい、輪郭がはっきりしなかった。

動いているのは子供らしいのだが、動きが鈍く秩序がなく、右往左往している様子である。

と、突然、絵がはっきりした。

校庭。

またしても野球。校庭にいる子供たちが野球をしている場面である。

よほど野球が好きなんだな——毎日野球してるんだな。

そう何気なく考えたが、ふと頭のどこかで違和感を覚えた。

走る子供たち。塁に出て、滑り込む。

アウト。差し上げられるグラブ。

暗がりの中で、浩章はチラッと鎌田を見た。鎌田も、浩章を見るのが分かった。

どうも、様子が変だ。

目の前の映像は、前日にヨネクラサトシが見ていた映像と瓜《うり》二つなのである。

顔を見合わせたものの、二人はそのまま視線を戻し、夢札の続きに見入った。

えんえんと続く野球。それも、時間は行きつ戻りつして、同じ試合内容が繰り返されている。

浩章は、少年たちの背後の空に注目した。

前日の夢札では徐々に空が暗くなっていったが、この日の絵では最初からどんよりと薄暗いままで、夢札を通してあまり変わらぬように見えた。

二日目の夢札がピー、という音を立てて終了する。

「どう思います？　これ」

浩章は声を潜め、鎌田に声を掛けた。

鎌田は無表情のまま画面に目をやる。

「とにかく、続けて見てみよう」

三日目の夢札がセットされた。

画面はなかなか明るくならなかった。

何かが動いているのは分かる。

複数のぼやけた影が、半紙に滲《にじ》んだ墨のように浮かび、それが重なりあって右に左に揺れている。

前日も似たような絵で始まったが、三日目はその状態がもやもやとしばらく続いた。

そして、ようやく画面が明るくなり、またしてもあの校庭、野球をする少年たちの場面になった。

しかし、野球をする少年たちの映像は、前日や前々日ほどに明確ではない。動きも鈍く、顔も輪郭がぼやけて薄くなっている感じだし、背後の山も墨絵のようにおぼろげなイメージだ。

グラブを差し上げているところでも、グラブと腕が混ざりあって、先の丸い棒みたいになっている。

それでも野球は続いていて、試合らしきものが何度も繰り返されてその日は終わった。

「うーん」

鎌田が低い声で唸《うな》ったが、手は動いていて翌日の夢札を素早くセットする。

この日も前の日と同じように、薄暗い画面にうごめく影から始まった。焦点の合わないレンズ越しにアメーバが動いているのを眺めているようで、もどかしく、はっきりしないものがもぞもぞと揺れている。

浩章は突然、ハッとして背筋を伸ばした。

「ちょっと待ってください。止めてください」

慌てて早口で小さく叫ぶ。

「え？」

鎌田が反射的に一時停止ボタンを押した。

「どうかしたか」

「これ。連日出てくるこの最初の場面。ずっと何なのか分からなかったけど」

浩章は身を乗り出した。

「これ、教室ですよ」

「これが？」

鎌田も前のめりになるのが分かった。

「ここを見てください」

浩章は画面の中の一点を指差した。

「あちこちに細い線が見えてるでしょう。あまりに細くて薄いんで気がつかなかったんですが、これ、机の輪郭です。ほら、幾つも並んでるでしょ。こっちは黒板の線」

「あ、本当だ。分かる分かる。これが教壇か」

鎌田も、画面の隅の線の上を指でなぞってみせた。

「ええ、そうです」

浩章が頷《うなず》いて身体を引くと、鎌田が一時停止ボタンを解除する。再び動き出す影。

しばらくして、また校庭の野球の場面になった。前日と同じくらいの精度だ。のろのろと続く野球。アニメーションのコマ数が少なくなって、動きが雑になったような感じの映像。

間延びした試合が続き、やがてまた唐突に夢札は終わった。

五日目になると、今度は違った。

いきなり絵が鮮明になり、家の中で、家族らしき大人たちが言い争うところから始まった。

これはこの日の昼間本当にあった出来事らしいな、と浩章は感じた。

家の居間なのか、父親らしき男性が立ったり座ったり、声高に何か叫んでいる様子である。隣で目をむきだして言い返す女性は母親だろうか。視界の隅には新聞を読んでいる老人が見える。と、襖《ふすま》がらっと開いて巨大な白い犬が入ってきた。雑種らしく首輪をしているが、明らかにバランスがおかしく、顔が父親の顔の十倍くらいある。テーブルの上に上がり込んできたので、みんなが大騒ぎする。茶碗《ちゃわん》やＴＶのリモコンが吹っ飛び、部屋の中がめちゃめちゃになった。やがて視点は犬のものになったらしく、テーブルを飛び越え、台所を通り抜けて勝手口から外に飛び出していく。

出たところは野原だった。草を掻《か》き分け掻き分け視点は進んでいく。

遠くに黒っぽい山々が見えた。

前日までの夢で、校庭の奥に見えた山々と輪郭が同じである。

そして、視線の先に野球をしている少年たちが見えてきた。

それはとても小さく、おもちゃの人形が動き回っているようでまるで存在感がない。

ダイヤモンドを駆ける少年が、ファーストでアウトになる。空に掲げられたグラブ。

視点は一気に加速した。

少年たちの頭上を飛び越え、校舎に向かう。

ひゅっ、という音を聞いたような気がした。

校舎の端にある教室の窓めがけて飛んでいく。みるみるうちに窓が大きくなり、迫ってくる。

教室に飛び込んだ、と思った瞬間、突然、画面が歪《ゆが》み、ざらざらとした灰色の画面になった。

滲《にじ》んだ画面の中、野球をしている少年たちになる。

少年たちは、今度はやけにちょこまかした動きで校庭を走り回っていた。前日までがコマ落ちの映像だとすれば、今回のは早送りのようである。

しばらく野球の場面が続いたのち、やはり唐突に夢札は終わった。

二人はつかのま無言だった。さまざまな推論が頭を過《よぎ》っていたが、鎌田が次の日の夢札をセットした。

それ以降の夢札には、日常風景の占める割合が徐々に増えていった。塾での会話、講師の説明、家族との時間、学校の帰り道、ゲームの中身らしき風景。とりとめのない場面、父親の顔のアップ、庭の白い犬。

それでも、時折、校庭でのあの野球の場面が思い出したように挟まってくる。その場面はのろのろとしていたり、ぎくしゃくしていたり、やけに動きが速かったりと、進むスピードがまちまちだった。

気になるのは、他のところにはうっすらと色が付いているのに、野球の場面はいつもモノクロであることだ。

ヨネクラサトシの二週間分の夢札を見終わると、朝一番でスタートしたのに、既に午後二時近くになっていた。

夢札そのものを早送りで見ることもできるが、最初はなるべくリアルタイムで見るのが基本である。あと三十人以上いることを考えると、どんなにがんばっても一日にせいぜい三、四人が限度だ。全員見終わるまで、一週間は軽く掛かってしまうだろう。

二人は無言で伸びをすると夢札をいったんケースにしまい、専用のキャビネットに保管してから遅い昼食に出かけた。

「こんなふうにしてましたよねえ」

浩章は、腕をそっと高く上げてみせた。

蕎麦《そば》屋は昼どきを過ぎていたので、客の姿はまばらだった。

例によって、話を聞かれにくい奥まった席で、二人はテーブルを挟んで蕎麦を待つ。

「はい、何か？」

浩章が手を上げたので、注文かと思った店員が近づいてきた。

「いえ、なんでもありません。ちょっと肩こりがひどくて」

慌てて手を振って、肩を押さえるふりをすると、店員は頷いて離れていった。

「グラブだな」

鎌田がぽつんと呟《つぶや》く。

「はい。あそこでいつも場面が変わる。スライディングして、ファーストでアウト。グラブを掲げたところでフェイドアウト」

ヨネクラサトシのものらしい視点での絵が脳裏に浮かぶ。

「あれは何か意味があるのかな」

浩章は首をかしげる。

鎌田は、夢札や夢についての持論は熱く語るけれど、実際に夢判断をする時は非常に慎重だ。なかなか自分の推論は披露せず、一緒に組んだ若手に自由に意見を言わせる。浩章もそれに慣れているので、返事を期待するわけでもなく、こうして思いついたことを口にする。いわば、鎌田を聞き役に自問自答しているのだ。

「最初は、この子は悪夢を見てないほうのグループだと思いました。だけど、執拗《しつよう》に同じ野球の場面が出てくるのを見て、逆じゃないかと思うようになった」

「あれが悪夢だと？」

鎌田が静かに尋ねる。

「はい。というか、悪夢になるのを避けている。無意識のうちにね。その証拠に――」

蕎麦が運ばれてきたので、浩章は口をつぐんだ。たぬき蕎麦と天婦羅《てんぷら》蕎麦。しばし、蕎麦をすする音が響く。

「――教室が出てこない」

浩章は七味を取って蕎麦の上にかけた。

「小学生なら週の大部分を過ごす教室が、夢札には一度もはっきり出てこなかった。校庭、自宅、通学路、塾なんかは出てくる。でも、教室は出てこない。唯一、あのぼんやりした、かすかに机や黒板が見て取れるだけの、影みたいな灰色の映像以外は」

鎌田は海老《えび》の天婦羅を食べながら聞いている。

「彼は、夢の中で教室が出てきそうになると、それを強制的に野球の場面に置き換えているんだと思う」

浩章は続けた。

「なんで野球なのかは分からないし、あの試合が本当にあった試合なのかも分かりませんが、教室での場面を見たくないのは確かでしょう。となると、やっぱりあのポーズが気になる。グラブを掲げてフェイドアウト。単なるゲームセットの合図で、場面を切り替えようとしているせいなのか」

鎌田が手を上げてお茶を頼んだ。

「人が手を上げるのはどんな時だ？」

鎌田は土瓶を持ってやってくる店員に目をやりながら聞いた。

「人を呼ぶ時——挨拶《あいさつ》する時——発言する時。要は、自分に注目してもらいたい時ですよね。野球でグラブを掲げるのも、ボールを持っていることをアピールしたいわけだし。サッカーの審判も、柔道の審判も、ジャッジする時は手を上げる」

浩章は、湯のみに注がれるお茶を見ながら、低い声で呟いた。

「もっと即物的なケースがある」

鎌田がずずっ、と音を立ててお茶を飲んだ。

「誰かに暴力を振るう時、だな。文字通り、『手を上げる』というのは暴力行為を指すからな」

「確かに。でも、それをいうなら、両手を上げるのは万国共通で降伏を表しますよね。強盗だって、警官だって、相手に『手を上げろ』って言う。武器を持っていないこと、攻撃を加える意志がないことを示すサインだ」

「——誰かが、教室で手を上げたんじゃないかなあ」

鎌田が独り言のように言った。

浩章はあきれる。

「生徒は教室でいつも手を上げますよ」

「いや、だから、例の事件の日にさ」

鎌田は窓の外を行き交う通行人を眺めている。

「誰かが突然教室にやってきて、生徒たちの前であんなふうに手を上げた。それを見たヨネクラサトシ君は、とっさに、彼がよく知っている野球で、グラブを掲げてアウトにするところを連想したわけだ」

鎌田はほんの少しだけ身を乗り出した。

「そして、その誰かが手を上げた時、教室の中でとても恐ろしいことが起きたとしたら？」

「何か暴力行為があったっていうんですか？」

浩章もつられて前のめりになる。

「いや、そうとは限らん。恐ろしいことっていうのは、必ずしも暴力行為だけじゃないからな」

「はあ。それっていったい何なんでしょう」

「それを知りたいから、こうやって夢札を見てるんじゃないか」

お茶を飲み終え、どちらからともなく立ち上がると、勘定をしにレジに向かう。

鎌田の言うことはそれなりに筋は通っている。

教室に入ってきた誰かが「手を上げ」たのち、とても嫌なことが起きた。だから、それを思い出しそうになると、似ている野球のポーズに置き換えられ、嫌な記憶は意識下に封じ込まれる。連想は習慣になる。いったん記憶どうしのパイプができると、悪夢の予感を覚える度に野球の場面が現れるのだ。

いったい何が起きたというのだろう。

知りたいような、知りたくないような複雑な気持ちだった。

鎌田は、類似の事件を体験した子供たちの夢札がどんなものだったのか、一部を洩《も》れ聞いているという。彼は、教室で何が起きたのか知っていて、今の話をしたのだろうか。鎌田に限って、先入観を与えるような話はしないはずなのだが。

蕎麦を食べているあいだに、朝から降り続いていた冷たい雨は上がっていた。

三時から次の子供の夢札を見ることを約束し、店の前で二人は別れた。浩章はコーヒーを飲みに、近くのチェーン店に入る。

研究所の中にもカフェテラスがあるが、気分転換をしたいので、外でコーヒーが飲みたかった。いつもは雑踏——つまり、余計な情報——が目に入らないよう奥の席に座るのだが、今日は無性に開放感のあるところに行きたくなり、自分のルールを破っていると承知しつつも、窓際のカウンター席に腰を下ろす。

後ろめたさを覚えたものの、これから一週間、分析室に閉じこもることを思うと息が詰まる。

コーヒーの香りを吸い込み、浩章は目隠しをするように手を組んで、しばらくのあいだぼんやりしていた。世界は情報の洪水だ。目や鼻や耳はもちろん、全身の細胞のひとつひとつが常に大量の情報を受け取っている。

こうして目を閉じ、情報を遮断しているつもりでも、あらゆる情報は体内に、意識下に侵入してくる。

低く流れているBGM、マニュアルに則した店員の会話、背後で交わされている客どうしの商談、携帯電話の着信音、街角のクラクション。

鼻腔《びこう》をくすぐるコーヒーの香り、肘《ひじ》の当たるカウンターの感触、硬いスツールの感触、靴が触れる床の石の感触。

それらすべてが刻一刻と浩章の身体に侵入し、何かに影響を与え、彼を別の何かに変化させてゆく。

夢もそうなのだろうか。鎌田の言うように、夢も外からやってきて去っていくのだろうか。何かが入ってきた。

そう話したという少女の夢札も、これから見る大量の夢札の中に含まれているはずだ。いったいどんなものが子供たちの日常に侵入してきたというのか。

ふと、違和感を覚えた。

なんだ、これは？

何か異様なものが近くにいるという感覚。

全身にピリッと弱い電流が走ったように感じて、浩章は目を開け、顔を上げた。

山が広がっている。

思わず「わっ」と小さく叫び、浩章は腰を浮かせた。

窓の外は、一面、薄桃色の山々だった。

ゆっくりと流れていく雲。山の上にかかる霞《かすみ》。

桜だ。満開の桜が、山々の尾根と斜面を覆い、どこまでも埋め尽くしている。

一瞬、何が起きているのか分からなかった。正月明けに見た夢が巻き戻され、時間が引き戻されたような錯覚に陥る。

頭が混乱し、時間と場所の感覚を失った。

俺は今どこにいるんだ？

「うわあ、綺麗《きれい》」

「いいなあ。一度行ってみたいよねえ、吉野《よしの》」

隣で歓声が上がったのでハッとする。

カウンターに並んでコーヒーを飲んでいた女性二人の会話が耳に飛び込んできた。

「行きたいけど、桜の頃は予約でいっぱいらしいよ。ほら、M産業の社長さん、毎年吉野の旅館に花見に行くんだけど、そこのお客さんてみんな常連で、行くと必ず翌年の予約をして帰るんだって」

「それじゃあ、永遠にあたしらは予約できないじゃん」

吉野の桜。

浩章はあっけに取られて隣の二人を見、改めて窓の外を見た。

そこにあったのは、荷台に当たる部分に巨大な液晶パネルを載せた、宣伝用のトラックだった。信号待ちで、しばらく停まっていたらしい。

やがて、画面はパッと切り替わり、真っ青な海の上を走るヨットに変わった。けたたましい音楽と、はしゃいだ女性の声のアナウンス。どうやら、旅行会社の宣伝のようだ。

その真っ青な海も、ゆっくりと動き出し、すぐに視界から消えた。

あとは、見慣れた宅配便の車や軽トラック、タクシーが次々と流れていく。

「だけど、どこかに旅行して花見なんて無理よね、桜咲くのって異動の時期だし」

「最近、桜咲くの早いもんね。入社式の前に散っちゃったりしてさ」

「そう。毎年時期が違うから、予約しても見られるとは限らないよね。温暖化のせい？」

女性二人はおしゃべりをしながら、席を立ち、店を出ていった。

浩章の動揺はなかなか収まらなかった。

滑稽《こっけい》なほどに混乱し、滑稽なほどに安堵《あんど》している自分に気付き、苦笑しつつコーヒーを口に含むと、すっかり冷めてしまっている。

吉野の桜。

動揺しているのは、都心のコーヒーショップの窓の外にいきなり山々が広がっている、と錯覚したせいではなかった。

あの景色。あの桜。あれは、正月に見た夢の中の場所だった。夢に出てきた山桜は、吉野の風景だったのだ。夢の中でも山の上に建つ蔵王堂《ざおうどう》が見えたので、間違いない。

もちろん、奈良の吉野の桜は有名だし、これまでにもTVや写真で何度も見ているはずだ。それが夢の中に現れたからといって、特に不思議だとは思わない。

しかし、何かが気に掛かった。すべてが繋《つな》がっているような。

結衣子の夢、子供たちの夢。

山の向こうから何かがやってくる――

気がつくと、もう二時五十分を回っていた。慌てて立ち上がり、外に出る。

道を急ぎながらも、浩章の頭の中には、まださっき見た大画面の桜の気配が漂っていた。

それから間もなく、同じ桜の光景を、再び目にすることになるとは知らずに。

研究所に戻り、みっちり夕方まで次の子供の夢札を見た。

「今度はサッカーか」

見終わった鎌田がぽつんと呟《つぶや》く。

一人目の男の子は野球の夢を繰り返し見ていたが、二人目の男の子は、サッカーをしている夢を繰り返し見ていた。

こういうものなのかな。今の子供って。

浩章には子供がいないので実感がないが、兄の子供を見ていると、今の子供たちは本当に忙しい。スポーツも自然発生的にやるというよりは、自治体の作っているクラブチームなど組織に属して稽古《けいこ》事のひとつとしてやる、という感じなのだ。

鎌田と浩章が怪訝《けげん》に思い始めたのは、軽く夕食を摂《と》って、次の夢札を見始めてからである。

この子は女の子だったが、やはりサッカーの夢を見ていたのだ。

まあ、今は女の子もサッカーチームに入っているし、TVでもよく放映しているから目にする機会は多いだろう。親がサッカーファンだったりしたら、余計にそうだ。

しかし、この子の見ているサッカーはなんだか奇妙だった。

人がいっぱい走っていて、ボールを蹴《け》って、ゴールに入れる。

だが、それらの人々はのんびりとパステル調で、しかもぼやけている。ボールはゴム毬《まり》みたいだし、ゴールはザルを立てかけたような奇妙な形をしている。

イメージとしてのサッカー。なんとなく知っている競技としてのサッカー。そんな印象を受けた。

当惑は、翌日も続いた。

翌日は四人の夢札を見たが、そのうち二人がまたサッカーの夢を見ていたのである。やはり男の子と女の子、一人ずつ。当然ながら、本人のサッカーの知識の差が出るらしく、この二人では女の子のほうがサッカーに詳しいようで、ユニフォームやスパイクなどディテールが鮮明で、日本代表の有名な選手も沢山出てきた。

「なんなんでしょうね、これは」

四人目を見終わった時、浩章は思わず唸《うな》り声を上げていた。時計は夜の十時を回っている。

「そんなにサッカーに関心があるんですか、今の子供たちは」

「今年はワールドカップがあるから、というわけではなさそうだな」

鎌田がぼそりと呟く。

「やはり何かをサッカーに置き換えてるんだろうな――しかも、複数の子供たちが見ているとなると、それがサッカーを連想させるものだったってことになりそうだな」

「サッカーを連想させるもの――」

浩章は首をひねった。あまりに漠然としていて見当もつかない。

「じゃあ、むしろ最初の男の子が野球を連想したのが特殊だったってことでしょうか」

「よほど野球好きで、なんでも野球に結びつけるタイプなのかもしれん」

「野球であれ、サッカーであれ、やっぱりどれも例の事件と関係があると考えていいんでしょうか。今日の子たちも、教室が全然出てこなかった」

最初の子は、教室を思い出しそうになると、無意識のうちに野球の試合に置き換えてしまっていた。他の子たちも、教室での体験をサッカーに置き換えているのだろうか。

しかし、なぜサッカーなのだろう。サッカーを連想させるようなものとは何か。

何か恐ろしいものが教室に入ってきた。

それがあの事件の原因であることは確からしいのに、それがいったい何なのか皆目見当がつかない。子供たちは、それを夢に見ることすら避けている。

それほど恐ろしいものなのか。

浩章は、子供たちの無意識の縛りの強さにぞくりとした。

本当に言いたくないこと、言えないこと。そんな体験は、夢の中にもなかなか出てこない。それは心の底の暗い小部屋にしまいこまれ、部屋のドアには何重にも頑丈な鍵《かぎ》が掛けられている。そして、そんな部屋があることすら、普段は意識的に忘れているのだ。

全部の夢札を見ても、原因は分からないのではないか。

浩章はそんな不安を覚えた。

時間と費用を掛け一クラス全員の夢札を見て、何の成果もないことを恐れるのはもちろんだが、もっと深刻なのは、何も説明がつかず子供たちの意識下にトラウマのような体験がしまいこまれたままになることだった。それが根を張り形を変えて、これからの彼らの人生に影響を与えるのだと思うと、空恐ろしい心地になる。

しかし、それだけではないことを浩章は薄々気付いていた。根本的な不安の要因は、浩章自身にあるのだ。

今回の事件の原因を突き止めることが、浩章自身のトラウマになるのではないか。

そんな予感が日に日に強まるのだ。

何か取り返しのつかないことが自分の身に起きる。それが昨年暮れからの結衣子にまつわる出来事と、正月に見た夢の意味なのではないか。

そう考えると、出勤の途上で思わず立ち止まり、胃が重くなるのを感じるのだった。

子供たちの夢を見始めて四日目。

今日もサッカーの夢を見ている子が一人いたが、続けて二人は、他愛《たあい》のない日常風景がモザイクのように並べられており、悪夢の体験の気配は希薄なように感じられた。

それでもディテールは極力目に焼きつけ、他のものと比べられるよう記憶するが、つい退屈になってしまうのも事実だった。

そろそろ「夢札酔い」にも注意しなければならない。

何日も長時間夢札を見ていると、脳が痺《しび》れたようになって、日常生活にも夢札の内容のフラッシュバックが頻繁に起きるようになる。夢の中にも他人の夢札の内容が影響し、それこそ、夢札と現実、または自分と他人の夢がごっちゃになってしまうのだ。

こんな時の気分転換は人それぞれだが、浩章の場合はゆっくり公園を散歩したり、マッサージに行ったりする。

浩章は、今日最後の夢札を見る前に、馴染《なじ》みのマッサージ師のところに行くことにした。

研究所の近くに診療所を構えており、浩章の職業も知っているので、何も質問したりせずに黙々とマッサージをしてくれるのがありがたい。

うとうとしていると、昼間見た夢札の残滓《ざんし》が少しずつ溶けていくのを感じる。

こうして半分眠った状態になると、いつも決まって泉鏡花《いずみきょうか》の小説を思い出す。

外科室で麻酔を掛けられたら、心の奥に隠している秘密を告白してしまうのではないかと恐れる女の話。

あるいは、「王様の耳はロバの耳」の話。

秘密を隠しておくことは苦しい。秘密にしなければならないと承知していても、どこかで吐き出してしまいたくなるし、誰かに聞いてもらいたくなってしまう。

その点で、懺悔《ざんげ》というのは理に適《かな》ったシステムだなと思う。

少し頭がすっきりしたので、研究所に戻る。

この日最後に見た夢札は、それまでのものとは少し異なっていた。

九歳の女の子のもの。

誰でも一部は抽象的なイメージを夢に見ているが、しばしばそういうものばかりをメインに見ている人がいる。それがなぜなのかは分からないし、職業、年齢、性別、どれもバラバラで共通点はない。ただ、そういうタイプの人の見る夢は非常にバラエティに富んでおり、ビジュアル的に面白いという点では共通している。

この女の子の夢札はそちらのタイプだった。

まず、特筆すべきは色彩の豊かさだ。

画面が徐々に明るくなり、最初に現れたのはチラチラと木漏れ日のように光る色とりどりの水玉だった。それも、膨らんだり、弾《はじ》けたり、小さく縮んだりと視界の中を生き生きと動き回っている。

やがて水玉は細長く伸び、虹《にじ》のような模様になって波状の動きをするようになった。

よく見ると、その模様は細かい網の目になっていて、伸縮するたび色が濃くなったり薄くなったりする。時折、人の顔のようなものが浮かんでは消え、花やガラスのコップといった具象的なものも現れた。

「ほう」

思わず二人で感嘆の声を洩《も》らす。

たまに現れる具象的なものの質感はとてもリアルで、細部の再現もきっちりとしている。

やがて、今度はペンキを叩《たた》きつけるような色の帯が走り始めた。

鮮やかな色の液体が、文字通り目にも留まらぬようなスピードで画面を縦横に駆けていく。色は一色ではなかった。青、黄、赤、緑。それこそ、無数の原色の液体が画面を横切り、その上にまた異なる色の帯が奔《はし》る。

あまりにスピードが速いので、見ているほうも眩暈《めまい》がするほどだった。

だが、色彩のスピードはいよいよ速まり、もう目で追えないのではないかと思うほどに加速し、すべての色が混ざりあって濁り、かつての放映時間を終えたTVの「砂の嵐」のような状態になった。

唐突に、フッと何も見えなくなり、画面が灰色になる。

ぼんやりとした無の空間。

画面がたちまち弛緩《しかん》する。

めまぐるしい動きから解放され、思わず、見ていた二人は小さく溜息《ためいき》をついた。

しばらくのあいだ、画面に動きはないように思えた。

が、何かがじわじわと浮かびあがってくるのが分かった。

何かがぼんやりと浮かんでくる——いや、視点がゆっくりと移動しているのだ。どこかを歩いている視点。どうやら、目の前に起きているのはそういう動きのようだった。何を見ているのか、どこを歩いているのか。

なかなか分からない。モノクロームの画面は水底にいるかのようにゆらゆら揺れていて、絵がはっきりしないのだ。

それでも、視点が少しずつ動いているのは確かだった。どこかに向かって進んでいる。目を凝らして画面を見つめていた浩章は、線らしきものが、滲《にじ》むように浮かび上がってきたことに気付いた。

この長い線と、この矩形《くけい》の線は、ひょっとして——

「廊下ですね」

思わず呟《つぶや》いていた。鎌田がちらっとこちらを見るのが分かる。

「これ、学校の廊下だ。こっちは窓」

浩章は、身体がふうっと持ち上げられたような錯覚を感じた。

「夢札酔い」か？　反射的に瞬《まばた》きを繰り返し、頭をはっきりさせようと首を振る。

夢と現実が混ざりあい、他人の夢が自分の夢の中に侵入してくる——

間違いない。

視点は、学校の廊下を進んでいる。廊下の脇に並んでいる窓も見える。

似ている。

浩章はうっすらと冷や汗を掻《か》いていた。

正月明けに見た俺の夢によく似ている。

一方で、否定する声もある。小学校の造りは全国共通。学校の廊下を歩いた記憶なんて、誰でも似たり寄ったりのものになる。子供の頃を思い出したら、こういう絵になるのは当然じゃないか。

今や、視点が学校の廊下を歩いていることは明白だった。他には誰もおらず、廊下に沿って並んでいる窓は開いている。

それにしても、なぜこの絵には色彩がないのだろう。さっきまでは、あんなに豊かで美しい色彩に溢《あふ》れていたというのに。

無意識のうちに首筋の冷や汗を拭《ぬぐ》っていた。

どこまで行くのだろう、この視点は。

息を詰めて二人は画面を見守っていた。

廊下の外れが見えてきた。

その向こうは、暗がりでよく見えないが、階段の踊り場になっているらしい。

いちばん外れにある教室が、少しずつ近づいてくる。

浩章は胸の動悸《どうき》が激しくなるのを感じた。

もしかして。もしかして、この子は、何が教室で起きたか見せてくれるかもしれない。

期待と恐怖とが、同時に押し寄せてくる。

ついに、教室の前に来た。

嵌《は》め殺しのガラスの入った引き戸の前にいる。

ガラスの向こうは暗くて、何も見えない。

視点は、引き戸の前でためらっているようだった。

入るべきか、入らざるべきか。

引き戸がアップになったまま、動かない。

と、突然、視点がぐるりと変わった。

後ろを振り向いたのだ。

パッと明るい色彩が飛び込んでくる。

柔らかな、ピンク色と黄緑色の靄《もや》のようなものが画面いっぱいに広がる。

浩章は、思わず悲鳴を飲み込んでいた。

窓の外に広がっている山々。

満開の桜と、新緑の山。

他人の夢が流れ込んでくる――

自分の夢と、他人の夢、そしてこのあいだコーヒーショップの窓の外に広がっていた光景とが、この瞬間、ぴたりと重なりあったような気がした。

奈良の吉野。

薄靄をまとい、ゆったりと広がる桜。

視点は、教室の引き戸の前で立ち止まり、迷っていたが、教室には入らず振り返り、廊下の窓の外を見ていた。

そこにある吉野の山を。

視点が、窓に近付いていく。

教室に入るのはやめたらしい。

山の中に、ぽつんと黒いものがある。

蔵王堂だ。稜線《りょうせん》から飛び出した屋根。

その黒いものが、わずかにズームアップされたようだった。

もぞっ、とそれが動いた。

「えっ？」

浩章は小さく叫んだ。

蔵王堂——じゃない？　なんだろう、あれは。まるで生き物のように蠢《うごめ》いているように見えるけれど。

動いている。蔵王堂が。いや、あれは何か別のもの？

と、その黒いものはべちゃっと潰《つぶ》れてインクの染みのようになった。染みがじわじわと周囲の桜と新緑の中に滲んでいき、みるみるうちに景色を薄墨色に染めていく。風景は歪《ゆが》み、さっきまでの神秘的で華やかな春の山々とは似ても似つかぬ禍々《まがまが》しい場所に変わってしまった。

線もなくなり、具象から抽象へと世界が変貌《へんぼう》していく。

世界が崩れていく。形がなくなり、バラバラに雲散霧消していってしまう。

それはゾッとするような眺めだった。

浩章は、足元がどこまでも沈み込んでいくような錯覚に陥った。

瓦解《がかい》した世界。

画面はそのまま灰色になり、緩やかにフェイドアウトして夢札は終わった。

鎌田と浩章はしばらく無言だった。

異様な夢札。しかし、だからこそ某《なにがし》かの真実を伝えているような気がする。

しかし、なぜ吉野なのだろう。子供たちが住んでいるのはG県なのに。しかも、桜の季節なのはなぜか。確かに吉野の桜は有名だが、子供たちの夢札は十二月のものだし、夢札を引くきっかけとなった事件は初冬の頃に起きたのだ。

似たような疑問を感じていただろうに、鎌田は何も言わなかった。

記録を取り、片付けて外に出ると、もう十時を回っている。

寒い夜だった。鎌田と別れて駅までの道を歩いていると、平日の夜だしオフィス街は閑散として、見かける人もコートの襟を立て身体を縮めるようにして足早に家路を急いでいる。

浩章は地下鉄の入口で、無意識のうちに立ち止まっていた。他の客と一緒にこの入口に吸い込まれれば、一時間で家に着く。

だが、浩章はどうしてもそこに足を踏み入れられなかった。

駄目だ、まっすぐ家に帰れない。このまま家に帰ったら、翌朝家を出てまたここに来なければならないのだ。十二時間後には、またあの「獏」と向き合っているなんて。

最後に見た夢札の中の黒い染みが、そのまま全身をじわじわと侵蝕《しんしょく》していくようで、息が詰まりそうだ。どこかに寄って、ガス抜きをしなくては。どこへ行こう。コーヒーショップは終わる時間だし、バーの酔客に混ざるのも嫌だ。

地下鉄の入口を通り過ぎ、のろのろと歩いていると、すい、と後ろから浩章を追い抜いていく影がある。

白い犬だった。

散歩だろうか。犬の散歩の時間にしては遅いような気がするが。

毛並みも美しく、きびきびと歩いている。

浩章は、何気なく振り向いて後から来るであろう飼い主の姿を探した。

が、寒々とした街灯の下にはどこにもそれらしき姿がない。オフィス街の小さな緑地がぼんやりと照らし出され、その奥の暗がりをかえって強調しているように見える。

もしかして、犬よりも前を行っているのだろうか。浩章は犬の前方に目を凝らした。

しかし、並んで歩くコート姿のビジネスマンが二人いるだけで、どう見ても帰宅途中のこの二人が犬の飼い主には思えない。

野良犬だったのか。浩章は犬を見た。

しかし、犬は首輪をしていた。何より、闇にぼんやりと白く輝く一点の染みもない毛並みは、とても野良犬には見えなかった。

奇妙な心地になる。

犬はきびきびと浩章の数メートル先を歩いており、まるで彼について来いと言っているように感じたのだ。

気がつくと、彼はふらふらと犬の後を追っていた。

綺麗《きれい》な犬だ。冬の夜にそこだけ光を放っているような錯覚すら感じる。

そして、犬は自分の行き先をよく知っているように見えた。

足取りに迷いはなく、ペース配分に慣れたマラソンランナーのように軽快に進んでいく。家に帰る途中だろうか。いつのまにか、興味を覚えていた。

冬の夜のオフィス街を飼い主と離れて歩く犬が、どこに帰っていくというのだろう。

いつもの通勤経路を外れ、見知らぬ風景の中にやってきていた。やはり無機質なオフィス街が続いているが、いよいよ人気《ひとけ》はなく、ビルに煌々《こうこう》と明かりが点《つ》いているものの、自分と犬以外は誰もいないような気がしてきた。

犬はこころなしか、歩くスピードを上げた。

浩章は自分が小走りになって犬を追っていることに気付いた。ハッハッという呼吸の音が耳元で響き、こめかみにうっすらと汗が浮かんでいる。その癖、口元の吐く息は白く、鼻の中が冷たかった。

おかしな状況だとどこかで考えていたが、恐怖は感じなかった。

いったい俺は何をやっているんだろう。

犬が不意に視界から消えた。

いや、どこかに曲がり込んだのだ。

浩章は、慌てて犬が視界から消えた場所に駆け込んだ。

目の前にある、異質な濃い暗がり。古くからある場所の気配。オフィス街の人工的な緑地ではなく、元々群生している植物の匂い。

そこは小さな神社だった。石段があって、上にうっすらと鳥居が見える。周囲には木の枝が覆いかぶさっていて、真っ暗で何も見えなかった。

こんなところに神社が。浩章は鳥居を見上げた。暗いせいか、神社の名前を書いたものが見えなかった。

犬はここに入っていったのだ。

ふと見ると、石段の脇に小さな坂道があった。もしかすると、こちらを上がっていったのかもしれない。きっと、この奥に住宅があって、そこで飼われているに違いない。

そう納得すると、急に興味が薄れた。坂道は暗く、街灯もぽつんとひとつあるきりだ。さすがに、犬の家を探すためだけにそこまで入っていく気にはなれなかった。

浩章は小さく溜息《ためいき》をついた。時計を見ると、地下鉄の入口で逡巡《しゅんじゅん》した時から三十分近くが経っている。

結構、運動になったな。さっきの張り詰めて鬱屈《うっくつ》した気分はすっかり消えていた。

気分転換になったことは確かだ。もう帰ろう。

踵《きびす》を返そうとした瞬間、鳥居の下に何かがいることに気付いた。

反射的に足を止める。

鳥居の下の真ん中に、影がある。

さっきの犬だろうか。無意識のうちに足を一歩踏み出し、その影を見つめた。

目の錯覚か。いや、あそこに何かいる。

鳥居の真下にじっとしている影。

それは、犬のようにも見えた。というのも、人にしては背が低いような気がしたからだ。

いや、それとも誰かが蹲《うずくま》っているのか。

不意に、視線を感じた。

浩章はぎくっとした。その影が自分を見た。そう直感したのだ。

なぜそう思ったのかは分からない。しかし、影が浩章に気付いてこちらを見ている、と思ったのだ。

全身に鳥肌が立った。

影が、動いた。

それも、まるで、すぼんでいた風船が膨らんだかのように、影が膨れあがったのだ。

一瞬、さっきの夢札の光景が過《よぎ》った。

吉野の山の中の蔵王堂が蠢き、膨れ上がる。

それまで麻痺《まひ》していた感覚が一挙に目覚めたようだった。

恐怖に駆られて、浩章はそこから逃げ出していた。

後ろを見ずに、走って逃げた。

来た道を駆ける。かすかに見覚えのある角を曲がり、ビルの緑地帯を抜け、立ち止まらずに走った。

見慣れた地下鉄の入口が見えたとたん、どっと全身から汗と疲労が噴き出してきた。

助かった。

地下に吸い込まれていく帰宅途中のビジネスマンやOLの無表情さが、いつになくありがたいものに思えた。

恐る恐る後ろを振り返るが、もちろんそこには何もない。犬もいなければ、影もない。

当たり前だ。こんな話、誰が信じてくれるだろう。浩章は苦笑した。

「夢札酔い」だろうか。だとすれば、こんなにひどいのは初めてだ。

研修期間に自分の夢札を見ていつも驚かされたのは、人間というのが日ごろ自分が見ていると思った以上に多くのことを洞察していることである。人は生きていくために余計な情報を遮断し、取捨選択し、片っ端から忘れていくけれど、本当はかなりのことに気付き、観察し、思考しているものなのだ。忘れたつもりでいても、それらは我々の意識の底に沈んでいる。個人の意識のみならず、無意識に皆で太古から共有している、昏《くら》くめったに陽の射さない水底に。

あの犬は、悪いものには思えなかった。あの美しさ、白い膜をまとったような輝き。

何かを浩章に教えてくれようとしていたような気がする。

なぜあそこに連れていった？　浩章は闇の中の犬に問いかけた。

鳥居の下の影。真ん中にいた——

不意に、奇妙なことを思い出した。子供の頃、祖母が繰り返し言っていた台詞《せりふ》。

神社の参道の真ん中を歩いちゃいけないよ。脇に寄りなさい。なぜなら——

真ん中は、神様の通るところだからね。


ようやく夢札が残り少なくなり、あと一日ですべて見終わるというところまできた。

残っている夢札は、三人とも女の子のものだった。

浩章はなんとなく緊張した。

それまで見た夢札には、未《いま》だに例の事件で何が起きたのかはっきりと示すような内容は見当たらなかった。あの、吉野の山を廊下の窓の外に見ていた子が今のところいちばん明快で、具体的に例の事件と関連があると考えられるものだった。

しかし、他にも何人か、例の事件と思《おぼ》しきものを、ちらっとではあるが、何かに置き換えずに見ていたのは皆女の子だった。

複数あったのは、教室で友達とおしゃべりをしていて、急にみんなが振り向く、という情景だった。何かを見て、きょとんとした顔が並んでいる。また、何か書き物をしていて顔を上げる、というものもあった。

とにかく、何かが起きて、子供たちが注意を引かれるような場面があったことは確かで、繰り返し振り向く子供の顔や、机から上げた顔がアップになるのだった。しかし、肝心の、何が起きたのか、何に対して振り向いたのかが分かるものは出てこないのだ。

一人だけ、教室の扉が開いている場面を見ている子がいたが、扉が現れるのはほんの一瞬で、扉の向こうには何もなく、すぐに真っ白にフェイドアウトしてしまった。

十歳やそこらでは、肉体的にも精神的にも男子より女子のほうが成長が早い。それが夢札にも関係しているのだろうか、と浩章は思った。

男の子のほうが、概して見たくないもの、思い出したくないものの他のものへの置き換えが単純だった。女の子は複雑で、ひとつのものが数種類に置き換えられたり、何かに置き換えたものが更にもう一度別のものに置き換えられていたりして、なかなか読み取れないのである。

しかし、やはりサッカーをしている、というモチーフは度々現れた。サッカーに置き換えられているものとは、いったい何なのだろう。

鎌田も浩章も日に日に無口になり、ひたすら夢札を見て記録を付ける、という作業を続けていたが、そろそろヒントが欲しいと焦り始めてもいた。

その夢札は、始まった時からそれまでのものとは異なっていた。

鮮明。

これほどクリアな映像はこの年齢では珍しかった。

ものを見るのは、訓練が必要なのだ。子供はまだ漠然と世界を見ているし、全体よりも一部、または興味のあるものだけを見ている。

しかし、時折観察力が突出している子供もいる。目撃者として信用できるのは子供のほうだという話を聞いたことがある。先入観なしで、見たものを素直に記憶できるからだ。手配中の凶悪犯が、子供によって見つかったケースも多い。

この子はそういうタイプに違いなかった。

まず、登場したのは給食だった。

メニューも鮮明。青菜と厚揚げを炒《いた》め煮にしたの、カボチャの煮たの、牛乳に柿。かやくごはん。色もリアルだ。

話をしながら給食を食べているらしい。

時折、教室の中が映し出される。

もう食べ終わって遊んでいる生徒、机に腰掛けておしゃべりをしている生徒。昼休みに思い思いにくつろぐ姿が挟まる。

昼食が終わり、視点は動き回っている。

ちらっと、教室の黒板が視界に現れ、隅に書かれた日付が見えてぎくっとした。

それは、まさに事件当日の日付。日直の名前が下に書いてある。

事件当日の教室だ。

突然、丸いものがふわりと宙を舞った。

紙風船である。

しばらく目にしていない。今の子供は知っているだろうか。

しかし、そこにあるのはまさしく赤や黄色の紙を貼りあわせた、膨らませた紙風船だった。

ふわふわと宙を舞う。

笑顔の少女が何人か見えるのは、数人で紙風船をバレーボールのようにやりとりしているからのようだ。

ゆっくりと、いびつな形の紙風船が上下する。

やけにゆっくりだ。

浩章は、紙風船の動きが徐々に遅くなっているような気がした。

まるでスローモーションだ。

のろのろと紙風船が、上へ下へと動いている。

ぎくしゃくとしたコマ落ちのような動き。

紙風船の穴までくっきりと見え、貼りあわせた紙の継ぎ目まで見える。

浩章は気味が悪くなった。

どうしてこんなに鮮明に覚えていられるのだろう。それこそ、数百万画素のＴＶの画面を見ているかのようだ。

「膨らんでいる」

突然、鎌田が小さく呟《つぶや》いた。

え、と思って紙風船を見る。

確かに、紙風船は膨らんでいた。何度も少女たちの手で打たれて凹《へこ》んできたように思っていたのに、ここに来て、紙風船は膨らみ始めていた。

しかも、紙風船は、宙に浮かんだまま膨らんでいた。

相変わらずスローモーションのように動きは鈍い。しかし、やがて紙風船はパンパンに膨らみ、完全な球形になった。

それでもまだ膨らんでいる。

このままでは、破れてしまう。

そう思った瞬間、紙風船が破れ、空中でひしゃげた。

思わず、鎌田と二人、全身をびくっとさせる。

次の瞬間、紙風船は消えていた。

教室の前の扉が開いている。

生徒たちが扉に注目しているのが分かった。

視点も扉のほうを見ている。

扉の向こうは廊下だった。誰もいない廊下。

と、廊下に黒っぽい影が差した。

何かが来る。近付いてくる。

その何かがすぐ外にいる。

不意に、ぬうっと前の扉から何かが入ってきた。

それは、「何か」としか言いようのないものだった。真っ黒でぼんやりした、大きな影。

「うっ」

無意識のうちに浩章は呻《うめ》いていた。

「なんだこれは」

影は教室の中に入ってくると、突然ぶわっと膨らんだ。

それは一瞬にして天井まで達し、教室を暗くした。

浩章はゾッとした。

夜の鳥居の下にいた、黒い影。こちらを見ていた。いきなり、大きく膨らんだ、あの得体の知れないもの。

あの影と、今目にしているものが重なった。

膨らむ。こっちを見ている。

影は教室中に広がり、たちまち辺りは真っ暗になった。生徒たちも、机も椅子も影に覆われて何も見えなくなる。

突然、そこで夢札の映像は途切れ、灰色になった。

「これはいったい」

「しっ、また始まる」

再び夢札の映像が映し出された。

やはり給食の場面。教室の黒板。宙を舞う紙風船、と同じ映像が繰り返された。

そしてまた、前の扉から黒い影が入ってくる。

それこそ、壊れたレコードのように同じ場面が続いた。

この夢札を引いた女の子は、繰り返し当時の夢を見ていたのだ。

何度も入ってくる黒い影。

「ねえ、鎌田さん」

浩章は早口に囁《ささや》いた。

「これって——さっきよりも少しずつ鮮明になってきてませんか」

「この黒いのが?」

鎌田も低く呟いた。

「最初は形のはっきりしない、ぼんやりした影だったのに、なんとなく、今のは輪郭が出来てきたような」

鎌田も感じていたようだった。

たぶん、鎌田も、俺と同じ感想を抱いている。

これはどういうことなのだろう。

この子は、何度も夢を繰り返し見ているうちに、影に姿を見つけ出すようになったのだろうか。これだけの映像記憶力を持っている子だ。反復し、思い出しているうちに、自ら形を与え、細部を自分で作ってしまったのかもしれない。あるいは、自分に説明しようとしているのかも。

執拗《しつよう》に、夢は繰り返された。

給食、紙風船、開いた扉。

廊下に浮かび上がる黒い影が、最初のものよりもずっとしっかりしたものになっていた。

丸い頭。ひょこひょこと近付いてくる、その動き。

これは、まるで——

ぬうっと足元から入ってきたものには、ウロコ状のものがあった。

鳥の足である。

大きな鳥の足が、教室の中に入ってきて、黒い羽がばさり、とそのあとに続いた。

巨大なカラス。

ぼんやりした影は、いつのまにかそんな姿へと変貌《へんぼう》を遂げていた。

しかもそのカラスには足が三本あった。

教室への侵入者は巨大な八咫烏《やたがらす》だったのだ。

少女は、繰り返し、教室に入ってくる巨大な三本足のカラスを夢に見ていた。

鎌田と浩章は、あまりのことに絶句してしまった。

なぜ？

なぜ八咫烏なんだ？

浩章は混乱した。これが本当に子供たちが見たものなのか？　それとも、何か別のものをカラスという形に置き換えているのだろうか。

まさか本当に巨大な八咫烏が教室に入ってきた、なんてことがあるだろうか。

が、ひとつ思い当たったのは、皆がサッカーの夢を見ていた理由だった。

サッカーは、八咫烏を置き換えたものだったのだ。

三本足のカラスは、日本のサッカー協会のシンボルマークである。ワールドカップも近いし、繰り返し放映されている日本のユニフォームで、かつて日本神話の時代、神武《じんむ》天皇を勝利に導いた霊鳥を象《かたど》ったエンブレムが紹介されているから、子供たちも印象に残っていたのだろう。

つまり、逆に、多くの子供が「三本足のカラス」を目にしていたということになってしまうのだ。

そんな馬鹿な。

本当に、そんな生き物が昼休みの教室に入ってきたというのだろうか。

先入観を持つのは禁物とはいえ、こんな話は聞いたことがなかった。

しかし、繰り返される夢の中で、八咫烏はいよいよ鮮明に、大きくなっていった。

廊下に巨大な鳥の影が現れる。広げた羽が、廊下に映るようになった。

飴《あめ》色の三本の足が、一本、また一本と教室の中に入ってくる。

カラスの濡《ぬ》れ羽色、の言葉通り艶々《つやつや》とした漆黒の羽が、教室の中で広げられ、小さい黒い羽がチラチラと宙を舞った。

ただ、顔の部分は未《いま》だにぼんやりとしていた。

丸い頭はあるのだが、目や嘴《くちばし》は位置がはっきりしない。

何かが教室に入ってきた。誰かの言葉を改めて思い出す。

確かに、これは「何か」としか言いようがない。三本足の巨大なカラス。もし本当に皆がこれを見ていたのならば、パニックになってもおかしくない。だが、いったいこんな話を誰が信じるだろう。

困惑する浩章と鎌田を前に、まだ夢札は続いていた。

廊下に映る鳥の影。

滑らかな動きで、一本、また一本と鳥の足が教室に入ってくる。

ばさりと広げられる巨大な羽。さながら、威嚇するように広げられ、教室を天井近くまで覆ってしまう黒い扇だ。

そんなことがあるはずはない、と懐疑している浩章を嘲笑《あざわら》うかのように、何度も八咫烏は教室に入ってきた。

「おい、顔が」

鎌田が顔色を変えた。

「顔が出来てきたぞ」

鮮明な足や羽に比べてぼやけていた顔の部分が少しずつ現れてきた。

だが、それは奇妙だった。

カラスの顔ではない。まるで、鳥の着ぐるみを身に着けているかのように、カラスの喉《のど》の部分に当たるところに丸く開いた穴があって、そこにぼんやりと人間の顔らしきものがあるのだ。

人間は、二つ丸いものが並んでいると、目だと認識するという。そこにあるのは、二つの目と、口と、鼻らしきものだった。

「なんだ、これは。カラスの顔じゃない」

鎌田が気味悪そうに呟《つぶや》いた。

「これじゃかぶりものですね」

カラスのかぶりものをした人間。

しかし、身体を支える三本の細い足は、カラスのものなのだった。そのギャップが、ひどく気味が悪い。

まだ夢は繰り返されている。

相当長い夢札だ。かわいそうに、何度も悪夢にうなされたことだろう。

そして、カラスは更に少しずつ精度をアップさせ、鮮明な絵になり続けていた。この執拗さ。

いったいどういう子なのだろうか。

浩章はそっちのほうが気になってきた。

カラスの喉の部分に、白い顔が徐々に浮かび上がってくる。

「女の顔に見えないか？」

鎌田が言った。

確かに、眉《まゆ》や目鼻の感じが細く柔らかい印象を与える。カラスの中の女の顔。その顔は、微笑んでいるように見えた。

浩章はまじまじとその顔を見つめた。

「まさか。まさか――そんな」

どっと全身に、冷たい汗が噴き出していた。

そこにあったのは、古藤結衣子の顔だったのである。

五章　車窓

スーツケースに着替えを詰めながら、浩章はカレンダーに目をやった。

子供たちの夢札を見ているうちに一月も下旬になってしまった。

しかも、この仕事からまだ当分離れられそうにない。

そう考えると、息苦しいような、逃げ出したくなるような、もやもやした不安な心地がこみ上げてくる。

落ち着け。別に命を取られるわけじゃない。今はひたすら、足元に集中して、少しだけ前を見るのだ。決して、顔を上げて遠い目的地に目をやってはいけない。これまでのように、目の前の課題をひとつずつこなしていけば、いつかは必ず終わる。

浩章は低く深呼吸し、顔を上げた。

窓の外はみぞれが降っている。暖房を入れてあるものの、部屋はなかなか暖まらなかった。

「朝ごはんは？」

寝ぼけ眼でパジャマ姿の美里《みさと》がリビングの入口に立っていた。

「あ、ごめん、起こしちゃった？　まだ寝てていいよ。ゴミは俺が出してく」

まだ朝の六時を回ったところだ。学術関係の出版社に勤めている美里が普段起きる時間より二時間も早い。互いに残業が多く、生活時間にずれのある二人は、めいめい勝手に食事をすることに慣れている。

「コーヒーだけでも淹《い》れようか」

「いい、新幹線の中で適当に食べるから」

「ヒロくん、大丈夫？」

「え？」

浩章は思わず美里の顔を見た。

妻はもうすっかり目を覚ましていた。

こちらをじっと見る大きな黒目にたじろぐ。

このところ例の夢札にかかりきりだっただけに、久しぶりに彼女の顔を見たような気がした。

「大丈夫というのは？　どういう意味？」

童顔で、一見あどけなく大雑把に見える妻と、一見落ち着いてしっかりして見える夫。だが、二人をよく知っている人に言わせると、中身は全く逆なのだそうだ。

浩章も彼らの意見に賛成だ。いつも冷静で理詰めでものを考えるのは美里のほう。浩章のほうが感情の振れ幅が大きく、くよくよ思いつめるタイプだ。

「最近、毎晩うなされてるよ」

美里は淡々と言った。

「俺が？」

浩章は驚いた。そんな自覚は全くなかった。

「うん。怖くなって、何度か顔見に行っちゃった」

「何か寝言でも言ってた？」

「ううん、そういうのは言ってない」

少し安堵《あんど》する。まさか、あの夢札に関することを口にしていたりしたら厄介だ。もちろん、美里は彼の職業を承知しているから、何か聞いたからといって口外したりはしないだろうが。

それにしても、他人の悪夢の夢札を見て悪夢にうなされるとは情けない。

「外でもあまり食べてないでしょう。ヒロくん、大変な仕事になるといつも食が細くなる。ポテトサラダ作っても、ほとんど減ってなかった」

美里は毎月月末の忙しい時になると、惣菜《そうざい》を作り置きしておいてくれるのだが、浩章が好物のポテトサラダに手を付けていなかったことを指しているのだった。

「うん。確かに、今の仕事しんどい」

浩章は認めた。

「今度の出張、三日間?」

美里は、電話の上のホワイトボードに目をやった。

今月の互いの予定が書き込んである。

美里の視線の先に、浩章の字で、今日の日付から「G県出張、×日帰宅予定」とあった。

「もしかすると延びるかもしれない。分かったらメールするよ」

「気をつけてね」

美里は真顔で言った。そして、パタパタとキッチンに入っていくと、何かを手に戻ってきた。

「はい、お守り」

浩章は小さく笑った。

「これが？」

それは、ありふれたチョコレート菓子だった。

商品名の語呂《ごろ》合わせから、受験シーズンになると受験生がこぞって買うという。

「俺、甘いもの食べないのに」

「知ってる。でも、子供は甘いもの好きだから、一緒に食べるという手もあるよね」

浩章はハッとして美里を見たが、美里はもう洗面所に姿を消していた。


俺が子供に会いに行くというのがなぜ分かったのだろう。

東京駅の雑踏を歩きながら、浩章は出がけに言われた美里の言葉を思い出していた。

理詰めで考える人間には二通りある。

あくまでも論理的に考えた結論を大事にするタイプと、理詰めに考え抜いても最後は自分の直感を信じるタイプだ。男性にはこの両方が混在するが、女性はどんなに論理的な考え方をする人でも最終的には直感を優先するように思う。

結衣子もそうだった。

もっとも、彼女の場合理屈では説明できない世界に棲《す》んでいたのだから、仕方がないのかもしれない。けれど、美里も迷わず直感に従うタイプだった。

待てよ。

浩章は、ふと思いついた。

そういえば、そもそもG県の小学校の事件を聞いてきたのは美里だったのだ。俺がG県に行

く と聞いて、真っ先にあの事件を思い浮かべたのではないか。年明けから来る日も来る日も残業に明け暮れているのだから、大量の夢札を見ていることは察していたはずだ。大量の夢札を見たあとに、G県への出張。そこから、俺が例の事件の関係者である子供たちの夢札を見ていたと推測するのは不自然ではない。

浩章はなんとなく安堵した。別に不思議でもなんでもない。

平日の朝の新幹線はビジネス客で混雑していた。皆黒っぽいコートを着ているので、車内がなんとなく重たい雰囲気になる。誰もが苦労してかさばるコートを天井近くの棚に押し込んでいた。コートにみぞれの湿った匂いが染みこんでいて、車内は冬の匂いが立ち込めている。

浩章は通路で他の客のスーツケースとなんとかすれちがいながら、乗車券の座席番号を見た。真ん中よりも向こうだ。反対側から乗ればよかった。

目指す席は、座席を回して向かい合わせになっていた。圧倒的に男性が多い車内で、そこだけパッと明るく見えるのは、一人女性がいるからだった。

「あれ」浩章は思わず声を上げていた。

「玉紀じゃないか」

浩章に気付き、大堂玉紀が顔を上げ、小さく笑うと手を振った。

隣の鎌田も手を振り、窓際の玉紀の向かい側に座っていた男が振り向く。

振り向いた男の顔を見て、浩章は凍りついたようにその場に立ち尽くした。

一瞬、夢の中にいるような心地がして、浩章は混乱した。

まさか。今、俺はどこにいるのだろう。ひょっとして、まだ正月の実家にいて、炬燵《こたつ》でうたたねしているのではないか?

「すみません」

後ろから声を掛けられ、浩章はハッとした。

大きなカバンを持ったビジネスマンが先に進むよう目で促していたので、浩章は慌てて歩き出した。

男は無表情に浩章を見て、小さく会釈した。

「おはようございます」

「お疲れのところ大変だが、よろしく」

玉紀と鎌田が声を掛けたが、浩章はもう一人の男に気を取られていた。

「おはようございます」

そう挨拶《あいさつ》したものの、目はその男から離れない。なぜ彼がここにいるのだろうか。

「ああ、こちらは」

鎌田が浩章の視線に気付いて、紹介した。

「岩清水《いわしみず》さんだ。警察庁からいらしてる」

浩章は、失礼だと思いつつもまじまじとその青年の顔を見ずにはいられなかった。

人違いならいい。勘違いならいい。

だが、そこに座っているのは、どう見てもかつて古藤結衣子の葬儀で言葉を交わし、TVの中の春日大社で舞を舞っていた男にしか見えなかった。

男は、浩章の動揺に気付いているのかいないのか、落ち着き払った表情でサッと立ち上がり、頭を下げた。

「岩清水です。今回、ご一緒させていただきます。どうぞよろしくお願いします」

男は名刺入れを取り出し、隙のない所作で名刺を取り出し、浩章に渡した。

岩清水慧《さとし》。名刺にはそうあった。

浩章は名刺と本人をぼんやりと見比べた。

警察庁。確かにそうあるが、聞いたことのない部署名である。警察庁の人間？　この男が？

浩章は、思わず名刺をためつすがめつした。まるで、どこかに何かの答えが書かれているとでもいうように。

「なんだ、知り合いか？」

鎌田が怪訝《けげん》そうな顔をした。

「いいえ、本日初めてお目にかかりました」

岩清水はにこやかに首を振った。

「野田浩章です。こちらこそよろしくお願いします」

浩章はやっとのことでそう挨拶し、名刺を渡した。正面から目が合う。

浩章の何か問いたげな様子は伝わっていると思うが、岩清水の目には全くなんの表情も浮かんでいなかった。

やはり人違い？　俺の気のせいなのだろうか。

名刺をしまい、釈然としない気持ちのまま岩清水の隣に腰を下ろした。

「玉紀が来るとは思わなかったな」

気を取り直し、岩清水の前に座っている玉紀の顔を見ると、玉紀が肩をすくめた。

「あたしも驚いたわ。鎌田さんたちがあの事件の夢札見てたなんて」

玉紀は小児精神衛生センターに勤めている。

「玉紀も一連の事件の夢札見てるんだね？」

浩章は用心深く尋ねた。

あの、説明のつかない異様な夢札。

特に、最後の三人の少女の夢札は衝撃的なものだった。

いちばんインパクトがあったのは、むろん、ひときわ鮮明に、繰り返し八咫烏《やたがらす》の夢を見ている女の子のものだったが、他の二人も三本足の鳥と分かるものをおぼろげに見ていたのである。

「ええ。東北のを一件、関西のを三件」

玉紀は頷《うなず》いた。その硬い表情から、やはり彼女も異様なものを見ていたことが窺《うかが》えた。

「今回会いに行く対象が女の子だっていうから、あたしが派遣されたのよ。あたしもあの子の夢札、見せてもらったけど、あんなにはっきりしたのは初めてだわ。ううん、あんなに抜きんでて鮮明な映像、見たことがない」

「ということは、つまり、どの事件でも子供たちは——あれを見ているってこと？」

浩章は思わず言いよどんだ。口にするにはあまりに馬鹿げているように思えたのだ。

「ええ。ぼんやりとしているけど、三本足のカラスを見ていた子が何人か、ね」

玉紀がちらっと鎌田を見た。

鎌田は無表情だ。

大量の夢札を見たあとで、浩章は鎌田の言っていた「見ないと信じない」という言葉の意味に納得した。「とても信じがたい噂」という言葉にも。

教室に巨大な三本足のカラスが入ってきた夢を見ている、と事前に聞かされていても、とてもじゃないがまともに取り合わなかっただろう。

「信じられない」

夢札を見たあとで、鎌田の言葉に納得しても、やはりそれが素直な心情だった。

つまり、日本国内で同時多発的に、子供たちが八咫烏の夢を集団で見ている、ということなのである。しかも、白昼、学校の教室の中で。しかも、それは夢なのか現実なのか分からないのだ。

本当に、そんな生物が実在していて、物理的に教室に侵入してくるなどということが有り得るだろうか？

浩章は、カラスの喉元《のどもと》に浮かんでいた白い顔を思い浮かべた。

そもそも、あれは生き物なのか。あの着ぐるみじみたもの、そして古藤結衣子の顔に見えたものは何なのだろう。

思い出しても、背筋が冷たくなる。

あの時激しく浩章が動揺したことから、鎌田もあの顔が結衣子に似ていることには気付いていただろうが、何も言わなかった。繰り返されるたびに鮮明になる八咫烏に比べ、あの白い顔は夢札を最後まで見てもあまり鮮明にならず、古藤結衣子だと断定するには少々弱いことは認める。それでは、あれは誰なのか。あの夢札を見た少女の個人的な知り合いなのか。

考えれば考えるほど分からなくなる。

今こうして四人がG県に向かっていることさえ、未《いま》だに半信半疑なのだ。

浩章は静かに会話を聞いている隣の青年に目をやった。

「ええと、どうして警察庁の方が。やはり、一連の出来事に事件性があると見ていらっしゃるんでしょうか？」

岩清水は小さく首を振った。

「分かりません。しかし、何かが起きていることは確かですし、この事件に注目していることは認めます」

「岩清水さんは、きっとあれでしょ、『X…』みたいな部署なんじゃないですか？」

玉紀があっけらかんと言った。

「ええっ？」

浩章は思わず声を上げた。

『X…』は一世を風靡《ふうび》したアメリカのTVドラマで、政府機関に、表沙汰《おもてざた》にできない超常現象を調査する部門があるという設定の話である。宇宙人による誘拐や、人体の自然発火など、テーマは多岐に亘《わた》っていて、浩章も子供の頃よく見た。

岩清水は「まさか」と大声で笑い出した。

「TVドラマではないですけど」

岩清水はようやく笑いが収まってくると、話し始めた。

「意外に警察というところは、昔から幽霊事件を捜査してるんですよ」

「幽霊事件？」

　岩清水は頷いた。笑った顔は思いがけず柔らかかった。

「はい。僕が言うのもなんですが、結構真面目に捜査しています。捜査記録を読むと、これがなかなか、気のせいだとか思い込みというだけでは片付けられないものがある」

「幽霊つかまえたことがあるんですか？」

　またまた玉紀が素朴に尋ねる。

「僕はありませんけどね」

　岩清水は笑顔のまま肩をすくめる。

「でも、幽霊の噂が立つには、どこもそれなりの理由がある。事故が続いたとか、入水《じゅすい》して自殺したとか、殺人事件があったとか。何もないところには幽霊も出ない」

「そりゃそうですね。あそこなら出ても仕方ない、とか、あんなひどいことがあったんだから出るんじゃないか、とみんなが無意識のうちに思ってるところに出る」

「おっしゃる通り」

　鎌田の話に頷きながら、ふと岩清水は真顔になった。

「逆もあるんです。決して幽霊は過去の事件のためだけに出るんじゃない」

「というのは？」

　浩章が思わず尋ねた。

「幽霊は、未来の事件でも出る」

「未来の事件？」

鎌田と玉紀も聞き返す。

「例えば、何か起きそうだという場所があるでしょう。見通しの悪い交差点で、ヒヤリとしている人がいっぱいいるところとか、空き地に不法投棄されたゴミが片付けられずに溜《た》まっていて死角ができている場所とか。そういうところに先回りして幽霊が出ることがある」

「先回り？　幽霊が？　そんなことってあるんですか？」

玉紀が目を丸くする。

「はい。まあ、僕は『幽霊』と呼んでますけど、人によっては予兆とか前触れとか、他の言葉で言うかもしれない」

岩清水は頭を傾けてちょっとだけ考え込むそぶりをみせた。

「こんなことがありました。住宅街の外れの、ちょっと淋《さび》しい場所で、度々人魂《ひとだま》が目撃されていた。時々呻《うめ》き声みたいなものも聞こえるといって、近所で噂になっていた」

岩清水が、隣に座っている浩章の顔を振り返って話し出したので、浩章は内心ぎょっとした。

やはりその目には何の色も浮かんでおらず、屈託がない。

浩章は自信がなくなってきた。結衣子の葬儀で会ったのも、春日大社で踊っていたのも、全くの別人かもしれない。

「あまりに気味悪がるので、相談を受けた交番の警官が調べてみた。そうしたら、意外な事実が判明しましてね」

岩清水は、正面を向いた。

なかなか話上手である。単に、会話のマナーとして話をしている相手を均等に見ているのかもしれない。

「単身の高齢者の家で、介護施設に入ったことを近所に知られていない空き家が何軒かありましてね。そういう家に犯罪者グループが入り込み、中をこっそり改造して、大麻を栽培したり加工したりする工場に造り替えていたんです」

「へえ。じゃ、人魂というのは」

「電気が止められているので、家には発電機が持ち込まれていた。『生産活動』は昼夜を分かたず行われていたらしいが、目撃されないように、人の出入りは夜間に限っていたようです。懐中電灯の光や、栽培用に幾つも電球を点《つ》けていたのが人魂に見えたらしい。呻き声は発電機など、持ち込んだ機械の音でした。ああいう機械音というのは、夜間は思ったよりも遠くまで響く」

「なるほど、それが『未来の幽霊』というわけですか」

鎌田が感心したように顎《あご》を撫《な》でた。

「これは分かりやすい例ですけどね」

岩清水が笑った。

それでは、分かりにくい例はどういうものなのだろう。未来を先回りして出る幽霊。それが人間の形をして現れるのだとしたら、どんなふうに現れるのだろうか。

浩章は口を開いていた。

「ひょっとして、岩清水さんは今回の件を、未来を先回りして出た幽霊だと考えていらっしゃるんでしょうか?」

「え？」

岩清水はぎょっとしたように浩章を見る。

その目の真剣さに、浩章はたじろいだ。

「みんなが八咫烏の幽霊を見ると、いったい何が起きるのかしら？」

玉紀がそう言って首をかしげた。このあっけらかんとした態度は、こんな時にはありがたい。

「日本が、ワールドカップ、優勝しちゃったりしてね」

鎌田がそう言ったので四人で笑う。

「すごい瑞兆《ずいちょう》ってことになるわよね、もしそうだったら」

笑いながら玉紀が呟《つぶや》く。

「何か警察庁のほうでは、仮説を立ててらっしゃるんですか」

浩章は岩清水に尋ねた。岩清水は左右に首を振り、両手を広げる。

「全く。正直、仮説の立てようもありませんよ。皆目見当もつかない」

「玉紀のほうは？　小児精神衛生センターでは、似たような事例をずっと前から見てきてるんだろう？」

そう聞くと、玉紀はあきれた顔になった。

「そんな。とても無理よ。こんなケース、うちだって初めてだもの」

「あんなふうに全国に散らばってるのに、みんながみんな、本当に八咫烏の夢を見てるの？」

「そうね、具体的に八咫烏を見ていた子はとても少ないわ。黒い鳥が入ってきたっていう程度ならもう少しいる。今回の子みたいに、あんなに鮮明な子は一人もいなかった」

「しかも、みんな何を見たのか覚えていない、というのも共通していると」

「何かが入ってきた、くらいは言えるの。でも、何が入ってきたのか思い出すのを潜在意識が拒絶している点では共通してるわね」

「暗示を掛けられたのかな」

鎌田が呟いた。

「あれだけロックが掛けられてるのは、それくらいしか思いつかない」

「誰が暗示を掛けるのよ？　あれだけ大勢の子供たち、しかも日本各地でよ？」

「被害者が十歳前後に集中してるということは、その年齢を対象にしたビデオ教材とかＴＶ番組という可能性はないかな。ずっと前、アニメ番組で光の点滅が激しくて、視聴者の児童が多数、気分が悪くなったことがあった」

「もし同じものを見てあんな夢を見たんだとしたら、逆に少なすぎるわ。もっと大勢同じ症状を示した児童がいなきゃおかしいでしょう」

玉紀が反論する。

「大堂さんの反論はもっともですが、面白いですね、その暗示説は」

岩清水が静かに言った。

「広範囲で、なるべく多くの人に暗示を掛けるには、ビジュアルで何かを同時に見せる方法がいちばん確実でしょうね」

玉紀は首を振る。

「子供たちの事件当日の行動はどこも詳しく調べてるわ。共通のビジュアル教材を目にしたという話は聞いていません。暗示説は当てはまらないと思う」

「そうですか」

きっぱり否定されても、岩清水はいっこうに構わない様子である。

「何かこう——夢を見ている子供たちのいる小学校の共通点はないの?」

浩章が尋ねる。

「うん、あたしたちもそれは考えたの。事件の起きた小学校と起きていない小学校との違いは何か。事件の起きた小学校には、何か特定の条件があるんじゃないかって」

「それで?」

浩章が身を乗り出すと、玉紀は居心地悪そうな顔になった。

「特に見当たらないのよ。強いて言えば、自然豊かな環境にある、ということくらいしか」

「山の中とか?」

浩章は、吉野の山を思い浮かべていた。

玉紀が頷《うなず》く。

「そうね。あるいは、町外れで、周囲は田んぼとか、そういう場所よ。今のところ、町の中で、ビルに囲まれているような小学校では起きたことがない」

「いかにも野生動物がいそうで、あまり人気《ひとけ》のない場所ってことか」

「カラスの場合、町の中のほうが多そうな気がするけど」

鎌田と浩章は顔を見合わせた。

「それだけ? 他にはないの?」

「あとは、教室が廊下の端にあったことね」

「じゃあ、教室が五つ並んでて、真ん中の教室なんてことはないわけだ」

「ええ。必ず、教室は廊下のいちばん端」

「そのカラスだか何かが入ってくる時、よその教室は横切らないってことか」

「そう。それなら、他のクラスの生徒が侵入者を目にすることはないでしょ」

浩章は違和感を覚えた。

「なんだか妙に用心深いなあ」

玉紀が苦笑した。

「だって、侵入者なんだもの。用心深いに決まってるでしょう」

「これまで、先生や他のクラスの生徒には全く目撃されてないんだよね」

「ええ。不思議だけどね。いくら端の教室を選んでるとはいえ、誰にも見られていないのは解せないわ」

教室に辿《たど》り着くまでには、幾つかの関門があるし、距離もある。校門。玄関。小さな学校でも、誰にも見られないというのはかなり難しいのではないか。

「うーん。やっぱりそこがいちばんの謎だよね。不審者の不法侵入事件なのか。それとも、子供たちの集団幻想なのか」

浩章のこの発言には、皆が黙り込んでしまった。前者と後者で対応は全く異なる。

「玉紀は、今回の一連の事件に関係した子供たちに会ったことがあるの？」

浩章は質問を変えた。

「ええ、一、二度ね」

玉紀は頷く。小児精神衛生センターでは、夢判断は子供たちの夢札を引きつつ、本人とも接するケースが多い。逆に、大人の夢札の場合は、夢判断とカウンセラーを分けることが多い。

「でもはかばかしい成果は何も。何かが入ってきた、というのを覚えているという子に会ったんだけど、結局それ以上は全然何も聞き出せなかったわ。そもそも、自分が悪夢にうなされているという自覚がないから、とっかかりを見つけるのが大変」

自分が悪夢にうなされているという自覚がない。

浩章は、今朝、出がけに美里の指摘に驚いたことを思い出した。

そう、悪夢を見ているという自覚があるのなら、まだいい。痛みに気付いているのならば。悪夢を見ていることにも気付かない、悪夢を見ていることすら意識から締め出しているのは危険である。いったい俺はどんな夢にうなされていたんだろう。子供たちの夢札に？　吉野の山に？

「催眠療法は？」

「試したわ。でも、事件当日までは戻れるんだけど、みんな事件そのものを思い出すことを拒絶したの」

「拒絶？」

「ええ。抵抗が強すぎて、そこでストップ」

四人は再び黙り込んだ。

車内販売が通りかかったのでコーヒーを買う。

ずっと前から視界に入っていたのだが、他の席のビジネスマンたちも皆コーヒーを買っていたので、ここまで来るのに時間が掛かっていたのだ。

美里もコーヒーを飲んだだろうか。

腕時計を見ると、そろそろ彼女が出勤する時間だった。

あのあと寝直しただろうか。それとも、あのまま起きてしまって仕事をしていただろうか。

コーヒーの香りが、身体を覚醒《かくせい》させる。もちろん、これまでも起きていたのだが、今ここにいるという現実にようやく納得した感じだ。

隣の男のせいもあるだろう。

浩章はそっと岩清水の横顔を盗み見た。

彼が座席で振り向いた瞬間から、夢と現実が地続きになっているように感じていたのだ。

岩清水は寛《くつろ》いだ様子でコーヒーを飲んでいた。

確かに肉体を持ってそこに座っている。

顔が端整で涼しげなのであまりそういう印象を与えないのだが、意外に筋肉質でがっしりしている。

日本の舞踊は、一見静かでそんなに体力を使わないように見えるが、実は非常に筋力を要する激しい運動だと聞いたことがある。

もしTVで見たのが彼だとすれば、あんなところで踊るくらいなのだから、かなりの腕前なのだろうし、肉体的にも相当鍛えられているはずだ。

窓の外は、冬枯れの田んぼが続いていた。

学校らしき建物がぽつんと遠くに見えて、なんとなくどきっとする。

あの学校だったら条件に当てはまる。周囲に建物がなく、自然に囲まれた場所。

あそこに八咫烏《やたがらす》がやってくる。

空を舞い、小学校を見つけ、旋回して降りてくる。眼下に徐々にアップになる学校。

浩章はハッとした。

そうだ、八咫烏は飛んでくるのだ。出ていく時も、窓から空へ飛び去る。ならば、校門の監視カメラに映らなくても、誰にも目撃されていなくても不思議ではない。

子供たちは何かが「飛んできた」のを見ていたのではないか？　だから、それをカラスという姿に置き換えたのではないだろうか。

それは何か重要なヒントのような気がしたが、そこから先は思いつかなかった。

「岩清水さんは、この子の夢札をもう見ていらっしゃるんですよね？」

コーヒーを飲み終えた鎌田が書類を取り出しチラッと中を見た。

「はい。小児精神衛生センターで見せていただきました」

岩清水が頷く。

この子。

浩章は胃がキュッと縮むような鈍痛を感じた。

鎌田が持っている書類は彼も持っているし、もう何度も繰り返し見て、顔も覚えてしまった。

ヤマシナサヤカ。

それが、彼らがこれから会いに行く少女の名前だった。

夢札ではカタカナ名しか知らされていなかったが、今回研究者やカウンセラーが会いに行くことが決まり、どういう字を書くのか分かった。

山科早夜香。

あの非常に鮮明な八咫烏の夢、古藤結衣子に似た顔の女の夢を見ていた少女である。

浩章の中では、会ってみたいという気持ちと会いたくないという気持ちが拮抗《きっこう》していた。

色白でおかっぱ姿の顔写真からは、おとなしそうな印象を受けた。

穴があきそうなほど写真を見たが、それ以上のことは何も分からない。三年生になる前の春休みに、京都からこの小学校に転校してきたらしい。

「あ、ゆうべ追加で彼女についての情報をもらったんですけど」

玉紀が口を開いた。

「小さい頃に事故に遭って、片方の耳がほとんど聞こえないそうです。今も日常的に補聴器を使っています」

「耳が」

他の三人はなんとなく顔を見合わせた。

人間の五感は、どれかが失われると他のものがそれを補うように発達する。誰もが山科早夜香の際立った視覚的な再現能力をそちらと結びつけて考えているのだろう。

小児精神衛生センターも、研究者も、山科早夜香の夢札に一連の事件のヒントがあるのではと、かなりの期待を掛けているのは間違いなく、浩章たち以外にも社会学者や宗教学者も来ると聞いていた。岩清水も、捜査官というよりは、研究者として来ているような気がする。

その期待がかえって怖い。こんなに大勢で出かけていって、この少女が怯《おび》えなければいいが。

しばらく雨は止んでいたようだったが、窓にまたポツポツと粒が当たり始めた。

まだ正午前だというのに外は暗く、陰鬱《いんうつ》な雲が垂れこめている。

暖房は効いているが、景色を眺めているだけで外の冷気を身体の内に感じるほど、戸外の気温がさほど上がっていないことが窺《うかが》われた。

中部地方の天気予報は曇り。これから名古屋で在来線に乗り換え、G県の中心部に向かい、更に北に移動する予定だが、この様子では、ひょっとすると山間部は雪が降っているかもしれない。

「この子には今回我々が訪ねていくことをどう説明しているんです？」

浩章は鎌田の手の書類に目をやった。

「率直に説明したわ。異様な事件があったことは彼女も認識していて、彼女の夢にその事件を解く手がかりがあるとあたしたちが考えているので、協力してほしいと頼んだの」

「親御さんは、納得してくれました？」

「ええ。娘が毎晩うなされているので、母親も心配していて、むしろ協力的らしいわ」

「母親は市立病院の内科医ですね」

岩清水が硬い声で書類に目を落としつつ呟《つぶや》く。

「ええ、そうなの。正直いって、親が医療関係者の場合、子供の夢札を引くのに理解があるタイプと『とんでもない』というタイプがあるんだけど、今回は理解があるほうで助かったわ」

「夢札について否定的な人もいるんですか？」

岩清水が意外そうな顔をした。

「ええ。むしろ一般の人よりも拒絶反応の強い人も多いの。究極のプライバシーだし、内実を知ってるから」

「夢札はその後も引いてるの？」

浩章が尋ねると、玉紀は頷《うなず》いた。

「先週からまた引き始めてもらってる」

「今もうなされてるのかな」

「以前ほどひどくはないらしいけど、たまに」

「母子家庭のようですが、離婚ですか？」

岩清水は早夜香の家庭的背景が気になるようである。

「なぜこちらに引っ越してきたんだろう。Ｇ県は郷里じゃないし、親戚《しんせき》がいる様子もないけど」

「父親とは死別よ」

玉紀が答えた。

「早夜香ちゃんが聴力を失う原因になった事故で、父親は亡くなっているの」

みんなが玉紀の顔を見た。

「交通事故ですか」

岩清水が険しい顔で聞く。

「そう聞いているわ」

玉紀はなんでもないふうを装っているが、自分の発言が皆にある種の先入観を持たせたことは承知しているだろう。

事故で父親を亡くし、自分は片方の聴力をほぼ失った。そのことが少女の意識下にどんなに影響を与えていることか。

トラウマのひとことで片付けたくはないが、幼児期に衝撃的な体験をしていると、その体験の記憶が夢にもさまざまに形を変えて複雑な関与をしてくることが多いのだ。

たぶん、山科早夜香に数回の催眠療法を施すことは確実だが、きっと調査も治療も難航するのではないかという予感を、ここにいる四人が覚えたことは間違いない。

「H駅に着くのは四時過ぎですよね。今日の予定は？　早夜香ちゃんに会えるんですか？」

岩清水が腕時計を見た。

「今日は、早夜香ちゃんには会いません。お母さんと、担任の先生に会う予定です」

玉紀がビジネスライクに答える。

「H市は古い城下町で結構観光客が多いんだけど、今はシーズンオフだから、民宿を丸々一軒借りました。みんなそこに泊まって、早夜香ちゃんたちもそこに来てもらってカウンセリングする予定」

「そいつはリラックスできていいね」

「そこ、担任の先生のご実家なの。カウンセリングの場所には悩んだわ。学校や病院だと小さな町だし目立つでしょ。かといって名古屋辺りまで出てきてもらうには行き来に時間がかかりすぎるし、早夜香ちゃんもお母さんも学校や病院を休めないし。どこかいい場所はないかって相談したら、『じゃあうちを』って紹介してくれたのよ」

「その小学校に行ってみたいな」

鎌田が呟いた。

玉紀が「もちろん」と頷く。

「本当はね、今日宿に荷物を置いたら小学校に行って、事件時の様子を再現してもらうつもりだったんだけど、この時期、四時過ぎじゃもう暗くなってるでしょう？　だから、小学校を見せてもらうのは明日にしたわ」

「うん、できれば事件の起きたお昼ごろに行ってみたいね」

「そのつもりよ」

浩章は洗面所に立ったあと、戻る途中でデッキのドアのところで足を止めた。

ドアに近づくと、冷気が漂ってきた。

ポツポツと雨の線がガラスの向こう側をかすめては消える。

陽射しのない冬の風景には、色彩もない。

田んぼの中にところどころ見える黒っぽい屋敷林は、まるで大きなカラスが伏せているように見える。

そう連想して、浩章は苦笑した。

黒い影に八咫烏。意識下に影響を受けているのは俺のほうだ。

何気なく携帯電話を取り出してみると、メールが一通入っていた。

美里からである。メールのタイトルは「実は」となっていた。

「実は」なんだろう。画面を開く。

一読し、浩章はギョッとした。そこにはこうあったのだ。

「今朝、古藤結衣子さんの夢を見たの。夢の中で、古藤さんはヒロくんを何かこんこんと説得してて、ヒロくんはうつむいてじっとそれを聞いてた。あたし、連れていかないでって叫んだんだけど、二人とも聞こえないみたいだった。ごめん、なんだか気になっちゃって。特に意味はないんだけど、疲れてるみたいだし、そういう時って思わぬケガしたりするから、もろもろ気をつけてね」

夢なのか直感なのか。こんな時、改めて夢というものの不思議さ、人間の意識下にうごめく、何か人間の理解の範疇《はんちゅう》を超えたものについて考えざるを得ない。

もちろん、昨年の暮れ古藤結衣子の幽霊を見かけたということも、その他のことも何も美里には話していないし、そもそもこれまでに彼女と古藤結衣子について話したこと自体数えるほどしかない。

美里は、中学、高校と同じ学校で、中学でも高校でも一度同じクラスになったことがあった。当時は特に親しくしていたわけではなかったし、感じのいい子だとは思っていたものの、意識はしていなかった。

浩章の兄が古藤結衣子の婚約者だということは高校時代には広く知られていたので、浩章と結衣子が家族のようにしていたことは美里も知っていただろうし、その後結衣子の死という形でそのつきあいが終焉《しゅうえん》を迎えたことも承知していただろう。

しかし、浩章と結衣子が、実際にはどの程度の深いつきあいだったのかは全く知らないはずである。

なのに、美里は、浩章と結衣子のあいだに兄の婚約者という関係以上の結びつきがあったことを薄々感じ取っているようなのだった。

そのことが、今こうしてメールの文章ではっきり証明されたような気がして、浩章は呆然《ぼうぜん》としばらく携帯電話の画面を見つめていたが、近くに誰かが立っているのに気付いて慌てて画面を閉じた。

さりげなく通路に目をやり、そこに立っているのが岩清水だと気付いてびくっとする。

「今朝入ってきた時も、そんな顔をなさいましたね」

岩清水はからかうように言った。

「そんな顔？　そんな顔ってどんな顔です？」

浩章は内心の動揺を押し隠すように笑ってみせた。

「幽霊でも見たかのような顔ですよ」

岩清水はじっと浩章の顔を見た。

幽霊。その言葉に反応してしまい、浩章はどぎまぎしてしまう。が、思い切って聞いてみることにした。

「以前――もう十年以上前ですけど、お目にかかっていませんか？」

「十年以上前？　僕と野田さんが？　どこでお目にかかりましたっけ？」

岩清水の顔は相変わらずかすかな笑みを湛《たた》えていて、浩章を試しているようでも、本当に何も知らないようでもあった。

浩章は迷った。その名前を出すのは、何か決定的なことのように思えたのだ。が、美里のメールでその名を見たことが彼の中のハードルを低くしていた。

「古藤結衣子の葬儀の時です」

ついに名前を出してしまった。

浩章は、解放感と後悔を同時に感じつつも、その名を聞いた瞬間の、岩清水の表情に注目していた。

しかし、彼はきょとんとしていた。

「古藤結衣子」

その名前を繰り返す。

「古藤結衣子って、まさか、あの」

「はい。予知夢で有名になった」

「あの人の葬儀で？　ええと、そもそもなぜあなたがその葬儀に？」

岩清水は怪訝《けげん》そうに浩章を見ている。

浩章は膝《ひざ》から力が抜けていくような感覚を味わった。

やはり人違いだったのか。

浩章は失礼だとは思いつつ、改めてしげしげと岩清水の顔を見ずにはいられなかった。

岩清水は初めて戸惑いの表情を見せ、頭を少しだけ引いた。

これが演技だとしたら、岩清水はたいへんな役者だということになる。

「僕の兄は、かつて彼女の婚約者でした」

そう言うと、岩清水はハッと思い当たったように浩章を見た。

「そういえば、婚約者はお医者さんでしたね。あれがあなたのお兄さん」

「はい。結局遺体は見分けられなかったので、合同葬儀でしたが、その時にあなたに似た人に話しかけられたんです。古藤結衣子の知り合いだと言って」

「僕に似た人」

岩清水は不思議そうな顔になる。

「よく覚えていましたね。十年以上も前の話でしょう」

「ええ、まあ」

浩章は言葉を濁した。TVの中で見た男や、歩道橋の上にいた男の話は、さすがにできなかった。

「それであんな顔をしていたんですね。最初に僕の顔を見た時からしきりに思い出すような顔をされていたので、なんだろうと思っていました」

「じゃあ、あの時の人はあなたでは」

恐る恐る尋ねると、岩清水はこっくりと頷《うなず》く。

「違います。僕は彼女の葬儀には行っていませんし、野田さんとは初対面です。もちろん、古藤結衣子の知り合いでもない」

「そうですか。失礼しました」

浩章はホッと溜息《ためいき》をついた。

納得できない気持ちもどこかにあったが、安堵《あんど》のほうが大きかった。やはり、自分が勝手にさまざまなことを関連づけて勘違いしていたのだと考えるほうが気が楽だったからである。

今度は岩清水のほうが浩章をしげしげと見る番だった。

「このお仕事についたのは、彼女の影響ですか」

「ええ、たぶん」

岩清水は考え込む表情になった。

「彼女のケースはとても興味深い——今でも彼女のケースを研究している人を何人か知っています」

「もう二度とあんな人は出てこないのかもしれない」

浩章はそう相槌《あいづち》を打っていた。

岩清水が呟《つぶや》く。

「不思議ですね」

「もっと彼女に続いて出てくるかと思っていたのに、そうでもない。世界的に見てもそうです。夢札の技術の開発と同時に予知夢を見ている人が世界中に大勢現れて、何かが解決されるんじゃないか、何かの謎が解けるんじゃないかと誰もが期待した時期があったのに、今や皆が関心を失い、後が続かない。だとすると、あのタイミングで古藤結衣子という人が現れたのはとても不思議な気がする」

「巡りあわせでしょうか」

「そう。彼女のために夢札が開発されたのかもしれない。彼女ただ一人をこの世に送り出すためだけに」

岩清水の口調には、どこか達観しているような響きがあった。が、不意に表情が険しくなる。

「――だからこそ、なんとしても今のうちに」

「え？」

なんとしても、今のうちに。そう呟いたように聞こえたが。

「いえ、なんでもありません」

変わった男だ。

浩章は目の前にいる男を把握しかねていた。

公務員、それも警察庁の人間とは思えない。

「古藤結衣子は本当に死んでしまったんでしょうか」

浩章はその疑問を彼にぶつけてみた。

岩清水は不審げな顔になる。

「生きているというんですか？　その根拠は？」

その表情は自然だった。

やはり彼はあの時の青年とは違うのだ。

納得したはずだったのに、まだどこかで疑う自分がいる。

「いえ、なんとなく。遺体を見たわけではないので、未《いま》だに彼女の死の実感がないんです。もしかして、どこかで生きているんじゃないか、生きていてほしいと思う瞬間があって」

「ああ、なるほど。そうですね、あの事故は最後まで身元を特定できなかった人が多かったんですよね」

岩清水は頷きながら腕時計に目をやった。

「もう少しで名古屋に着きます。席に戻りましょうか」

二人で通路を歩き出す。

と、急に岩清水は足を止め、「そうか」と浩章を振り向いた。

「どうしました？」

浩章が面喰《めんく》らうと、岩清水はじっと彼を見た。

「分かりましたよ」

「何が？」

「あの女の子の夢札を見ていて、ずっと既視感があったんです。どこかで見たことがあるような夢札だと」

「山科早夜香の夢札が？」

「ええ。あの鮮明さ。詳細さ。見たことがあると思っていた」

岩清水は浩章に顔を寄せた。

「研修で見た、古藤結衣子の夢札です。彼女の夢札に似ている」

「そうですか？」

浩章はギクリとしながらも、首をひねった。

確かに鮮明という点では結衣子の夢札は図抜けていた。しかし、鮮明だということ以外の共通点は見当たらない。

あの、古藤結衣子に似た女の顔が出てくるということは抜きにして。

「あれだけリアルな映像を見ている人はそうそういませんからね。でも、それだけでは必ずしも似ているとは言い切れないのでは？」

「まあ、そうですね。あなたが古藤結衣子の話をしてくれたんで思い出しました。でも、なんというのかな――映像のタッチというか、カメラアングルというか。同じ映画監督が撮った映像のような印象を受けた」

確かに、同じ人の夢札には同じタッチが見受けられるのは事実である。

「今、変なことを思いつきましたよ」

岩清水は再び歩き出したが、顔は浩章のほうに向けていた。

「変なことって？」

浩章が尋ねると、岩清水は薄く笑った。

「いや、本当に、荒唐無稽《むけい》なことなんですけどね。山科早夜香は古藤結衣子の生まれ変わりなんじゃないかって」

「ええ？」

浩章はギョッとして思わず声を上げてしまったので、近くにいた乗客が何人か振り向いた。

「いや、その」

慌てて声を低める。

「なんでそんなことを」

岩清水の横顔が答える。

「山科早夜香は十一歳です。生年月日、見たでしょう？　小学四年生だけど、彼女は交通事故で半年近く入院していたので、一学年遅れてるんですよ。古藤結衣子が亡くなった事件、いつだったか覚えてますよ。早夜香はその年の、事件のすぐ後に生まれている」

「まさか」

そう弱々しく呟きながらも、浩章は岩清水の指摘が正しいことに気付いた。

まさか、そんなことが。

着ぐるみのカラスの喉元《のどもと》の、白い女の顔が頭の中でぼんやりと揺れている。

「他愛のない想像です。聞き流してください」

岩清水はそう言って笑い、席に戻った。

まさか警察庁の人間の口から「生まれ変わり」などという言葉が出てくるとは思わなかった。玉紀と談笑している様子からも、そんな言葉を発したような男には見えない。ひょっとして、冗談だったのだろうか。

「間もなく名古屋です」というアナウンスが流れ、乗客の一部がごそごそと降りる準備を始めた。浩章たちも交代でコートと荷物を棚から下ろす。

ホームに降り立つと、どんより冬空ではあるが、雨は止んでいた。地面も乾いているようで、こちらでは降らなかったらしい。寒さも東京よりはましに感じたが、これから向かう山間部は分からない。

乗り換え時間は短かったので、弁当とお茶を買うと在来線のホームに急いだ。

列車の中は暑いくらいに暖房が効いていたが、走り出すとちょうどよくなった。更に市街地を抜け周囲の景色が山になってくると、外の気温がぐっと下がったのが分かる。

弁当を食べ終えると会話も途切れ、鎌田と玉紀はうとうとし始めた。岩清水も腕組みをし、目を閉じている。眠っているのではなく、じっと考え事をしているらしい。

浩章は窓の外をぼんやりと眺めていた。

黒っぽい山が、すぐ近くまで迫ってきている。

雪はなかったものの、葉の落ちた木々がデッサン画のように山の稜線《りょうせん》を形作っていた。

普段東京で暮らしていると感じないが、こうして電車に乗ってどこかに移動すると、三十分もすると深い山の中にいる。日本は山国なのだと実感させられる瞬間だった。

このどこかに、あんな不気味な生き物がいるのだろうか。

巨大な八咫烏《やたがらす》。それは、じっとあの森の向こうにうずくまり、次に子供たちの前に姿を現す機会を窺《うかが》っているのだろうか。そもそも、それは一羽だけなのか、もっとたくさんいるのか。

浩章は知らず知らずのうちに目を凝らし、山の稜線を見つめていた。まだ二時過ぎだというのに、空はもう暗かった。

「眠くないの？　朝早かったでしょうに」

向かいに座っていた玉紀が目をこすりながら声を掛けてきた。

「うん、眠くない」

「ひょっとして、眠れない、の間違いじゃないでしょうね？」

「そうかもしれない」

浩章は素直に認めた。正直なところ、最近自分の夢を見るのが怖い。

「分かるわ。今回の夢札、しんどいよね」

「へえ。玉紀でもそんなこと言うんだ」

玉紀が弱音を吐くところなど、今まで見たことがなかった。

「あら、ひどいわね」

玉紀が軽く睨《にら》みつけてきた。

「今回の件については、センターも軽くパニックに陥ってるわ。こんなとらえどころのない話、どう解釈しろっていうの？」

「確かに」

「個人の夢札ならば、どんなに複雑でもその人の過去や生活に因果関係を求めることができるわ。集団でも、同じ災害に遭ったとか、事故に遭ったとかならカウンセリングのしようもある。でも、今回はどう？　事件なのか災害なのかもまだ分からないし、原因ときた日には雲をつかむような話なのよ」

「前例がないってやつだね。医者も役所もいちばん苦手なケースだ」

「茶化さないで」

そう嚙《か》み付いてくる声にいつもの力がないので、玉紀もこの件の解釈について相当悩み、参っていることが窺えた。

「みんなが早夜香ちゃんに一縷《いちる》の望みを託してるけど、彼女の夢札を分析したからって何かが解決するとは思えないのよね」

「同感だよ。こんなに大勢で押しかけて、大丈夫かな」

「しっかりした子だっていうけどね」

二人でボソボソと話をする。玉紀も、今回の旅が徒労に終わることを何よりも恐れていることが分かった。いったいどうすることが解決なのか？　今後の子供たちのケアをどうするべきなのか？

「でもさ、不思議なんだけど、これだけあちこちで似たような事件が起きている割には噂になってないよねえ。これだけ奇妙な事件なのに。もちろん報道はされてないよ。けど、ネット上でも検索してみたけど、ほとんど見当たらなかった」

浩章はずっと疑問に思っていたことを口にした。

「子供たち自身が忘れているからよ」

玉紀が暗い目で答えた。

「当事者が『なかった』ものとしているから、まず当事者が何も言わない。噂しようがないんだわ。事件のあと、当日何があったのかみんなに話してもらおうとホームルームを開いたクラスが幾つもあったけど、みんな何も言わなかったそうよ。ほとんどの生徒が、何についての話か分からずきょとんとしていたって」

「でも、関係者がいるだろ。他のクラスの生徒とか、学校関係者とか、親とか。そこから何らかの噂が広がりそうなものなのに」

「学校関係者に限っていえば、口止めはされているでしょうね」

玉紀は小さく頷《うなず》いた。

「でもね、あたしが思うに、人は、本当に言いたくないことは言わないものなのよ」

「本当に言いたくないこと？」

「そう。みんな、薄々感じてるのよ。今回のことが、自分たちの理解を超えたとんでもないことだって。学校の怪談とか、都市伝説というレベルとは違うんだって。あまりに説明不能、理解不能のことって、皆、最初からなかったことにしてしまうの。気がつかなかったふりをして、そのうちに、本当に気がつかなかったと信じ込むのよ。分かるでしょ」

「うーん。分かるけどさ」

「なんだか怖いな」

玉紀が低く呟《つぶや》いた。

「何が」

玉紀の顔に浮かんだ不安が、浩章にも伝染してきたようだった。

「あの子の夢札、なんだか怖い。これ以上見たくないような気がする」

「直近の夢札は、いつ見られるのかな?」

玉紀の言葉に同意しつつも、浩章はあえてそう尋ねた。

玉紀は小さく溜息《ためいき》をつく。

「もう準備はできてると思うけど、この辺りでは名古屋まで出てこないと『獏《ばく》』がないわ。たぶん、明後日《あさって》、いったんこっちに出てくることになると思う」

「今もあんな夢を見ているんだろうか」

教室に入り込む、飴《あめ》色をした三本の足。天井まで広げられた巨大な翼。

「さあ。個人的には悪夢から解放されていることを祈るけど、他の先生方はどうかしらね」

玉紀は皮肉めいた口調で肩をすくめた。

H駅に着くまでの最後の一時間は、とても長く感じられた。

いつのまにか浩章もうとうとしていたようだが、夢は見なかったので目が覚めた時は少し疲労感が抜けていてホッとした。

じき五時になるという頃、列車は古めかしい駅にゆっくりと停まった。

駅は大きくカーブした線路沿いにあって、すぐそこまでのしかかるように山肌が迫っている。すっかり空は暗くなり、ずいぶん長い旅をしてきたような気がして、浩章はホームで伸びをした。息が白く、日が落ちたばかりで急速に冷えてきている。

改札の向こうに、眼鏡を掛けた、小柄な女性が立っていた。

先生という職業はなぜか一目で分かるもので、その女性が山科早夜香の担任で、実家が民宿だという稲垣《いながき》さつきだった。

「お世話になります」

「遠いところお疲れ様です」

挨拶《あいさつ》を交わし、ロータリーの端で待っていたヴァンに乗り込む。

「兄です」とさつきが紹介してくれた運転席の男が、会釈をして車を出してくれた。

「加藤《かとう》先生と益田《ますだ》先生はお着きになってますか」

鎌田が尋ねると、ルームミラーの中のさつきが答えた。

「いえ、まだです。お二人は車でいらっしゃるそうで、着くのは七時くらいになるという連絡がありました」

「そうですか」

川の音が聞こえてくる。渓流沿いにある町だとは聞いていたが、かすかに見える明かりは確かに川の両岸にまとまっているようだった。

高いところに明かりが見えるのは、山の斜面にある家だろう。すぐ近くまで山が迫っているのが分かった。

「こっちは、雨は降りませんでしたか?」

「朝方、少し雪が降りましたけどそのあとは止んでます」

車は川沿いの道をしばらく進んでから曲がり、商店街らしきところを抜けて静かな一角に乗り入れた。

古い門構えの脇に「民宿いながき」の看板が白く輝いている。

車を降りて、砂利道を踏みながらゆったりした日本家屋の玄関を目指して歩いていく。

そこが、今回の彼らの宿だった。

玄関に足を踏み入れた瞬間、何かの香りがふっと鼻をかすめた。

なんだっけ、この香り。

懐かしいような、怖いような。

浩章は一瞬そう考えたが、すぐに香りを感じなくなり、そう考えたことも忘れた。

古いけれど、大事に使い込まれてきた日本家屋だということがすぐに分かった。

空気が乾いていて軽いのだ。風通しがよい、というのだろうか。

靴を脱いで中に上がり、部屋に案内してもらう途中、廊下の隅に黄色い水仙が活《い》けてあるのが目に入った。それも、ラッパ水仙ではなく、楚々《そそ》とした和水仙である。

　ああ、あれは水仙の香りだったのだ。

　そう思い当たる。

　香りというのは、どんなふうに流れているのだろう。さっきは香ったのに、今は感じない。もう鼻が慣れてしまったのだろうか。

　ひとり一部屋でもいいと言ってくれたのだが、掃除の手間やそれぞれの部屋に暖房費が掛かることを考えると勿体《もったい》無いので、玉紀だけが小さめの部屋を一人で使うことにし、浩章ら三人の男性はいちばん広い部屋を一緒に使うことにした。炬燵《こたつ》が暖めてあったのがありがたい。

　サッシュではなく、木枠の引き戸になった古い窓なのが新鮮だった。

　ガラスの向こうに外の八つ手の葉がうっすらと浮かび上がっている。

「静かだなあ」

「普段いかに音に囲まれているか分かるね」

　夜が濃い。

　浩章は窓の外の八つ手を見ながらそう感じた。

　渓流沿いにある町ということもあり、夜の底にいるようだ。

　すぐそこまで山が迫っている。

　八咫烏の棲《す》む山が。

　そう考えると寒気を覚え、ガラス一枚でしか外と隔てられていないのがこの上なく無防備に感じられてくるのだった。

　玉紀が自分の部屋に荷物を置いてからこちらにやってきて、四人で一緒に炬燵にあたった。

さつきがお茶と菓子を持ってきてくれる。

「すみません、先生にこんな」

「いえ、いいんです」

浩章たちが恐縮すると、さつきは笑って首を振った。

「あ、少し前に電話がありました。早夜香ちゃんのお母さんで、仕事が延びていて少し遅くなるということでした。八時近くにこちらにいらっしゃるということです」

さつきは、なるべく自分一人で応対し、早夜香の件を自分の家族にも聞かせたくないのだな、と思った。

「お母さんが遅くなる時、早夜香ちゃんは一人で留守番をしてるんですか？」

鎌田が尋ねる。

「いえ、学童保育の施設が自宅のすぐそばにあって、そこに。もっと遅い時は同じマンションに同じ病院の先生のおうちがあって、そこのお嬢さんと仲良しなので、そちらにいることも多いみたいです。そちらはおばあさまが一緒に住んでおられるので」

「ああ、それは安心ですね」

夜勤もあるだろうし、子供を一人家で留守番させるのはさぞ心配だろう。

「お風呂《ふろ》はもう入れますよ。狭いので、大人の男性だと一度に三人はつらいかな。食事はどうなさいます？　先に始めますか？」

「いや、食事は加藤先生と益田先生が着いてから一緒にします」

鎌田がそう言い、同意を得るように他の三人を見た。みんなも頷き返す。

「分かりました。じゃあそのつもりで準備しますね」

さつきはお盆を持って立ち上がろうとした。

「あ、ちょっと待ってください」

それを玉紀が押しとどめた。

「小学校はここからどのくらいの距離がありますか？　早夜香ちゃんのおうちは？　お母さんの職場とは？」

さつきは少し考える表情になった。

「小学校も市立病院も川の向こう側です。おうちは川のこちら側ですね。小学校とおうちはここから徒歩で二十分ちょっと。病院はもう少し離れています」

「ええと、具体的に場所を教えていただけますか。H市の地図があればそれを見せていただきたいんですが」

「ああ、はい、今お持ちしますね」

「地図？」

さつきが部屋を出ると他の三人が玉紀を見た。

「位置関係を確認しておきたかったのよ」

「位置関係を？　何と何の？」

玉紀はふと視線を暗い窓の外にやり、呟《つぶや》いた。

「いろいろな場所のよ。なんとなく、ね。知っておいたほうがいい気がして」

六章　地図

翌朝目が覚めた時、浩章は一瞬自分がどこにいるのか分からなかった。

天井の黒っぽい染みが目に入り、これは子供の頃の夢だろうかと思ったのだ。が、枕元の携帯電話が点滅しているのに気付き、ここがH市の民宿であることを思い出した。メールの着信音に起こされたらしい。隣の鎌田も布団の中でごそごそしているので、起こしてしまったのを申し訳なく思った。

時刻はまだ六時を回ったばかりである。

メールの主は美里で、「東京、今雪降ってます」という表題で、マンションのベランダから撮ったと思《おぼ》しき写真が一枚添付してあった。

確かに、東京では珍しく、ぼたん雪のようなひらひらした雪が風景を一変させている。

浩章は携帯電話で写真を撮るのが好きではないし、他愛のないメールをえんえんと送りあうのも気恥ずかしく思うほうだが、旅先の気安さもあってか、布団から這《は》い出て窓の外のどんよりした白い空を隅に八つ手を入れて写真に撮り、「こちらはこんな感じ。寒い！」とメールで返信した。

昨夜は真っ暗で分からなかったが、窓の外には目隠しのように塀がすぐそばまで迫っていて景色は見えなかった。

ふと、反対側の布団に目をやるとそこはもう空っぽだった。ずっと前に起きたようで、掛け布団がきちんと畳んである。

岩清水はこんなに早く起きて何をしているのだろう。ジョギングとか？

朝食は八時にお願いしてあった。もう少し寝ていてもいいのだろうが、すっかり目が覚めてしまっており、熟睡感もあったので起きることにする。隣の鎌田は浩章の携帯電話で目を覚ましかけたものの、また寝入ったようだ。なるべく静かに着替えをし、顔を洗いに部屋を出た。

共用の洗面所は廊下の一角にある。

寒い廊下で顔を洗ってタオルで拭《ぬぐ》い、鏡の中の自分の顔を見た瞬間、唐突に違和感がこみ上げてきた。

なんだろう、この違和感は？

しげしげと自分の顔を見る。

しかし、ややややつれてはいるものの、特に異変はなかった。むしろ、昨夜はよく眠れたのかここ数日よりさっぱりした表情であるように思えた。

では、今顔を上げて鏡を見た時の強烈な違和感は何だったのだろう。

自分の動作をなぞるように、下を向いてもう一度顔を上げてみる。

視界の隅に、廊下の曲がり角が見えていることに気付いた。そこに、三角形の花台があり、上に青磁の花瓶が置かれている。

あっ、と思った。

昨夜着いた時には和水仙が活《い》けられていたのに、今朝は猫柳の枝が活けられているのだ。

なるほど、これが違和感の正体か。

浩章はその花瓶の前まで行ってみた。

確かにこの花瓶だし、この場所だ。昨夜か今朝、猫柳と交換したのだろうか。

「おはようございます」

声を掛けられ、浩章はびくっとして振り向いた。

ウインドブレーカーを羽織った岩清水がそこにいた。

外から帰ってきたらしく、外気の冷たさを連れてきている。

「おはようございます。早いですね。ジョギングですか?」

浩章も会釈をした。岩清水は小さく笑う。

「ジョギングというほどのものでもないです。早歩きというところですかね。大堂さんじゃないけど、自分がいるところの地理をざっと把握していないと不安なもので」

「なるほど。外は寒そうですね」

「出た瞬間は寒いですが、歩き回っているとそうでもないです。風がないので、身体が温まるのも早い」

岩清水は浩章の手元を覗《のぞ》き込むようにした。

「何をご覧になってたんですか。この猫柳がどうかしました?」

「いえね、ゆうべ僕らが着いた時は水仙だったでしょう? いつのまに取り替えたのかなあと思って」

「水仙? ここにですか」

岩清水が怪訝《けげん》そうな顔をした。

「ええ。和水仙が十本くらい、まっすぐに活けてあったでしょう」

浩章が花瓶を指差すと、岩清水は首をひねる。

「僕らが着いた時から猫柳でしたよ」

「まさか」

今度は浩章が訝《いぶか》しげな顔をする番だった。

「ひょっとして、僕が他の場所と間違えてるのかな」

岩清水は廊下をきょろきょろ見回した。

浩章も岩清水の後ろの、玄関のほうを見る。

「いや、確かにここだ」

浩章は確信を持って頷《うなず》いた。

「玄関に入ってすぐに水仙の匂いがしたんです。そこからまっすぐ来て最初の角で、この奥が僕らの部屋ですよね。この場所に、水仙が活けてあった。ラッパ水仙じゃないんだなあと思ったし、いくらなんでもあの黄色い水仙と猫柳を間違えるはずはない」

言い募る浩章と岩清水のあいだに、なんともちぐはぐな沈黙が降りる。

「うーん。僕らが通る短い時間のあいだに花を取り替えたとか？」

岩清水がそう言ったものの、そう言った本人が信じていないのは明らかである。

「一緒に通りましたよね」

浩章もそれに認めざるを得ないっ
「ここに葉っぱが落ちてますよね？」

岩清水は、花瓶のそばの小さな黒っぽい葉を指差した。

「それを見て、なんとなく、結構前から活けてあったのかな、と思った記憶があるんです」

「おかしな話だな」

浩章は腕組みをした。

「他の四人に朝食の時間聞いてみましょうか」

「そうしましょう」

朝食の席で、二人はそれを実行に移したが、結果は意外なものだった。

鎌田も玉紀も、そこには最初から猫柳があったと答えたのである。

加藤武史《たけし》と益田遙《はるか》は、そもそも花があったことに気付かなかったと答えた。

昨夜、東京から車で来た二人は日が暮れてから道を間違えて到着が遅れ、結局宿に着いたのは八時半過ぎで、疲れ切って慌ただしく部屋に入ったので分からなかったというのである。

「ちょっとしたミステリーね」

玉紀が面白がるような顔になった。

「宿の人に聞いたほうが早いわ」

益田遙が、味噌汁《みそしる》の盆を運んできた宿の女主人、つまり稲垣さつきの母に声を掛けた。

「廊下に猫柳を活けた花瓶がありますよね。あれ、いつから置いてありました?」

女主人はきょとんとした顔になり、考える表情になった。

「ええと、あれはおとといの昼過ぎからですね。お花屋さんが持ってきてくれたのがおとといの十時くらいだったから」

「おとといの昼過ぎ。二日前ね」

遙と玉紀がそう顔を見合わせて呟き、ちらりと浩章を振り返った。

浩章は納得がいかない。

「おとといの昼過ぎじゃ、まだ僕らは着いてないよね。おかしいなあ、水仙が活けてあるのを見たんだけど」

女主人はハッとした。

「水仙？」

浩章は頷きつつ、女主人の顔を見た。

「最近あまり見ない和水仙で、まっすぐ束ねて活けてありました」

女主人の顔に、戸惑ったような表情が浮かんだ。

「猫柳の前に、活けてました」

「え？」

みんなが同時に聞き返す。女主人の顔から戸惑いの色は消えない。

「確かに、和水仙を、おっしゃったようにまっすぐ束ねて活けてありました。おとといの昼まては、あそこに」

今度は朝食の席を囲む六人が居心地悪そうな顔を見合わせる。

「野田さん、これまでこの宿に来たことあるの？」

玉紀がじっと浩章の顔を見て尋ねる。

「まさか。初めてだよ。この町に来るのも初めてだし」

浩章は慌てて手を振った。

「分かった、もしかして、ここのホームページとかブログとか見てるんじゃないの？」

加藤武史が思いついたように言った。

「ブログの写真で見てたとか。僕、見たよ、ここのホームページ」

「僕は見てません。ここのホームページがあるのも知りませんでした」

浩章は首を振った。

「ふうん。不思議な話ね」

益田遙が赤いフレームの眼鏡の奥からじっと浩章を見た。

「お花の幽霊でも見たのかしら？」

遙の口調は冗談めかしていたが、浩章はぎくっとする。

幽霊という言葉にも引っかかったが、かつて結衣子が夢の中で未来のみならず過去も見ていたことを連想したのだ。

過去を見た？　俺が？

「考えてみれば、幽霊って過去のことよね」

玉紀が呟《つぶや》いた。

「かつては存在したけれど、今はいない。過去の残像みたいなものじゃない？」

「そりゃそうだな。てことは、浩章は過去が見えるようになっちゃったわけ？」

鎌田がのんびりした口調で呟く。

笑いが洩《も》れ、ぎこちなくなっていた雰囲気を救ってくれた。

「きっと何か説明できる理由があるよ。どこかで何か見てたはずだ」

加藤が力を込めて言った。彼は、どうもまだ、浩章が宿の視覚的情報を無意識のうちに得ていたと考えているらしい。

それで、なんとなくこの話題は立ち消えになった。奇妙な話ではあるが、これからもっと奇妙な話を解決しようとしているのだ。

食事を摂《と》る広間で朝食を終え、六人は二時間ほどかけて、山科早夜香のカウンセリングの手順やスケジュールについて打ち合わせをした。

昨夜、結局山科早夜香の母親である山科一恵《かずえ》は宿に現れなかった。容態の心配な患者がいて、病院を離れられなかったのだ。さつきはぎりぎりまで一緒に待ってくれたのだが、一恵から「やはり今夜は伺えそうにない」という電話を受けて浩章らに伝えたのち、夫と子供たちの待つ市内のマンションに帰っていった。

考えようによっては、先に母親に会っていろいろ話を聞くよりも、先入観なしに早夜香に会うほうがよいのかもしれない、と話し合う。

宗教学者の加藤武史と社会学者の益田遙は、実は夫婦である。籍は入れていないらしいが、長年一緒に住んでいる。別々の大学で教え、それぞれの著書も多く、TV番組でもしばしば顔を見る。どちらも五十過ぎだが、あくまでも黒子である夢判断の浩章たちと比べると華やかな印象を与える。浩章たちを研究職だと思う人はいても、この二人を学者夫婦だと思う人はあまりいないかもしれない。

国立小児精神衛生センターの顧問も務めている二人は、この事件に初期から強く興味を示していたと聞いているが、まだ事件についての推論や見解は一切口にしていなかった。やはり山科早夜香の話を聞いてからにしたいのだろう。

十一時近くに連れ立って宿を出た。

午後、さつきに事件現場である小学校を案内してもらう予定になっている。

いい歳をした男女が六人もうろうろしていたら怪しまれるかと思いつつ、意外に観光客が歩いているのでホッとした。

ひと月近く続く盆踊りで有名なこのH市は、夏はあちこちから観光客がやってきて人口が何倍にも膨れ上がるが、その時期以外でも名水と古い町並みで知られており、日帰りで来る観光客が結構いるのだという。

確かに渓流沿いの古い町並みはかつての旅籠《はたご》町らしく風情があり、高台にある小さな城跡や城跡に続く石畳も情緒を感じさせた。

しかし、この六人は観光客とは離れ、住宅街に入っていく。さつきに借りた地図を手にしているから、知らない人が見たら観光客だと思うはずだ。

「本当に山の中だわね」

遙が周囲の山肌を見上げつつ呟いた。

この時期、すぐに暗くなるのも当然と思われるほど、目を上げるとどこもそそり立つような山ばかりである。夏になれば、きっと木々がむせかえるほどの緑に覆われるのだろう。浩章は、一瞬、照りつける陽射しの中の蝉しぐれを聞いたような錯覚を感じた。

「あそこが早夜香ちゃんのマンション」

玉紀が地図を見ながら呟く。

さりげなく遠巻きにその位置を確認する。

ケヤキの木に囲まれたマンションは、やや古いものの高級感があった。

「ここから市立病院は、歩くにはちょっと遠いわね。お母さんは、どうやって通勤してるのかしら」

「車じゃないの」

「自転車でも通えないことはないかな」

「でも、女の人で、ゆうべみたいに遅くなることを考えたら車にすると思うけど」

「確かに」

以前からの知り合いなのか、歳は離れているのに玉紀と遙はざっくばらんなやりとりである。それに比べて、男四人は二人のあとについていくようにしてそれぞれが勝手に自分の考えに浸っているようだ。鎌田と加藤がしばしばヒソヒソ話し合っているのを除けば、女性二人に先導されている感は否めない。

玉紀は何を確かめたいのか、しきりに辺りをきょろきょろしている。

次は山科一恵の勤務先である市立病院に向かうらしい。

踵《きびす》を返して歩き出した玉紀と遙の背中を見ながら浩章は歩き出す。

玉紀とは別に、岩清水は岩清水でしきりに周囲の様子を観察していた。時折デジタルカメラを手に、写真も撮っている。

渓流沿いの道を歩くと、足元から川の流れの音が上がってくる。水量は少なかった。二つののだろうか。

流れが合流する地点に堰《せき》があり、その付近に観光客がいて流れを覗《のぞ》き込んでいる。魚でもいるのだろうか。

「実は昨日、ここに着いてすぐ、山科早夜香と父親が遭った事故を東京で調べてもらいました」

いつのまにか岩清水が隣に立っていてそう話しかけてきた。

決して小柄でも華奢《きゃしゃ》でもないのに、彼は存在を消すのがうまかった。いつも気がつくとすぐそばにいて驚かされるのである。

「交通事故ですか？」

「少し違います」

「少し？」

岩清水は足元を見ながらゆっくり話し始めた。

「父親の実家は奈良なんですが、たまたま週末に帰省しようとして、梅雨末期の大雨に巻き込まれた。山あいの道路の低くなっているところに水溜《みずた》まりが出来ていて、そこに溜まった泥にタイヤを取られたらしい。様子を見ようとして車から出たところに、小規模な土石流が起きた」

今世紀に入ってから、暴力的な大雨の回数は目に見えて増えた。山科親子はそれに巻き込まれたのだ。

「杉の流木が父親を直撃し、石混じりの泥が車に飛び込んで早夜香ちゃんを生き埋めにした。父親は即死。早夜香ちゃんは泥の中の石が頭にぶつかって脳挫傷《ざしょう》を起こした」

「母親は一緒じゃなかったんですか？」

「母親はその日夜勤で、一日遅れて追いかける予定だったそうです」

「なるほど」

「後続の車は少し離れていたので、土石流には巻き込まれなかった。小さな女の子が乗っているのは後ろから見て分かっていたので、必死に早夜香ちゃんを掘り出したそうです。泥に埋もれていた時間が短かったのでなんとか彼女は助かりましたが、片方の耳の聴力が失われた」

どんなに短い時間だろうと、土石流に生き埋めになるなんて、考えただけでもゾッとする。

「ひどい話だ」

浩章は顔をしかめた。

「そうですね。引っ越したくなるのも無理はない。心機一転、新しい場所でやり直したくなる気持ちも、ね」

しかし、岩清水の声は心なしか冷たかった。

むしろ、皮肉めいた響きがあったので、浩章は岩清水の顔を見た。

その横顔もどこか冷ややかである。

「なんだか非難しているように聞こえますけど、気のせいですか？」

浩章が尋ねると、岩清水はこれ見よがしに辺りを見回した。

「どうですか、ここは」

「はい？」

「心機一転したい、事故のことなど忘れたい子供が引っ越してくる場所としてどうでしょう」

岩清水が山を見上げる。

「確かに、ちょっと妙ですね」

岩清水の言おうとしていることが分かってきたような気がした。

「山にすっぽりと囲まれている。かなりの急斜面の山肌に囲まれた集落」

岩清水はそう呟いた。

「土石流の起きた山の中の事故のことを思い出さないでしょうか。僕がもっと気になるのは、これだ」

岩清水は少しだけ顎《あご》を動かして、道のそばの渓流を示した。

「これは、雨の音に聞こえませんか。水量が増したら、もっと轟《とどろ》くような音になる」

浩章は愕然《がくぜん》とした。

それでは、まるで――

ごくりと唾《つば》を飲み込み、かすれた声で言うのがやっとだった。

「まるで、むしろ事故のことを思い出させようとしているみたいじゃないですか」

「そう感じますよねえ。普通」

岩清水は小さく肩をすくめる。

浩章はかすれた声で続けた。

「まさか、山科早夜香の母親が、わざとこの場所を選んだというんですか？」

「さあね、分かりません。そういう母親なのかどうか、初対面の印象で見極めたいと思ったんですが、残念ながらゆうべは会えなかった」

岩清水は低く呟《つぶや》いた。

現れなかった母親。岩清水は、そんな目で母親が来るのを待っていたのだ。

急に、まだ見ぬ母親が恐ろしくなってきた。

医師であるということが、かえってその恐ろしさに拍車を掛ける。

その母親の居場所である市立病院は、三十分近く歩いて着いた。比較的高台の、集落の中では開発されたのは後発と思われる土地にある。

駐車場はいっぱいで、患者らしき年配の男女が次々に玄関に入っていく。スタッフがせわしなく院内を歩き回っているのが見えた。

むろん、母親に会いに来たわけではないので、病院の周りをぐるりと巡るようにしてすぐ離れたが、浩章はどことなくびくびくしていた。

浩章のそんな様子に気付いているのかいないのか、岩清水は出入りする業者の車や病院の近所の建物をじっと観察しているのが分かった。

「ええと、さっきの話ですが、こういうことは考えられませんか」

浩章は、病院を離れて歩き出した玉紀たちの後ろで岩清水に話しかけた。

岩清水は興味を持ったように浩章を見る。

「母親が、早夜香ちゃんに事故の時のことを思い出させようとしているとしましょう。もしかして、早夜香ちゃんは事故の時の記憶を失っているんじゃないですか。母親は、事故の時の状況でどうしても知りたいことがある。それには娘の記憶を復活させるしかない。だから、ここに来た」

我ながら、なんとも説得力のない説明だった。昔のTVドラマのような筋立てだ、と言ってしまってから内心赤面する。

岩清水は苦笑混じりに言った。

「僕が娘に事故のことを思い出してほしいと願うのならば、父親と一緒に暮らしていた家でそのまま暮らし続けることを選びますね。そのほうが父親のことを思い出すきっかけがずっと多いはずです」

そのとおりだ、と思う。

「でも、山科一恵は全く縁故のない土地に娘と一緒に引っ越すことを選んだ。それは、どう考えても事故の記憶から訣別《けつべつ》したいと思ったからだとしか思えない」

岩清水の言うことはいちいちもっともだった。

「なのに、引っ越し先は、むしろ事故の記憶を喚起させるような場所である。これはいったいどういうことなんだ？」

彼の声には苛立《いらだ》ちが滲《にじ》んでいた。

確かに妙だ。なぜそんなことをしなければならないのだろう。

「どうして、みんなにそのことを教えなかったんです？ 僕に教えてくれたのはなぜです？」

そう浩章が聞くと、岩清水はびっくりしたような顔になった。

「そうだな。どうしてだろう」

考え込む表情になる。

「みんなに教えなかったのは、この情報を持たない人が山科一恵をどう思うか、どんな印象を持つか知りたかったから」

　岩清水は独り言のように言い、不思議そうに浩章を見る。

「でも、野田さんには教えた。なぜだろう。山科一恵に対して、疑惑の念を共有してもらいたかったのかな」

　浩章の岩清水に対する印象はなかなか固まらなかった。親しげなようでもあり、よそよそしいようでもある。言葉を交わす度に受けるイメージがコロコロ変わるのだ。

　岩清水は素直に頭を下げた。

「他の人には、今の話は当分内緒にしておいてもらえますか。こんな重要な話を内緒にしておくのはひどいと思うかもしれませんが」

「分かりました。黙っています」

　このことがバレたら、玉紀などはひどく腹を立てるだろうと思ったが、浩章は他のことが気に掛かっていた。

　どうして山科早夜香の夢札には父親が出てこないのだろう。

　五十や六十の大人ならともかく、早夜香はまだ十一歳なのだ。トラウマになっているであろう事故に遭ったのはそんなに昔のことではない。

　記憶を封印するような無意識下の悪夢。

　教室に侵入する巨大な八咫烏《やたがらす》。

　それらの意識していない悪夢は、どこかで必ず例のひどい事故とつながっているはずだ。

　しかも、早夜香は事故のことを喚起させられるような環境で暮らしているのである。

なぜ、彼女の夢にそれが現れてこない？

疑問は膨らむばかりである。

「結構歩いたわね。お昼どうする？」

玉紀と遙が皆の顔を見た。

小学校を訪ねる前に、近くの蕎麦屋《そば》で昼食を摂《と》ることにする。

前日までは、事件が起きたのと同じ時間である昼休みに訪ねたいと話していたのだが、事件以来、昼休みにお客が出入りするのを極力避けているそうなので、さっきの一日の授業が終わる二時過ぎまで待つことにしたのだ。

川沿いの蕎麦屋は二階建ての民家で、観光客と地元の客でほとんど埋まっていたが、ちょうど前の客との入れ替わりで窓際の座敷に座ることができた。

歩き疲れたのか、皆口数が少ない。蕎麦が運ばれてくるまで、それぞれ自分の考えに浸っていたようである。

年配の観光客の屈託のない笑い声に囲まれていると、自分たちだけが異質な目的を持っていることを意識させられる。山科親子との面会が刻一刻と近付いてきていることも彼らを徐々に緊張させてきていた。

どことなくこそこそと食事を済ませ、早々に店を出た。

空は真っ白に塗り込められ、道行く人に影はなかった。そのせいか、午後なのか午前なのか時間の感覚が少々おぼろげである。

商店と住宅が混在した道。古い酒蔵らしき建物が続いている。

小学校が近付いてくるにつれ、浩章は全身が強張《こわば》ってくるのを強く感じていた。

無意識のうちに歩くのが遅くなり、いつのまにかみんなの後ろをのろのろと歩いている。

何かが近付いてくる。嫌なもの。見たくないものが、この先に。

そんな気がして仕方がなかった。

住宅街の奥に、少し高台になった石垣が見え、緑色の高いフェンスが見えた。

開けた空間の予感。そこが小学校だった。

山の懐に抱かれた学校。真っ先にそんな言葉が頭に浮かぶ。

校舎を囲むフェンスの向こうに、ぬっと迫《せ》り出すように黒っぽい山がすぐそこにあり、まるでこちらに向かって進んでくる山をフェンスが食い止めているかのように見えた。

岩清水の話を思い出す。

こんなにすぐ近くに山が迫ってきているのを見て、早夜香は恐怖を感じないのだろうか。

校門のところに稲垣さつきが立っていた。隣にいるのはひょろりと背の高い、初老の男だ。教頭だと紹介され、浩章たちはめいめい挨拶《あいさつ》を交わした。

「じゃあ、こちらへ。子供たちはもうほとんど帰宅しています」

さつきに校門をくぐるよう促され、ぞろぞろと中に入っていく。校門に設置された真新しい監視用カメラが目を引いた。

「このカメラは前から？」

遙が尋ねると、「今回、最新式のものに買い換えました」と教頭が答えた。

保護者や児童の不安に何か具体的な対策を講じるとなると、カメラを増やすか、警備員を置くかということになるのだろう。実際、事件のあとしばらくのあいだ、校門のところに警備員を配置していたそうである。

校門から玄関までは結構距離があった。

入ってすぐのところに事務室と職員室が並んでいる。素通しの窓ガラスの奥は明るく、確かに誰かが入ってきたらすぐに分かりそうだった。

来客用のスリッパに履き替え、校内に入る。

浩章は、小学校独特の、甘酸っぱいような匂いを嗅《か》いだような気がした。

いや、もっと正直に言うと、赤ん坊の匂いだ。今の子供は自分の頃と比べても格段に幼い。

子供たちのいないがらんとした廊下は薄暗く、肌寒かった。

みんながしげしげと周囲を見回している。

デジャ・ビュを覚えているのだろう。なにしろ、子供たちの夢札で何度もこの学校を訪れているのだ。初めて来た気がしないのも当然といえば当然である。

そして、なんとなく廊下の奥を見た。

そう、恐らく誰もが山科早夜香の夢札を思い出しているのだ。

ここをまっすぐ進むと、奥に階段があり、踊り場があって、二階の教室へ――

「教室はこの奥の階段を上がります」

さつきが視線で示した。

「他には二階への階段は？」

「反対側にもありますが、遠くなるのでそっちを使う子はまずいませんね」

振り返ると、反対側の階段は今見ている廊下の奥よりも倍近い距離があるようだった。

納得しつつ、廊下を進む。

天井までの大きな窓。浩章はそっと窓の外を見た。

殺風景な物置小屋や木があって、視界は遮られている。山は見えない。

内心安堵《あんど》している自分に気がついた。

やはり夢は夢。現実とは別だ。

突き当たりの階段に辿《たど》り着き、上り始めた時、浩章はツンと鼻に来る匂いを嗅いだ。

この匂いは。

浩章はきょろきょろと周囲を見回す。

昨日、宿に入った時に嗅いだ水仙の匂いだ。

前を上っていく玉紀たちの表情を窺《うかが》うが、彼らがこの匂いに気がついた様子はない。

俺だけが感じているのだろうか。浩章は不安になった。

しかし、やはり一瞬にして匂いは消えてしまい、がらんとした踊り場を通り抜けるうちに匂いのことは記憶の隅に追いやられてしまう。

踊り場の窓から校庭が見えて、浩章はそちらに気を取られた。

少年たちの夢札でさんざん見てきた校庭が、そこにあった。こちらの風景のほうが、生々しくまだ記憶に新しい。彼らの夢札で、俯瞰《ふかん》した眺めとして出てきた校庭は、この踊り場の窓から教室の窓から見下ろした景色に違いない。

この方向から見ると、彼らの夢札通り、校庭の向こうには田んぼが広がっていて空も見える。

あの空の向こうから何かが――

どす黒い雲が広がってくるところを想像してみたが、今の真っ白な空ではリアリティがない。

階段を上りきり、二階の廊下に出たところで、皆が揃って足を止めた。

二階のいちばん端。手前にある教室。

それは何の変哲もない、どこにでもあるありふれた教室だった。

廊下に面した窓の向こうには机と椅子が整然と並べられているし、後ろの壁には生徒たちの習字が貼ってあり、前の黒板は今日の日直が消したであろうチョークのあとが白っぽく渦状に残っている。

しかし、ここで事件は起きたのだ。

教頭もさっきも、黙って教室の入口に立っていた。嵌《は》め殺しの窓の入った白い引き戸。この引き戸を開けて、何者かがこの教室に侵入したのだ。

「入ってよろしいですか」

そう切り出したのは鎌田だった。

「はい、どうぞ」

どこかホッとしたように二人が頷《うなず》く。鎌田はガラリと引き戸を開けた。

ぞろぞろと中に入るが、入ってみればやはりただの教室だった。数ヶ月前の事件の名残はどこにもなく、生徒たちが帰って時間が経っているためか、すっかり空気も冷たくなっている。

浩章たちは静かに教室の中を歩き回っていた。

教室から見える廊下の窓の外は、山が近くにあるもののそんなに圧迫感はなかった。

校庭も見下ろせるが、やはりここから見る山はそんなに視界を遮らない。

「事件直後は、机も椅子もめちゃめちゃにひっくり返っていて驚きました」

さつきが静かに口を開いた。

「給食を食べて片付けて、私は職員室に来ていました。私が教室を出て三十分くらい。午後の授業の始まる直前でした。バタバタと廊下を走る音がして、悲鳴も聞こえたんです」

みんながさつきに注目する。

「もちろん、廊下を走るのは禁止ですから、職員室の戸を開けて注意しようとしたんですが、それがうちのクラスの生徒で、異様な様子なのに気付きました」

「異様というのは——具体的には？」

玉紀が尋ねる。

「馬鹿げた話なんですけど」

さつきはそう前置きし、ためらいがちに話し始めた。

「走ってくる子供たちを見て、あら、この子たちどうしてみんな揃って白いお面を着けているんだろう、と思ったんです」

「白いお面？」

玉紀はゾッとした表情になった。

「ええ。というのも、みんながみんな同じ表情をしていて——目を大きく見開いて、顔面蒼白《そうはく》で——口も開けていました。それが、ちょっと見には笑っているように見えたんです。口角が上がっていて」

さつきは唇の端を上げてみせた。

「でも、そうじゃなかった。よく見ると、皆目が血走っていて、後ろを振り返り振り返りして、必死に何かから逃げていたんです」

さつきの口から聞く話は淡々としていたが生々しく、現場にいただけに余計臨場感があった。

「とっさに思ったのは、誰かが入り込んだんだということでした。男の先生が二人、常備してあったさすまたを持って出て行きました。私と何人かの先生は、飛び出していった子供たちを追いかけました。いったい何が起きているのか分からなくて、正直、頭の中がパニックになっていました」

一次情報のない現場だ。さぞ混乱に陥ったことだろう。しかも、目の前に現れる情報は断片的で、当事者である子供たちもパニックに陥っているのだ。

「子供たちは上履きのまま校庭に飛び出して、抱き合って泣いている子もいましたし、座り込んでいる子もいました。中に吐いている子がいて、誰かが『食中毒だ』と叫びました」

「状況が分からない時、何かをパッと説明できる言葉を耳にするとみんながそれだと思い込むものなんですね。実際に吐いている子を目にしたことから、私も『きっとそうだ』と思い込んで、携帯電話で救急車を呼んだんです」

「でも、食中毒じゃなかった」

鎌田が呟《つぶや》いた。

「はい。さすまたを持っていった先生方も、不思議そうでした。同じものを食べた他のクラスの子はぴんぴんしている。第一、私自身なんともない」

さつきは苦笑した。

「それで、廊下をうろうろしていた隣のクラスの子に聞いたら、うちのクラスで突然悲鳴が上がってバタバタと駆け出していくのが聞こえて、すぐにみんな飛び出したんだそうですけど、生徒以外誰も出てこなかったし、不審な人物を見た人もいなかった。逃げてくる子供たちがしきりに後ろを振り返っていたことからも、『追いかけてくる』何かは子供たちの後方にいたはずです。でも、職員室から出てきた先生方も私も、それらしき人物は見ていません」

「当時の監視カメラの映像を見ましたが、それは確認されています」

ここで初めて教頭が口を挟んだ。

「実は、当日、たまたま正門の前には長年出入りしている植栽の業者さんが車を停めていまして。やはり、誰も出てこなかったと」

浩章たちはじっと二人の話を聞いていた。

疑っていたわけではなかったが、こうして改めて話を聞いてみると、いよいよ事件の不可解さは増すばかりである。

しかし、この時、浩章は他のことに気を取られていた。

きな臭い。

一瞬、火事ではないかと思った。けれど、もう一度匂いに意識を集中させてみると、それは錯覚のようだった。

なんだろう、さっきから。まさか何かの脳疾患ではないだろうな。

浩章は不安になった。脳の特定の部位が損傷したり腫瘍《しゅよう》ができていたりすると、嗅覚《きゅうかく》や味覚など五感に影響が出ると聞いたことがある。

更にもうひとつ、気に掛かっていることがあった。

どうもさっきから教室の隅が気に掛かるのだ。

気のせいだとは思うが、そこだけ暗いというか、視界の隅がうっすらと重いのである。

何かがいる。影のようなものが。

さっきから浩章は振り返りたくて仕方がなかった。しかし、教室の前方で教卓を囲むようにしてさっきの話を聞いていたので、話の腰を折るわけにもいかず、振り返りたくても振り返れなかったのだ。

それこそ、さっきの話にあった子供たちとは対照的だ。振り返り振り返り逃げていく子供たち。じっと立っていて、振り返ることができない浩章。

「校庭にも行ってみますか？」

教頭に聞かれ、みんなが頷いた。校庭に行ってみたからといって不可解さが解決するとは思えなかったが、せっかく便宜を図ってもらったのだから見ておくべきだと考えているのは、二人の教師も浩章たちも同じだった。

みんなが動き出そうとした瞬間、ついに浩章は後ろを振り向いた。

視界の隅。

黒い影。

そこに、一人の少女がいた。

教室の隅、いちばん後ろのいちばん廊下側の席に、ぽつねんと小柄な少女が座っている。

ぎょっとしたのは浩章だけではなかった。

みんなが彼女に気付いてぎょっとしたのが伝わってくる。

誰もが動きを止め、その少女を見つめていた。

なるほど、こういう表情か。

浩章は自分の幻覚でなかったことに安堵《あんど》しつつも、皆の表情を見て内心頷いていた。

白いお面。目を見開き、凍りついた大人たちの表情はどれも似ていた。

「山科さん」

さつきがかすれた声で叫んだ。

「どうしてここに。いったん児童館に行ってからうちに来るはずじゃなかったの？」

浩章たちはハッと顔を見合わせた。

「いつからそこにいたの？　先生、全然気がつかなかったわ」

さつきは慌てて少女のほうに向かって歩き出した。

「少し前です」

少女は落ち着いた声で答えた。そして、ゆっくりと立ち上がり、少し茶色がかった大きな目で、浩章たち一人一人を確認するように無表情に見回した。

彼女が、山科早夜香だった。

七章　少女

旅館の玄関の引き戸を開ける音がした。

「ごめんください。すみません、すっかり遅くなりまして」

恐縮する声が聞こえてくる。

部屋の中にいた全員が顔を上げた。

さつきが出迎える声がして、スリッパで廊下を歩くパタパタという音が響いてくる。

がらりと襖《ふすま》が開いて、さつきと一緒に脱いだコートを手に抱えた女が入ってきた。

昨夜も来られなかったし、慌てて来たのだろう。撫《な》でつけた髪が乱れている。

「ゆうべは失礼いたしました」

女は深々と頭を下げた。

「いえ、そんな、お仕事だったんですからそうお気になさらず。こちらこそ大勢で押しかけまして申し訳ありません」

鎌田が声を掛け、座敷に入って座るよう促す。

山科一恵は身体をかがめて食堂の座敷に入ってくると、低いテーブルを前に座った。

先にさつきと来た早夜香は、玉紀と一緒に玉紀の部屋で遊んでいる。直接カウンセリングを担当する玉紀に慣れてもらうためだ。

その模様はビデオカメラで撮影し、逐一、こちらの食堂のモニターでみんなで見ることになる。

きちんと正座した山科一恵にさつきがお茶を持ってきた。

一恵は会釈し、ひと口すすった。自然と、皆の視線が彼女に集まった。

一恵はあまり化粧っ気もなく、整った顔立ちをしているが地味な印象だった。元々なのか、疲れているからか、顔色も冴《さ》えない。

似てないな。

浩章が最初に思ったのはそのことだった。

正面から見て、目鼻立ちにも輪郭にも共通点が感じられなかった。

早夜香は父親似なのかもしれない。何より、印象が全然違う。

浩章は何気ないふりをして岩清水の表情を見た。彼も無表情に一恵の様子を観察していたが、浩章の視線に気付いて一瞬チラッと眼を合わせてきた。

そのつかのまの目線で、彼も浩章と同じ感想を持ったのが分かった。

この母親は、違う。あんなことをするようなタイプではない。

昼間、二人で町を歩きながら交わした会話が脳裏に浮かんでいた。

山科一恵は、早夜香に対して何らかの意図を持ってここに越して来たのではないか。彼女が幼い頃に遭遇した事故の記憶を喚起させるためにこの場所を選んだのではないか。

そんな疑念を抱いていたのだが、本人を目の前にしてみると、そういった深謀めいたことを企《たくら》みそうな女には見えなかった。もちろん、彼女の内面までは分からないけれど、第一印象は、子供を心配しているが仕事が忙しくてなかなか時間を掛けられないという、ごく一般的な普通の母親である。

いや、もっとはっきりいえば、この女にあの少女を騙《だま》すことなど不可能だ、というのが率直な感想だった。

いつのまにか教室の隅に座っていた早夜香を発見した時、浩章たちは一瞬パニックに陥った。いったいいつからいたのか。どこから話を聞いていたのか。

誰も彼女にそのことを問い質《ただ》すことはできなかったが、彼女がどこから話を聞いていたにせよ、教室にいる大人たちが自分に強い関心を持ち、自分から情報を引き出そうとしていることを理解しているのは間違いなかった。

あの落ち着き払った目。

じっと教室の隅から浩章たちを見据えていたあの表情。

とても十歳やそこらの子供とは思えぬ冷静さだった。

確かに、ある時期ある種の神々しさを見せる子供はいるが、早夜香の場合はそれだけとは言い切れないような気がした。

浩章はあの目の印象があまりにも強烈だったので、正直、母親のほうが影が薄いのに拍子抜けしてしまったのである。

「早夜香ちゃんとお母さんにはお手間を取らせますが、どうぞよろしくお願いします」

鎌田が挨拶《あいさつ》し、それぞれが自己紹介した。

「宗教学者に社会学者——そんな先生方まで？」

一恵は加藤と遙の名刺を見て怪訝《けげん》そうな顔になる。

「どの担当、どの分野と割り切れないケースですので」

加藤がにこやかに、しかし手短に答えた。

「その後、早夜香ちゃんの様子はどうですか。まだうなされたりしてますか？」

そう話しかけたのはさつきで、一恵にリラックスさせようとしてくれているのが分かった。

一恵がホッとしたように頷《うなず》く。

「いえ、もううなされることはなくなりました。よく眠っていますし、落ち着いたようです」

「直近の夢札をお持ちですか？」

鎌田が尋ねる。

「はい、持ってきました」

一恵はかばんから専用のケースを取り出した。

「これは、何日分ですか？」

「一週間分です。ゆうべの分が最後です」

「では、預からせていただきます」

鎌田がケースを受け取った。

「早夜香ちゃんは、お母さんから見てどんな性格の子ですか？」

遙が尋ねる。

「そうですね――しっかりしてますね」

一恵は考えながらゆっくり答えた。

「子供らしくない、というか。もしかすると私よりもしっかりしてるかもしれません。主人を亡くしてから、むしろ私が早夜香に面倒をみてもらってるような気がして」

小さく笑う。

やはり、と浩章は自分の受けた印象が正しいことに納得した。

「事故ですね、早夜香ちゃんも一緒に巻き込まれた」

「はい」

一恵は過去を思い出しているような表情になった。

「もう、当時は、毎晩泣いて泣いて。昼間は仕事が忙しいんで紛れるんですが、早夜香は重傷でICUに入ってるし、家に帰ると一人なんですよね。早夜香の意識が戻るまでは、あたしも死にたいって毎晩泣いてました。早夜香の意識が戻ってからは、早夜香の枕元でいつもわんわん泣いてて、早夜香に『ママ、しっかりして』って慰められる始末で」

苦笑していたが、こんなふうに笑顔を浮かべられるようになるまで相当な時間が掛かったことが窺《うかが》えた。

「あれで自分がしっかりしなきゃって思ったんでしょうか。元々落ち着いてる子だったんですけど、ますます大人びた子になっちゃって」

「お父さん似ですか」

「はい。顔も似てますけど、冷静で浮《うわ》ついたところがないところとか、性格もよく似てるんですよね。大きくなってきて、ますます似てきたなあって思います」

一恵は遠い目をした。

「早夜香がようやく退院してきた時、家の中がめちゃくちゃになってたんです」

「一人で家にいると何もする気がしなくて、主人のものとかいっぱいあるし、そういうの見てるとまためそめそしちゃって。帰ってきた早夜香が家の中を一目見て、『ママ、引っ越そう』って言ったんです」

浩章は思わず岩清水を見た。

岩清水も浩章を見ている。

「それでこちらに引っ越してきたんですね。どうしてここを選んだんですか」

浩章はさりげなく尋ねた。

「実は」

一恵が頷く。

「幾つか候補があったんです。なるべく職場と家が近いところで、早夜香の面倒を見てくれる人がいそうなところという条件で探したんですけど、ここと、あと三箇所くらい。で、早夜香と一緒に車で候補地を見て回ったんです」

「親戚《しんせき》とかご実家の近くとかは考えなかったんですか」

「考えませんでしたねえ」

一恵は首を振った。

「私も主人も末っ子なんです。どちらの親ももう高齢で、長男夫婦に面倒を見てもらってました。とても子供を頼めるような状況じゃなかったし、なるべく心機一転、知らない土地でという希望だったので」

「へえ。そうだったんですか」

初めて聞く話だったようで、さつきが意外そうな声を出した。

「で、休みの度に候補地を回って、ここに来たのは最後だったかな。そうしたら、早夜香が『ここがいい』って言ったんです」

「早夜香ちゃんが？」

「ええ。『ママ、ここにしようよ』って。『どうして？』って聞いたら『分からないけど、ここだという気がする』って言うんですよ。それで、早夜香がそう言うんだったら、ということでここに決めたんです」

「まあー、早夜香ちゃんが」

さつきはしきりに感心している。

思わぬ話の展開に、浩章は驚いていた。

早夜香がここを希望した。この場所を選んだ。まさかそんなことだとは思ってもみなかった。

「早夜香ちゃんは、観察力がありますね。早夜香ちゃんの夢札は、非常に鮮明なんです」

鎌田がそう言うと、一恵は大きく頷いた。

「ああ、あの子の特技なんです」

「特技？」

「早夜香は一度見たものを、正確に覚えられるんですよ」

「へえ」

「道理で」

みんなから声が上がった。

「父親も記憶力はいいほうでしたけど、あの子も小さい頃からよかった。実は、その――事故に遭ってから、ますます写真みたいに覚えられるようになって」

「ふうん。そういうものなんですか」

「そう本人は言っています。『どうでもいいものは忘れられる』とも」

あの細部まで鮮明な、執拗《しつよう》に繰り返される映像。それにはやはり理由があったのだ。彼女にそんな記憶能力があったとは。ならば、あれは本当に彼女が見たものだったというのだろうか。八咫烏《やたがらす》。白い女の顔。

「今回、早夜香に話を聞きたいというのは、きっとその能力のせいなんじゃないかと思ってました——そうですか、やっぱり夢札も鮮明でしたか」

一恵は独り言のように呟《つぶや》いた。

「例の事件当日ですが」

鎌田が少しだけ身を乗り出した。

「早夜香ちゃんはどんな様子でしたか」

「うーん」

一恵は困ったような声を出す。

「小学校で何か事件があったらしいと聞いて、慌てて迎えに行ったんですけど、その時にはもう落ち着いていて、普段と変わりないように見えたんです。最初は食中毒だと聞いてたんですが、そうじゃないなと思いました」

ちらっとさつきを見る。

「あの時は、誰も事態が把握できてなかったんです。警察も来る、救急車も来る、でも何も分からなくて」

　さつきが済まなそうな表情で言った。

「先生が校庭に行ってクラスの生徒さんたちを見た時、早夜香ちゃんはどうしていましたか」

　鎌田がさつきに尋ねる。

「それが、覚えていないんです。他の先生方も出てきて子供たちの面倒を見ていましたし、私は吐いていた生徒の介抱をしていて、子供たちみんなの様子は見られなかったので」

「校庭に出てきていたのは確かですよね」

「はい、教室には誰も残っていませんでした」

「うーん」

　鎌田は腕組みをして唸《うな》った。

「何か？」

　さつきが恐る恐る尋ねる。

「お母さんのお話を伺っているとですね、早夜香ちゃんはとても冷静な子で、なおかつ度胸もある子だという気がするんですね。先ほど、ご本人に会った印象もそうでした」

「つまり？」

「事件の時、教室で、早夜香ちゃんが他の生徒のように簡単にパニックに陥ったとは思えないんです。ひょっとして、早夜香ちゃんは教室で何が起きたか覚えているのではないですか」

「まさか」

　一恵が首を振る。

「私も、何度も聞いたんです。いったい何があったの、何が起きたの、みんなどうして具合が悪くなったのって。でも、あの子はきょとんとしていました。覚えてない、分からない、と不思議そうにしてました。あれは本当だったと思います。あの子は基本的にとても正直で率直な子で、嘘をついたり『振り』をする子じゃありません」

そう主張してから、一恵はふと何かを思い出したように表情を曇らせた。

「ただ、一言だけ、言ったことがありました」

「なんと？」

「『あれが入ってきたよ』、と」

「あれ？」

「はい。ぽつんと独り言のように。『あれってなあに？　何が入ってきたの？』って聞いてみたんですけど、自分がそう呟いたことにも気付いていなかったみたいで、『え？　あれって？』って逆に聞き返された。あの子が事件に関して何か言ったのはそれだけです。たぶん、そう言ったことも今は覚えてないと思います」

「『あれが入ってきたよ』、ですか」

「はい。そう言いました」

みんなで顔を見合わせる。

「で、普段と変わらないように見えたけれど、夢にうなされるようになったんですね？」

浩章は尋ねた。

「はい。びっくりしました」

「何か寝言のようなものを言いましたか？」

「いえ、それは特に。とにかく苦しそうに唸るんです。唸り声が調子っぱずれの歌みたいに聞こえて」

「歌？」

「歌というか、何かのメロディーなのかなと思って。うなされてる時は、いつも似たようなメロディーを歌ってて」

一恵は当惑気味に呟いた。

「それがどんなものか再現できますか？」

「いえ、それはちょっと。聞けば、同じものだと分かるんですが」

一恵は申し訳なさそうに首を振った。

「うなされるのは、どのくらい続きましたか？」

「一週間くらいでしょうか。二晩目には不安になって、稲垣先生に連絡したら、他の生徒さんも似たような状態になっていると聞いて。それで、急遽《きゅうきょ》クラスの生徒全員が夢札を引くことになったと」

さつきが頷《うなず》いた。

「いったい何が起きてるんでしょう？」

一恵は思い切ったように顔を上げ、浩章たちの顔を見回した。

「結局警察からも消防からも、どこからもなんの見解も出ていないし、子供たちも忘れてしまっているのでうやむやになってしまって、誰もが分からないというばかりで。でも、似たようなことがよそでも起きているという噂も聞きました。何かの新しい感染症なんじゃないかって噂も」

「感染症？」

浩章は思わず聞き返した。

「そんな噂があるんですか？」

「はい、医療関係者のあいだでですけど。何かの寄生虫が脳に回ったんじゃないかとか。もちろん根拠はありません。実際、身体はなんともないし、ひとクラスだけというのもおかしいですし」

一恵は苦笑した。が、不安そうな表情になる。

「あと、もうひとつ、こちらも他愛がないものですが噂が」

「どんな噂ですか？」

「申し上げにくいんですが」

一恵は口ごもった。

「ひょっとして、我々の仕事に関係がある？」

鎌田が穏やかな声で尋ねる。

「はい。本当に、無責任なものだとは思うんですけど」

「どうぞ、お構いなくおっしゃってください。別にそれが影響することはありませんから」

鎌田が畳みかける。

一恵はそれでも少しためらっていたが、やがて静かに言った。

「夢札を引くと、洗脳されるというんです」

「洗脳？」

思ってもみなかった答えに、浩章たちはあぜんとした。

「ええ。夢札を引くことができるのならば、別の夢札を入れることもできるんじゃないか、というのがその論拠です」

「まさか」

鎌田が笑い出した。

「夢札は脳内に浮かぶ映像を写し取るだけです。その逆なんかできませんよ」

「ええ、知ってます。私も自分の夢札を見たことがあるし、その仕組みも大学で一通り習いましたから」

「一度書き込みのなされた夢札は、もはや書き込みもできないし、ヘッドフォンに入れることもできません」

「そうですよね。分かってます。でも、噂っていうのはそれらしき不安をみんなが潜在的に感じていれば広まるものなんですよ」

「みんなが夢札に対して不安を抱いていると？」

「そうなんだと思います。特に、日本の場合、夢札の利用は精神医療分野に特化していますよね。昔ほどじゃないですけど、精神医療というものに対する漠然とした不安や偏見が反映されてるんじゃないでしょうか」

「で、その夢札洗脳説と今回の事件とがどう結びついてくるんでしょう？」

浩章が尋ねる。

「おおまかに言うと、二つの噂があります」

一恵は指を折った。

「ひとつには、いわゆる政府陰謀説ですね。何か人為的に事件を起こして、子供たちの夢札を引く機会を作る。そして、子供たちの夢札を引くことで同時に洗脳してその成果のサンプルを集めている」

「こりゃまたトンデモな話だなあ」

鎌田があきれたような声を上げた。みんなも笑い、一恵も笑った。彼女も荒唐無稽《むけい》な話であることは当然承知しているのだ。

「もうひとつは、もっと根本的な話です」

一恵は小さく咳払《せきばら》いをした。

「夢札という技術が登場して、みんなの集団的な無意識が変化してきたのではないか。それがこれまでとは異なる形の集団幻想を生み出すようになったのではないか、という話です」

鎌田が座り直すのが分かった。それは、鎌田の持説と通底するところがあったからだ。

さすがに一恵も医師である。最初の弱々しく地味な印象とは違って、話しているうちに落ち着いてきたらしい。母親としての顔から職業人としての顔に変わったような気がした。

「それはどういうことでしょう。もう少し詳しく聞きたいんですが」

鎌田が顎《あご》を撫《な》でながら聞いた。興味をそそられている証拠である。

「まあ、要は、夢が可視化されたことの影響でしょうね」

一恵は考えながらゆっくりと話した。

「社会学者や宗教学者の方がいらしてるのは、そういうことでしょう? きっと同じようなことを考えてらっしゃるのではないですか」

一恵が加藤を見ると、加藤は穏やかに微笑んでみせた。

「いや、まだ何も分からないし、仮説も立てていません。これからですよ」

「面白いです、続けてください」

遙が先を促した。

「ご存知のとおり、新しい技術が生まれると新しい問題も生まれる。新しい病気も生まれます。虫歯も近眼も大昔はなかった。ギャンブル依存症もゲーム依存症も、当然カジノやゲームがない時代にはなかった。抗生物質がない時代には耐性菌もなかった」

「夢札がない時代には?」

鎌田が口を挟む。

「夢は個人のものでした。大昔から、誰もが見ているし、存在は知られていたけれど、誰もが自分の夢しか知らない。人のものは見られない。みんな言葉で説明するしかなかったし、それを聞いて他人の夢を想像するしかなかった」

「でも、それが見られるようになった」

一恵が頷く。

「見えるって、凄《すご》いことだと思いますけど、怖いことだとも思います。視覚的イメージというのは強いから、見たものの印象で固定されてしまう。人の夢を見て、ああ、こんなふうに見ているんだと思うと、影響を受けてしまう。無意識ではみんなこんなこと考えてるんだなって」

一恵はちらっと笑った。

「私、例えばね、日本人みんなが幽霊という存在に心から納得してその存在を信じたら、きっと幽霊も可視化するようになるんじゃないかと思うんですよ」

「ほう」

鎌田が感心したような声を出した。

「夢札の場合、見えないものが見えるようになってしまった。夢って存在するんだ、みんなの意識に共通点があるんだと納得して、それが常識になってしまうと、それ以外の見えないものも存在して不思議ではないと考えるようになるんじゃないでしょうか」

「それって——他の見えないはずだったものも、無意識のうちに視覚化しようとしているってことかしら？」

遙が尋ねると、一恵は大きく頷いた。

「ああ、そういうことだと思います。夢が見えるんだったら、幽霊だって見えるだろうっていう」

「いったい何を視覚化しようとしているんだろうね？」

加藤が呟《つぶや》いた。

「それは分かりませんけど、夢札が登場して、夢が目で見られるという共通認識が出来た世代の子供たちですから、世代交代した彼らにそういう現象が起きるというのは、なんとなく感覚的に納得できるような気がするんです」

ているのだろう。

みんなが黙り込んだ。

あらゆるものが可視化された世界。それがいったいどういうものなのか、それぞれが想像し

考えてみれば、人類はすべてを可視化することで進化してきた。宇宙の彼方《かなた》の星も、ウィルスも、うんと大きなものもうんと小さなものも、目で見ることに果てしない労力を傾けてきたのだ。そして、今度はとうとう夢を可視化した。言葉や絵でしか語られてこなかった、「見えないはずのもの」を目で見ることに成功したのだ。いったんこの領域に手を付けてしまったら、人は他の見えないものも見えるはずだと思い、見ることを躊躇《ちゅうちょ》しなくなるに違いない。

「なんだか、ちょっと気味の悪い世界になりそうだなあ」

加藤が呟いた。

「本当にそういうものが全部可視化されて当然になったら、むしろ、古代のような、呪術《じゅじゅつ》的な世界に戻っていくのかもしれないわね」

遙やみんながボソボソと喋《しゃべ》り始めた。

「その世界の一端は」

鎌田が口を挟む。

「きっと、早夜香ちゃんの夢札が見せてくれるんじゃないかと思いますね」

「じゃあ、早夜香ちゃん、これを見て」

玉紀がパッと手を広げてみせた。

「あ」

早夜香が小さく声を上げ、目を輝かせた。

大きなビー玉。

波のような色とりどりの線が入っている、緑がかった綺麗《きれい》なビー玉である。

「はい、これを見ながら深呼吸してちょうだい」

玉紀がゆったりとそう言いつつ、自分も深呼吸してみせた。

それに合わせて早夜香も深呼吸する。

「よーくビー玉を見て。ビー玉の中心のところを。早夜香ちゃんが小さくなって、ビー玉の中に入っていくところを想像して」

早夜香が意識を集中させるのが分かった。

モニター越しに見ていても、彼女の集中力がなみなみならぬものであることが伝わってくる。

「さあ、中に入っていくわよ——緑色のビー玉の中に——ほら、入れたわ。周りを見て、緑色のガラスよ。綺麗ね。ガラスに入った泡も見えるでしょう。色とりどりの、ガラスの線も」

玉紀の間延びしたようなテンポの声を聞いていると、モニターを囲んでいる浩章たちまで眠くなってきてしまう。

早夜香の目がとろんとしてきたのが分かる。

「それでね、早夜香ちゃん、実はね、このビー玉の中に入っていくとね、時間を遡《さかのぼ》っていくことができるの。早夜香ちゃん、日めくりって知ってる？」

早夜香はこくんと頷《うなず》く。

「一日に一枚ずつめくるカレンダーのことね。早夜香ちゃんの前に、その日めくりが見えるわ。今日の日付が見えるわね。でね、この日めくりは、ビー玉の外とは逆なの。ビー玉の外の日めくりは一枚めくると明日だけど、ここでは一枚めくるごとに一日、昔に戻っていくわ。日めくり、見えてる？」

早夜香は再びこくんと頷いた。

「さあ、今から時間を遡るわよ。まずは一枚めくる。ほら、昨日の日付ね。昨日になったわ。もう一枚めくってみましょう。今はおとといよ。もう一枚。これで三日前になったわ。めくるスピードを上げてみましょう。一週間前」

モニターを見ているみんなが緊張していた。

鎌田は腕組みをし、じっとモニターを見据えている。

玉紀はいきなり事件当日まで逆行することにしたようだ。

思い切って勝負に出たな。

浩章は玉紀の表情を注視した。

対面してずっと話しているあいだに、早夜香が精神的に安定しているので大丈夫だと判断したのだろう。神経質な子だったら、今日は会話だけにして、二回目か三回目のカウンセリングで逆行を試みるはずだ。

いきなり逆行するのはリスクが伴う。ここで激しい拒絶に遭ってしまうと、後で関係を修復するのはかなり困難だ。それでも、玉紀は早夜香の性格に賭《か》けたらしい。

「これからずっとずっと前まで戻っていくわよ。ビー玉の中を、進んでいきましょう。奥に行けば行くほど、昔になっていくのよ」

玉紀の声は柔らかく、慎重だった。彼女も内心ではかなり緊張しているだろう。

「どんどん日めくりがめくれて、時間を遡るスピードがもっと速くなる」

早夜香はこっくりと頷いているが、目はもう閉じられて深い催眠状態に入っていることが窺《うかが》えた。ゆらゆらと、かすかに前後に身体を揺らしている。

「さあ、お正月を過ぎて、去年のおおみそかになった。今は、去年の十二月よ」

早夜香の目には、十二月三十一日の日めくりが見えているのだ。

「まだ戻るわ。進んでちょうだい。どんどん日めくりをめくる。十二月三日——十二月二日。十二月一日。十一月三十日——さあ、十一月まで戻ったわ」

玉紀の目が少しだけ見開かれたように見えた。

十一月。問題の事件があった月だ。

同時に、早夜香の動きがぴたりと止まった。

頷きながら前後に身体を揺らしていたのをやめたのだ。

みんなが息を呑《の》んでモニターの中の少女に見入った。玉紀も早夜香の様子を慎重に観察している。

早夜香の表情は無表情のままで、特に変化はない。苦しそうだとか、嫌悪や恐怖の色は見えていない。

「早夜香ちゃん、今は去年の十一月三十日よ。これからまた少し戻るわ。十一月二十九日、十一月二十八日」

玉紀の声がゆっくりになった。抜き足、差し足で目的の場所に忍び寄っていくように、そうっと「その日」を目指して逆行していく。

早夜香は身動《みじろ》ぎもせず、無表情のままだ。

「十一月二十二日。あと、もう一枚めくるわ」

玉紀は更にゆっくりと言った。

ついにその日が来た。

「今日は十一月二十一日よ」

早夜香は目を閉じて静かに座っている。さっきからピクリとも動いていない。動揺している様子はなく、逆行を拒絶しているわけでもないようだ。

「去年の十一月二十一日。朝からずっと曇っていて、肌寒かったけれど、風はなかったわね。そうでしょう?」

早夜香はこっくりと頷いた。ちゃんと十一月二十一日当日に戻っているらしい。

玉紀はホッとしたような表情になった。これまでのところ、逆行は成功している。問題はこれからだ。

「さあ、いつも通りに学校に行くわよ――学校に着いたわ。みんなと挨拶《あいさつ》。先生にも挨拶。一時間目の授業が始まった」

誰もが息すら止めてモニターに見入っていた。

いよいよ、事件当日の様子が当事者から語られようとしているのだ。

「いつも通り授業が進んで、あ、鐘が鳴ったわ。午前中の授業が終わったの。給食を食べる。

今日の献立は、かやくごはんね。カボチャの煮たのや、青梗菜《チンゲンサイ》と厚揚げを炒《いた》めたのもある。デザートは柿ね」

早夜香がまた頷いた。彼女の中では、給食の様子が再現されているのだ。

「さあ、給食も食べ終わったわ。お腹いっぱい。当番が片付けて、みんな教室の中で思い思いにお昼休みを過ごしている。そうでしょ？」

玉紀は優しく話しかけた。

この時、早夜香はかすかに首をひねった。

それまで頷いていたのとは異なり、確かに首をかしげたのだ。

玉紀がハッとした。

「みんなでおしゃべりをしている。みんな、教室で遊んでいるのよね」

もう一度同意を求めるが、早夜香は首をかしげたままだった。

「早夜香ちゃんは、今教室で何をしているの？」

玉紀は用心深く尋ねた。

早夜香は答えない。首をかしげたままだ。

それも、答えるのを拒絶しているわけではなく、何か他のことに気を取られているように見えるのだ。

誰もが辛抱強く早夜香の返事を待った。

その時、唸《うな》り声のようなものが響いた。

皆がハッとして顔を上げる。

玉紀が慌てた表情になった。早夜香が苦痛の声を上げているのかと思ったのだろう。

しかし、よく聞いてみると、唸り声かと思ったのは、鼻歌のようだった。何かメロディーのようなものを歌っている。

一恵が息を呑むのが分かった。

「あ、あれです。夢を見ている時にいつも歌ってるのは」

早口でそう言うのを聞き、みんなが更に真剣にその歌に聞き耳を立てた。

本人も無意識のうちに歌っているのだろう。

なかなかメロディーは聞き取れなかった。が、浩章は、突然、そのメロディーが何なのかひらめいた。鎌田も同時に気付いたらしく、二人で思わず顔を見合わせる。

亜麻色の髪の乙女。

ドビュッシーの。間違いない。

その衝撃を、浩章は受け止め損ねていた。

なぜだ。なぜ山科早夜香がこの曲を。

鼻歌は続いている。玉紀が当惑した様子でじっと早夜香を見つめていた。寝言を言っている人間に話しかけてはいけないというが、彼女も声を掛けるタイミングを計りかねているようである。

が、唐突に鼻歌は止んだ。

早夜香はぐるりと首を回し、横に顔を向けた。

目は閉じられたままである。

「早夜香ちゃん？」

玉紀はそっと声を掛けた。早夜香はかすかに玉紀のほうに顔を向ける。玉紀の声は聞こえているらしい。

「早夜香ちゃんは今、どこにいるの？」

「学校」

早夜香はそっけなく答えた。

「教室にいるのよね？」

早夜香は首を振った。

「ううん。廊下にいる」

「廊下に出たのね。どうして？」

「誰もいないから」

「誰もいないの？　お友達も？」

「うん。誰もいない。ここ、どこかな」

「学校の廊下よね」

「そうだけど、いつもの学校じゃない」

「いつもの学校じゃないというのは？」

「あたしの知ってる学校じゃない」

玉紀の声は緊迫し、混乱していた。必死に質問を組み立てようとしていることが窺える。

「早夜香ちゃん、あなたが見えるものを言ってみて。今、何が見える？」

「廊下の窓が開いてる」

早夜香は淡々と答えた。

「カーテンが揺れてる。うちの学校の廊下の窓にはカーテンなんかない。でもここにはカーテンがある。白いカーテン」

「それから？　外は明るい？」

「明るいけど——わあ、きれい」

「何がきれいなの？」

「桜が咲いてる——山の中に桜がいっぱい——きれい、きれい」

早夜香の声がはしゃいだ。

浩章はゾッとした。早夜香が見ている風景はまるで——

「桜？　桜の花が咲いてるの？」

「うん。うちの学校の周りの山には桜なんか咲かないよ——校庭に何本かあるけど、裏山には——すごい、きれいなところ」

早夜香はうっとりと答えた。

「早夜香ちゃん、今日は何日？」

玉紀が尋ねた。

「三月十四日」

早夜香は即答する。

「え？」

「三月十四日だよ。教室の黒板に書いてある」

「そこから見える黒板に？　教室の窓越しに黒板が見えるのね？」

「うん。三月十四日。月曜日」

早夜香は力強く頷《うなず》いた。

モニターを見ていた大人たちは困惑して顔を見合わせた。事件当日の十一月二十一日に遡《さかのぼ》ったと思ったら、今度は三月だと言い出したのだ。無理もない。もっとも、浩章の困惑は他の六人とは別のところにあった。

三月十四日。

浩章が見た夢の中の教室の日付も同じ日だった。しかも、どうやらあの時の夢と同じ学校の廊下らしきところにいる。

目の前で起きていることに、浩章の思考はついていくことをどこかで拒否していた。

なぜだ。なぜ早夜香があの曲を。なぜ早夜香が俺の夢と同じ場所に。

「三月十四日、月曜日」

隣で岩清水が手帖《てちょう》を見ながら呟《つぶや》いていた。

「去年の三月十四日じゃないな」

そこで、初めて鎌田が玉紀に声を掛けた。

「何年の三月十四日か聞け。去年の三月十四日は月曜日じゃない」

玉紀が小さく頷いた。彼女の耳にはイヤフォンがあり、こちらの声が聞こえるようになっているのだ。

「早夜香ちゃん、教室の中をよく見て。どこかにカレンダーはない？」

早夜香は目を閉じたまま首を回した。

「うーん。ないみたい」

「何か貼ってない？」

「後ろに絵が貼ってある」

「何の絵？」

「人の顔がいっぱい。自画像っぽいよ」

「そう。みんなの自画像なのね」

玉紀がちらっとカメラのほうに目をやり、首を振った。何年かは分からない、という意味だろう。

早夜香は再び首を回した。

「山の上に、お寺みたいなのがある」

「お寺？」

「黒っぽい、瓦《かわら》屋根が見えるよ。ちっちゃく」

「あとは？」

「あとは何も。桜がいっぱい。あ」

急に早夜香が振り返るそぶりをした。

「どうしたの、早夜香ちゃん」

玉紀が尋ねる。

「誰か来たみたい」

「どうして分かるの」

「足音かな——でも、足音っぽくない。音がする。ずしん、ずしんって音」

「どこから？」

「廊下の奥。下のほうかな。ううん、よく分からない。外かもしれない」

「早夜香ちゃん、教室に入ってみてくれる？」

「教室に？」

早夜香の表情が初めて硬くなった。

「そう。教室に入って、窓から校庭のほうを見てほしいの」

早夜香は黙り込んだ。

「教室には誰もいないんでしょ？」

玉紀は重ねて頼んだ。

「校庭のほうに何が見えるか教えてくれない？　外を見れば、誰が来たのか見えるかもしれないでしょう。誰が来たの？」

「誰が」

早夜香はそう言って、やはり黙り込んでしまった。

「早夜香ちゃん、教室に入って」

玉紀が辛抱強く頼んだ。

「いや」

突然、早夜香が顔を背けた。唐突な、しかしきっぱりとした拒絶だった。

玉紀は一瞬絶句したが、慎重に声を掛ける。

「どうして？　どうして教室に入るのがいやなの？」

早夜香の顔がかすかに歪《ゆが》んだ。

「いやな理由を教えて」

玉紀が優しく言う。

早夜香はつかのま逡巡《しゅんじゅん》した。が、ボソリと呟いた。

「あれがいるから」

「あれ？」

玉紀の表情が険しくなる。

「あれって、何？　誰のこと？」

「あれは──みんなの」

早夜香は困ったような顔になった。口をもごもご動かしているのは、言葉を探しているらしい。

「みんなの？」

「みんなの──外側の──」

早夜香は口ごもった。顔がやや紅潮している。

が、小さく頷いた。言葉を見つけたようだ。

「外側のみんな」

「外側のみんな？　どういう意味かしら」

「山から来る」

「え？」

「いつもはいない。山から来る」

「学校の裏山から？」

「うーん」

早夜香は首をひねり、ふと、ポツリと呟いた。

「お姉さんと」

「えっ？」

「お姉さんもいた」

「お姉さん？」

「あれと一緒に——前にもいちど」

「会ったことがあるの？」

「うん。パパの時」

「パパの時というのは？　パパがどうした時？」

「山で」

早夜香は再び言いよどんだ。

「真っ暗になった時」

「それは」

今度は玉紀がためらった。

「パパと事故に遭った時のこと？」

「ううん」と早夜香はあっさりと首を振った。

意外にも、父親と一緒に遭遇した事故について話すのは抵抗がなさそうである。

「その時じゃなくて、それよりも後」

早夜香はもどかしげに首を振り続けた。

「事故よりも後なのね」

玉紀が確認すると大きく頷《うなず》く。

「うん。あの時も、かぶって」

早夜香は頭に両手をやる仕草をした。

玉紀は「え」という顔になった。チラリとカメラに目をやる。

「そしたら、お姉さんが出てきたの。あれと一緒に」

玉紀は早夜香のほうに身を乗り出した。

「そのお姉さんは誰？　早夜香ちゃんの知ってる人？」

「知らない人」

「背格好は？」

「きれいな人。髪の毛が白い」

「日本人？」

「白いのは少しだけ。あとは黒いよ」

玉紀が、今度は目に見えて動揺した。それは、モニターを見ている浩章たちも一緒だった。岩清水と鎌田がほんの一瞬、浩章を見たのが分かる。その意味は明白だ。

一部だけ白い髪。そんな特徴を持った若い女は、古藤結衣子しかいない。

しかし、浩章は、さっき早夜香が「亜麻色の髪の乙女」のメロディーを口ずさんだ時からそんな予感がしていた。実際に彼女の口から結衣子の描写が為《な》されたことは衝撃だったが、今は別のことが気に掛かっていた。

もしかして。もしかして、早夜香は以前にも。

「誰か来る」

早夜香がパッと顔を上げ、きょろきょろした。

それまでに見せなかった狼狽《ろうばい》が顔に浮かんだ。

「揺れてる」

「早夜香ちゃん」

「怖い」

早夜香の身体が震えだした。

玉紀の顔色が変わった。早夜香の表情は、尋常ではない。恐怖に顔を引きつらせている。

「早夜香ちゃん、聞いて。今から引き返すわよ」

玉紀は声を大きくした。早夜香がびくっとして、その声に反応する。玉紀は更に早夜香に顔を近付けた。

「日めくりが見える？」

早夜香が斜め上のほうを見上げた。

架空の日めくりを目で捉《とら》えたようだ。

「見えるわね？　見て、めくった日めくりが戻ってくるわ。凄《すご》い速さで。どんどん重なっていく。ほら、未来に戻っていくわ。速い、速い」

早夜香はじっとしている。イメージの中の日めくりが戻っていくのを見つめているのだ。

「さあ、もうすぐよ。もうすぐ、戻ってこられるわ。あたしが三つ数えて、手を叩《たた》いたら、早夜香ちゃんは目が覚めるのよ。だから、安心して。いい？　数えるわよ。ひとーつ」

玉紀は両手を早夜香の前で広げた。

「ふたーつ。みっつ」

ぱん、と澄んだ音で大きく手を打ち鳴らす。

早夜香がハッとした表情で目を見開く。

玉紀は心底ホッとした表情になり、目を見開く。

「ありがとう、早夜香ちゃん。よく頑張ったわ。ありがとう」

玉紀が早夜香の肩をぽんぽんと叩くが、早夜香はきょとんとしてぼんやり周囲を見回しており、何があったのか理解していない様子である。

モニターを囲んでいた浩章たちも、大きく溜息をついて身体を崩した。

互いに怪訝《けげん》そうな顔を見合わせ、「驚いたな」「どういうことなのかしら」と一斉に口を開く。

「野田さん、あの『お姉さん』というのは」

岩清水が小声で話しかけてくるのを「それについては後で」と早口で制すると、浩章は山科一恵の顔を見た。

「お母さん、ひょっとして」

青ざめた顔をしていた一恵が、ぎょっとしたように浩章を見た。その表情で、ああ、俺もあんな青い顔をしているのだなと思った。

気を取り直し、こほんと咳払《せきばら》いをすると、改めて尋ねる。

「山科さん、ひょっとして、早夜香ちゃんは以前にも夢札を引いたことがあるのではありませんか？」

一恵は意表を突かれたような表情になり、つかのま間を置いてから頷いた。

「ああ、はい。あります」

「いつ頃ですか？」

「あの事故のあと、退院が迫った頃に。担当医に勧められたんです。カウンセリングを受けたほうがいいと言われて、その資料にと」

「そうですか」

浩章は考え込んだ。鎌田がその様子を注視しているのが分かる。たぶん、彼も浩章と同じことを考えているのだろう。

「今日はこれにて終了です。早夜香ちゃんを帰します」

玉紀の声が聞こえたので、大人たちは立ち上がった。一恵は不思議そうな顔をしていたが、さつきと一緒に早夜香を出迎えに行った。

鎌田と浩章は玄関で玉紀と合流し、帰っていく三人に挨拶《あいさつ》して見送った。

三人の姿が見えなくなった後、三人で顔を見合わせる。

「あの子、前にも」

玉紀が口を開いたので、浩章が後を続けた。

「夢札を引いたことがあるそうだ。事故の後に、カウンセリングに使うのに」

「やっぱり」

三人で黙り込む。互いに、誰かがその可能性について言い出すのを待っているのだ。

あきらめたように、鎌田が口を開いた。

「もしかすると、これまでのケースもそうなんじゃないか？　小さい頃に夢札を引いたことがある生徒がいるクラスで、似たような事件が？」

「考えてもみなかったわ」

玉紀が渋い表情で呟《つぶや》いた。

「子供の夢札を引けるところはそう多くはないわ。ほとんどのデータはうちにあるはず。誰かに調べてもらいます」

そう言って、携帯電話を取り出し、電話を掛け始めた。

「いっとき」

電話を掛ける玉紀を見ながら、鎌田が呟いた。

「幼児教育の一環として、子供に夢札を引かせるのが流行《はや》ったよな」

「ああ」

浩章は頷いた。

「早期教育だとか能力開発だとか言ってましたっけ。結局、夢札を引いても特に何の効果もないってことで、すぐに下火になりましたが。治療以外で夢札引くのにはお金も掛かるし」

「どのくらいの子供が夢札引いてるのかな」

「どうでしょうね。そんなに長いこと流行ったって記憶はないなあ」

鎌田は腕組みをして考え込んだ。

「幼児教育じゃなくカウンセリングの目的で夢札を引いてるのが国立だけで年間百二、三十人。初期は少なかったから、ざっとの数字で、のべ千人ってところか」

「調べてみて、電話くれるって。そんなに時間は掛からないだろうと言ってたわ」

電話を切った玉紀がこちらを見た。

「助かるよ」

鎌田が頷いた。玉紀が二人を交互に見た。

「で、もし本当にそうだったら？　幼児期に夢札を引いたことのある子供が今回の事件の中心にいるのだとしたら、いったいどういうことになるのかしら」

「分からん。幼少期に夢札を引くことが、脳になんらかの影響を与えるかもしれないという仮説は立てられるかもしれないがね」

玉紀は肩をすくめた。

「はっきり言ったら？　夢札を引くことが害になるって」

「これが害なのかどうかはまだ不明だろ」

「あの子、『外側のみんな』と言ってましたね」

浩章は、早夜香が言葉を探していた表情を思い浮かべた。

「もしかして、脳が完成されていない時期に夢札を引くと、集団的無意識に『接触』できるようになるのかもしれません。鎌田さんもそう考えたんじゃないですか」

鎌田は無言だった。

「接触というのは？」

玉紀が怪訝そうな顔になる。

「さっき、山科一恵が言ってたじゃないですか。みんなが心から幽霊の存在を信じたら、本当に幽霊が目に見えるようになるって」

「集団的無意識も目に見えるようになるっていうの？」

「見えるというか、具体化されるというか」

「それが見えるってことでしょ。あの八咫烏《やたがらす》がそうだってこと？　集団的無意識を形にすると八咫烏に見えるの？」

玉紀は懐疑的な口調だ。

「ビンガー・レポート」

加藤がぼそっと呟いた。

「今のやりとりを聞いていて思いました。欧米人の夢札約三千例を分析して、彼らの意識の根底には共通して森のイメージがあるって唱えた説」

二十一世紀の『夢判断』として話題になった本だ。

「日本だと山なわけ？」

遙が尋ねる。

「山国の日本は森イコール山だしね。乾燥地帯の人間でも巨木や森をイメージしてるっていうんだから、いわゆる世界樹のイメージって人間共通の原始的なビジョンなんじゃないかって」

「世界中に残ってる洪水神話みたいなもの？」

「じゃあ、古藤結衣子はどうなる？」

鎌田がぽりぽりと頬を搔《か》いた。

「なんで集団的無意識に古藤結衣子が現れるんだ？　あれは古藤結衣子だろ？」

浩章は絶句し、手を広げてみせた。

「さっぱり分かりません。お手上げだ」

亜麻色の髪の乙女。髪。ひと房の白髪。

「でも、もし本当に夢札を引いたことのある子供たちが事件に関係するのなら、図らずも山科一恵が話してた噂は当たってたことになりますね――夢札を引くと洗脳されるって噂」

「確かに」

鎌田は同意した。

「都市伝説やその類《たぐい》のものって、ある種の真実を突いてるのかもしれん」

座敷に戻り、みんなで食事を摂《と》りながら早夜香のカウンセリング内容について話し合っていると、玉紀の携帯電話が鳴った。

浩章と鎌田は、廊下に出てボソボソと話をしている彼女の様子をさりげなく窺《うかが》っていたが、何度も頷《うなず》いているのを見て、顔を見合わせた。

「やっぱりそうでした」

電話を切り、玉紀は戻りしな、そう言った。

「何がやっぱりなんですか」

岩清水が尋ねる。

そこで、鎌田が、幼児期に夢札を引いたことのある生徒のいるクラスで似たような事件が起きていることを打ち明けると、岩清水らは唸《うな》るような声を上げた。

「多いところでは、九人も夢札を引いたことのある生徒がいたクラスがありました。きっと、同じクラスの子が早期教育の塾に行っているのを見て、自分も行きたいと言ったか、あるいは親が行かせたんでしょう」

玉紀が淡々と続けた。

「でも、興味深いのは、他にも夢札を引いたことのある生徒の多いクラスがあっても、必ずしも事件が起きるとは限らないことです。一人きりでも、やはり本来の目的で——早夜香ちゃんのように、カウンセリングのために夢札を引いた経験のある生徒のいるクラスのほうが、事件が起きる確率が高いようだと言ってました」

「つまり、夢札を引く必然性のある子——なんらかの精神的ケアを受ける必要性のある子がいるほうが、事件を誘発しやすいということか」

鎌田がぼそっと呟いた。玉紀が頷く。

「そのようです」

「早夜香ちゃんのクラスはどうなんですか。他にもいたんですか」

岩清水が尋ねる。

「一人いましたね。なんでも、おじいさんが新しもの好きで、赤ん坊の夢札をぜひ見てみたいと言って、孫の夢札を引いたんだそうです。本人も覚えていない二歳の誕生日に」

「ははあ。まだぎりぎり規制前だな」

夢札が開発された時、実は、最も期待されたのは赤ん坊の夢札であった。脳や知覚の発達という、人類の長年の疑問を解決する絶好のチャンスとみなされたのである。

赤ん坊は何を見ているのか。世界がどう見えているのか。夢は見るのか。前世の記憶や人類の記憶、あるいは母親の胎内での記憶を生まれながらにして持っているのか。

しかし、赤ん坊の夢札を引くのは技術的に困難を極めた。まだ成人用のヘッドフォンしかなく、機能上それ以上小さくすることができない。しかも、頭蓋骨《ずがいこつ》の隙間が塞《ふさ》がっておらず、柔らかい赤ん坊の頭を挟むことができない。

それでも、研究者たちはなんとかヘッドフォンを大規模に改造して夢札を引こうとした。しかし、まだ脳の完成していない乳幼児の夢札にはなぜか極端にノイズが多く、引いてみても昔のＴＶのようないわゆる「砂の嵐」状態になってしまって、現在の方法では夢札が引けないことが徐々に分かってきた。また、夢札を引こうと長時間ヘッドフォンを装着していると、赤ん坊なのに不眠症になり突然心停止して急死する、という事故が続けて起きて、乳幼児の夢札を引くことが禁止されたのである。

「その子の夢札覚えてるけど、特に変わったものは見られなかったわ」

玉紀は首をかしげた。

「個人差はありそうだな」

鎌田が呟く。

浩章が、さっき三人で話していた、脳の形成途中で夢札を引くと集団的無意識に接触できるようになるのかもしれないという仮説を口にすると、「面白い」と加藤が頷いた。

「でも、やっぱり何が引き金になったかはまだ判明しないわけだ。きっと、何か特定のきっかけがあるんだと思うんだよね。そのクラスにだけ起きたきっかけが」

「きっと、物理的なものよね」

遙が続けた。

「特定の教室に入ってくるもの。何かしら。陽射し。風。それこそ、本物の鳥が窓ガラスにぶつかったとか」

「なんだろう。物理的な引き金。音かな？　光や風にしろ、とにかく何か子供たちの注意を引く『動き』があったはずなんだ」

「古藤結衣子かも」

唐突に岩清水が口を挟んだ。

皆がハッとして、なんとなく岩清水を見る。

一瞬、気まずい空気が支配した。

それは、皆が、たぶん意識的に避けていた話題だった。早夜香の夢札に似た女を見、早夜香の口からそのはっきりとした特徴を聞いて誰もが気付いていたはずなのに、その話題を先送りにしていたのだ。

「それはどういう意味ですか」

浩章は静かに尋ねた。

「文字通りの意味です」

岩清水の返事はそっけない。

「古藤結衣子が教室に入ってきた。さっきの早夜香ちゃんの話によるとそういうことになる」

「彼女はもう亡くなっている」

加藤が呟《つぶや》いた。

「彼女の幽霊が入ってきたっていうの？」

玉紀が硬い声で言った。

岩清水は首をひねる。

「幽霊というよりも、彼女自身がもう集団的無意識の一部になっちゃったんじゃないでしょうか。彼女は夢を物理的にとらえた新世代の第一世代。代替わりした子供たちの無意識に『先祖』として潜んでいるのかもしれません」

浩章は、図書館で見た結衣子の姿を反射的に思い浮かべていた。

幽霊。あれが、集団的無意識？　図書館の中を歩いていた彼女が？

「あの人の夢は凄《すご》かったわね。彼女の夢札の映像を見ていない人なんて、一定の年齢より上にはいないんじゃないかしら」

溜息の言葉のあとを加藤が継いだ。

「あの予知夢。二千年前ならまず間違いなく預言者と呼ばれてただろうな」

夢は外からやってくる。預言者。天から降ってきた神の言葉を受け取る者。

「昔から悪い夢というのは必ず現実に起きるものであり、予兆だと信じられていた。預言者というのは、悪い夢、つまりこれから起きる悪い出来事を伝えるのが主な使命だった。日本でも、嫌な夢を見たらいい夢に変えてくれるよう、まじないをしたり、祈禱《きとう》したり、観音様にお願いしたりした。やはり、嫌な夢というのは現実になると思われていたわけだ」

「瑞兆《ずいちょう》とか、いいほうの予兆の夢もあるでしょうに」

遙が不満そうに呟くと、加藤が笑った。

「いいことは思いがけないサプライズで済むが、悪いことは対策を講じなきゃなんないからな。大体、日常でも悪い予感のほうがよく当たる」

「確かに。なんかいいことありそうって浮かれてると、大抵ひどい目に遭うもの」

笑い声が洩《も》れた。

「逆に、きっと昔の預言者って古藤結衣子みたいな人たちだったんでしょうね」

「じゃあ、現代の預言者である古藤結衣子は子供たちに何を訴えてるんだ？　彼女自身が予知夢に現れてるってことなのか？」

加藤がしかめ面で誰にともなく問いかけた。

加藤の問いに答えられる者はいない。

「あの日付は何なんでしょうね。三月十四日、月曜日」

岩清水が呟いた。

「パソコンで検索を掛ければすぐに何年の三月か分かるわ」

玉紀がパソコンを取りに行こうと腰を浮かせたが、岩清水はそれを止めた。

「いえ、それはあとで調べます。それより、どうして事件当日に逆行したらいきなりあんな日付になっちゃったんだろう。ああいうこと、よくあるんですか？」

「ううん、ないわ。彼女は日めくりもちゃんと見えてたし、日めくりで時間を認識するというルールにきちんと従っていた。最後も戻ってこられたし。不思議ね」

玉紀が肩をすくめた。ふと、何か思いついたように岩清水は顔を上げた。

「事件当日――本当にあの体験をしていたのかもしれない。三月十四日のどこかの教室にいる、という体験を」

奇妙な男だ。

浩章は改めて目の前の男を観察した。

冷静で淡々として明晰《めいせき》なのに、ふとした表情に違和感を覚える。今のように、時々この世のものならぬものを注視しているような目をするのだ。

まるで、古藤結衣子のように。

「タイムスリップ？」

玉紀が冗談めかして言う。

「他の生徒はどこに行っちゃったの？」

「さあ、それは分からない。他の生徒も彼女と同じ体験をしていたのかもしれないし、彼女だけだったのかもしれないし。でも、聡明《そうめい》な子だし、逆行中もルールにきちんと従っていた彼女は、あの時もちゃんと事件当日に戻ってたんじゃないかな」

から現れたのだろうか。

俺も逆行していたのだろうか。

浩章は早夜香が同じ場所に行っていたことをどう解釈すべきなのか戸惑っていた。

あれは夢だと思っていたのに、実際にあの場所へ「行って」いたというのか。

俺も長年夢札を見ているうちに、集団的無意識に「接触」できるようになり、結衣子はそこから現れたのだろうか。

つい、鎌田を盗み見る。

こんな体験は俺だけなのか。ベテランの夢判断はどうなのだろう。

そのあともひとしきり、何が起きていたのか、早夜香の体験したものは何だったのか議論が交わされたが、むろん結論が出るはずもない。

かつて夢札を引いたことのある生徒が事件に関係しているらしいと判明したのは進歩だったが、自分たちが何について調べているのかは相変わらず不明のままである。

翌日は朝いちばんで名古屋まで出て、直近の早夜香の夢札を見ることにする。午後は再びこちらに戻り、もう一度早夜香に逆行を試す、というスケジュールを確認した。

「早夜香ちゃんが前回引いた夢札を探してみる」

玉紀は、早夜香が事故のあとに治療を受けていた京都の大学病院に連絡を取ることにした。カウンセリングの過程で使われた夢札は、原則永久保存である。

部屋に引き揚げた時、浩章は自分がいかに緊張し、疲れ切っていたかに気付いた。

なんという長い一日だったことだろう。

岩清水が「夜風に当たってくる」と言って出ていった。

たぶん、聞かれたくない電話を掛けに行ったのだろう。

「不思議な男だな」

夕食の席から持ってきたビールをコップに注ぎながら鎌田が呟いた。

浩章は同意の声を上げる。

「ほんとに。山科早夜香は古藤結衣子の生まれ変わりなんじゃないか、とも言ってましたよ」

鎌田は笑った。

「そいつは面白い」

「俺と似たようなことを考えてるんで驚いたよ」

「どれのことですか。古藤結衣子が来たというところですか、三月十四日の教室に行ったというところですか」

「もろもろさ」

鎌田は回答を避けた。

「彼、警察庁の研究者みたいなことを言ってたが、たぶん公安の人間だろうな」

「公安？　どうして」

思ってもみない単語に驚く。ましてや、岩清水のイメージとは全く結びつかない。

「人心の不安を煽《あお》るものはすべて対象だからな。もしかすると、今回の一連の事件とカルト教団との関係を疑っていたかもしれん」

鎌田はくいっとビールを飲み干した。

「ああ、なるほど」

それならば一応納得できる。

「それなのに、こんな状況になっちゃってどう報告するんでしょうね？　集団的無意識に接触してるからです、なんて言って上司に信じてもらえるのかなあ」

「ははは。あの男なら言いかねないな」

「鎌田さんは」

浩章は、鎌田のコップにビールを注ぎながらさりげなく尋ねた。

「そういう体験をしたことはないんですか——集団的無意識に接触した、と感じたような体験は」

「おまえはあるのか？」

鎌田は静かに聞き返す。

「古藤結衣子の件。昨年の暮れに姿を見てから、夢にも現れた。あれはそうなんじゃないかと」

「亜麻色の髪の乙女、ね」

早夜香が歌っていたメロディー。

「岩清水のあの説は面白かったな。第一世代が『先祖』となって、あとの世代の集団的無意識の一部になるっていうの」

浩章は頷《うなず》いた。

「ええ。荒唐無稽《むけい》な話のように思えるけど、実際にあれに似たようなことってありますよね。例えばコンピューターソフト業界。業界の先駆者で、教祖のようになった男がいると、その後も業界の共通意識の底に彼がいると感じる。大企業の創業者なんかもそうですね。なんとかイズムとか、なんとかスピリットとか、企業の遺伝子が、とかいうのはそういうことでしょう」

「うむ」

「夢を可視化できる世界、夢札をめぐる世界では、この先どうしても古藤結衣子が意識の底に存在し続ける」

そして、俺や子供たちを訪れ続けるのだろうか。

『夢札酔い』ってあるだろ」

鎌田がぽつんと言った。

「俺は、あれがその前触れなんじゃないかと思うんだ」

「集団的無意識との接触の？」

「ああ。自分の夢なのか他人の夢なのか、夢なのか現実なのか分からなくなる瞬間を、夢判断なら必ず何度も体験してると思うけど、ああいう感じなんじゃないかと思う」

鎌田は自分の掌《てのひら》をじっと見た。

「自分の内側と外側が溶け合ってしまったような感じ。あるいは、他人の内部と自分の内部が繋《つな》がってしまった感じ」

浩章は、鎌田もきっと自分と同じような体験をしているのだと確信した。

翌朝、皆で名古屋まで出て、「獏《ばく》」のある大学病院で早夜香の直近の夢札を見せてもらった。

確かに、事件の影は薄らいでいるようだった。

相変わらず彼女の映像記憶力は抜きん出ていたが、「どうでもいいものは忘れられる」という本人の言い分通り、あの凄《すさ》まじい教室での場面に比べるとぼんやりして他愛がなかった。

それでも、気になるところはあった。

学校の場面はしばしば出てきたが、時々窓の外の景色が変わっている。ほとんどは通常の景色なのだが、ふとした瞬間に、例の、桜に覆われた山になっていることがあるのだ。

そのことは夢を見ている本人も自覚していないようで、次の瞬間にはまた通常の風景に戻っている。時には、何枚かある窓ガラスのうち一枚だけ外が桜の山になっていることもあった。

浩章は、しばしば古藤結衣子らしき女の影を感じた。

それはさほど明快なものではない。

例えば廊下の奥を横切る影だったり、雑踏の隅に佇《たたず》んでいたりする人影がある。それは成人女性のもので、ぼやけたシルエットでしかないのだが、浩章はそれが結衣子だと感じた。

夢の中で、早夜香は何かの拍子に後ろを振り返る。

すると、サッと女の影が通り過ぎたあとだったりする。あるいは、長い髪が翻ったり、腕の一部が見えたりするが、それも輪郭は曖昧《あいまい》である。

しかし、確かに夢の中で早夜香は結衣子の気配を感じており、しかもそれに脅威は感じていない様子である。むしろ親しみを感じていると言ってもいい感じで、早夜香は無意識のうちに結衣子を探しているのではないかとすら思った。

第一世代が『先祖』となって、集団的無意識の一部になる。昨夜の鎌田との話を連想せずにはいられない。

もちろん、他のみんなもそのことを思い浮かべていただろうし、結衣子の影に気付いていただろう。

じっと腕組みをして見ていた鎌田が、急に身体を起こした。

「妙だな」

「何がですか」

浩章が声を潜めて聞き返すと、鎌田は画面の一部を指差した。

「結衣子の他に、もう一人いないか？」

みんながギョッとした顔になった。

「もう一人というのは？」

「さっきから時々古藤結衣子の姿が見え隠れしてるのはみんな気付いてると思うが」

鎌田は映像を巻き戻し始め、ある箇所で止めた。

「一緒にいるのは誰だ？」

鎌田が指差す一点をみんなで覗《のぞ》き込む。

「あ、ほんとだ」

「誰かいるよ」

鎌田が指しているのは、廊下にいる結衣子の影だった。

ぼうっと立っているほっそりとした影の左手。

その手は、誰かの手と繋がれていた。握っている手が上腕の一部まで見えている。

「男性ですね——しかも、この腕の位置からいって、彼女よりも背の高い成人男性だ」

岩清水が指摘した。浩章は訳もなく激しく動揺した。

もう一人。成人男性と。

「他にもありますか？」

「うん。この少しあと」

鎌田は今度は早送りした。

「教室の隅に古藤結衣子が立ってる。そのすぐ隣を」

ぼんやりした教室。戸口のところに結衣子の細長い影がある。

「分かるか？　足が出ていく」

見えたのは、ズボンの膝《ひざ》から下の部分だった。その上は何も見えない。足だけがサッと廊下に歩いて出ていく。履いている靴は黒いスニーカーのようだ。

「ほんとだ。よく気付きましたね」

「誰だろう。さっきのと同じ男かな」

「そんな気がするけど」

「他にはありませんでしたか？」

口々に言いながら鎌田を振り返ると、彼は首を左右に振った。

「今のところ、気付いたのはその二箇所だけだ」

最初まで遡《さかのぼ》ってみんなで探してみたが、その男の姿は他には見当たらないようだった。

しかし、浩章は内心の動揺を皆に悟られないようにするので精一杯だった。

あのスニーカー。

裾《すそ》を軽く折り返した焦げ茶のズボン。

見覚えがあることに気付いたものの、浩章はそのことを到底受け入れることができなかった。

あれは、俺の足だ。

ずっと昔、結衣子が生きていた頃にあのズボンとスニーカーをよく組み合わせていた。

どちらもさんざん履いて、今は処分してしまったはずだ。

混乱と焦燥が、太ももの辺りからじわじわと上がってくる。

そんな馬鹿な。どうしてそんなことが起こり得るのだろうか。

ぐらぐらと頭の中が揺れていた。

落ち着け、よく考えろ。俺はまだ生きていて、ここにこうしている。早夜香は俺のことを知っていたのか？　いや、昨日が初対面だったし、彼女がこの夢を見たのはそれよりも前のことだ。第一、俺があのズボンとスニーカーを履いていた時期はもっと昔だ。あの格好で出てくること自体が信じがたいのだ。

なぜ彼女が俺のことを夢に見る？

必死に考えていると、結衣子が繋いでいた手がパッと浮かんだ。

ひょっとして結衣子が？　あれは結衣子の記憶なのか？　彼女の死の直前、最も近いところにいたのは俺だった。それがあんな形で早夜香の夢の中に顕《あらわ》れたというのだろうか。

目の前では、皆が早夜香の夢札を止めてあれこれ指差して何事か議論している。

その様子を見ているうちに、ようやく少し気持ちが落ち着いてきた。誰も、あの男と浩章を結びつけて考えている者はいない。

そうすると、見間違いかもしれない、という気がしてきた。

焦げ茶のズボンに黒のスニーカーなんて、とてもありふれた組み合わせだ。たまたま自分も同じ組み合わせで履いていたからそう思い込んだだけなのだ。

俺は、結衣子との関係を知られることをこんなにも恐れていたのか。

そう気付いて、浩章は今更ながらに驚いた。

いっぽうで、これは自分のうぬぼれなのかもしれないとも思った。

結衣子が最後まで自分のことを思っていてくれた。そう思いたくて、ぼやけた映像の中に無理やり自分の姿を見出《みいだ》したのかもしれない。人は、望んでいるものを見るものだ。

そう考えると、動揺したりびくびくしたことが滑稽《こっけい》に思えてくる。

ようやく気持ちは平静になったが、動揺の余韻は、夢札を見終わって名古屋で昼食を摂《と》り、再びG県に戻るまでのあいだも続いていた。

列車の中で、鎌田と玉紀は真剣な顔でずっとボソボソと話し合いを続けていた。

近いうちに、なるべく早急に、これまでに夢札を引いた児童——とくに、幼児期に夢札を引いたことのある子供の追跡調査をすべきだ、という話だった。それが、今回の事件の解決に繋がるかもしれないし、これから何か起きた時の基礎データになるかもしれない。

「難航するでしょうねえ」

玉紀が浮かない顔をした。

「カウンセリングとしての夢札を引いたほうは比較的追跡しやすいと思うけど、早期教育の一環とか記念にという程度で引いた子のほうの個人情報を集めるのは大変だわ」

「理由を言ったら、それこそ夢札を引くのは危険なんだという噂を広げかねないしな」

「それは避けたいけど、でももし本当になんらかの危険があるんだとしたら？」

玉紀は青ざめた顔で呟《つぶや》いた。

「夢札を引こうとした赤ん坊が死んだ原因はまだよく分かってないのよ。子供の脳に対して悪影響があるとしたらどうするの？」

「いや――それを言うなら、逆に覚醒《かくせい》させてるんじゃないかな」

鎌田は言葉を選びつつ言った。

「脳のほとんどは使われていない。赤ん坊が眠れなくなったのも、使っていなかったところが使われるようになったせいなんじゃないか。俺はそう思ってるんだが」

「夢札を引くことが覚醒剤代わりになる？」

加藤が興味深そうに自問自答した。

「確かに、一連の赤ん坊の脳は興奮状態にあったという話です。何日もずっとそんな状態だったら、そりゃあまだ機能の発達していない心臓にもひどく負担が掛かるはずだ」

「それで心不全になるのかしら」

「それが本当だとしたら、ある意味、早期教育に夢札を引くっていうのは間違ってなかったってことになるのかな」

「脳が開発される」

「誰が早期教育に利用することを思いついたのかなあ。帰ったら調べてみよう」

覚醒。開発。

浩章には、その言葉が不吉なものに響いた。

夢から目覚め、この現実からも更に覚醒した子供たちは、いったい何を目にしているのだろう。それは、もはや親たちの世代には目にすることができないものに違いないのだ。

宿に戻り、夕方から早夜香の二日目のセッションが始まった。

しかし、早夜香の集中力は前日よりも明らかに落ちていた。答える内容も前日とほぼ同じで、しかも遥《はる》かに情報量は乏しかった。

「知らない」「分からない」という返事が増え、興味を失っているようにも見えたほどである。

ただ、ひとつだけ興味深い答えがあった。

浩章が、玉紀に頼んでしてもらった質問の返事である。

「早夜香ちゃんは、どうして引っ越し先に、この山に囲まれた町を選んだの？」

早夜香は少しだけ首をかしげた。

「パパが近くにいる気がしたから——ううん、パパがいたから」

もしかして、山は彼女にとって彼岸のような場所なのだろうか？　少なくとも山がトラウマになっている様子は見られなかった。

これ以上やっても収穫は得られないだろうと、前日よりも早めに切り上げ、迎えに来た母親に早夜香を渡した。必要とあらば、もう一日セッションを予定していたのだが、もう続けなくてもいいだろうという結論に達し、その旨を鎌田が母親に連絡する。

反省会を兼ねた夕食の席で、誰もが疲労と安堵《あんど》を隠さなかった。

謎は深まるばかりだったが、無収穫だけは避けられた。幼児期に何らかの理由で夢札を引いたことが要因なのではないかという仮説を得られたからである。

もっとも、これからが大変だった。その仮説を証明するには、子供たちの追跡調査を行わなければならない。それが、大規模で困難なものになることを誰もが予想していた。

「野田さん、ちょっと歩きませんか」

みんなが部屋に引き揚げる時、岩清水が声を掛けてきた。

「煙草を吸いたいのでつきあってください」

何か話があるのだと気付き、浩章は頷《うなず》くと鎌田に戻っていてくださいと声を掛けてから外に出た。

風がなく、暖かい夜である。

門の内側のところに、煙草の火が見えた。

浩章はかすかな緊張を感じながら近付く。

「お疲れ様でした」

そう言うと、岩清水は首を振った。

「先生方こそ、大変でしたね。あんなに大変だとは思いませんでした」

「大変なのはこれからですよ」

浩章が首をすくめて岩清水を見ると、彼は暗がりの中でじっとこちらを見つめている。

「奇妙なことが分かりましたよ」

「奇妙なこと？」

岩清水はゆっくりと煙を吐き出した。

「古藤結衣子は、世間的には亡くなったことになっていますが、警察ではそう思っていないようです」

「え?」

浩章は思わず大きな声を出してしまった。

「どういうことですか」

「まだ警察は彼女のことを捜している」

「そんな――彼女は亡くなりました」

浩章は弱々しく答えた。岩清水が何を言いたいのかよく分からなかったのだ。

「あの火災の後、古藤結衣子と特定できた遺体は見つからなかったそうですね」

岩清水は、咎《とが》めるように浩章を見た。

「そういう人は他にもいましたよ。あまりにも激しい火災で、何人も特定できませんでした。だから、合同葬儀を」

なぜか言い訳めいた口調になってしまう。

「当時から、捜査員のあいだには彼女は生きているのではないかという噂があったようです。あれだけ正確な予知夢を見ていたのに、そこに巻き込まれてしまうなんて信じられないと。なぜ、あの事件の時はよりによって現場にやってきたのかと」

浩章はムッとした。

「そんな。何を疑っているんですか。彼女は惨事を防ごうと、いつも心を砕いていた。自分の見る夢に責任を感じていたんです。それがどんなに大変なことか」

「捜査の規模は縮小されていますが」

岩清水は遮るように言った。

「彼女はあの火災事件の重要参考人として手配されています」

「まさか」

浩章は絶句した。暗くて表情がよく見えないのがありがたかったが、岩清水は浩章が怒っているのに気付いているだろう。

「まさか、彼女があの事件を起こしたと考えてるわけじゃないでしょうね？　ひどすぎる」

「奈良。吉野。蔵王堂」

岩清水はとりあわず、そう単語を並べた。

浩章は混乱して彼を見る。

なぜこの男がこんなことを言い出すのだろう。

「山科早夜香が見ていた景色です。あなたも気付いていたはずだ」

「それが、どうかしましたか」

そう聞き返す浩章の声はかすれていた。

「山科早夜香は無意識で古藤結衣子に接触していた。だとすると、彼女は今もあそこにいるのではないですか」

「あそこって」

「野田さん。あなたは古藤結衣子と家族同様に親しくつきあっていましたね」

岩清水は低い声で続けた。

「ひょっとして、あなたは古藤結衣子の行方を知っているんじゃありませんか？」

八章　事件

夢を見たわ。

予知夢を見たあと、結衣子はいつも短くそう言った。

彼女にとっての夢は予知夢であって、それ以外の夢は夢ではなかった。そして、もちろんその内容は、現実には起きてほしくないものばかりだった。

周囲の者は、その言葉を恐れていた。更にその周囲の者は、その言葉を恐れつつもそれ以上に期待していた。

最後の予知夢となったあの火災の夢を見た時の彼女は、それまでの彼女とは異なっていた。

浩章が今でも折にふれて思い出すのは、あの夢を見たあとの結衣子の様子である。

どんな状況でもめったに動じることのない彼女が、いつになく焦っていたのだ。

奇妙だったのは、焦って傍目《はため》にも分かるほどの苛立《いらだ》ちを覗《のぞ》かせていたのに、それでいてどこか上の空だったことである。彼女は何かに気を取られていた——いつもなら予知夢の内容の解明に全精力を傾けていたはずなのに、心ここにあらずという状態だったのだ。

しかも、夢の内容は重大だった。

激しい煙と炎。多くの人々が阿鼻《あび》叫喚の中逃げ惑い、転倒し、煙に巻かれる。大惨事である。

結衣子は直ちに警察と消防に対して夢札を提供し、日付と場所の特定が急がれることになった。

しかし、それは予想以上に難航した。画面が煙に包まれているのと、人が多いのとで、どの場所かを特定するのは難しかったのだ。女性客が多かったので商業施設ではないかと推測されたが、店名が分かるような紙袋やビニール袋は見当たらなかった。折しも、季節は冬。明日なのか服装からは、盛夏ではない、ということしか言えなかった。

ひと月後なのか、それとも来年なのかは分からないが、いつ起きても不思議ではない。

人命に関わると判断され、映像が公開されることになったものの、個人情報といういつものジレンマが立ちふさがる。顔の一部にモザイクが掛けられて映像は公開された。

公開された映像に対する反応は鈍かった。

人は、どんなに驚くべきことでも、それが続くと慣れてしまう。その頃、結衣子の予知夢にすら、人々は慣れてきていた。

相変わらず結衣子をマスコミが追いかけていたものの、一般的な興味は薄れつつあったのだ。

珍しい動物が発見されて、当初はそれを見たいとみんなが押しかけたけれど、その動物が動物園に入れられ、いつもそこにいることが認知されると足を向けなくなるように。

未来をかいまみることができる人がいる。どうやらそれは本当らしい。しかし、予知しようがしまいが、世界中のどこかで毎日事故は起きるのだ。いつどこで起きるか分からないのなら、知らないのとどれだけの違いがあるというのか？　事故に遭遇する確率は変わらないのではないか？

予知夢の日時と場所が特定できないケースが増えるにつれ、かつては結衣子の夢をセンセーショナルにとらえ、その夢に一喜一憂していた人々のあいだに、そんな諦観《ていかん》にも似た風潮が広がっていった。

結衣子がそういう状況に危機感を覚えていたのは確かだ。彼女の周りには、研究者と学者か、教祖のように崇《あが》める者か、インチキだと攻撃する者しか残らなかったのである。そのため、余計に「普通の」人々は遠巻きにするようになる傾向にあった。

結衣子は、しばしばこう口にするようになった。

あたしが夢を公表するのは、予知夢を見ていることを証明したいからじゃないわ。

その声には、苦い響きがあった。

ああ、あの夢本当だったんだね、じゃあ仕方がないでしょう。夢の中の未来を回避したくて、毎日夢札を引いてるのに。

結衣子は虚《むな》しさを感じているようだった。

一部で執拗《しつよう》に結衣子の夢をインチキだと攻撃する人々がいたため、黙々と夢札を引き続ける結衣子を「意地になって、頼まれもしないのに不吉な夢ばかり見る女」と揶揄《やゆ》する者が現れた。

結衣子は、どんな雑音にもとりあわなかったが、この中傷にはこたえたようである。

あの頃、口には出さなかったものの、彼女が深く傷ついていることを浩章は感じていた。

彼女は、徐々に夢を見るのを嫌がり始めた。

見た目にはいつも通り平静を装っていたので分からなかったが、夢札を引くため、彼女に半永久的に医療機関から貸与されたヘッドフォンに嫌悪感を示すようになったので、浩章はそのことに気付いたのだ。

眠りたくない。

しばしば、結衣子はそう洩《も》らすようになった。

当時の彼女は、予知夢を見る時は分かる、と言っていた。

長年の経験から、今晩寝たら予知夢を見そうだと感じた時には、ほぼ外れなしで夢を見るようになっていたのだ。

彼女は一人で予知夢を見ることを恐れた。浩章に一緒にいてくれるよう頼んだ。

もう滋章とは疎遠になっていた。かつてはその役を務めた兄に、もはやその気がないことは、浩章も結衣子もよく承知していた。

そして、あの晩がやってくるのだ。

雨の降る、冷たい夜だった。

その日、浩章は大学で遅くまで研究室に残っていた。教授に頼まれたデータの整理が捗《はかど》らず、疲労感に目をしょぼしょぼさせていた時に携帯電話が鳴った。

結衣子からだと気付いた時に、浩章も既に予感はしていた。

彼女が電話してくるのは、その件以外にはなかったからだ。

お願い。何時でもいいから、ここに来て一緒にいて。あなたが来るまでは眠らない。

彼女は手短にそう言った。

分かった。

浩章の返事もまた、簡潔だった。彼女に「お願い」と言われたら、断れなかった。彼女がその言葉を発するまでの苦悩を考えると、とても拒絶はできなかったのだ。

浩章はなんとかデータを片付け、結衣子の部屋で作業ができるようなものをまとめて、夜中れた。

窓を開け放して冷え切っていた部屋と、コーヒーメーカーに半分以上残ったコーヒーで見てと

迎えた結衣子の顔は真っ青で、疲れ切っていた。眠るまいとずっと努力していたらしいのが、

ありがとう。ごめんなさい。

の一時過ぎに彼女の元に向かった。

遅くなってごめん。もう大丈夫だから、眠っていいよ。僕はここで作業の続きをしてる。

浩章がそう言って窓を閉め、カーテンを引くと、結衣子は力なく笑った。

暖かくすると、うとうとしちゃって。

分かってる。あのコーヒー、貰《もら》っていい？

浩章がリビングのテーブルの上にパソコンを取り出すと、結衣子はマグカップになみなみと

コーヒーを注いで持ってきてくれた。

本当に、ごめんなさい。ありがとう。

結衣子はそう言いながらも、まぶたが既にくっつきそうだった。

今日は見そうな気がして——とても強く、そんな気がして。

そして、結衣子はリビングのソファの上に横になり、毛布を掛けた。手が宙を探り、無意識

のうちの習慣となったものを手に取る。

夢札を引くヘッドフォン。

一瞬、嫌悪の表情を見せたのちに、彼女はそれを頭に着けた。

数百回、数年間、ずっと欠かすことなく装着してきたそれを。

浩章はその様子を、痛ましさを感じつつ見つめていた。

結衣子は目を閉じ、小さく溜息《ためいき》をついた。

たちまち眠り込む。

浩章が着くまでは、と我慢していたのだろう。

そんなに一人で眠りに就くのが怖いのか。そんなにも、予知夢を見るというのは恐ろしいことなのか。

結衣子の寝顔を眺めながら、浩章は息苦しくなった。

ちらっと、この役目を放棄した兄の気持ちが分かるような気がした。

親しい人間がすぐそこで苦痛に顔を歪《ゆが》めているのを、何もしてやれずじっと見守っているだけなんて。

この孤独。この無力感。兄はずっとこんな感じを味わってきたのだ。

結衣子は、とても静かに眠る。あまり寝返りも打たないし、寝息も立てない。

しかし、予知夢を見ている時は、表情がかすかに変わるのだ。

見ているこちらまで哀しくなってくるような、なんとも淋《さび》しい表情に。

ぴくっと結衣子が身体を引きつらせたので、浩章もつられて痙攣《けいれん》する。

表情が不穏に変わり始めたので、夢を見始めたのが分かった。

やはり予知夢を見た、という安堵《あんど》と諦観。どうしてこんなものを見なければならないのか、という苦痛と絶望。これらが入り混じって、見覚えのあるひどく淋しい顔になる。

浩章は苦労して結衣子の顔から視線を逸《そ》らすと、作業に集中しようとパソコンの画面をじっと見つめた。

その時「あっ」という声が上がったのだ。

浩章は驚いて、結衣子を見た。

何度かこうしてつきそったが、結衣子はめったに寝言を言わなかったからだ。

表情も変わっていた。

その顔に浮かんでいるのは驚愕《きょうがく》だった。口をぽかんと開け、何かに気を取られている様子である。

浩章は心配になり、結衣子ににじり寄った。

「あれ――」

結衣子はまた言った。

その声は不思議そうで、何が「あれ」なのかは分からないが、「あれ」と呼んだものの意味を理解していないように聞こえた。

思わず「結衣子さん」と声を掛けそうになり、浩章は慌てて口をつぐんだ。寝言を言っている時に話しかけてはいけない、という俗説を思い出したのだ。

「あなた」

結衣子がはっきりとそう言ったので、浩章はどきんとした。

自分に話しかけているのではなく、夢の中で誰かに声を掛けたのだとすぐに気付いたが、心臓の鼓動が速くなっているのを感じる。

「どうしてここに」

結衣子の口調は不思議そうだった。

いったい誰に話しかけているのだろう。

結衣子は黙り込んだ。その沈黙は、誰かが話しているのをじっと聞いているように見えた。

そう感じたのは正しかったらしく、結衣子はかすかに頷《うなず》いた。

「そう――そうなの」

何度も頷く。

沈黙。浩章は、その様子を呼吸すら止めて見入っていた。

沈黙は長く、また寝入ったのかと思った時、結衣子は口を開いた。

「どのはるに？」

浩章は目をぱちくりさせた。

今、彼女はなんと言ったのだろう。「どのはるに」と聞こえたが、意味が分からなかった。

また沈黙。

おもむろに、結衣子が低く溜息をついた。

「分かった――待ってる――上で」

かくん、と結衣子の頭が沈んだ。

低く寝息が響いてきて、これまでとは異なる種類の眠りになったのが分かる。

浩章は深く溜息をつき、そろそろとパソコンの前に戻った。

そして彼女はあの夢を見たのだった。

翌朝目覚めた時、彼女は反射的にヘッドフォンを外して起き上がったが、しばらく自分がどこにいるのか分からないかのようにぼんやりしていた。

浩章はテーブルでうとうとしていたが、彼女の目覚めの気配にすぐに身体を起こした。

浩章はあの一言を待っていた。

彼女の厳かな宣言である、あの一言。

しかし、その朝、彼女は何も言わなかった。

浩章がもじもじしていると、彼女は初めて彼がそこにいるのに気付いたみたいにパッと振り返った。

「あなたなの？」

「え？」

浩章は面喰《めんく》らったが、結衣子はすぐさま興味を失ったかのようにまた前を向き、サッシュのほうに目をやった。

以来、彼女は夢の中の場所探しに没頭していたが、同時にどこかずっと上の空だった。

浩章は違和感を覚えた。結衣子とのあいだに、不透明なガラスが一枚挟まったかのようだった。

そのことに、物足りなさと同時に安堵を感じていたことは否定しない。

当時、結衣子は浩章を頼りにするようになっていた。

週に一度は一緒に食事をしたし、予知夢を見そうな時は電話をしてきた。そのことが嬉《うれ》しくて、兄への優越感を味わったのも事実だ。

しかし、その優越感も長くは続かなかった。

今ならば分かるが、彼は兄と同じ道を辿《たど》ろうとしていた。結衣子に憧《あこが》れていたが、畏《おそ》れるようにもなっていたのだ。彼女のそばに居たかったけれど、逃げ出したいという衝動も常に背中合わせに感じていた。

結衣子は、そんな浩章の逡巡《しゅんじゅん》などお見通しだっただろう。それでも、彼に頼らざるを得ないほど彼女は孤独で追い詰められていたのだ。

なのに、あれだけ重大な予知夢を見た後の、ぼんやりした感じはそれまでの彼女の反応とは全く異なっていた。その違和感の答えを得られぬまま、あの火災が起きてそこに巻き込まれた結衣子は帰らぬ人となってしまったが、その違和感は、何年経っても浩章の中に澱《おり》のように残っていた。

岩清水に民宿の外で問い詰められた時、浩章は怒りと恐れに困惑していたが、思いがけなくパッと心に閃《ひらめ》いたのは、長年抱いてきたその違和感の正体に対する答えだったのである。

事件当時から囁《ささや》かれ、浩章もずっと抱いていた疑問。

なぜあの時だけ、よりによって彼女は現場にやってきたのか。

その答えは、ひとつしかない。なぜこれまで気がつかなかったのか、思いついてしまえば不思議なほどだった。

結衣子はあの予知夢で、結衣子自身がその火災現場にいるところを見ていたのだ。

他の者は気付かなかったのだろうが、彼女は夢札を見て、そこに自分が巻き込まれていることを発見したのだ。

どこで気付いたのかは分からない。しかし、彼女だけがそのことに気付いていた。

それはいつなのか。この場所はどこなのか。

彼女がより熱心に、特定しようとしたのは当然である。

自分はこの火災に巻き込まれてどうなるのだろう？　怪我をするのか？　それとも死ぬのか？

そう自問自答したはずである。

俺が同じ立場だったらどうするだろう。

浩章は考えた。

自分が行動する範囲。それがヒントになるはずだ。事件現場は、自分が決して行かないような遠い場所や、生活圏外ではないということだ。

自分のスケジュールもチェックする。近い将来、夢に出てくるような場所に行く予定があるだろうか？　大規模商業店舗なら、日常的に足を運ぶ可能性があるが——そんなふうに考えていくはずだ。

結衣子はマスコミに騒がれて患者に迷惑を掛けるのを恐れ、臨床医になることをあきらめた。病理学のほうに特化し、検査や実験の技師の道に進み、日々淡々と仕事をこなしていた。

職業柄、毎日研究室と家を往復するだけで出張などもめったにないし、個人的にどこか遠くへ出かける予定もない。

つまり、これは近い将来ではなく、もっと先のことに違いない。

彼女はそう考えただろう。

ずっと先のことならば、まだ予定も決まっていないし、場所の特定はむずかしい。

浩章も公開された夢札の映像を見たが、天井の高い広い場所だということくらいしか分からなかった。中年の女性が多いが、男性もちらほら見られる。なんとなく、行楽地ではないかという印象を受けた。アウトドア仕様の服装という感じがしたのだ。

しかし、今日び服装はあてにはならない。街中でもスポーツウェアで過ごす人は多いし、冷暖房の完備で、年中半袖《はんそで》やノースリーブ姿を見かける。

凄《すさ》まじい煙が押し寄せてきて人々を覆い隠すところで夢札の映像は終わってしまうので、場所を示すヒントは皆無に近かった。

これは難しいな、と思ったことを覚えている。

そのまま、気には掛かっていたけれど、日々の雑務に追われてすぐに忘れてしまった。

結衣子の身近にいたのに、他の大多数の人々と同じように、彼も結衣子の予知夢に慣れ始めていたのだ。もっとも、浩章の場合、心の奥に抱いた結衣子への畏れを封じ込めるため、慣れたと思いたかっただけかもしれない。

けれど、結衣子はずっと気に掛けていたはずだ。自分が当事者となることが分かっているのだから。

彼女の見せた焦りは、そのことに対する苛立《いらだ》ちだろう。事件の当事者となり、そのあとは？　いったい自分はどうなるのだろう？　自分に未来はあるのか？　それとも、その事件が最後になってしまうのだろうか。

さぞかし、強い不安を感じていたはずだ。

結衣子は、誰にもそのことを打ち明けていなかった。

それも、考えてみれば当然だ。もしそんなことを打ち明けたら、またマスコミが騒ぐのは目に見えていた。

自分の未来を予知した女。しかも——もしかしたら——自分の死を予知した女。

彼女の予知夢に疑問を示してきた一派は、彼女が注目を集めようとしてわざとそんなことを言っているのだ、と言うだろう。

浩章は、彼女が感じていた孤独を考えると、胸が潰《つぶ》れるような心地になる。

浩章が兄と同じ道を辿ることを見越していた彼女は、自分の不安を打ち明けて更に浩章に負担を掛けることはよしとしなかっただろう。

実際、当時打ち明けられていたら、その不安の重さに耐えられたかは疑問である。

しかし、それでも、打ち明けてくれていたら、と思わずにはいられなかった。そうすれば、彼女の最後の日々を彼女のことを考えて過ごすことができたのに。

だが、たぶん結衣子も予想できなかったのだ——まさかその日が、意外なほどに早くやってくるとは。

予期できぬもの。そのひとつに、突然の訃報《ふほう》がある。

結衣子の直属の上司が急死した。

朝、いつものように川べりで犬を散歩させている時に倒れ、ジョギングで通りかかった人が見つけた時には、もう意識はなかった。

前日まで全くなんの異常もなく元気に働いていたので、家族も、結衣子たち部下や同僚も、どうしても信じられなかったという。

上司の実家は北関東の外れにあったが、両親が高齢なのと、彼の兄弟が実家の近辺に住んでいるのとで、葬儀はそちらで行われることになった。

葬儀は土曜日で、結衣子たち会社の人間はバラバラに現地に向かった。車で行ったほうが早いというので、何人かは相乗りしていくことになったが、結衣子は終わらせたい仕事があったため、休日出勤をしてぎりぎりまで実験のデータを取ってから、一人で追いかけることにした。

東京にいるとなかなか車を乗り回す機会はないが、結衣子は運転が好きだった。一人でホッとできるし、あちこちの景色が見られるからだと言っていた。

その日、結衣子は自分の車で出勤すると、昼過ぎに会社を出て北を目指した。

二月の半ばだが、季節外れの低気圧が近付いていて、腹に響くような雷が鳴っていた。県の全域に竜巻注意報が出されていたという。

高速道路の一部で速度制限があり、「突風注意」の表示も出ていた。

そこは、高速に入ってから二つ目のサービスエリアだった。

大きなサービスエリアで、週末とあってかなり混み合っていた。駐車場は三分の二近くが埋まっており、長距離トラックも十数台停まっていた。

雨は降っていなかったがかなり強い風が吹いており、サービスエリアの上空は真っ暗で、凄《すご》い勢いで雲が移動していたという。

結衣子がそこのサービスエリアに入ったのが何時頃だったのか、なぜそこに入ったのかは判明していない。

前日も残業をし、当日も朝早く出勤していたので、途中で眠くなって眠気覚ましをしようとしたのかもしれない。あるいは、急いで会社を出てきたけれど、空腹を覚えて、葬儀の前に何かおなかに入れておこうと考えたのかもしれない。

とにかく彼女はサービスエリアに車を停め、そこで車を降りたのだ。

サービスエリアには、自治体の経営する農産物の直売所が併設されていた。

近隣の農家が提供する農産物は好評で、週末には離れたところからもそれを目当てにやってくる客が増え、年々売上高を伸ばしていた。

当然、扱う農産物の量も種類も増えて、直売所は手狭になっていたという。

そのため、急ピッチで新たに広い直売所を隣に建設中で、この週末もずっと工事が続いていた。

そのあいだ、ガソリンスタンドの隣の倉庫だったところを開放して仮の直売所にしており、この日も、野菜や果物や自家製の惣菜《そうざい》を求める客で、中はごった返していた。

事件のあと、直前にこの直売所を訪れていた客が撮った写真が公開されていたが、浩章はその写真に既視感を覚えた。

天井が高く、がらんとしていて、かなり広い場所。どことなくアウトドア仕様の格好をしている行楽客。大勢の客でごったがえす、大規模店舗のような印象。

まさに、それは、結衣子の夢札の映像の中にあった場所だった。

客たちは賑《にぎ》やかに農産物の品定めをしていた。

倉庫の中にいるとそうでもなかったが、外では気まぐれで暴力的な風が吹き荒れていた。

入口の外に並べてあった鉢植えが倒れたので従業員たちはカバーを掛けている。宣伝のために立てた店頭の旗も、大きなコンクリートの重石《おもし》で支えてあるのに次々と倒れ、慌てて場所を風の当たらない裏手に移動させた。

新店舗の工事現場では、鉄骨を組み上げるのにクレーンがフル稼働していた。

風が強いので怖いなと思った、と客の一人は証言している。

気象台によれば、地形や低気圧の位置の影響もあって、風の向きはしょっちゅう変わり、どこに突風が吹くかの予想は非常に困難だったという。

この時、サービスエリア内には二百四十人くらいの客がいたと見積もられているが、直売所にいたのは従業員も含め、約六十人と見られている。

吹きさらしのサービスエリアには、激しい風が吹いていた。風向きを示す吹き流しがいっぱいに膨らみ、ちぎれんばかりに横に流されている。

真っ暗な空に雲が渦巻き、遠くで稲光が走るのがちらちらと見えた。

そして、その瞬間がやってきた。

いったい風速で何メートルになるのかは計測できなかったものの、とにかく凄まじい力だったことは間違いない。

すべては、ごく短い時間に起きた。

風は、道路に並行する向きで吹いた。

その瞬間、風の通り道にあった建物のほとんどが破損、あるいは倒壊した。

中でも、サービスエリアの近くにあった自動車修理工場が著しい被害に遭ったのである。

まず、駐車してあった五台の乗用車が次々と風に舞い上がり、おもちゃのミニカーのようにあっというまに引っくり返った。

そのうちの二台は修理工場の壁を直撃し、一部に穴を開け、建物全体を斜めにぺしゃんと歪《ゆが》ませた。

しかも、修理工場は車の直撃を受けただけでなく、突風の通り道にも当たっていた。

突風の破壊力は、恐ろしい力でもって修理工場の屋根を一瞬にして剝《は》がし取ったのである。

剝がし取られた屋根は、ちょうど一枚の大きな盾にしたような形でもろに風を受け、まるで掌《てのひら》を押し出したかのように屋根を横に突き出した。

そこには、工事のクレーンがあった。

張り手を喰《く》らった状態になったクレーンは、支えもろとも大きく倒れた。

不幸なことに、クレーンは高く伸び、今まさに吊《つ》るしていた巨大な鉄骨を、目的の位置に据えようとしていた瞬間であった。

吊るされた鉄骨はブランコのように揺れて流され、ハンマーを投げたかのような状態で、より遠い位置に放り出された。

遠心力で勢いを増した数トンの鉄骨は、仮設の農産物直売所になっていた倉庫の向こう側にカーヴを描いて叩《たた》き込まれたのだ。

そこは、ガソリンスタンドだった。

鉄骨が着地したところは、ガソリンスタンドに停めてあった、巨大なタンクローリーの上だったのである。

何が引火したのかは今もって分かっていない。

鉄骨はタンクローリーのお尻《しり》のほうに落ち、鉄骨の角が突き破るようにして刺さったと見られている。

炎は鉄骨よりも少し後ろのほうで上がった、というのが目撃者の証言だった。最初は小さい炎がポッと上がり、それからほんの少し、数秒の間があって、明るい大きな炎が見えた。そして一呼吸遅れて、凄《すさ》まじい爆発音に包まれた。

爆発の震動は、数キロ先の民家でも感じられたというし、炎はかなり離れた高速道路上からも見え、その模様を写真に撮った人は大勢いた。

鎮火には五時間近くを要した。

消防車の到着に時間が掛かったのと、あまりに炎の勢いが激しく、近寄れなかったためである。駐車場にあった車も半数近くが燃えた。

高速道路は上下線共不通になり、現場は混乱を極めた。

仮設の農産物直売所は倒壊し全焼。サービスエリアの建物も三分の一が焼けた。

直売所の中にいた客のうち、病院に搬送された後に亡くなった人も含め、死者は三十数名にのぼった。三十数名、というのは、あまりにも燃焼が激しくて正確な人数が把握できなかったためである。特に、爆発箇所に近かったところにいた客は即死と見られ、骨もほとんど燃えてしまって身元も人数も判明していない。

結衣子がなかなか到着しないので、葬儀場では同僚が携帯電話に連絡をしたが、不通だった。運転中だからだろうと思っていたが、葬儀場の人から高速道路が事故で通行止めになっているらしい、と聞いた時も渋滞で遅れているのだとは思っても、まさか彼女自身が巻き込まれてい

ると は思わなかったそうである。

しかし、その後も彼女からは何の音沙汰《おとさた》もなく、連絡も取れない。葬儀が終わったあと、斎場のロビーのTVではどのチャンネルでもサービスエリアの大事故を報道していて、ようやくみんなが「まさか」と騒ぎ始めた。

「まさか」はやがて現実のものとなる。

結衣子の失踪《しっそう》――つまり、事故に巻き込まれたことが確実となるまでにはもう一両日の時間が必要だった。現場の混乱が長引き、犠牲者の把握と特定には更に時間が掛かったのである。

彼女の空っぽの車が発見されたが、彼女の姿はどこにも見当たらなかった。病院で治療中の負傷者の中にもいなかった。

事故から一週間が経っても、結衣子から連絡はなく、消息不明のままだった――火災現場の、黒焦げの塊となった骨の残骸《ざんがい》の中に含まれていないのであれば。

犠牲者の中に古藤結衣子が含まれていたことが大々的に報道されたのは、事故から一週間後の週明けだった。まだ彼女の死に半信半疑だったこともあり、結衣子の関係者は極力この事実をおおやけにしないように努めていたのだが、どこからか洩《も》れてしまったものらしい。

悲惨な事故に関する報道合戦が一段落したところでもあったし、マスコミ各社はこの悲劇に一斉に飛びついた。

彼女がこの事件を夢で予知していたことが、更に報道をセンセーショナルなものにした。

彼女の夢札の映像が繰り返し流され、これまでの彼女の足跡、功績といった類《たぐい》の短いドキュメンタリーも放送された。

依然、懐疑派は彼女が売名行為のためにわざと姿を消しているとか、自分の死も予知できないのだから、やはりこれまでの予知夢もインチキだったのだと揶揄《やゆ》したが、世間の大勢はこの事件の悲劇性に注目し、自発的に夢札を引き続けた結衣子に同情的であった。

この大々的な報道のおかげで、事件当日、サービスエリアで結衣子を見たという者が何名か現れた。

喪服の上にコートを羽織っていたことが印象に残ったらしい。ビデオカメラで撮影していた人もいて、その映像も公開された。

浩章もその映像を見たが、確かに、帽子をかぶりコートを羽織った結衣子らしき人物が、足早にサービスエリアの前を横切るのが確認できた。当日、事件現場に結衣子がいたことは間違いなかった。

やはり結衣子はあの事故で死んだのだ。

そう頭では理解していても、浩章にはまだ実感が湧かなかった。

結衣子は死んだ。

そう呟《つぶや》いてみても、全く納得していない自分に気付くだけだった。自分の気持ちを打ち明けたわけでもなく、ましてやさよならも言っていないのに、どうして彼女の死を受け入れられようか。

こうして、浩章だけが宙ぶらりんで残されたのだ。そして、あの晩の結衣子の、どこか上の空の表情だけが。

「野田さん？　着きましたよ」

声を掛けられ、浩章はハッとした。

隣の席の岩清水が中腰で怪訝《けげん》そうにこちらを見ている。

列車の中。

一瞬、どこにいるのか分からなかった。

時間が巻き戻され、また山科早夜香に会いに行くところなのではないかと錯覚した。

が、車窓を見ると、列車はガラスの防音壁に囲まれた駅のホームに滑り込んでいくところだった。

周囲の客は腰を浮かせ、コートを着込み、荷物を下ろしている。

京都駅である。

そうだった。岩清水と一緒に、奈良に行く途中だったのだ。

慌てて立ち上がり、荷物とコートを下ろした。

新幹線の改札を出て、近鉄京都線のホームに向かう。

巨大な京都駅は、今日も混み合っていて、多くの人々が行き来していた。海外からの観光客も少なくない。

「切符を買ってきますので、ここで待っていてください」

岩清水はそう言って、足早に窓口に向かった。

浩章は改札の手前で、ぼんやりと周囲を見回した。

せわしげに通り過ぎてゆく人々。

ふと、浩章は、これだけ多くの人々がどこかにあるそれぞれの家からやってきて、一人残らずそれぞれの目的地に向かうのだということが、信じられないような心地になった。

誰もがどこかの場所に収まり、必ずどこかの場所にいる——それがとてつもなく不思議なことに思える。

それでは、彼らは？

ちらりとそんなことを考えた。

今現在、彼らはどこに存在しているというのだろうか。

岩清水に見せられた映像を思い浮かべた。

あの映像のせいで、結衣子がいなくなった事件のことを久しぶりにじっくり思い出してしまったのだ。

ほんの二週間前——あの大事故からちょうど十二年——犠牲者の十三回忌の日にその事件は起きた。結衣子の命日。

奈良の町外れにある小学校で、昼休みに全校生徒八十人が、消えてしまったのだった。

岩清水から緊急で会いたいという連絡を貰《もら》ったのは、その「神隠し事件」から二日経った朝のことだった。

その時、浩章はまだその事件のことを知らなかった。浩章だけでなく、全国のほとんどの人も知らなかったはずだ。

当初、事件は全く報道されていなかったからである。

いなくなったのに、子供たちだけではなかった。その日小学校にいた教師と事務職員も、一緒に姿を消した。考えにくいことではあるが、全員が誘拐されたという可能性もあり、報道協定が結ばれたのである。

しかし、どこからも、誰からも連絡はなかった。身代金の要求も、何かの声明もなく、校内にいた全員が文字通り「消えて」しまったのだ。

報道協定が解かれ、全国にこの事件が報じられたのは、浩章が岩清水から連絡を受けた日の夕方だった。

岩清水に呼び出され、この事件のことを知った時、なぜ自分が呼び出されたのかよく分からなかった。

山科早夜香の件など一連の子供たちの事件との関連を疑ったのは明らかだったが、なぜ俺なのだろう？

怪訝そうな顔をする浩章に対して、岩清水の表情は険しかった。

彼と顔を合わせるのは、「古藤結衣子の行方を知っているのではないか」と詰問され、「馬鹿馬鹿しい」と否定して以来である。

「この小学校の裏門の防犯カメラは壊れていましてね」

岩清水は浩章の当惑に構わず話し始めた。

「じき市内の他の小学校と統廃合の予定だったので、新たに設置するつもりはなかったらしい。それに、普段は裏門に鍵《かぎ》を掛けて締め切っていたので、カメラがなくとも構わないだろうと考えたんでしょう」

岩清水はノートパソコンを開け、しばらく操作していた。

「でも、事件のあと、裏門の鍵は開いていました。誰かが内側から鍵を開けて、みんなここから出て行ったようです」

「正門のほうのカメラには何か映っていたんですか？」

渋々尋ねると、岩清水は首を振った。

「いいえ。でも、正面玄関にあるカメラには映っていました」

岩清水は、開いたノートパソコンの画面を浩章のほうに向けた。

画面の中の四角い枠の中に、モノクロの映像がある。これが防犯カメラの映像なのだろう。天井に設置したカメラらしく、がらんとした玄関が映っていた。

しばらく無人だったが、やがてふらりと人影が入ってきた。

浩章は思わず背筋を伸ばし、「まさか」と呟いていた。

それは、若い女だった。

帽子をかぶり、黒いコートを着た女がスタスタと玄関から入ってきて中に進んでゆき、すぐに見えなくなった。

「防犯カメラに映っていたのはこの人物だけです」

岩清水が冷たく言った。

「しかし。まさか、そんなことが。十二年も経っているのに」

浩章はもごもごと呟いた。

「古藤結衣子さんですね」

岩清水が遮るように念を押す。

「確かに、似ています。でも、そんな」

浩章は言葉を飲み込んだ。

あの火災事故の映像が生々しく蘇《よみがえ》る。

行楽客が撮った、サービスエリアを横切っていった結衣子。

目の前の映像の中の女は、あの時の映像の中の結衣子そのままだった。少なくとも、同じ帽子とコートに見える。コートの前を閉じているので、中が喪服なのかどうかは分からなかった。

浩章は力なく首を振った。

「いや、やっぱり分かりません。しばらく会っていないし、顔も隠れている。この女が本当に彼女なのかどうか」

「このあいだの質問をもう一度繰り返します」

岩清水は無表情に口を開いた。

「あなたは、古藤結衣子さんの行方を知っているのではありませんか」

「知りません」

浩章は語気を荒らげた。

「本当に知らないんです」

きっ、と岩清水を正面から睨《にら》みつける。

「こっちが知りたいくらいです。もし本当に生きているのなら、どうして僕のところに現れないのか。あの火災からどうやって生き延びて、どうやって暮らしているのか。彼女に会って聞きたいことはいっぱいある」

中央図書館での出来事が頭をよぎったが、あれは「現れた」うちに入るのかどうか分からなかったので、話すつもりはなかった。

「警察では、まだ捜索中だと言いましたよね？　そっちこそ、何か知ってるんじゃないですか」

腹立ちまぎれに発した言葉だったが、思いがけなく岩清水が反応した。

「実は、最近になって、奈良で何度か捜査員に彼女が目撃されているんです」

「えっ」

怒りも忘れて、浩章は岩清水を見た。

岩清水は、その表情が演技か本物か見極めようとしていたが、嘘ではないと思ったのか、表情をわずかに和らげた。

「奈良のどこでですか」

「市内の数箇所です。奈良近郊に住んでいるらしいんですが、残念ながら住所は特定できていません」

「それこそ、本当に結衣子本人なんですか。十二年も経てば、容姿もある程度変わっているかもしれない」

岩清水は小さく笑った。

「彼らはプロです。彼らが毎年どれだけの人数、雑踏の中から探している顔を見つけ出しているか知ったら、きっとびっくりしますよ」

話には聞いたことがある。刑事の中には、時間がある時はターミナル駅の雑踏に行き、しばらく「流して」、指名手配犯などを見つけ出す特技を持つ者がいると。

「生きている」

浩章は呟《つぶや》いた。

結衣子が生きている。

その言葉の実感のなさは、あの事故のあとに「結衣子は死んだ」と呟いた時と同じだった。

「それで——彼女が子供たちを連れ出したと考えているんですね？」

おずおずと尋ねると、今度は岩清水が当惑したように首をかしげた。

「そう考えざるを得ません。でも、何が目的なのか、どうやってこんな大人数を連れ出すことができたのか、今どこでどうしているのか、さっぱり分からない」

それはそうだ。どうしてそんなことをしなければならないのだろう。

「しかし、彼女しか映っていない以上、彼女がこの件でも重要参考人であることは間違いない。野田さん、あなたには、彼女の捜索に協力してもらいたいんです」

重要参考人。捜索に協力。

岩清水に面と向かって言われても、それらの言葉はどこか上滑りして実感がなかった。

「僕に協力できることなんてありませんよ」

「そうでしょうか」

そっけなく答えた浩章の顔を、岩清水はじっと意味ありげに見た。

「彼女が最後まで親しくしていたのはあなただったと聞いています」

浩章はカッと頬が熱くなるのを感じた。

「誰から聞いたんですか」

「それは言えませんが、複数です」

調べられている。背中に冷たい恐怖を感じたが、それを振り払うように頷《うなず》いた。

「確かに親しくしていました。でも、ブランクがありすぎる。優秀な捜査員に任せたほうがいいんじゃないですか」

「捜査員は捜査員でもちろん捜しています」

岩清水は無表情に言った。

「だけど、私の目的は彼らとは少し違う」

「あなたの目的？」

「彼らはあくまでこの失踪《しっそう》事件の重要参考人として彼女を捜している」

「あなたは？」

「私は、今何が起きているのか知りたい」

一瞬、奇妙な沈黙が降りた。

浩章は、岩清水の言った意味を量りかねた。

「何が起きていると思っているんです？」

おずおずと聞き返すと、岩清水は「さあ。分かりません」とあっさり首を振った。

「ただ、これらが見た目通りの事件だとは思っていません」

「これら、ということは、山科早夜香の夢や一連の子供たちの事件と今回の失踪事件が関係あると考えているんですね」

「はっきりとした根拠はありませんが、そう考えています」

岩清水は、パソコンの中の静止した画面に目をやった。

「私は、彼女は我々の予想もつかない形でこの件に関係していると思うんです。もしかすると、失踪事件とは異なる重要な意味で」

「予想もつかない形？」

岩清水は、この日初めて、ちらっと小さな笑みを浮かべた。

「漠然とした勘ですがね。そして、夢判断のあなた——古藤結衣子の近くにもいたあなたは、今子供たちに何が起きているのかを知り得る、いちばん近いところにいるような気がする」

浩章は、自分の心の底にあったことを言い当てられたような気がした。

図書館で結衣子の姿を目にした時から全てがつながっているように感じていたこと——そして、自分が否応《いやおう》なしにその何かに巻き込まれていくであろうこと——それを一度会っただけの岩清水に見抜かれていたとは。

浩章と岩清水は、互いに探るような視線を向け合っていた。

先に浩章が目を逸《そ》らした。

画面の中の、帽子とコート姿の女。

「で、僕は何をすればいいんです？」

「幾つかお願いしたいことがあります」

岩清水は、浩章が協力することを最初から見越していたかのように、間髪を容《い》れず話し始めた。

「古藤結衣子の過去を調べたい」

「彼女の過去？」

「彼女の出身は奈良です。親戚《しんせき》も皆奈良に」

「係累はいないと言っていました。僕も兄も彼女の親族に会ったことがありません」

「確かに、彼女は一人っ子で両親を事故で亡くしています。が、親類がいないというわけではなくて、彼女のほうから親戚づきあいを絶ったらしい。その理由が知りたい」

「何かトラブルがあったんだとは薄々感じていました。恐らくは、彼女が見ていた予知夢が関係しているんじゃないかと思います」

昔々、どこの国の話だったか忘れたけれど、悪い知らせを持ってきた兵士はその場で斬り殺されたそうよ。

彼女の声を思い出す。夢が変えられたらいいのに。

「あなたが合同葬儀で会った、結衣子の知り合いだという男。彼は結衣子のことを昔から知っている様子でしたね？」

「はい。幼馴染《おさななじみ》のようなものだと言ってました」

どうしても、あの男が目の前の男と重なる。

「そういえば、結衣子は親戚と折り合いが悪かったというのは本当だったんですねと言ったら、驚いている様子でした」

結衣子、そんなふうに言ってた？

あの意外そうな声。あれはどういう意味だったのだろう。

「実は、彼女の遠縁で、彼女についての本を書いているという関西在住のフリーライターがいるんです」

「彼女の遠縁ですって？」

浩章は顔を上げた。

「はい。ネットで検索していて見つけました」

「女性ですか、男性ですか。何歳くらいの人ですか」

勢いこんで尋ねる。

「三十くらいの女性です。その件について、親戚から聞いたことがあるらしい。話を聞かせてほしいと頼んだら、向こうも取材をしたいと交換条件を出してきた」

「どんな条件です？」

「あなたに会わせるという条件です。あなたから結衣子の話を聞きたいらしい。東京にはツテがなくて、あなたのお兄さんに取材を申し込んだら彼女の話は金輪際したくないときっぱり断られたそうです」

あの火災事故のあと、兄に対してインタビューの申し込みが殺到したが、兄はすべて断った。その中のひとつだったのだろう。

「なるほど。それで、僕を餌にするわけですね」

嫌味のひとつも言いたかった。浩章の知らないところで、彼に会わせるという交換条件を呑《の》んでいたのだから。

「あなたも聞きたいでしょう」

岩清水は平然としている。

「できれば、その知り合いだという男も捜したい。会えば分かりますね？」

「ええ、たぶん。ただ、彼は東京にいるんじゃないかと思います。勤め先がこっちだという印象を受けました」

「それも念頭に置いておきます」

「あとは？　あとは何をすればいいんです？」

浩章はせっかちに尋ねた。他にも彼をダシにした交換条件があるのなら、早く聞いておきたかった。

岩清水は背筋を伸ばし、改まった様子でじっと浩章を見た。

「夢札を見てもらいたい」

「誰の？」

「何人かいます」

岩清水は、言いにくそうな表情になった。

珍しい。なぜだろう。

浩章が不思議そうにすると、岩清水は横を向いて小さく咳払《せきばら》いをした。

「まず、古藤結衣子の初期の夢札」

「初期？　初期っていつ頃ですか」

「中学時代のもののようです」

浩章は驚いた。

「よくそんなのが残っていましたね。いったいどこに」

「奈良の大学病院にありました。夢札の実験段階の時代のもので、彼女も被験者の一人だったんです。画質もよくないし、その後すぐに次世代の機械が出たので忘れられていたらしい」

「それは見たいな」

思わず浩章は呟《つぶや》いていた。

強い興味を感じる。初期の映像。初期の結衣子の夢。果たしてどんなものなのだろうか。

「それから、失踪した教職員のもの」

「例の小学校の？」

「はい。実は、いなくなる数週間前から、一部の教職員が『悪夢を見る』と訴えていたそうなんです」

「悪夢？　どんな悪夢です？」

「それが、どうやら言葉ではうまく説明できない類《たぐい》のものだったらしい。しかも、みんなが似たような夢を見ているということだけは分かった。それで、一緒に夢札を引くことにしたと」

「で、引いたんですね」

「ええ」

二人は黙り込んだ。恐らく、同じことを考えているのだろう。

過去に夢札を引いた経験のある子供の多いクラスでこれまでの事件は起きた。

そして、今回の事件で失踪した大人たちも夢札を引いていた。

やはり、この一連の事件では、夢札を引くという経験が何らかの引き金になっているのだろうか。そう考えると、なんだか不気味になってくる。

「何かきっかけがあったんでしょうか。悪夢を見始めるきっかけが。同時に何人も悪夢を見始めるなんて、これまでの子供たちと同じじゃないですか」

「それがよく分からないんです」

岩清水は首をひねった。

「これまでのケースでは、パニックになる事件の後に子供たちが悪夢を見るようになった。でも、今回は悪夢が先です。そのことに何か理由があるのかも調べたいと思っています。とにかく、彼らの夢札が残っているので、それも見てもらいたい」

「分かりました」

失踪《しっそう》した人間の夢札。浩章は緊張した。

何かの手がかりになるかもしれない。

「そして、あと一人、見てもらいたい人間がいます」

岩清水がぽつんと言った。

「それは誰のですか」

「それは」

岩清水は言葉を切った。何か言おうとして口を開いたが、つかのま逡巡《しゅんじゅん》し、やめた。

「現地に行ってから教えます」

——あの逡巡した様子が記憶に残っていた。

あと一人。いったい誰の夢札なのだろう。

戻ってきた岩清水から切符を受け取り、二人で奈良行きの電車に乗り込んだ。

奈良で、結衣子の遠縁だというフリーライターの女性と待ち合わせているという。

普段は旅行雑誌やタウンガイドなどの記事を書くのが仕事の中心で、結衣子の本はいわばライフワークとしてコツコツ調べて書いているらしい。遠縁とはいえ、浩章は用心するに越したことはない、と自分に言い聞かせていた。マスコミにはさんざん騒がれ、痛い目に遭ってきた。まさか暴露本の類ではないだろうが、浩章の談話を使うのであれば、きちんと内容を確認させてもらわなくては。

彼女のブログ――旅行ライター山際《やまぎわ》ジュンコの旅日記――をざっと見てみたが、誠実な人柄のように思えた。岩清水が見つけたという結衣子に関する記述の部分は読んでいない。が、本となるとどうなるか、分かったものではない。

その一方で、確かになんともドラマチックな人生だし、本に書きたいと思っても無理はない、と考えていた。映画化の話もあったほどだし、興味をそそられる材料ではあるだろう。

「――古代の日本では」

唐突に岩清水が話し始めたので、夢想から覚める。

「誰かの夢を見るのは、その誰かが自分のことを思っているからだと考えられていたんですよね。逆だからではなく」

「ええ。古典の授業でもそう習いましたね」

浩章は相槌《あいづち》を打った。

岩清水は前を見たまま呟く。

「不思議ですよね。今はすっかり逆になっている。思い続けていると、その相手が夢に出てくる。今ならそう考えますよね。どこで逆転したんだろう」

「やっぱり西洋式の精神分析が入ってきてからじゃないですか。夢というのは、抑圧された心理や欲望が顕《あらわ》れたものなのだ、という考え方が主流になって、夢は自分の無意識の投影だ、望んでいるから夢を見るんだと考えるようになったわけだ」

「あなたはどう思います？　古代の日本人の感覚は間違っていたと思いますか」

岩清水が静かに聞いた。

浩章は首をひねった。

「うーん、最近思うんですけど、きっとね、間違ってるとか間違ってないとかいう話じゃないんですよねえ」

「というと？」

車窓の景色は、あっというまに繁華街を抜け出し、田園風景になった。

「迷信だと言うのは簡単だけど、ある意味どれも真実なんじゃないかと。この仕事をしてると特にそう感じます。真実はいろいろな顔をしているし、人によって違う見え方をする。予知夢の存在を認めた時から、科学的かそうでないかというくくりではどうしようもない世界になったなあと思った記憶があります」

それは浩章の実感だった。特に、ここ数ヶ月の自分は、これまで棲《す》んでいた世界とそうでない世界の境界線を漂っているような気がする。

「――中国地方に」

岩清水は背もたれに身体を押し付け、独り言のように話し始めた。

「それこそ古代の『風土記』にも載っているような、古い洞窟《どうくつ》があるんです。大昔から聖地として知られていた場所です」

彼の目は前を見ていて、何もとらえていない。

「地元では言い伝えがあります。その洞窟の夢を見ると必ず死ぬ、と。その洞窟は黄泉《よみ》の入口だからだと」

「まさか」

浩章が言いかけると、岩清水がニヤリと笑った。

「迷信だと言うのは簡単なんじゃないですか？」

「ですね」

浩章は苦笑した。たった今自分が言ったことをそのまま返されたのだ。

「実際、この話には信憑性《しんぴょう》があるらしい。もちろん、地元の人は子供の頃からその言い伝えを刷り込まれているから、自分の死期を予感した時に、無意識のうちに自分に暗示を掛けている可能性はある」

「夢は外からやってくる」

「はい？」

「このあいだもご一緒した、うちの鎌田の持説です。古代の日本人の考え方に通じるものがありますね。外側にある大衆の無意識が、夢を見せているのだと」

「夢を通じて侵入してくるのかもしれない」

岩清水が呟く。

なさそうだ。

「誰が？」

思わず聞き返していた。

「もしかすると古藤結衣子が」

「何を言っているんです？」

浩章は相変わらずポーカーフェイスの岩清水をまじまじと見た。冗談を言っているわけでは
岩清水は前を向いたまま続けた。

「夢は外からやってくる。鎌田さんの意見は分かる気がします。だとすると、予知夢もそうだ。お告げは外から来る。彼女は相当に感度のいいマイクみたいなもので、どんな小さな音でも、遠くの音も、高い精度で拾ってしまう」

ヘッドフォンを着けた結衣子。

顔を歪《ゆが》めていた結衣子。

「だから、逆もできる。感度のいいマイクを使えば、相当に遠くまで、音割れしたりハウリングしたりせずに、いろいろな音をリアルに伝えることが可能だ」

「つまり？」

浩章は当惑した。この男は、時としてあまりに突拍子もないことを言い出す。

「彼女は夢を受けるだけではなく、夢にアクセスできるようになったのかもしれない」

夢にアクセス。

「ネット空間のように、我々は巨大な無意識を共有している。その世界を介すれば、どこにい

ても、どこからでも、誰の夢にでも入ることができる」

浩章は不意にゾッとした。

頬を、静電気のようなものが走り、ピリッとした。全身の血が逆流する。

誰か、いる。

肩のところに、すぐそばに誰かが立っている。その気配は、突然現れたもので、徐々に近付いてきたものではない。

静かな息遣い。濃厚な存在感。

結衣子?

どっと冷や汗が噴き出してきた。心臓の鼓動が速くなり、その音を感じる。

ままよ。

恐る恐る目を向けてみたが、誰もいない。

しかし、まだ気配は残っている。

「どうです、この説は?」

ようやく岩清水は浩章のほうを見たが、浩章はじっと無人の通路に目をやったままだった。

九章　過去

　近鉄奈良駅の地下ホームから地上に出ると、厚い雲のあいだから青空が覗《のぞ》いていた。緩やかな上り坂になった道路の向こうに若草山《わかくさやま》が見える。灰色に沈んだ山。まだ春は遠い。

　車は多く、道路は混んでいた。修学旅行の団体客もぞろぞろと道を行く。春と秋だけでなく、このごろは、全国で修学旅行の時期をずらしているのだろう。

　繁華街の喧噪《けんそう》に包まれながらも、乾いた空気の中に古都の気配を感じた。降り積もった時間の気配。市街地の周りに広がる、いにしえの地霊の気配。

　このどこかに結衣子がいるのだろうか。

　浩章は、さっき電車の中で感じたものを反芻《はんすう》しながら、きょろきょろと周囲を見回していた。

　この街で目撃されていたという結衣子。捜査員の目は確かだと岩清水は信じている様子だったが、浩章はまだ半信半疑だった。十年以上も全く消息を聞かなかったのに、今になってどうして、とつい考えてしまう。

　若草山のなだらかな稜線《りょうせん》を見ていると、ふうっと身体が浮くような心地になった。

　夢に出てきた吉野の山。山科早夜香の夢にも出てきた、桜の山。あの山が、ここ奈良にあるのだ。

　岩清水に促され、街の中心部の賑《にぎ》やかな通りを抜け、繁華街の中にあるホテルにチェックインした。部屋に荷物を置いて一階に下りる。

ロビーにあるTVに何気なく目をやると、中年の観光客のグループが画面に見入っている。

そこには、例の神隠し事件の現場となった小学校が映し出され、現場にいるリポーターが声を張り上げていた。

「ほんとに不思議よねえ」

「いったいどこに行っちゃったのかしら」

ボソボソと囁《ささや》く男女。

報道協定が解除され、八十名もの児童と教職員が姿を消したことが明るみに出ると、たちまち大騒ぎになった。「神隠し」という言葉があちこちで躍り、現地にはマスコミが殺到し、連日報道合戦が繰り広げられていたが、未《いま》だに手がかりはなく、一人も見つかっていない。

警察も多数の警官を動員して、近くの山を捜索しているが、全く何も出てきていない。

古藤結衣子に似た女が小学校に入っていった映像は伏せられていた。正門の防犯カメラには出て行く者が一人も映っていなかったため、防犯カメラの壊れていた裏門から出て行ったであろうことが報道されただけだった。

行方不明者の家族にマスコミが殺到し、「帰ってきて」と訴える家族の映像が繰り返し流されたが、どこからも音沙汰《おとさた》はなく、ますます謎は深まるばかりだった。そもそも、自発的にいなくなったのか、誰かに連れていかれたのかすら判明しない。

カバンやコートなど身の回りのものはそっくりそのまま残っている。文字通り「消えた」としか言いようのない状況で、もう日本国内にはいないのではないかという説や、宇宙人の誘拐説まで登場した。出国した痕跡《こんせき》はなく、第一、失踪《しっそう》した人間のうち、パスポートを持っていたのは三人しかいなかった。バラバラに出て行くにしても、この寒い時期にコートを置いていくのは不自然だし、車に乗ったにしても、これだけの人数を運べば人目につくはずである。町外れの小学校とはいえ、周囲に全く人目がなかったわけではないのに、誰かが出て行ったという目撃証言はゼロだった。

あまりにも奇怪な状況に不安になったのか、近隣の小学校では警備員を置くようになったが、何を警戒するのか、どうすれば同じ目に遭わずに済むのか、何より失踪した人々がいったいどんな目に遭ったのか、雲をつかむような話なのでみんなが戸惑っている。

大人が失踪するのならともかく、児童みんなが自主的にしろ強要されてにしろおとなしくしているとは考えにくく、給食に睡眠薬を混ぜて全員を眠らせたのではないかという説が出たが、失踪当日の給食はきちんと片付けられており、残飯を調べてみても何も異常はない。

サバイバルの限界と言われる七十二時間はとっくに過ぎている。もう全員が死亡しているのではないかという不吉な説も囁かれていた。家族の焦燥ぶりは大変なもので、行方不明者の家族どうしで小学校の近くに連絡所を設置し、交代で詰めているが、何の進展もなく、体調を崩す家族も出始めている。不眠不休で捜索している警察や消防の職員も疲労が激しく、全国から応援が来ているのに、なんの手がかりもないまま日にちは過ぎていくばかりである。

ＴＶを見つめている浩章の隣に岩清水がやってきて、一緒にリポーターの顔に見入った。

この事件に対し、全国の視聴者と異なる不安を感じているのは、一連のパニック事件を知っている同業者や岩清水ら一部の関係者なのだと思うと奇妙な心地がした。

あの映像は公開されるのだろうか。

黒いコートと帽子の女。

もしあの映像が公開されたとして、古藤結衣子に似ていると気付く人間はどのくらいいるだろう。しかも、彼女が最後に目撃されたのと同じ姿だと気付く人間は。

想像しただけでヒヤリとした。もしそんなことがバレたら、これまで以上に大騒ぎになることは間違いない。また過去の事件が蒸し返され、懐疑派が結衣子を非難するのは確実だ。

そうなったら、みんなが結衣子を捜す。

全国で古藤結衣子狩りが始まる——

浩章は身震いした。そうしたパニックを恐れて、当局は映像を公開しないのだろう。

「ここで待ち合わせているんですが」

岩清水はロビーを見回した。

すると、TVを囲んでいた観光客の中から、ひょいと一人の女がこちらを見た。帽子をかぶっていたので、他の中年客に紛れていたが、存外に若い。

「あ」

浩章は会釈した。ブログで見た写真と顔が一致したのだ。

「山際さんですね」

岩清水が進み出た。

女は帽子を脱いで「はい」と頷《うなず》く。

彼女が、古藤結衣子の遠縁だという、フリーライターの山際潤子《じゅんこ》だった。

思ったよりも若いな、というのが第一印象だった。

小柄で、ボーイッシュ。茶色に染めたショートカットで、赤い縁の大きな眼鏡を掛けている。眼鏡の印象が強いけれど、よく見ると童顔だ。しかし、眼光は強く鋭い。

「不思議ですよねえ、あの事件。物理的に考えても、あれだけの人数がいなくなるなんて」

山際潤子はTVに目をやり、再びこちらを見た。

「でも、実は、古藤結衣子も子供の頃に神隠しに遭っているんです」

浩章は、潤子の眼鏡の奥の目が意味ありげに光ったような気がした。

「神隠しですって？　彼女が？」

浩章は思わず聞き返してしまった。そう言ってから、まだ挨拶《あいさつ》もしていないことに気付く。

「失礼しました、野田です」

慌てて会釈する。

潤子は気にする様子もなく、会釈を返した。

「弟さんのほうですね」

言外に、古藤結衣子の婚約者であった兄のことを匂わせる。

浩章はムッとしている自分に気付いた。

何にムッとしているのだろう？　今も世間的には兄が結衣子のパートナーであることに対して？　それとも、あなたは当事者ではないと潤子が言っていると感じて？

そのことを感じ取ったのだろうか、潤子はすぐに深々と頭を下げた。

「今日は、お時間作っていただいて本当に感謝しています。私に会う義理なんかないこと、重々承知しています。ありがとうございます」

勘のいい人だな、と思い、ムッとしたことが恥ずかしくなった。

「どこでお話ししましょうか?」

岩清水がビジネスライクに言った。すぐにでも本題に入りたいらしい。

「ならまちのほうに行きましょうか。そんなに離れてませんし、静かな喫茶店が幾つかありますので、ゆっくり話ができます」

潤子は先に立ってさっさと歩き出した。

「そういえば、ならまちでも結衣子は目撃されてます」

岩清水が聞かせるともなく呟《つぶや》いた。

観光客と買い物客で雑然としている、あらゆる色彩に溢《あふ》れた繁華街を抜けると、大きな道路を挟んで静かな一角が見えてくる。

何気なく振り返ると、興福寺《こうふくじ》の大きな塔が見えた。

なんとなくギクリとする。

古い塔を目にすると、浩章は漠然とした恐怖を覚える。なぜかその存在に人格を感じ、どこにいてもじっと見られているような気がするのだ。実際、かつてはあそこには為政者や聖職者がいて、都を見下ろしていたのだろう。

塔は無意識に似ている。電車の中の岩清水の話を思い出した。都のどこからでも塔は見える。誰もが塔を見る。塔からはみんなが見える。人々は塔にアクセスし、塔は視線に応《こた》えて人々の中に深く浸透する――

同時に、古都に来ているという実感が湧いた。

高い建物が全くなく、狭い路地が水路のように縦横に走る集落は、「街」でも「町」でもなく、文字通り平仮名の「まち」と呼ぶにふさわしい佇《たたず》まいだった。

おおむね碁盤状なのだが、路地は微妙にあちこちで視線を逸《そ》らすようにずれあっており、小さな迷宮に入り込んだような心地になる。

こぢんまりとした寺があちこちにあり、ガラスの引き戸の個人商店や住宅が並ぶ。

潤子は迷うことなくするすると路地を抜けていく。旅行ライターという職業柄、何度も来ているのだろう。

集落のどの辺りにいるのか分からなくなった頃、彼女はひょいと民家を改装したらしい小さな喫茶店に入っていった。

間口は狭いが奥に細長く、入ったところはお茶の売り場になっており、カウンター席があって、奥まったところは座敷になっていた。

薄暗い店のいちばん奥に坪庭が見え、そこだけぽっかりと明るい。

潤子は坪庭のそばの席を選んだ。その場所が独立していて、話を聞かれることはないと判断したからだろう。

半端な時間なのか、他に客はいなかった。

お茶が運ばれてくるまで、テーブルを挟んで、互いの出方を探り合うような視線のやり取りがあったが、浩章は、最近の自分が夢札を介してしか、未知の人間とつきあってこなかったことを実感させられた。

それに比べ、岩清水は例によって落ち着き払い、初対面の相手をじっと冷静に観察しているようだった。潤子のほうも、目の前にいる人間が、どこまで話の通じる相手で、どれくらい自分の本のためになる情報を明かしてくれるか考えているのだろう。なんとなく息苦しさを覚え、浩章は小さく咳払《せきばら》いをした。

「さっき、古藤結衣子が幼い頃に神隠しに遭っているとおっしゃいましたね。それは何歳くらいの時の話ですか」

お茶と和菓子のセットが目の前に置かれると、岩清水が単刀直入に本題に入った。

「十歳くらいの時だと聞いています。小学校四年か五年です」

潤子も戸惑うことなく即答した。

「私、実は彼女と誕生日が同じなんです。遠い親戚《しんせき》なんですけど、子供の頃に誕生日の同じ人がいると聞いて、なんとなく勝手に親しみを覚えてました」

「遠い親戚というと、どの程度の？」

浩章は尋ねた。

「彼女のおばあさんの妹——彼女の大叔母《おおおば》さんですね。その人が、うちのおじいさんの弟——つまり、私の大叔父《おおおじ》さんのところに嫁いできたんです。だから、私とは直接血縁関係はありません」

一瞬こんがらかったが、頭の中に系図を書いてみて納得した。確かに潤子から見れば、結衣子は親戚と呼ぶにはあまりにも遠い。

「でも、私を可愛がってくれた伯母《おば》が、古藤結衣子の叔母さんと同じ病院に勤めていて、長いことつきあいがあったらしくて。私は誕生日が同じことをこの伯母から聞きました」

「その伯母さんに会うことはできますか？」

岩清水が聞くと、潤子は首を振った。

「伯母は二年前に亡くなりました。師長さんをしていて、独身だったんです。入院しているあいだ、私が行くとなぜか古藤結衣子の話をいっぱいしてくれた。彼女があんなことになったのが気に掛かっていたと言って。私もずっと彼女のことは気になっていたんですが、伯母の話を聞いたことでだんだん真剣に彼女について考えるようになった。以前から漠然と彼女について書きたいと思ってはいたんですが、それが直接書き始めるきっかけになったんです」

なるほど、ブログからはそういう詳しい事情は分からなかったが、情報源としてはかなり信《しん》憑《ぴょう》性の高い話が聞けそうだ。

浩章は期待する気持ちが高まってくるのを感じた。正直いって、遠縁とはいえあまり新情報を得られるとは思っていなかったのだ。

隣に座っている岩清水も同じように感じたことが伝わってきた。

「そうですか。よく分かりました。神隠しの件を聞かせてください」

「はい」

潤子は抹茶を一口飲み、座布団に座り直した。

「今回の——今、大騒ぎになっていて、さっきもTVで見た神隠し事件がありますよね。あの事件のことを知った時はびっくりしました。ちょうど、古藤結衣子の子供の頃について下書きのようなものを書いている時だったから」

「なぜびっくりしたんですか」

「古藤結衣子が子供の頃に神隠しに遭った時と、あまりにも状況が似ているからです」

ふと、浩章は、眼鏡の奥の潤子の目に、怯《おび》えを見たような気がした。

「彼女はどこで神隠しに遭ったんです？」

岩清水はよどみなく質問をぶつける。相手の言葉を復唱しつつ質問をするのは、質問あるいは尋問に慣れた人間のテクニックである。

「小学校の中で。二月の寒い日でした」

潤子の目が、かすかに落ち着きを失《な》くした。

「昼休み、給食のあとに。いつのまにかいなくなっていた。ランドセルや上着はそっくりそのまま残っていたそうです」

「同級生はなんと言っていたんでしょう」

「ほんの少し前まで話をしていたのに、ちょっと目を離して次に見た時にはいなくなっていたと。彼女の席は、最も廊下側に近い列のいちばん後ろでした。だから、知らないうちに引き戸を開けて出て行ったんだろうと言われていました」

「でも、そうではない？」

岩清水が首をかしげて続きを促す。

「ええ。だって、冬の小学校の教室ですよ？　子供の頃、教室の引き戸を少しでも開けたままにしていたら、寒いからちゃんと閉めろって非難ごうごうじゃありませんでした？　学校って、廊下は北側にあるしとても寒かった記憶があります。ちょっとでも隙間があると、扉のそばの生徒はすごく寒い。そして、当時一緒に教室にいた子供たちは、教室の引き戸は、結衣子がいなくなる前も後も一度も開いていない、と証言しているんです」

「つまり」

浩章はそう言いかけて絶句する。

「はい。教室の中で、彼女は消えてしまったんです」

潤子は青ざめた顔で頷《うなず》いた。

浩章が不意にゾッとしたのは、その状況の奇妙さを理解したのと、もうひとつ別のことを思い出したからだった。

山科早夜香に初めて会った時。

いつのまにか、彼女は教室に入ってきていた。

あの時、彼女が座っていた席は、まさに今の話の中で消えた結衣子の席——廊下側のいちばん後ろの席ではなかったか。

そう考えて、いや、それは偶然だ、と思い直した。教室の中に見知らぬ大人が数人いたら、誰だって後ろの入口から入って、なるべく入口に近い席に座るだろう。だから、彼女があの席に座っていたのはごく自然なことなのだ。

だが、そう自分に言い聞かせても、あの時の早夜香の姿が幼い結衣子の姿とダブってくる。

「それでは、彼女はどんなふうに戻ってきたんですか？」

岩清水の声も、潤子の怯えに同調したかのように、僅《わず》かながら緊張している。

「三週間後。突然、自宅に『ただいま』と入ってきた。みんな仰天したそうです。ところが、周囲が大騒ぎしていることが結衣子には理解できなかった」

潤子は抹茶を飲んだ。

つられて浩章も自分の茶碗《ちゃわん》に手を出したが、もう中身は冷めていた。

「結衣子に言わせると、ほんの数時間だけ、『出かけていた』んだそうです。教室にいたはずなのにいつのまにかどこかの山の中にいて、散歩をしていたんだけれど、家が見えたので帰ってきた、と」

「で、戻ってきたら三週間経っていた。浦島太郎だな」

岩清水が呟《つぶや》いた。

「ええ、実際、その後しばらくそう呼ばれていたみたいです」

潤子は、ようやく少しだけ緊張を解いて小さく笑った。

「みんな、当初は彼女が嘘をついているのではないかと思ったそうです。けれど、病院で診察してみてもどこにも異常はないし、彼女の様子からも、三週間自宅を離れていたとはとても思えない。しかも、ひとつ彼女の言葉を裏付ける証拠があった」

「証拠？」

岩清水と浩章は同時に叫び、決まり悪くなって互いの顔を見た。

「はい」

潤子は、自分の話が二人を惹《ひ》きつけているのに満足そうだった。

「結衣子がいなくなった日の朝、母親が玄関で花を活《い》けていた。彼女が学校に出かける時に、ちょうど花を切っていて、いっぽん玄関に落ちたのを結衣子が何気なく拾い上げて、そのまま学校まで持っていったんだそうです。彼女が着ていたジャンパースカートの衿《えり》ぐりのところに挿していったのを母親が見ているし、同級生も覚えている」

「まさか」

話の行方が見えてきたような気がした。

「はい。そのまさかです。戻ってきた結衣子のジャンパースカートの衿のところには、その花が挿してありました」

「でも、その花が、失踪《しっそう》した日の朝に挿したものと同じとは限らないでしょう」

岩清水が当然予想される質問を口にした。

「もちろん、みんなもそう考えました。けれど、母親がそれを否定しました。彼女はお花の先生で、いつも同じ花屋に花を注文していた。その花屋は仕入れ先が独特で、扱っている花もよそにはないものなので見ればすぐに分かると。結衣子が挿していた花は時季的にいっても三週間後にはもう出回っていないし、花の切り口にも見覚えがある。確かにあの朝私が切った花だ、と証言したんです」

ふと、何かの予感が浩章の心をかすめた。

「ちなみに、その花は何の花だったんですか」

「水仙。花弁の小さな、和水仙でした」

目の前に、花の香りが漂ったような気がした。

民宿いながきの廊下で見た花。

あれも和水仙だった。

岩清水が、ちらっと浩章を見たのが分かった。

彼も同じことを思い出したに違いない。

が、潤子は二人の目配せを、結衣子の母親の証言を疑っていると感じたらしく、言い足した。

「あとで、花屋のほうも、結衣子が挿していた花を見て、確かに自分のうちで卸したもので、三週間も経ってから同じものを入手するのは不可能だと証言したそうです」

「じゃあ、彼女の言うことをみんな信じたんですね」

浩章が和水仙の映像を振り払うように尋ねると、潤子は唸《うな》った。

「うーん、結局うやむやになったというか。結衣子自身なんの危害も加えられた様子もないし、第三者が関与していないので、家出扱いになったみたいです」

「小学生の家出ねえ。周囲もよっぽど説明に困ったんだろうな」

岩清水が苦笑する。

「まあ、戻ってきてからしばらくは『浦島太郎、浦島太郎』とからかわれていたそうですが、じきに普段通りの生活に戻りました」

この展開、聞き覚えがある、と浩章は思った。

一見、平穏な日常生活に戻ったように見えたのに――実は。

「でも、実は」

予想通りの言葉を潤子は口にした。

「この神隠しに遭った後から、結衣子は次第に詳細な予知夢を見るようになっていったらしいんです」

「古藤結衣子は、それまでは予知夢は見ていなかったんですか」

岩清水の声を聞きながら、浩章は坪庭に射し込む光に目をやった。

今、いなくなった子供たちや教職員はどこにいるのだろう――結衣子の神隠しと酷似した状況でいなくなった人々。

降り注ぐ光の穏やかさが、かえって胸騒ぎを増幅するように思えた。

「いえ、それまでも見ていたんだけれど、きっと自分が見ているものが何なのか本人にも理解できていなかったんだろう、と結衣子の叔母が言っていたそうです。結衣子の叔母も看護師で、結衣子の母親から彼女の夜泣きがひどいと以前から相談を受けていたらしいので」

「じゃあ、その頃から彼女は自分が予知夢を見ていると自覚し始めたということでしょうか」

「ええ、たぶん。そして、それが徐々に周囲や親戚《しんせき》に知られるようになるにつれて、古藤親子は孤立していったようなんです」

「孤立。何か決定的な出来事でもあったんですかね」

潤子は首を振った。

「いや、孤立というと周りに糾弾されてたかのようなイメージになりますけど、そういうのではなく、古藤親子のほうからなんとなく周囲を避けるようになり、親戚とも自ら疎遠になっていった、という印象だったみたいですね」

ひょっとして、親戚や周囲の人々に関わる予知夢を見ていたからではないだろうか。

浩章はそう直感した。

予知夢は、不吉な夢。歓迎されない夢。知らせた者は殺される。しかし、黙ったままそれが現実になるのを見ているのも苦痛だ。

特に、幼い子にとっては。

まだ自分の見ているものの意味も、それが自分にもたらす精神的苦痛も災厄も知らなかった結衣子が、自分の夢と折り合いをつけるのは大変だったはずだ。両親もそのことに気付いたのだろう。予知夢に登場する人々と現実で関わり合うことで受ける精神的ダメージから、彼女を守るために、あえてつきあいを疎遠にしたのではないだろうか。

「結衣子の父親は一人っ子でした。結衣子の祖母にあたる人は身体が弱くて、結衣子の父を生んで間もなく他界しています。一家が北陸に引っ越してから、ほとんど親戚とのつきあいはなくなったらしいです」

「北陸には、どういうつてで行ったんでしょうか。誰か知り合いがいたのかな」

岩清水が呟いた。

北陸。浩章が知る結衣子の過去はそこから始まっている。国立大学の附属高校に通っていたと聞いたっけ。

「そこがよく分からないんですけど、結衣子の父親は麻酔科の医師でしたから、仕事には困らなかったと思います」

医療関係者が多いな。浩章はそんなことを思った。山科早夜香の親もそうだった。

考えすぎだ、偶然に過ぎない、と思うのと同時に、生命というものの不思議さや医療行為の限界に常に接している医療関係者が、一連のいわば「無意識をめぐる事件」（浩章は、自分がいつのまにかそう名づけていたことに気付いた）に関わるのは、麻酔や夢札など一般の人より「無意識」にアクセスする機会が多いだけに、理解できるような気もするのだった。

「あなたは北陸にもいらしたんですか?」

浩章は潤子に聞いた。

「はい。彼女の高校時代の同級生に会いに行きました」

「どうでした?」

「何人か集まってくれました。彼女が生きている時はマスコミがいっぱい来て大変だったけど、もう亡くなってしばらく経っているから、みんなで話をするのもいいかもしれないって」

「どんな生徒だったんでしょう」

「物静かで目立たない生徒だったそうです。でも、今にして思うと、わざとそうしてたんじゃないかと思うって。そう感じていた人が何人かいました」

「わざと?」

「ええ。自分を抑えてるんじゃないか、本当はもっと存在感を持てる人なのに、わざと地味にしてるんじゃないかと感じることがあったって」

「へえっ」

ティーンエイジャーの勘は、一緒に長時間過ごしているだけに侮れない。

「みんなの印象に残ってたのは、試験の時、彼女の張るヤマはよく当たったたってことでした」

「まさか、テストも夢に見てたんじゃないだろうな」

もしそうなら、それは便利というべきか。この場合、ずるをしていることになるのだろうか。

「それは分かりません。みんなも『夢に出たのかな』って笑ってましたが」

「じゃあ、結衣子が予知夢を見ているということを誰も知らなかったんですね」

「打ち明けられた人はいなかったようです。ただ、時々『ゆうべ嫌な夢を見た』と言ってふさぎこんでいることがあった、という話は聞きました。あとひとつ、気になる話が」

潤子が人差し指を立てた。

「高校の裏手に、古い石橋があって、運動部の生徒たちは近道として便利に使ってたんだそうです。でも、ある時期から結衣子があの橋が怖い怖いと言うようになったんだそうです。あそこを通るのやめようよ、としきりに周囲に言うようになった。最初はみんな気に留めず使っていたんですが、あまりに結衣子が言うので、なんとなく周りも感化されて、使わなくなったんですね。そうしたら、ある日突然、橋がまるごと落ちたんだそうです。アーチ状になっていた部分が少しずつ長期に亘《わた》って欠け続けていて、橋そのものの重さを支えきれなくなっていた。橋の上で遊んでいた二人の児童が巻き込まれて、一人は亡くなり、もう一人は命はとりとめたものの片足を切断することになったと。その事故のあと、結衣子が怖いって言ってたのは正しかったねってみんなで言い合ったそうなんですが、今から思うとあれも彼女が夢に見ていたんじゃないかと」

「なるほどね。その可能性はありますね」

つまり、彼女はその頃には既に自分が予知夢を見ていること、自分の夢が現実になることを確信していて、起こるであろう悲劇を回避しようと行動を始めていたのだ。

岩清水の話によると、結衣子が実験段階のモニターとして最初に夢札を引いたのはまだ中学生の時だったという。志願したというのだから、もう予知夢を見ている自覚はあったのだろう。

「で、高校時代に相次いで両親を亡くしているようですが、その話は出ませんでしたか」

岩清水が水を向けた。

「出ました」

「彼らはなんと？」

「その時のことは、みんなとてもよく覚えていました」

潤子はまた、怯《おび》えたような目になった。

緊張すると、唇を舐《な》めるのが癖らしい。

「事故の件はご存知ですか？」

浩章は左右に首を振る。結衣子から詳しい話を聞いたことはなかった。結衣子が話したがらなかったからだ。

「彼女の父親の勤め先が郊外の病院だったので、いつも母親が車で送り迎えをしていたそうです。忙しいので、睡眠不足のまま本人に運転させるのは危ないと」

潤子はまた唇を舐めた。

「ある日、国道で玉突き事故があって、二人の乗っていた車が巻き込まれた。たまたま後ろを走っていた車がトラックだったのが災いして、追突された車は激しく損傷を受けました」

早夜香の父親が亡くなったのも事故だった。あちらは土砂災害に巻き込まれたのだったが。

「授業の最中に、彼女を呼びに来たんだそうです。担任の先生が」

その情景が目に浮かんだ。

廊下をあたふたとやってくる教師。がらりと戸が開いて、授業中の教師と生徒が何事かと一斉に注目する。

青ざめた顔の教師が言う。

古藤、おうちの人が事故に遭ったらしい。すぐに帰りなさい——

「で、同級生が言うには、彼女、名前を呼ばれる前に、立ち上がっていたというんです。担任が入ってきて、授業中の先生に断ってから彼女を呼ぶ時には、もう立っていたと」

教師と目が合う前に、腰を浮かせ、直立している少女。周りの生徒が怪訝《けげん》そうな顔で彼女を見ている。

「自分が呼ばれると分かっていたんですね」

「当時は、同級生もそこまでは思いませんでしたが、勘のいい彼女のことだから、彼女は自分だと直感したんだろうと。それに、真っ青だったけれど、決して驚いた様子ではなかったと言うんです。どちらかといえば、ああ、来るべき時が来た、という表情だったと。もちろん、結衣子が予知夢を見ていると知ってからの後付けかもしれませんが」

振り返ってみると、奇妙な状況に違いない。なぜ彼女は教師が呼びに来た時、自分のことだと思ったのか。

「車から助け出された時はまだ息があったそうですが、病院に着いてしばらくして父親が亡くなりました。母親は、なんとか回復して退院したものの、後遺症がひどかったようです。精神的にもダメージが大きくて、退院から半年ほどして亡くなりました。直接の原因は心臓発作だったんですが、どうもほとんど自死に近いような状況だったようです。みんな、はっきりとは言いたがりませんでしたけど」

道理で結衣子が両親の話をしたがらなかったわけだ、と浩章は思った。

知り合った頃にはもう割り切っていたようだが、予知夢を見ることに彼女が罪悪感や責任感を覚えていたことは間違いない。自分が夢を見たせいで災厄が起きてしまうように感じていたのだろう。きっと、両親の死に対しても自責の念があったのだ。

「古藤結衣子が大学に入ったあともつきあっていた友人はいませんでしたか」

結衣子の両親を悼むわずかな沈黙ののち、岩清水が口を開いた。

潤子は首を振る。

「特にはいなかったようです。もう両親はいないし、彼女は進学して東京に行く時に、家も引き払ってしまったので、帰るところもありませんでしたし」

まさに、彼女は身ひとつで上京してきたのだ――そして、そんな状況の中で、うちの兄に出会ったのだ。

不意に、嫉妬《しっと》の感情が湧き上がってきたことに浩章は狼狽《ろうばい》した。

こんな時に、今更どうして。

しかし、彼女の孤独を埋める最初の存在になりたかった、という悔しい気持ちは打ち消せそうになかった。同時に、どうしてきちんと彼女に最後までついていてくれなかったのか、と忘れていた兄への不満も蘇《よみがえ》ってくる。

「大学に入ったり、賃貸アパートを借りたりする時は保証人が必要ですよね。彼女はまだ未成年だったわけだし。それはいったい誰が？」

岩清水は淡々と質問を続けている。

「担任の先生が面倒を見てくださったようです。私もその先生に会ってみたかったんですけど、もう、その先生も亡くなっていました」

潤子は残念そうだった。

「本当に、親戚《しんせき》とは没交渉だったんですね」

浩章は溜息《ためいき》混じりに呟《つぶや》いた。

「彼女の合同葬儀に顔を出した人はいなかったんでしょうか」

岩清水がさりげなく尋ねる。

「いなかったと思います。お恥ずかしい話ですが、当時の彼女を取り巻く状況には、みんな震え上がってましたから」

潤子は恥じ入るような声を出した。

「その――かなりヒステリックだったでしょ。あなたのお兄さんのところだって、あれだけのマスコミが殺到してたし」

「実は、合同葬儀の時、結衣子さんの昔からの知り合いだという人に会ったんです」

浩章は、岩清水に目配せしながらそう口にした。

「えっ。誰ですか」

潤子は驚いたようだった。

「分かりません。名前は教えてくれませんでした。幼馴染《おさななじみ》のようなものだ、と言っていました」

「女性ですか、男性ですか」

潤子が身を乗り出す。

「若い男性でした。ちょうど、背格好は岩清水さんくらい。心当たりはありませんか」

浩章はちらっと岩清水に目をやった。

「岩清水さんくらいの男性」

潤子も岩清水を見、考え込む。

「うーん。思い当たりませんね。そのくらいの男性って覚えがありません。近所の人かしら。小学校で一緒だったとか」

浩章は自分が思ったよりもがっかりしていることに驚いた。あの男性にもう一度会いたいと心の底では強く願っていたらしい。

思い切って、かまを掛けてみる。

「男性なんだけど、日本舞踊をやっているようでした。なんでしたっけ、奉納っていうんでしょうか、神社なんかで踊るのがあるでしょう。そういう踊りに関係しているみたいで」

岩清水が一瞬、刺すような視線を向けたのが分かった。そんな話は聞いていない、というジェスチャーだろう。

「ああ、もしかして」

潤子が顔を上げた。

「古藤結衣子の母方の家は、どこかの宮司だと聞いたことがあります。あれ、それともお寺の住職だったかな？」

その点は現在調査中です、と頭を掻《か》く。

「そう、母親はお花の先生だって話はさっきしましたよね。お寺とか、神社とか、そういうところに花を活けに行く仕事もしていたみたいです。そちらと関係があるのかもしれません。結衣子も母親にお花を習っていたし」

花も日本舞踊もいろいろ流派があるようだ。師弟関係とか、同じ一門とか、そういう繫《つな》がりなのだろうか。まだ分からないが、そちらのほうがつきあいのない親戚関係よりは繫がりが強そうだ。あの時のくだけた話し方は、かなり親しいという印象を受けた。

あの男は今どこにいるのだろうか。

「あのう――こんな馬鹿げたことを聞くのはものすごく失礼かもしれないとは思うんですけど」

潤子が恐る恐る、という調子で岩清水と浩章を交互に見た。

「なんでしょう？　遠慮せずに聞いてください」

浩章が促すが、潤子はまだ逡巡《しゅんじゅん》している。

「ええと、古藤結衣子は本当に亡くなっているんですよね？」

反射的に岩清水と浩章は顔を見合わせた。

「どういうことですか？」

岩清水がほんの少し身を乗り出すと、潤子は逆に身を引いた。

「すみません、あのう、実はですね、最近彼女を見たっていう人がいるんです」

「古藤結衣子を見た？」

潤子はますます身体を縮める。

「はい。私のブログを読んでくれている人から、そういう書き込みがあったんです」

「その人は、実際には古藤結衣子に会ったことはないんですよねえ？」

「はい、ありません。私も会ったことありませんし。でも、一人だけではないんです」

潤子は心なしか青ざめた顔で言った。

「あの事故の時に公開された映像がありましたよね。サービスエリアで観光客が撮った」

「ええ、喪服を着て、コート姿の」

頷《うなず》きながら、またあの感覚が蘇ってくるのを感じた。

電車の中で、肩のところに誰かがいると直感した時のあの感覚。

「あの時と同じ格好で歩いている彼女を見たという人が何人かいて」

「どこで？」

岩清水が鋭く聞いた。

潤子は咳払《せきばら》いをした。

「うーん、本当に、奇妙な話なんですよ。何かの都市伝説なんじゃないかと思うんですが」

ますます言いにくそうにしている。

「防犯カメラの映像の中に」

「え？」

耳を疑った。

「実際にはいないんだけど、防犯カメラの映像には映っている。そう言うんですよ」

小学校の防犯カメラに映っていた女。

「しかも、それは近い将来、何かの事故が起きる場所の防犯カメラだと。彼女はそこに現れて、事故を予言し、警告しているんだと。そう噂されているんです」

黒い塔のシルエットを遠くに望みながら、浩章は既視感と非現実感を同時に味わっていた。

潤子が眼鏡の奥の瞳《ひとみ》に湛《たた》えていた怯《おび》えが、今も肩のあたりにまとわりついている。

「生きているのか」

ぶらぶらと前を歩いている岩清水が呟いた。

「それとも死んでいるのか」

ぞんざいに浩章を振り向き、肩をすくめる。

「彼女はどこにいるんでしょう。現実に？　それとも防犯カメラの中？」

浩章は黙っていた。

「例の男が日本舞踊をやっていたと、どうして知っていたんですか」

背中を向けたまま岩清水が尋ねる。

「急に思い出したんですよ。そんなふうに感じたことを」

浩章は説明するのが面倒だったのでそっけなく答えた。TVで見たのがあの男だったのかどうかも分からないのだ。

潤子とはいったん別れ、また夜に会う約束をしていた。そちらは当初の交換条件である浩章に対するインタビューだった。岩清水は同席しないことになっている。彼は地元の警察関係者に話を聞きに行くらしい。

前方に、古い瓦《かわら》屋根が見えてきた。

細い路地を通り、門の前で立ち止まる。

「ここで結衣子が目撃されている」

岩清水が顎《あご》で示した。

「いつですか」

「年が明けてすぐに」

年が明けてすぐ。確かに最近だ。

元興寺《がんごうじ》。集落と一体化したこぢんまりした寺に見える。

「ここは由緒ある古刹《こさつ》なんですよ。東大寺や興福寺と一緒に南都《なんと》七大寺《しちだいじ》のひとつに数えられていた。屋根に飛鳥《あすか》時代から天平《てんぴょう》時代にかけて使われていた瓦が残っています」

浩章の感想を見透かしたかのように岩清水が解説した。

「そう、なんだって元のままではいられない。かつて伽藍《がらん》や五重塔を持っていても、焼け落ちて再興されなければ失われてしまう。領地も縮小される。昔の面影はない。宗教だって、国だって、決していつまでも同じ姿ではいられない。時に晒《さら》され、制度も社会も変わる。人間も同じだ。肉体だって意識だって、歳月に晒されて変化する。果たして現在の我々が見ているものが昔の人々と同じなのかどうか分からない」

拝観料を払って寺の敷地に足を踏み入れると、無数の石仏がずらりと階段状に並んでいるのが目に入った。これもまたひとつの塔のようだ。

塔というのは、元はこれが原型なのではないだろうか。

そんな考えが頭に浮かんだ。山頂や河原に石を積む。捨てた貝や骨が蓄積される。人々の時間が、情念が積まれていく。建てたのではなく、いつしか積み上げられたものが塔というかたちになる——

「このあたりで屋根を見上げていたらしい」

岩清水が立ち止まり、顔を上げた。

「あれが、最も古い瓦です。周りの瓦と色が違うでしょう」

彼の視線の先を追う。

二つのお堂が繋がれたT字形の本堂の、屋根の一部だけ色が異なっている。かまぼこ形の丸い瓦が並んでいるところは、他の瓦よりも素朴な味わいがあり、色も乾いたセピア色をしている。確かに、そこだけ違う時間が流れているように思えた。

「誰が見たんです？」

浩章はずっと感じていた疑問を口にした。

「地元の刑事さんが？　こんなところを流していて、たまたま彼女を目にしたというんですか？」

俄《にわ》かにそんな偶然は信じられなかった。

「目撃されたことは確かです」

岩清水はそっけなく答えた。

協力者、なのか。どこか知らないところに情報の網、目の網が張り巡らされているのか。

防犯カメラの中の結衣子。そんな都市伝説が生まれるのも、今やあちこちに際限なく設置されている監視カメラが日常的な存在になってしまっているからだ。なぜそこにあるのか、誰が誰を見張っているのかも知らされない、無数のレンズの網。それらはいつのまにか昆虫の複眼にも似た生命を持った一種のモニターになり、都市に棲《す》む人々の無意識にアクセスするツールと化しているのかもしれない。

「都市伝説になるにはそれなりの理由がある」

岩清水は屋根を見上げたまま呟《つぶや》いた。

「多くの人が潜在的に抱いている不安。願望。あるいは、無意識のうちに感じている可能性。そういったものが形になったのが都市伝説だと思いますね、僕は」

「防犯カメラの中の古藤結衣子はどれが原因なんですか」

浩章も屋根を見上げたまま尋ねる。

「今回の場合は、実際に彼女をどこかで目撃している人が複数いるせいじゃないかと思います。あえて分類すれば可能性、ですかね」

「無意識のうちに感じている可能性。どんな？」

岩清水は屋根から視線を外し、ぶらぶらと歩き出した。

「彼女だったかもしれないし、彼女に似た人だっただけかもしれない。けれど、それを目撃したことで、もしかすると、彼女が今も生きているんじゃないかという可能性に多くの人が思い当たった。それでは、もし彼女が生きているとすれば、どんなところに現れるだろうか。そう潜在的に考えていた人々が、彼女にふさわしい場所を見つけ出したというわけです。事故当時、何度も繰り返し流された映像を覚えている人ならばなおさらだ」

「なぜ今？」

「それが分かれば」

岩清水はチラッと浩章を見た。

「きっと、各地で起きている一連の事件の理由も分かるんじゃないでしょうか」

境内はひっそりとして肌寒かった。若い女の子が二人、カメラを手に歩き回っている。学生だろうか。ＯＬだろうか。

「彼女が子供の頃に遭った神隠し。あれがすべての遠因のように思えるんですが」

浩章は冬枯れの樹木を見ながら呟いた。

何の木だろう。地面から放射線状に枝が伸びている。

ふと、水仙の香りを感じた。

少女の胸に挿されていた、枯れなかった和水仙。どうやら、目の前の枝の構図から生け花を連想したようだ。

「そうですね——いや、実はもっと古いのかもしれない。ずっとずっと過去から続いているのかも」

岩清水は考え込む。

「ともかく、彼女の初期の夢札を見てみないことには」

浩章は腕時計に目をやった。

結衣子の初期の夢札。それを大学病院で見せてもらう時間が近付いている。

一瞬、息苦しさを覚えた。

いったい何が映っているのか。早く見たい。いや、嘘だ。できることなら見たくない。

「ここ以外で古藤結衣子が目撃された場所はどこなんです？」

息苦しさを掻《か》き消すように尋ねた。

「ひとつは法隆寺です」

岩清水は門に向かって踵《きびす》を返しつつ答えた。

法隆寺。

「あとは？」

そう畳みかけると、岩清水は一瞬睨《にら》みつけるような視線を寄越《よこ》した。

「もちろん」

すぐに目を逸《そ》らす。

「吉野ですよ」


小さな迷宮のような集落を出てタクシーを拾い、大学病院に着くまでのあいだ、二人は押し黙っていた。

窓の外を流れる景色を見ながら、浩章は奈良に着いてから感じている違和感を反芻《はんすう》していた。

さっき潤子と話をしながら坪庭を眺めていた時も、ずっと感じていた違和感。

それは、目の前の世界が二重に見える、という感覚だった。

結衣子のいない世界と結衣子のいる世界。その微妙にずれつつも重なり合う二つの世界を、自分は目にしているのではないか。そんな気がしてならないのだ。

たぶん、一部の人々も感じているのだ。

潤子の怯えた目が浮かぶ。

防犯カメラの中に結衣子の姿を見、潤子のブログに書き込みをする人たちも、自分と似たような感覚を抱いているのではなかろうか。

同じく、見るともなしに窓の外に目をやっている岩清水をそっと観察する。

この男はどこにいるのだろう。

改めて、その怜悧《れいり》な横顔をじっと観察する。

岩清水は、どちらにも属していないように見えた。二つの世界の外側か、ちょうど境界線上に位置しているような気がする。

「岩清水さんは東京の方ですか」

些《いささ》か唐突な質問に思えたのだろう。岩清水は、怪訝《けげん》そうな顔で浩章を振り返った。

「僕は東京で生まれましたが、両親は関西です」

警戒するような返事だった。質問することには慣れていても、自分のことを聞かれるのは慣れていないのかもしれない。浩章のほうも、日ごろ夢札という究極のプライバシーを目にしているせいか、仕事以外ではあまり他人に個人的なことを聞かない習慣ができていた。

だが、考えてみれば、この男のことは何も知らないのだ。こちらのことは多岐に亘《わた》り細かく調べられ、丸裸にされたように知られているというのに。

「ごきょうだいは？」

浩章は構わずに続けた。

「妹が一人」

その後に何か言おうとして、岩清水はやめた。

「何かスポーツをやってらしたんですか」

「ずっと剣道を」

岩清水はそこでニヤリと笑った。

「少なくとも、私は日本舞踊はやっていません」

ああ、彼はまだ、自分が彼のことをかつて合同葬儀で会った男だと疑っていると思っているのだ。

しばらく忘れていた疑惑を思い出し、浩章は岩清水の身のこなしにTVで見た男の動きを感じていたことに気付いた。無駄のないすっきりした動作。重心が低く、下半身にブレがない。なるほど、剣道をやっているせいだと言われればそれも当然である。

仮に、もし本当にこの男があの時の男だったとしたらどうだろう。

ふと、そんな考えが頭に浮かんだ。

そのことを隠して今こうして一緒にいるのだとしたら、この男の目的は何なのだ？

彼が本当に結衣子を捜していて、彼女に接触したいのなら、かつて合同葬儀で会ったことを隠す必要などない。むしろ、積極的にそのことをアピールし、自分も捜しているのだと協力を求めるほうが効果的なのではないか。

しかし、もしあの男が結衣子と利害関係で対立する立場だったら？

結衣子との繋《つな》がりは、あくまであの男が主張した内容でしか知らない。もし彼が結衣子と対立する立場にあり、結衣子が会いたくない相手だったとしたら、彼は自分と彼女との関係を隠すだろう。

いずれにせよ、彼は浩章が結衣子についてなんらかの情報を持っていると思っているし、浩章と一緒に行動したいと考えていることは確かだった。

タクシーのドアの閉まるばたんという音を背中で聞きつつ、二人は歩きだした。

これまで幾度となく仕事がらみで病院を訪ねたことがあるが、いつもながら病院という場所の発する匂いは同じだなと思う。秩序と手続きでものごとが管理されている場所の匂いだ。

受付で約束の件を告げると、案内されたのは長い廊下を巡りに巡って、増設された別館の奥の部屋だった。

そこは、明らかに普段は使われていない場所だった。きっと備品置き場のような場所なのだろう。古い型の「獏《ばく》」が数台並べてあり、ビニールシートが掛けられている。

「南雲《なぐも》先生、お約束のお客様です」

事務職員が抑揚のない声を掛けた時、中ではひょろりとした白衣姿の男がごそごそとキャビネットの中を引っかき回していた。

「ああ、ちょっと待ってもらって。まだお尋ねのものを探してる途中なんでね」

背中を向けたままそう話すガラガラ声にかぶせるように岩清水が声を掛けた。

「本日は、お忙しいところお時間をいただき真《まこと》に恐縮です」

南雲と呼ばれた男は驚いた顔で振り向いた。もう客がここまで来ているとは思っていなかった様子である。

「おう、失礼しました。もっと前に出しておきたかったんですが、いろいろ野暮用があってね」

きびきびしていて声も若かったが、かなり高齢の男だった。八十歳近いかもしれない。

「いえ、こちらこそ、急なお願いを申し上げまして申し訳ありません」

岩清水と浩章はきっちりと頭を下げる。

「悪いね。そこ、座ってください。じき見つかると思うんで。なにしろ、どんどん新しい機種が出るんで、初期のものはついしまいこんだままになってね。当時のは、画像もそんなによくないし」

南雲は手を振って再びキャビネットの中に頭を突っ込んだ。

結衣子の夢札を探しているのだろう。実験段階の夢札は、精度が低いので、今になって見返すことはほとんどない。せいぜい画像解析の専門家が、研究のために参考にする程度だろう。保管が義務づけられているものの、臨床の現場ではまず見ない。

「南雲先生が、当時の古藤結衣子を担当されたんですか？」

浩章が尋ねると「おう、そうだ」という返事。

関西訛《なま》りが全くなく、べらんめえ調であるところからみて関東出身らしい。

「実験の時はまだ夢判断なんて職種はなかったからあちこちから集められてね。俺は小児科医だったんだよ。被験者を募集した時、子供の志願者は珍しかったんでね。院長からおまえがやれと言われて、結局俺が担当したのは彼女だけだったな」

「その後の彼女のことは——ご存知でしたか？」

口ごもりつつ、浩章は聞いてみた。

「あった」

南雲は背筋を伸ばし、古い型の夢札の束を取り出すと、満面に笑みを浮かべて振り向いた。

「あったあった、よかった。あとは、ちゃんとこっちの機械が動いてくれるかどうかだな」

南雲はいちばん隅に押しやられた「獏」のビニールシートを外すと、浩章らが座っている回転椅子の前まで移動させてきた。慌ててセッティングを手伝う。

「すぐに気付いたよ」

南雲はコードをほぐしながら言った。

「ありふれた苗字《みょうじ》じゃなかったしね。ああ、あの時の子だってピンときた。なにしろ、一人きりの担当だったしな」

「被験者になることを志願した時、彼女と話をしましたか？」

「ああ、したよ。なんでこんなもん引きたいんだって」

「彼女はなんと？」

「嫌な夢を見る、と言ってたな」

「嫌な夢、ですか」

「うん。もしかして、何かの病気なのかもしれないから見てくれって」

「彼女がそう言ったんですか」

「そうだよ。両親もついてきてたけど、しっかりした子でね。本人がそう言った。両親は、この子は小さい頃から夜泣きがひどかった、怖い夢を見ているらしくて、いつも安心させるのが大変だったと言ってたね」

　初期のものは、電源を入れても機械が立ち上がるまでに時間が掛かる。長いこと使っていなかったのだから、余計に掛かりそうだった。

「それで、すぐに夢札を引いたんですか？」

「いや、その前にいろいろ検査した。本人の言うように、どこか具合が悪いんじゃないかと思ってね。ＭＲＩやＣＴスキャン、血液検査。でも、どこにも異常はなかった。そこで初めて夢札を引いたんだ」

　それまであっけらかんとした口調だった南雲が、そこで初めて口をつぐんだ。

「あのご両親、亡くなったんだってなあ」

　しんみりした口調で呟《つぶや》く。

「どう思われました？　彼女の夢札を見て」

　つい早口になってしまう浩章を制するように、南雲は穏やかに微笑んだ。

「ま、自分の目で見てみなよ」

　画面が明るくなるまで、更にしばらく時間が掛かった。

　じりじりしながら待っていると、ようやく画面がほんのりと白くなった。

　それでも、初期のものはこんなに画像が暗く粗いのだと驚き、改めて現在見られる夢札の解像度がいかにグレードアップし、進歩しているのかを実感する。

　ブラウン管だった時代の、白黒ＴＶ。今見ている映像はそれに近かった。

　ざらざらした画面。ぼんやりと滲《にじ》んだモノトーンの色彩。輪郭のはっきりしない影絵を見ているようで、見ている自分の目が悪くなったような気がした。

何かがチラチラ動いているが、目が慣れるまでそれが何なのかよく分からなかった。普段見ている夢札も、個人の癖のようなものに慣れるまである程度時間が掛かるものなのだが、昔の夢札は抽象画みたいだ、と思った。

それでもうっすらと形が見えてくる。

手、だろうか。ぼやけた輪郭が左右に動いていて、時折指のようなものが見て取れた。

ゆっくりと繰り返される動き。連想したのは指揮者の手で、小学校の授業で四拍子の曲を振らされたことを思い出した。

「花」

隣で岩清水がぽつんと呟いた。

「え？」

聞き返すと、「花を植えてるんですかね」と岩清水がひそひそ声で浩章の耳元に囁《ささや》いた。

そう言われてみると、手に何かを持っていて、平たいところに植えているようにも見えた。細いものを持って上下左右に動かしているのを見て浩章は指揮を連想したのだが、確かに何かを地面に植え、土を均《なら》しているところ、というほうがぴったりである。

岩清水の目に感心した。防犯カメラの映像など、ぼやけた絵を解析するのに慣れているのかもしれない。

岩清水は食い入るように画面を見つめていたが、やがて首をひねった。

「いや――花じゃないな」

「苗木ですかね」

「ごつごつしてて枝っぽい」

岩清水が黒っぽくて細いものを指差した。

画面の中の手は、それを地面に突き刺しているようだった。固いもののように見える。

手は辛抱強く同じ動作を繰り返していた。

が、やがてフェイドアウトするようにその動作は消え、霧のようなものがモコモコと盛り上がり、画面いっぱいに広がっていった。

「なんだろう」

目を凝らすが、霧とも靄《もや》ともつかぬものの正体はよく分からない。泡のように丸いものがいっぱいあるのが目視できる程度である。

画面は暗くなり、唐突に夢札は終わった。

初期のものはそんなに長時間引くことができなかったのだ。

「予想以上に見づらいなあ。実用化されたばっかりの頃のだから仕方ないけど」

浩章は目をこすった。ちらちらする上にはっきりしない画面をずっと見つめているのはストレスが溜《た》まるし、目も頭も疲れる。

「続けて次のも見るか？」

浩章と岩清水より少し離れたところで一緒に夢札を見ていた南雲が尋ねた。

「いえ、すみません、目がちかちかして。十分くらい休ませてください」

浩章はこめかみを押さえた。目の奥のほうにちりちりと嫌な痛みがある。

「お茶でも飲むか」

南雲が腰を浮かせたので、「いえ、結構です」と慌てて制止する。さっき潤子と一緒に飲んだお茶でまだお腹いっぱいだった。

「そうか」

南雲は回転椅子に腰を下ろした。

少し間を置いて、口を開く。

「さっきのあれ、枝じゃないぞ」

「え？」

浩章と岩清水は南雲を見た。南雲が腕組みをして床の上の一点を見ている。

「俺も当時、本人に聞いた。あれ、なんだって。苗木でも植えてんのかって。そうしたら、なんて答えたと思う？」

もちろん、南雲は浩章たちに返事を期待してはいなかった。二人が無言でいると、南雲はほんの少し逡巡《しゅんじゅん》してから答えた。

「鳥の足だそうだ」

「なんですって？」

思わず浩章は聞き返したが、南雲は床に目をやったままだ。

「なぜかは分からないけど、いつも夢の中で鳥の足を植えてるんです、と言ってた。鳥の足の爪の分かれたところを下にして、地面に埋めると安定するんで、そうやって植える。夢の中では、まだまだ植え続けなきゃいけないと思っていると」

「なんのために？」

岩清水が眉《まゆ》を顰《ひそ》めて聞いた。

「それは本人も分からないと言っていた。とにかく、この山いっぱいに鳥の足を植えなきゃならないという義務感だけがあって、いつも焦っていると」

「この山いっぱい？　どの山ですか」

今度は浩章が尋ねた。

南雲は首を振った。

「それも分からん。どこかの山で、夢の中ではいつも同じ山。ああ、あの山に来ていると思うそうだ。そして、前回夢の中で植えたところの続きを植えるらしい」

連続性のある夢、というのは割とよくある。

夢の中で「このあいだの続きだ」とか、「いつも夢の中で来る場所だ」と連続性を自覚している。そこは本人にとって大事な場所なのだ。

「最後にもやもやした泡みたいなのが出てきましたよね。あれは何だと説明していましたか」

「生き物だ、と言っていたな」

「生き物？」

「彼女の言うことには、鳥の足を山に植えると、そこから子供の顔とか生き物の頭が生えてくるらしい。それがわらわらと鳥の足の先に生《な》るところが、あの状態だと言うんだ」

浩章たちはあっけに取られた。

グロテスクとも、シュールとも言える光景。それを結衣子は幼い頃から夢に見続けていたのだ。鳥の足。そこから生えてくる子供の頭。

その話を聞いて、子供たちの夢に出てきた八咫烏《やたがらす》を連想しないわけにはいかない。

「でも、鳥の足を植えるなんて夢、成人してからの結衣子は見ていませんでしたよね」

岩清水が不思議そうに呟く。

同じことは浩章も感じていた。

子供の頃から繰り返し見ていたモチーフらしいのに、そんな話は結衣子からも聞いたことがない。

「実は」

南雲は組んでいた脚を組み替えた。

「数年後に、彼女がもう一度来た」

「結衣子が？　いつですか」

南雲は話すかどうか迷っているようだったが、口を開いた。

「被験者を務めてから三年くらいかな。その時はもう北陸に住んでいて、一人でやってきた」

「ひょっとして、両親には内緒で？」

「たぶんそうだと思う。この時引いた夢札をもう一度見せてほしいと」

「理由は？」

「確認したいことがあると言っていた。まだ鳥の足植えてんのかい、と冗談めかして聞いたら、いや、もう終わった、と真顔で答えたね」

「終わったというのはどういうことでしょう」

「もう山には植え終わったんだ、というんだ。だからもうあの夢は見ない、と」

南雲は両手を広げてみせた。

もう山には植え終わった。それはいったい何を意味するのだろう。浩章と岩清水は当惑した顔を見合わせた。それは、南雲も同じである。

「それで、何を確認したかったんです、彼女は」

岩清水が聞いた。答えを聞きたいような、聞きたくないような、困惑した声だ。

「それはたぶん、今のじゃなくて、残りの夢札の内容についてだと思う。はっきりとは言わなかったけどね」

南雲はそう言って、次の夢札をセットした。

残りの夢札は二枚あった。今では以前より量産できるようになっているが、当時、一人の被験者に三枚というのはかなりのコストが掛かったのではないか。

その二枚は、ある程度予想できていた内容だった。

やはり何かを植えるところがえんえんと続いたが、時折フラッシュバックのようにさまざまな光景が挟まるのである。

「これは」

浩章はしばしば岩清水と目が合った。

それらは漣《さざなみ》のように何度も現れた。静止した画面であったり、動きがあったり。

もくもくと上がる煙。クラッシュした車。

燃え上がる炎。誰かが走っているところが、早戻しのように少しずつ繰り返されたり、二重にぶれた絵となって出てくるのだ。

時には絵の一部がズームアップされたり、カメラがすうっと引くように全景になったりする。

そういった映像には見覚えがあった。後の結衣子の夢は、とにかく鮮明なことで有名だったが、ここに既にその萌芽《ほうが》があったのだ。

それらは、複数の事故や事件が混ざりあっているようだった。

煙が上がっている場面が何度も現れるが、どこかの道路だったり、繁華街だったりするのである。

この中に、結衣子の両親の事故もあるに違いない。

見ていて胸が痛んだ。

「あっ、あれは」

岩清水が腰を浮かせたのは、古い石橋がゆらりと浮かびあがってきた時だった。

古い石橋。田舎の風景。周りに林が見える。

それが突然ぐしゃりと崩れた。

沈み込むように崩れ落ちる橋の映像が、くどいように繰り返される。それも、同じ映像ではなく、少しずつ構図を変えたようにずれて重なりあい、何度も何度も。

たぶんこれが、結衣子の高校の裏にあった石橋なのだろう。橋の上に児童の姿はなかったが、この橋が崩れるところを結衣子は高校に入るずっと前から知っていたことになる。

かと思うと、また火災の場面になった。

これはどこなのか分からない。ただただ炎が上がり、黒い煙が空高くまで伸びている。

上空をヘリコプターらしきものが舞っていることは分かったが、それがどこに所属するヘリコプターなのか特定できるほどではなく、場所の特定など到底無理そうな映像だった。

まさか、結衣子が巻き込まれた事故の予知夢だろうか。そう思いついてひやりとする。

そんな未来の夢まで、この頃から見ていたのだろうか。

夢札を見終わり、結衣子の両親の事故と高校の裏の石橋の話をすると、南雲は浩章たちの態度からなんとなく予想はしていたようで、「なるほど」と言葉少なに頷《うなず》いた。

「きっと、どちらかの事故のあとだな。もう一度俺に会いに来たのは。自分の見た夢と細部が一致していたかどうか確かめに来たんだ」

南雲は大きな手で頬を撫《な》でた。

「一人で来たということは――もしかすると、両親が亡くなった後だったのかもな」

「そうかもしれませんね」

浩章は同意した。

そして、たぶん自分の夢が予知夢であることを自分の目でしっかり確認したその時から――石橋の時は警告できた――彼女は自分のなすべきことを自覚したのではないだろうか。

「ひょっとして」

岩清水が低い声で静かに聞いた。

「彼女は、それからずっとあと――彼女があの事故に巻き込まれる前にもここを訪ねてきませんでしたか？」

南雲はかすかに動揺した。

答えを渋っている様子の彼に、岩清水は畳みかける。

「どうです？」

「――来た」

南雲は短く答えた。

「事故のどのくらい前ですか」

「二週間となかったと思う。だから凄《すご》くびっくりした。会いに来たと思ったら事故の報道があって」

「会いに来たのはやはり――」

浩章が南雲の顔を見ると、南雲は頷いた。

「あの時の夢札をもう一度見せてくれと言って」

夢札は個人では保管できない。しかるべき機関（ほとんどは夢札を引くことのできる施設だ）が永久保存することになっている。ただし、本人が望めばいつでも見ることができる。

「大人になってたけど、子供の頃の印象と変わらなかった。相変わらず落ち着いていて、しっかりしてたな」

「ある種の諦観《ていかん》があった？」

岩清水がそう言うと、南雲は顎《あご》を撫でた。

「ああ、そうだな。諦観。あるいは達観というのかな。そういう感じ」

「あの夢札の中に、結衣子が事故に遭うことも予知されていると？」

浩章は岩清水に向き直る。

「ええ。あなたもそう感じたでしょう。たぶん、結衣子も近々何かが起きるという予感があったに違いない。そして、両親の事故の時のように、かつて引いた夢札のことを思い出した。もしかして、自分はずっと前に将来の自分のことまで夢で見ていたのではないかと。そう気付いたら、確かめたくなるのは当然でしょう」

「そんな先のことまで子供の頃から見ていたなんて」

浩章は改めて衝撃を受けた。

「夢札を見終わったあとの彼女はどんな様子でしたか」

口の中にひどく苦いものを感じた。結衣子の孤独。結衣子の恐怖。それらを少しは理解していたつもりだったが、ちっとも分かってなんかいなかったのだ。

南雲は記憶を探るように目を閉じた。

「とても静かだったよ。いつも通り。表情ひとつ変えずにじっとしていた。何か頭の中で分析しているような印象を受けたな」

結衣子らしい。もはや孤独も恐怖もあまりに当たり前の日常で、分析対象程度にしか感じられなかったのだろうか。

「何か話していましたか」

「うーん、俺の聞き間違いかもしれないんだが」

南雲は目をこすった。

「なんで変わってないんだろう、と」

「変わってない？　変化する、しないのことでしょうか」

「そう聞こえた。『なんだって?』と聞き直してみたんだが、『いえ、なんでもないです』とそっけなくかわされちまった」

　なんで変わってないんだろう。

「どういう意味だろう」

　浩章は腕組みをした。

　何が変わるのか。夢の内容？　それとも現実？　それこそ、なんで何が変わるというのだ？

「南雲先生」

　岩清水が少しだけ身を乗り出した。

「あなたが古藤結衣子に会ったのはそれが最後ですか？」

　奇妙な質問だ──浩章はそう思ったが、思いがけず、今度こそ南雲ははっきりとした動揺を見せた。

「南雲先生？」

　浩章が不思議そうな顔をすると、南雲は食い入るように岩清水を見つめた。

「なぜそんなことを聞く？」

「いえ。南雲先生と電話でお話しした時、先生はごく最近に古藤結衣子の夢札を見ているのではないかという気がしたものですから」

　岩清水はしらっとした顔で言った。

　南雲の顔色が変わる。

「どうして」

「先生に古藤結衣子の夢札を見せてほしいとお願いした時、先生は『ああ、あれね』とおっしゃいました」

岩清水は、あの人を落ち着かなくさせる目で南雲を見据えている。

「彼女の夢札がずっと長いことしまいこんであって他の夢札と一緒くたになっていたのなら、『あれ』という、特定のモノを指す呼び方はしなかったはずです。でも先生は『あれ』とおっしゃった」

南雲は「うっ」と詰まるような声を出した。

「そうおっしゃるからには、直近で具体的にその現物を目にしていて、それをイメージされたのではないかと思いまして」

岩清水はキャビネットに目をやった。

「でも、先生は我々がここに着いた時、キャビネットの中をひっくり返すふりをしていた。なぜそんなふりをするのだろう、と思いました。最近彼女の夢札を見たのなら、場所は分かっているはず。つまり、先生は彼女の夢札を最近見たことを隠したかった。それはなぜか」

岩清水はキャビネットに視線を向けたまま続ける。

「その理由を考えながら先生のお話を聞いているうちに、先生が彼女の夢札を目にするのは、彼女が現れた時だと分かりました。だから、最近先生が彼女の夢札を見たのは、彼女が現れたからだと考えたんです」

南雲は、敵《かな》わないというように首を振った。

「でも、現実には彼女は亡くなったことになっている。そんなことは有り得ない。最近彼女を見たから夢札を見たなんて、東京から来る警察官と夢判断になんか話せない。せいぜい、目の錯覚なんじゃないか、下手したらおかしくなったんじゃないかと思われるのがオチだ。だから、先生は夢札を見たことを隠すことにした。違いますか？」

「おまえさん、さぞかし優秀な捜査員なんだろうね」

南雲は苦笑し、溜息《ためいき》をついた。

「現れた？　結衣子が？　先生のところに？」

浩章は岩清水の推理よりもそちらに気を取られていた。ようやく結衣子本人を知っている人間の証言が得られるのだ。

「先生に会いに来たんですね？」

胸の動悸《どうき》が激しくなるのを感じる。

「いや、現れたわけじゃない。正確に言うと、見たんだ」

南雲はきっぱりと言った。

「どこでです」

南雲は床を指差した。

「この病院の中さ」

「ここで？」

「そうだ。今から考えてみても奇妙な話なんだがね――」

南雲はまた腕組みをして床に目をやった。

「面会に来てる、と事務局から連絡があったんだ。俺に会いに来た人がいると」

「面会ですって？　古藤結衣子が？」

「いや、名前は分からなかった。先生に会いに来たという方がいらしてます、という連絡だったな。アポはなかった。だから、間違いじゃないか、と聞いた。そうしたら『聞いていただければ分かるはずだ』と言っていると」

「それはいつの話ですか」

岩清水は険しい表情で聞いている。

「二週間ほど前のことだ」

二週間前。神隠し事件の起きた頃か。

「で、受付のほうに行くと、誰もいない。おかしいな、と思って聞いたら『資料室のほうにいますと伝えてください』という話だった。ますます変だった。資料室というのはここさ。こんなところを待ち合わせ場所にする客なんていない。第一、外部の人間はここに入れないしな」

南雲は肩をすくめる。

「物騒な世の中だからな。本当に知り合いなのか、俺に会いに来た客なのかどうか分からないし、不安になってきた。念のために警備員を連れて、慌ててこちらに飛んできたんだが」

南雲はドアに目をやった。

「そうしたら、この部屋を出て歩いていく女が見えたんだ」

「この部屋を出て？　普段は鍵《かぎ》が掛かっているのでは？」

岩清水が指摘する。

「そうなんだ。もしかすると俺の見間違いかもしれない。女は、この部屋から出てきたように見えた、というのが正しい証言だな」

「彼女はどんな格好でしたか」

浩章が尋ねる。

「帽子をかぶって、黒いコートを着ていた。パッと見て、古藤結衣子だと思ったよ。事故の時のビデオの映像は目に焼きついてたしな」

「本当に彼女でしたか」

「それは分からん」

南雲はあっさりと認めた。

「だが、人の印象というのは背格好だけじゃなくて総合的に判断するもんだろう。俺はあの瞬間、あれは古藤結衣子だと認識した。それほど彼女に似てた。おかしなことに、あの時、俺は彼女が死んでいるということを忘れてた。久しぶりにまた夢札を見に来たんだ、と思って、不思議にも思わず、慌てて彼女を追いかけたのさ。彼女はスタスタと廊下を歩いていったので、俺はその背中を追った。彼女は奥の階段のほうに曲がって姿が見えなくなった」

奥の階段。

浩章は、早夜香が通っている小学校を思い浮かべた。病院も小学校も造りは似ている。長い廊下、教室と病室、隅に階段。

「せいぜい、目を離していたのは十秒くらいだろう。だが、俺が階段に辿《たど》り着いた時は誰もいなかった。下まで降りてみたが、その女はもう姿を消していた」

「最初に取り次いでくれた事務局の人間は、彼女と話をしているんですか」

「うん、帽子をかぶった黒いコートの女と話をしている。俺が見た女と同一人物であることは間違いない。他にも一人、階段でリハビリの歩行訓練をしてた患者が、その女が降りていくところを見ているし」

「で、資料室の鍵は？」

「掛かっていた」

「彼女が中に入った気配はないんですね？」

「それはない」

「じゃあ、彼女はなんのために来たんでしょうね。せっかく来たんだから、先生に会って夢札を見せてもらえばよかったのに」

「さあね。彼女は見つからなかったけれど、なんだか割り切れない気分のまま、俺はなんとなく資料室に入った。そして、なんとなく彼女の夢札を見たのさ。前に彼女が来て以来、ずいぶん久しぶりに」

机の上の古い夢札。

「懐かしかった。そして、夢札を見終わってから、ようやく彼女がもうこの世の人でないことを思い出したんだ。不思議と怖くはなかった。ああ、そうだっけ、と思った程度だ」

南雲は小さく笑った。

「だけど、ちょっとした幽霊話ってことになる。あれが本当に古藤結衣子だったのなら、な。いったいあれは何だったんだろうと思っているところに、タイミングよくあんたからの電話が掛かってきたってわけだ」

南雲はすべて吐き出したのかさっぱりした顔つきになって頭を撫《な》でた。

「で、あんたたちは本当は何しに来たんだ？」

浩章と岩清水は、ますます困惑した表情で顔を見合わせる。

「古藤結衣子を捜しに来たことは確かです」

浩章はぼそぼそと呟《つぶや》いた。

「生きている結衣子と、死んでいる結衣子。どうやら、我々はその両方の彼女を捜さなけりゃならないようですね」

十章　霧中

病院を辞した時にはもう日は暮れかかっていて、二人はタクシーでホテルまで戻ったものの、岩清水はそのまますぐに出かけていった。浩章はまた潤子がホテルに迎えに来るという時間まで間があったので、いったん部屋で待つことにした。

一人になると、ホッとするのと同時に、なんとなく心許《こころもと》なくなる。

南雲が結衣子を見かけたという話はどうにも生々しく、ここ奈良に彼女がいるのだという実感を強めた。そして、今自分は彼女がいる土地で同じ空気を吸っていると思うと、この上なく無防備な気がしてくるのだ。

結衣子が自分に危害を加えるというわけではない。しかし、恐らくは昨年の暮れからこの「無意識をめぐる事件」はしきりに彼に向かって何かを働きかけており、ついに自分がその「何か」に引き寄せられ、「何か」の支配する領域に入り込んでしまったのだという気がしてならないのだった。

エレベーターを降りて薄暗い廊下を歩いている時も、浩章はしきりに後ろを振り返っている自分に気付いた。

防犯カメラに映っている結衣子――廊下の端の階段を下りていく結衣子。振り向くとそんな結衣子が目に入るのではないかと思ってしまう。

浩章は苦笑しつつ部屋に入った。

カードキーを差し込んで明かりを点《つ》ける。

何気なくポケットの携帯電話を取り出してみると、電池が切れかかっていた。そういえば、ここ数日動き回っていたので充電する暇がなかったのだ。

潤子が来るまでに三十分ほどある。三十分あれば、少しは充電できるだろう。

浩章は窓際にあるデスクの上の電源のところに行き、カバンの中から充電器を探し出すとコンセントに差し込んだ。パソコンにデジカメ、携帯電話。どこかに出かけても、いつも電源の場所やちゃんと電化製品ごとのアダプターを持ってきているか気にしていなくてはならないことに、時々うんざりする。世界は本当に便利になっているのか。本当に以前よりも進んでいるのか。自分の仕事も含め、分からなくなる。

可視化されなければ考えたり悩んだりすることもなかったものを――

そんな誰かの声が頭をかすめ、浩章は溜息《ためいき》をついて顔を上げた。サッシュの窓が目に入る。

ふと、違和感を覚えた。

空はもう暗く、窓の外には市街地のネオンがちらほら浮かんでいた。

カーテンを閉めていないので、窓にはネオンと重なりあって部屋の中がくっきり映り込んでいる。むろん、浩章自身の姿も映っている。

が、彼は部屋の中に一人きりではなかった。

彼の後ろ、ベッドの上に誰かが座っている。

浩章は窓から目を離せなかった。

窓の向こうにあるように見える部屋の中。

そこに、誰かがいる。

帽子を目深にかぶり、黒いコートを着た人物。

浩章は動けなかった。

振り向けば、ベッドに座っているその人物が見えるはずだ。

女。結衣子？

俯《うつむ》き加減のその影は、顔も見えずじっとしている。

いつのまに。部屋に入ってきた時には気がつかなかった。いや、誰もいなかったのに。

じわじわと冷や汗が滲《にじ》んでくる。

窓から目を離せない。窓に映った、自分の後ろにいる女から。すぐそこに、二メートルと離れていない場所に座っている女から。

誰だ。本当に結衣子なのか。

そう頭の中で叫んでいたが、どうしても声にならない。

目は窓ガラスの中の景色を見つめたままだ。

動揺し、混乱している自分の顔。

振り向きたいのに振り向けない。全身が金縛りに遭ったかのように硬直してしまい、動けないのだ。

熱くて冷たい汗が、こめかみと首筋に噴き出していた。

何が起きているのか。繁華街のビジネスホテル、まだ完全に日が沈んでいない夕暮れ時だというのに、こうして一人、じっと窓際で凍りついているなんて。

「だ」

ようやく、喉《のど》の奥で情けないほどかすれた声が出て、ほんの少しだけ腕を動かせた。

その瞬間、女が顔を上げた。

帽子の下の顔は暗くてよく見えなかったが、その女と窓の中で目が合った。

見開かれる目。

女はそこで初めて浩章の姿を認めたようだった。女はびくっと身体を震わせ、腰を浮かせた。

「あっ」という形に女の口が開くのが見えた。

浩章は思い切って振り向いた。

誰もいなかった。

無人。部屋の中には浩章しかいない。

ベッドの上には影も形もなく、誰かが座っていた痕跡《こんせき》もなかった。

浩章は愕然《がくぜん》とし、部屋の中を見回し、あたふたと歩き回って狭いクローゼットのドアを開けたり、バスルームの中を恐る恐る覗《のぞ》き込んだりした。

しかし、がらんとして誰もいない。

滑稽《こっけい》だと思いつつも、腕を振り回してみる。まるで、見えない誰かがそこにいるのではないかというように。そして、むろん誰かに手が触れるということもなく、彼は部屋の中に一人きりだった。

浩章は冷えていく汗を感じながら、もう一度窓を見た。

そこに映っているのは取り乱した男が一人だけで、ベッドの上にも、どこにも女の姿はない。

浩章はサッシュに手を当てて、しげしげと窓の中の部屋を見た。さっき顔を上げてベッドの上の女を目にした時の衝撃と恐怖が、まだ抜けていってくれない。

結衣子だった。結衣子に見えた。

浩章は、窓の中で合った目を思い出そうとする。帽子をかなり深くかぶっていたが、あれはやはり結衣子だったと思う。

動揺が収まってくると、声を掛けなかったことが悔やまれた。もし言葉を交わすことができれば、何かを説明する言葉を聞けたかもしれないのに。臆病者《おくびょうもの》の自分に舌打ちする。

結衣子の様子も変だった。それこそ、幽霊のようにわざわざ浩章のところに現れたというよりも、自分がどこにいるか分からない様子だったし、浩章が声を出すまで彼のことにも気付かなかったようだ。

浩章は窓から離れ、ドアのところから部屋全体を見回した。むろん、ベッドの上に誰かが現れることもなく、窓の中の景色に映っているのは浩章だけだ。

映された映像の中に。

潤子の話していた都市伝説を思い出す。

ひょっとして、カメラが映した映像や、鏡や窓ガラスなど、「映された」二次的な映像の中にしか彼女は存在しないのだろうか。

でも、南雲や捜査員は確かに現実の空間を歩いている結衣子を目にしているのだ。

呆然《ぼうぜん》と部屋に立ち尽くしているあいだに、いつのまにか待ち合わせの時間が来ていた。

浩章は窓のカーテンをジャッと閉め、名残惜しげに部屋の中を見回してから、まだ充電の終わっていない携帯電話を取り上げた。

潤子にこの話をすべきだろうか。

きょろきょろしつつ廊下を歩きながら考える。

岩清水には？

そう考えると不思議な気がした。さっき部屋で起きたこと、あれは明らかに怪異だった。この世のものならぬことが起きていたのに、街ではいつも通り経済活動が行われていて、岩清水は警察官と話し、潤子は原稿を書いている。

不意に、激しい憤りにも似た感情がこみ上げてきた。

結衣子に会いたい。言葉を交わしたい。ゆっくり話をしたい。

浩章は立ち止まり、忌々《いまいま》しげにホテルの廊下を見回した。

どうしてさっき、すぐに振り向かなかったのだろう。結衣子に限って、恨みつらみを言うはずもない。きっと何か伝えたいことがあって現れたはずなのに、どうしてよりによってこの俺が、それを避けてしまったのだろう。

エレベーターの中で苦い思いを嚙《か》みしめる。

いつもそうだ。いつもあとから気がつく。

ロビーに出ると、潤子が待っていた。

「昼間は失礼しました。変な話をして」

「いいえ。行きましょうか」

潤子はロビーのＴＶにちらっと目をやった。

天気予報を流している。

「霧が出てるんですよ」

「霧？」

「ええ」と潤子は頷《うなず》いて首をひねった。

「珍しいです、こんな時季に。なんかちょっと生あったかいような、変なお天気なんです。山の中なら分かるけど」

確かに、ＴＶの画面では、広い範囲に濃霧注意報が出ていた。

「へえ。気がつかなかったな」

ホテルの部屋から見た限りでは、分からなかった。もっとも、他のことに気を取られていたので気付かなかったのかもしれない。

潤子が予約しているという小料理屋までは、そんなに遠くないということなので歩いていくことにした。

人通りの多い繁華街を歩いていると分からなかったが、暗い路地に目をやると、確かにうっすらと霧が掛かっている。

賑《にぎ》やかなアーケード街を抜けて、飲食店の明かりだけがポッポッと浮かんでいる裏通りに入ると、ミルク色の霧が路地をゆったりと満たしているのが見えるようになった。

「ほんと、町中でこんなにはっきりと霧が見えるのって記憶にないな」

「私もです」

隣を歩いている潤子の姿でさえ、ほんの少し離れるとかすかに紗《しゃ》が掛かったように薄くなる。

「こりゃ、車は危ないね。車間距離なんか分からないんじゃないかな」

「そうですね。怖い」

店の看板も、霧の中で光の輪郭が見えるもののぼやけている。

飲食店の店員が勝手口から外に出て「うひゃあ、凄《すご》い霧だ」と驚いた声を上げるのが聞こえてきた。

「あ、あそこです」

潤子が指さした店は、いかにも古い小料理屋という佇《たたず》まいで、ガラリと引き戸を開けると昔ながらのコの字形のカウンターの中で、亭主が黙々と仕込みをしている。

「今晩は」

馴染《なじ》みらしく、「いらっしゃい」と答えて天井を見る。二階に上がれ、ということらしい。

「凄い霧ですよ」

「真っ白だね」

潤子はそう亭主と言葉を交わし、狭いたたきで靴を脱ぐと、勝手知ったる様子でさっさと階段を上がっていく。浩章は慌てて後に続いた。

二階には座敷が幾つかあって、潤子は路地に面した、窓のある小さな部屋に入った。四畳半くらいか。使い込んだちゃぶ台を挟んで腰を下ろすと、なんだかとても落ち着く。ゆっくり話のしやすいところを選んだのだろう。

潤子は少しだけ窓を開け、外を見下ろした。

「見てください、あとからあとから湧いてくる。なんだか怖くなっちゃいますね。どこから来るんだろう、この霧」

浩章も一緒に外を見下ろすと、ポツポツとオレンジ色の明かりが滲《にじ》んでいるものの、辺りは真っ白だ。潤子の言うとおり、路地の奥から音もなく次々と波のように押し寄せてくる。

「そういう映画がありましたよね――ある日、突然町がすっぽり真っ白な霧に覆われてしまう。霧の中には姿を見せない巨大な怪物がいて、町を出ようとする人間を逃さず引きずりこんで食べてしまう」

その映画は、浩章も観たことがあった。

結局、怪物は霧の中に身を潜めたまま最後までほとんど姿を見せることはない。長い触手やら、不気味なウロコやらが時々人間を捕らえる時にちらっと見えるだけだ。

「あれ、どういうバケモノだったんでしょうね。全貌《ぜんぼう》は、とうとう最後まで明かされなかったじゃないですか」

浩章もその映画を観ているのに気付き、潤子は小さく笑った。

「要は、あの映画、霧っていうのは何かのたとえなんですよね。ある日突然、世界がそれまでに知っていたものとは変わってしまっている。いつのまにか、その変わってしまった世界の中にいることに気付くんだけど、その中にいると、果たしてその世界がどういうものなのか、最後まで分からないんじゃないでしょうか」

ミルク色の渦の中を、ゆっくり自転車が通り過ぎていく。岡持ちを提げているのがちらっと見えた。何かの配達だろう。

「触手とかウロコがたまにちらっと見えるだけで、全体がどんな姿なのか、見ることはかなわないってことですか」

浩章は漠然とした不安を覚えた。

「ええ」

潤子が霧に目を凝らしたまま呟《つぶや》く。

「あたしたちは、時々一部分だけ姿を現すものが、その世界の一部だと分かるだけ」

霧が少しずつ部屋の中にも流れ込んできた。

「しかも、その部分はこれまで見たことのない、見知らぬ異形のもの。だから、目にするたびに動転して、あたふたして、どう対応していいのか分からない」

浩章の目の前に、窓ガラスの中の景色が蘇《よみがえ》った。ベッドにじっと座っていた人影。

「それでも、なんとか目にしたものを少しずつみんなで繋《つな》ぎ合わせて、新しい世界の全体像を必死に想像してみるしかないんでしょうね」

潤子は低く溜息《ためいき》をついた。

「それで、どんなふうにその怪物から逃れるのか、あるいはどうやってつきあっていくのか、とにかく試行錯誤して経験を積み上げていくしかない」

「それは、古藤結衣子のことを指しているんですか。あなたのブログに書き込まれた結衣子の都市伝説のことだと？」

浩章がそう言うと、潤子は驚いたような顔になった。

「いえ、そんなつもりじゃなかったんですけど」

潤子はそっと目を逸《そ》らした。が、独り言のように呟く。

「――でも、言われてみるとそうかも」

「失礼します」

中年の小柄な女性がお通しの載った皿を持ってきた。

「あ、ここのご主人にお任せでコースをお願いしています。それでよかったですか？」

潤子が女性と浩章の顔を交互に見た。

「ええ、構いません」

「飲み物はどうなさいます？」

「じゃあ、ビールを」

浩章が頷くと、潤子は女性に「じゃあ、始めてください」と声を掛けた。

女性が姿を消すと、改まった沈黙が一瞬二人のあいだに落ちた。

「あの方――岩清水さんでしたっけ。今はどちらに？」

潤子は遠慮がちに聞いてきた。

「人に会っているようです」

浩章は用心深く答えた。実際に古藤結衣子を見かけた人間がいるとは言いにくかった。

「なんだか不思議な人ですね。あんまり刑事さんぽくないというか」

「そうですね、僕も会ったのは数回ですけど、とらえどころのない感じがします」

「でも、お二人は雰囲気が似てますよね」

「え？　お二人って、僕と岩清水さんですか」

意外だった。

「ええ。パッと見た瞬間、兄弟かしらと思っちゃいました。ほら、同じ環境で育った人って、同じもので出来てる感じがするでしょう。そういう意味で似てるなと」

同じもので出来ている。そんなことを言われるとは思ってもみなかった。

「あなたはどう思っているんですか。結衣子の都市伝説」

話を変える。

「あたし、投稿された動画を見ました。防犯カメラに映っていたという」

「それはどこの?」

思わず聞き返す。「神隠し」事件の小学校のものか? 密《ひそ》かに流出していたのか。

「どこかの地下街です。雑踏の中を帽子と黒コート姿の女がすーっと横切っていって、立ち止まってカメラを見るんです」

違った。浩章は内心安堵《あんど》した。

「でも、ぼやけてるし、黒いコートを着た女の人なんていくらでもいるし、半信半疑です。あたしは実物の彼女に会ったことがないから、本人だと断定できるわけでもないし」

浩章は黙ってカバンを引き寄せると、手帖《てちょう》ほどのサイズの小さなアルバムを取り出した。

そっと最初のページを開いて潤子に差し出す。

古藤結衣子のスナップ写真。

結衣子は写真を嫌ったし、デジタルカメラを使うようになってデータで保存する習慣になったから、こんなふうにきちんと焼いた写真は数えるほどしかなかった。

写真は載せない、見せるだけ、という条件で結衣子の写真を持ってきたのだ。

潤子は胸を突かれたように写真に見入った。

「あんまりないんです、彼女の写真。撮られるのを嫌がって、みんなで写真を撮る時も、いつもカメラマン役に回っていました」

結衣子はカメラを向けられることに敏感で、大勢のスナップ写真を撮る時でも、いつのまにか彼女だけがカメラの視界からすうっと離れているか、離れることができない時は顔をそむけたり俯《うつむ》いたりするのだった。

ここにあるのは、滋章か浩章が撮った写真だった。二人が撮る時だけは、彼女も心を許していたのだ。

最初の写真は、浩章の家の庭で撮ったものだった。山吹が満開の頃で、柔らかい黄色の光を前にごく自然な表情で立っている。

滋章と浩章に挟まれて立っているショットもある。初めて彼女が家に来た時のものだ。三人ともとても穏やかに微笑んでいて、これから先、自分たちを待ち受ける苛酷《かこく》な運命など知りもしなかった。

いや、結衣子は知っていたのだろうか？

ふとそんな疑問が湧く。

彼女は度々南雲のところを訪れ、かつて見た夢を確認していた。この写真を撮った時の彼女にどこまで自分の未来を予感していたのだろう。

浩章は、結衣子の髪の白い部分を注視した。

潤子がゆっくりとページをめくる。
七、八枚しか写真がなかったので、すぐに最後のページに辿《たど》り着いた。
浩章がいちばん気に入っている写真だ。

彼女の部屋で浩章が撮ったもので、拳骨《げんこつ》で頬杖《ほおづえ》をつきながら、学術書を読んでいるところだった。写真を撮られていることなど全く意識していない、寛《くつろ》いだ表情である。

不意に、この写真を撮った時のことが生々しく蘇った。

あれはいつのことだったろう。

彼女の夢に付き添うことに慣れて、一緒に夕飯を食べ、静かにリビングで二人で過ごしていた時のことだ。

どうして彼女の写真など撮ることになったんだっけか。

撮ってもいいわよ。

結衣子の声が響く。

今のうちに遺影になる写真、撮っといてもらおうかな。

結衣子が悪戯《いたずら》っぽく笑う。

そうだ、一眼レフタイプのデジタルカメラを買ったばかりで、勉強をしている結衣子の脇で、俺は使い方をいろいろ試していたのだ。

ずうずうしいなあ。

俺はそう言ったっけ。

ほら、よくいるじゃん、作家とかタレントで、いつまでもプロフィールのところに若い頃の写真載せてる奴。ああいうのって、往生際悪いよねえ。

アハハ、気持ちは分かるわ。

結衣子は愉快そうに笑った。

よし、じゃあ試し撮りさせて。

うん、いいよ。後でデータ消しといてね。

俺も結衣子も気軽な気分で、何枚も彼女のスナップを撮った。

その時の一枚がこの写真なのだ。

結衣子はデータを消してくれと言ったけれど、後で一枚ずつ写真を見ているうちに、浩章はどうしてもデータを消すことができなくなった。

結衣子があまりにもリラックスしていて、ごく自然で、ごく普通の若い女の子の顔をしていたからだ。

普段彼女が背負っているあまりにも重いもの。そのせいで婚約者とのあいだに溝が出来つつあることに気付き始めていたはずなのに、そこに映った彼女はとても楽《らく》そうで、将来に何の不安もない、どこにでもいる女の子に見えたのだ。

そのことがあまりにも痛ましく、あまりに切なくて、浩章はデータを残しておいたのだった。

合同葬儀の時も、このデータのことは忘れていた。白菊に埋め尽くされた会場に多くの遺影が飾られていたけれど、浩章たちは周囲の注目を集めることを恐れ、結衣子の遺影を持ち込まなかったのだ。

そのことを思うと、今も胸が痛む。

結衣子の写真のデータを残しておいたことを思い出したのは、合同葬儀からしばらく経ってからだった。

この時の写真を見返しているうちに、彼女が冗談ではあったものの「遺影になる写真」と言っていたのに、写真を飾ってやらなかったことへの後悔の念に襲われた。

そして、何よりも浩章を打ちのめしたのは、やはり無邪気に寛いだ彼女の表情だった。

ひっそり彼女の写真をプリンターで打ち出しながら、一人で泣いたことを覚えている。

「――きれいな人だったんですねえ」

熱心に見入っていた潤子が感心したような声を出した。

「うん、きれいでした。清々《すがすが》しい美しさのある人でした」

浩章は素直に認めた。

「本当に、ここだけ白いんですね。不思議だなあ。メッシュ入れてるみたい」

潤子は結衣子の髪を指差した。

「本人は、黒い柴犬《しばいぬ》の眉毛《まゆげ》のところみたいでしょ、って言ってましたけどね」

「この写真撮ったの、誰ですか。野田さんですか」

潤子はチラッと浩章を見た。

なんとなくどぎまぎして、浩章は口ごもった。

「あ、はい、僕です」

やっぱり、と言うように潤子は頷《うなず》いた。

「結衣子さん、野田さんのことが好きだったんですね」

浩章はぐっと言葉に詰まった。

自分の顔がみるみるうちに赤くなっていくのが分かる。

「いや、その、彼女は兄貴の婚約者だったし」

しどろもどろになる。

「ううん、絶対にそう」

潤子は首を振り、きっぱりと言った。

「写ってる顔を見れば分かりますよ。女の人がこんなふうに心を許して写真を撮られるのって、よっぽど信頼してる、好きな人だけです。彼女、野田さんが好きだったんですよ」

浩章はなんと返事をすればいいのか分からなかった。潤子が、結衣子の思いを見抜くのと同時に、浩章の思いも見抜いていることが分かったからだった。

一瞬、気まずい雰囲気が漂う。浩章が黙り込んでしまったので、潤子も微妙な部分に踏み込んだことを後悔したようだった。

そこに料理が来たのでなんとなく救われたような心地になり、自然と二人の話題が変わった。

浩章の夢判断という職業について。夢札を引く人々について。あるいは、潤子のライター業について。話し慣れた話題になり、互いに落ち着いた。

「ご自分の夢札も引いてみるんですか？」

潤子が好奇心を覗《のぞ》かせて尋ねる。彼女は夢札を引いたことがないという。

「同業者で、定期的に引くという人もいます。定点観測みたいに、自分の夢札を見てみるんだそうです。でも、僕は研修中にはしょっちゅう見てましたけど、最近は全然見てませんね」

「そういう人のほうが一般的なんですか？」

「そうだなあ。正直なところ、他人の夢札を見るのに忙しくて、自分のなんて見る暇がない、というのが一般的だと思いますね。みんな慢性的に仕事を抱えてますから」

「ふうん。そんなに夢札引いている人がいるんですね。失礼ですけど、いっときのブームみたいなものかと思ってました」

浩章は苦笑した。恐らく、一般的な夢札の認識は潤子と似たり寄ったりだろう。子供の早期教育がらみとか、アメリカでのチェーン展開しか記憶にないのだ。

「逆に、話題にならないほどそれなりに定着したってことですよ。日本の場合は医療カウンセリングに特化しましたからね」

「でも、このごろちょっと流行《はや》りかけてるみたいですよ」

潤子は何気なく言った。

「流行りかけてる？」

流行る、という言葉に違和感を覚え、浩章は聞き返した。

「ええ。働く女性のあいだに。スパとかエステとのセットで夢札を引くというのがあるんです。心のデトックスになると言って。夢で深層心理を確認して、自分を見直すらしいです」

「へえー。知らなかった」

「結構高額なんですけど、数ヶ月先まで予約でいっぱいらしいんです。おのずと、体験できるのは、ある程度の可処分所得のある人ですから、自分の会社を経営してる人とか、弁護士さんとかの専門職ですって」

「つまり、前にアメリカで流行ったのが日本風にアレンジされたってことですね」

「ええ、考えてみるとそうですね。あたしの知ってる編集者は、これ、そのうち若い女性にも流行るんじゃないかって言ってました」

流行る、という言葉に抵抗があったが、有りそうな話ではある。一種のスピリチュアル体験のような位置づけなのだろう。

「ですから、夢札を引く専門機械のメーカーが、今攻勢をかけてるらしいです。次世代の機種はもう少し量産できるように簡素化して、もっと多くの人が夢札を引けるように」

初耳だった。もっとも、浩章らが接しているのはあくまで医療機器としての「獏《ばく》」だから、ビジネスとしてのメーカーの戦略は、また異なるところで進められているのだろう。

それにしても、なんとなく嫌な感じがした。

頭に浮かんだのは、繁華街の通りに「夢札引けます」という看板があって、個室に分かれた部屋に若い人たちが吸い込まれていくところだった。

「そうなると、夢判断ももっと増やさないといけませんね」

浩章は苦笑しつつ呟《つぶや》いた。

「そうなんです。でも、夢判断になるのって結構むずかしいんでしょう？　国家資格なんですよね。ですから、夢判断を一級、二級、と何ランクかに分けて、二級クラスはもう少し簡単に資格を取得できるようにして、その需要を満たせないかって業界内では考えてるみたいです」

今度は背筋がゾッとした。

量産する。夢判断を。

浩章は、待ち受ける災厄を一瞬見たような気がした。

日本中で、もっともらしく夢の解釈を語る人々の声が聞こえる。それらはほとんど夢占いの域で、中には夢の内容を不吉に解釈し、霊感商法まがいのことをして金を巻き上げる者も出てくるだろう。経済活動として、夢判断が乱立し、競合すれば値下げ合戦が始まる。当然モラルも低下する。中には、夢札の内容、あるいは夢札そのものを流出させたりすることも辞さない者も現れるだろう。

いや、問題はそこにはない。

浩章は、自分が予感した災厄の内容は、別のところにあることに気付いた。

みんなが手軽に夢札を引き、夢を目視するようになった時、いったい何が起きるのか。

少数の人間が目視しているのではなく、多くの人間が日常として夢を「見る」ようになった時、何かが大きく変わるのではないか。

今、夢札を引いたことのある子供たちに起きている何かが、更に拡大するのではないか。もっと取り返しのつかない、決定的な形で。

「もちろん、法整備にも時間が掛かるでしょうから、一年、二年でどうこうという話じゃないでしょうけど」

潤子は浩章の懸念に気付いている様子もなく、気軽な話題として話を続けていた。

一年や二年の話ではなくても、既に実現に向けて道筋はつけられようとしているわけだ。

浩章は不吉なものを感じつつもそう確信した。

「実は、あたしも今度、取材で夢札を引いてみるかもしれないんですよ」

潤子はためらうようなそぶりを見せた。

「――ちょっと怖いんですけどね」

小さく言い添えた言葉に、浩章は反応した。

「怖い？」

潤子はもじもじする。

「だって、その。夢って、身も蓋《ふた》もないじゃないですか。不安ですよ。どんなものが出てくるのか。やっぱり、抵抗ありますよ」

「そうですか。そういうご職業でも抵抗ありますか」

「こういう職業だから、というのもあるかもしれません。人って、自分の話をするのが好きな人と、自分の話をしたがらない人といますよね。あたしの場合、人の話を聞くのが好きだからこういう仕事してますけど、自分の話をするのは苦痛なんです」

浩章は、新鮮な驚きを感じた。

長いこと大量の夢札を見てきたので、夢の中ではどんなことでも起きるのを知っているつもりだ。グロテスクな夢、エロティックな夢。子供も大人も、奇妙奇天烈《きてれつ》さではそんなに違いはない。人間である以上、誰もが意識下に抱いている妄想なのだ。普段はさまざまな悩みや体調の不良を抱えている人を相手にしているから、夢札を引くことを当たり前に感じているが、実際のところ、一般人の認識は潤子と似たようなものかもしれない。

「でもね、ちょっと興味もあるんです」

潤子は打ち明けるような口調になった。

「さっき話した、高いお金を払って夢札を引くような女性は、人の話を聞いて仕事をしているあたしと似たタイプの人が多いんです。そういう人ほど、むしろうんと恥ずかしい夢や恐ろしい夢のほうが、自分の目で見るとホッとするんですって。自分の醜いところを吐き出して、受け止めて、スッキリするって言うんです。それ、分かるような気がする。だから、やっぱりこの先、夢札を引くのが流行るんじゃないかな」

潤子の話を聞いているうちに、浩章は少し落ち着いてきた。そんなふうに、自分を客観的に見るよすがにするのであれば、夢札本来の使い道として有効な気がする。

だが、いずれにせよ、夢札を引くことが人々の日常に浸透していくのは避けられない運命なのだろうか。そう考えると、やはり空恐ろしいような心地になる。

「よかったら、夢札を引いた感想を教えてください。僕のように夢札を見るのが日常になっていると、かえって見えにくくなる部分もあるんで。どこで引くんですか。ホテルとか？」

浩章は平静を装って尋ねた。

「いえ、それがね、ちょっと面白いところがあって」

潤子は口元に手を当て、内緒話のように声を低めた。浩章も釣られて身を乗り出す。

「面白いところって？」

「宿坊なんです」

「宿坊って、つまり」

「ええ。お寺なんですって。それも、女性の、尼僧の方が夢判断をしてくれるんだそうです。もちろん、ちゃんと資格も持ってる人です」

「聞いたことがないな」

浩章は首をひねった。現状では、「獏」やデータの保管にかかる費用を考えると、大手機関以外での開業は難しい。

女性。尼僧。何かが引っかかる。

「どこかのお寺が副業として始めたのかな」

「いいえ、それが、廃寺になっていたところをその尼僧の方が一人で新たに再建して、一人でやっているんですって。ちょっと面白そうでしょう?」

「場所はどの辺りなんですか」

浩章は奇妙な胸騒ぎがした。

「確か、吉野の外れのほうでした。凄《すご》く辺鄙《へんぴ》なところらしいです」

吉野の外れ。

「希望すれば、写経したり座禅を組むこともできるし、何もしなくてもいいんですって。ひと晩に一人しか泊まれないので、全く宣伝はしてないそうなんですが、口コミで広まってて」

浩章はますます首をひねった。

宿坊で、ひと晩に一人だけ夢札を引く。「獏」を持っているのだとすれば、とてもじゃないがまともにペイできるとは思えない。宗教法人だとしても、夢判断のような特殊技能を要する行為を行った場合、下世話な話だが、経理上の処理はどうなるのだろうか。

「その――失礼ですが、それで費用はどのくらい掛かるんですか?」

「それが、とってもリーズナブルなんです。ほとんど宿坊代くらい。データの保存と管理費は実費ですけど、たいした額じゃありません」

潤子は、誰も聞いていないのにますます声を潜めた。

「うーん。信じられない。よくやっていけてるなあ」

浩章は唸《うな》った。病院で、治療の一環として夢判断をすれば保険がきくけれど、それ以外は対象外だ。

「なんていうお寺ですか？　もしよろしければ、その尼僧の方のお名前と連絡先を教えていただけませんか」

浩章が勢い込んでそう尋ねると、潤子は困ったような顔になった。

「そうですよねえ、同業者だし、野田さんが知りたくなるのは当然ですよね」

急に目を逸《そ》らして口ごもる。明らかにこの話題を出したのを後悔している様子である。

「すみません、今はまだツテを使ってお願いしている段階で、実はこれが取材だってこともまだ先方には打ち明けてないんですよ。なにしろ、宣伝もしてないし、ひと晩一人だし、実現するかどうか。しかも、これって、商売じゃないんですって」

「まさか」

浩章は鼻白んだ。「獏」まで持っていて、商売なんかいたしません、などということは絶対に有り得ない。

そういう気持ちを読み取ったのか、潤子は慌てて手を振った。

「なんでも、その方は、夢判断の資格も持っているけれど、元々その機械を造るほうの技術者だったそうなんです。会社は辞めたけれど、今も研究は続けていて、機械もメーカーから貸与されているんだとか。その研究の一環で、モニターとして時々一般人の夢札を引いている、というのが本当のところだそうです」

モニター。一般人。貸与。どこかで聞いたような話だ。

「モニター、ねえ」

浩章は懐疑的な声を出した。

どれほど優秀な研究者なのかは知らないが、既に組織を離れてしまった人間に高額な機械を貸与するおめでたい会社など存在するだろうか。

ましてや、相手は得度した、俗世間とは距離を置いた人間なのだ。

「じゃあ、そこで夢札を引いている人は、自分が被験者であるということを承知しているわけですね。もちろん、そのデータが研究に使われるということも？」

「すみません、そこまでは知りません。ごめんなさい、あたしが余計なことを言ったばっかりに。どうか名前はご勘弁を。このこと、どうかご内密にお願いします」

潤子は何度も頭を下げた。

「分かりました。今の話は忘れます」

そう請け合ったものの、そういう施設があるかどうか後でこっそり調べてみようと考えていた。誰にも言わず、一人で調べる分には構わないだろう。

吉野の外れ。

目の前に、ひとつの景色が浮かんでくる。

がらんとしたお堂の真ん中にぽつんと置いてある「貘《ばく》」。

襖《ふすま》を開け放した縁側に、一人の尼僧がひっそり立っている。お堂の中からは、彼女の表情は見えない。縁側の外の景色は、満開の桜に覆われた山の斜面だ。

なんだろう、このイメージは。

あまりに鮮やかに浮かんだその景色に、浩章は戸惑った。

「本当にすみません」

潤子が重ねて謝る声にハッとした。

「いえ、お気になさらずに。でも、もしそれが実現したとしたら、取材だと打ち明けるんですか？」

潤子は痛いところを突かれた顔になる。

「まだ決めてません。たぶん、夢札を引いてから打ち明けると思います。もし、書かないでほしいと言われたら、あくまで個人的な体験ということにして、書くのはやめようかなと思っています。実際、どんな体験になるか分からないし。もしかして、書いてもいいと言われても、あたし自身書きたくないと思うかもしれないでしょう」

潤子は戸惑っていた。そもそも浩章に計画を打ち明けてしまったのも、夢札を引くことへの期待と恐れが入り混じっていたからなのだろう。

その時、潤子の携帯電話が鳴り出した。

「すみません」

潤子は浩章に目礼してから電話に出る。

「あ、はい。お世話様です。ちょっと待ってくださいね、今打ち合わせ中なんで、移動します」

潤子はサッと立ち上がると、浩章に「ちょっと外します」と断って足早に部屋を出た。廊下でも声が聞こえると思ったのか、階段を下りてゆき、声が遠ざかっていった。

しんと静まり返る座敷。

浩章は小さく溜息《ためいき》をつき、膝《ひざ》を崩して窓に近寄ると外を見下ろした。

相変わらず、外は濃い霧である。狭い路地なのに、向かい側の家すら距離感がつかめない。

時折、二人連れ、三人連れのビジネスマンらしき男の声が窓の下を通り過ぎていく。一階の引き戸を開けて、客が入ってくる声がした。

二階の座敷に来るかな、と思ったが、上がってくる気配はない。

静かだな。

浩章は低い天井に下がる、古風な電灯を見上げた。

ふと、近くで声がした。

うん？

浩章は座り直した。

今、何か聞こえなかったか？

じっと耳を澄ますと、やはり切れ切れに声が聞こえてきた。

いや、声というよりも――何かのメロディーだろうか。

どこから？

それは、襖の向こうから聞こえてくるようだった。隣には、この部屋よりもやや大きな座敷があるはずだ。

変だな、隣の部屋に客がいる気配はなかったのに。それとも、誰か先に来ていたのだろうか。

浩章は襖に耳を寄せた。

間違いない。誰かが隣の部屋で鼻歌を歌っている。

何気なく襖に手を掛けようとして、彼はハッと手を止めた。

聞き覚えのあるメロディーであることに気付いたのだ。

まさか、これはあの。

全身が硬直した。

ドビュッシー。「亜麻色の髪の乙女」。

そんな馬鹿な。どうしてここであのメロディーが聞こえるのだ。しかも、これは——

浩章は動けなくなった。

気のせいではない。確かに「亜麻色の髪の乙女」のメロディーが聞こえている。

間違いない。早夜香が夢を見ながら歌っていた、あの声だ。

見てはいけない、と思っているのに、そろそろと手が動き始めていた。

よせ。開けるんじゃない。

そう心の中で叫んでいたが、手は言うことを聞かない。力を込めて襖を引いていた。思ったよりも軽々と動いたのでびっくりする。

え？

目の前に、真っ白なものが立ち込めていた。

一瞬、火事ではないかと思った。

下に知らせなくては、と腰を浮かす。

が、煙の匂いはしなかった。ひんやりとした、冷たいものがゆっくりと漂ってきて彼を包んだ。

霧、だ。

浩章は後ろを振り向いた。

狭い四畳半の座敷にもミルク色の霧が広がってゆき、ちゃぶ台の上の皿を覆っていく。

感覚が麻痺《まひ》したような心地になる。

なぜ、座敷の中に霧が？

浩章はそろそろと立ち上がり、隣の部屋に足を踏み入れた。

ねっとりとした霧が身体を包む。辺りの温度が下がったような気がした。

が、霧の向こうにピンク色のものが見える。

桜だ。桜の木が山を覆っている。

と、誰かが横になっているのに気付いた。

一人の少女が横向きに、身体を丸めるようにして横たわっている。顔はこちらに向けていた。

早夜香だった。

早夜香が寝言のように鼻歌を歌っている。ドビュッシーのメロディー。目は閉じている。

「早夜香ちゃん」

思わず声を掛けると、少女はピクッと身体を動かし、かすかに目を開けた。

浩章に気付いたのか、ゆっくりと起き上がる。

前に進もうとすると、少女は誰かに呼ばれたかのように振り向いた。

じっと霧の奥を見つめていたが、不意にどこかを指差した。

「何？」

少女は指差したまま浩章を振り返る。

歩き出そうと身を乗り出した瞬間、びっくりするような大きな音で浩章の携帯電話が鳴り出した。

慌ててポケットから携帯電話を取り出す。

「もしもし？」

早口で電話に出た。

「岩清水です」

その声を聞いて、ハッと我に返った。

浩章は、隣の座敷に立っていた。

霧も何もない。薄暗い、八畳ほどの部屋だ。

ひんやりとして肌寒い。

人の気配はなかった。それまでに誰かがいた様子もない。

浩章が食事をしていた部屋の明かりが差し込んでいて、座敷の奥に置いてある屏風《びょうぶ》を照らし出しているのに気付き、ギョッとした。

その屏風には、そこに誰かがいるような異様な存在感があった。

相当古いものだ。よく見ると、満開の桜が山を覆っている絵が描かれている。

この絵だったのか？　この絵を本物と見間違えたのか？

そっと近付いてみる。

絵はあちこちがかすれて、金箔《きんぱく》や色彩が消えかかっていた。

かすれているところが、霧がかかっているように見えたのだろうか。

いや、あれは本物の霧だった。

浩章は首を振る。肌に触れた感触。ちゃぶ台が見えにくくなったほどの濃い霧だったのだ。

和歌らしきものの文字も見える。こちらの墨も消えかかっていた。かなり崩した字で書かれていて、読み取りにくい。

ねがはくははなのしたにてはるしなむ

ふと、文章が頭の中で意味をなした。西行《さいぎょう》の歌だ。

願はくは花の下にて春死なむそのきさらぎの望月のころ

有名な歌だ。確か、彼はそう歌に詠んだ通りの時季に亡くなったのではなかったか。

「野田さん？　聞こえますか？」

少し苛立《いらだ》った声が聞こえ、浩章は自分がぼんやりしていたことに気付く。

「あ、すみません、聞こえます」

慌てて返事をし、襖《ふすま》を閉めて座敷に戻る。

「今どちらに？」

「ええと、繁華街の脇道を入った路地のところで食事をしています」

「出てこられますか？」

岩清水は単刀直入に言った。そこでようやく、珍しく彼の声が混乱していることに気付いた。

その時、どこかからサイレンの音が聞こえてきた。

救急車だろうか。それとも消防車？

そして、浩章は、携帯電話の岩清水の声の後ろからも同じサイレンの音が聞こえてくるのに気付いた。

「岩清水さんは、今どこにいるんです？」

サイレンの音は、ひとつではなかった。

複数のサイレンが重なりあって不穏な響きを伝えてくる。不安な気持ちがこみ上げてくる。

「奈良公園の近くです。ひどい事故が起きてる」

「事故？」

「車がぶつかって。それが」

「それが、なんです？」

「ちょっと、説明できない」

説明できない？　浩章はいつのまにか廊下に飛び出していた。

「行きます、そこに」

浩章は電話を切って階段を駆け下りた。

玄関が開いていて、潤子と店の主人が外に立っている。潤子が浩章に気付いた。

「あ、野田さん」

「なんか事故があったみたいですね」

「ええ。今ネットで情報が飛び交ってます。多重衝突だとか」

「霧のせいですかね。すみません、岩清水さんが事故現場近くにいるみたいなんで、行ってきます」

「まさか巻き込まれたんですか？」

「いや、本人は無事のようですが」

「分かりました、私も会計して追いかけます」

潤子は主人に頷《うなず》いてみせた。主人は心得た顔で店の中に戻った。

浩章は路地に飛び出した。

霧に身体を包まれ、一瞬立ち止まった。

さっき、二階の座敷で体験したことを思い出したのだ。身体を包んだ、ひんやりした霧。

これも幻なのだろうか？

脳裏に古い屏風が蘇《よみがえ》る。

いや、これは本物の霧だ。

浩章は首を振り、空を見上げた。

霧に覆われているが、隅のほうにほんのり明るい部分がある。

町の明かりだろうか。

じっと見ているうちに、それがゆらゆらと動いていることに気付く。

あれは、炎だ。

浩章はそう悟って愕然《がくぜん》とした。

あちこちで、路地に出てきた人たちが空を見上げていた。

「なんや？　あのサイレン」

「火事か？」

「近いな」

浩章は路地を駆け出した。あの炎を目指していけば岩清水に会えるはずだ。

霧を裂いてけたたましいサイレンが近付いてきた。大通りを走り抜ける消防車がちらっと目に入った。

大通りに出ると、ざわざわと群衆が空を見上げていた。

「何が燃えてるの？」

「火事よ」

足を止めている人々、駆け出す人々。

浩章も炎に向かって駆け出す群衆の中に混じっていた。

繁華街を抜けると一気に辺りは暗くなった。

野次馬の姿が影絵のように霧の中を移動していく。

遠くで悲鳴が聞こえ、周囲で携帯電話の呼び出し音がひっきりなしに鳴り響いていて、騒然とした雰囲気である。

空の向こうが明るい。天高く激しい炎が噴き上げられているのだ。

サイレンもいよいよ増えてきた。かなりの台数の消防車が集まってきているらしい。

パトカーもやってきた。赤いランプの光が霧の中をめまぐるしく動き回っている。

警官がわらわらと現れて、何事か叫んでいる。

後から後から、大勢の野次馬がやってくる。

「あっちだ」

「車が燃えてるらしい」

興奮した声が上がり、声につられて皆が向きを変え、殺気立った足音で走っていく。

浩章も走った。と、携帯電話が鳴る。岩清水からだ。

「もしもし。今どこにいるんです?」

立ち止まり、電話に出て叫ぶ。周囲が騒然としているので、声が聞こえないのだ。携帯電話を持っていないほうの手で耳を塞《ふさ》いだ。

「炎が見えますか?」

岩清水の声が聞こえた。もうその声は落ち着きを取り戻している。

「見えます。こっちはパトカーがいっぱいだ。警官が、車を止めてる。通行止めにするらしい。野次馬だらけだ」

浩章は早口に言った。

「ああ、あの辺りですね。パトカーのランプが沢山見える」

岩清水が何かを見つけたような声を出した。

「そこから、若草山のほうに向かって歩いてきてください。ああ、こっちも通行止めになる。野次馬も止められてるな」

浩章は再び駆け出した。

霧が薄れてきて、明るい炎がくっきりと見えてきた。

暗い公園の木々の向こうに、ひとすじ真上にすうっと白い炎が伸びている。木々の輪郭が輝いているが、木が燃えている様子はなかった。

これはひどい。

夜空に消防車のサイレンが鳴り響いている。あまりにけたたましいので、むしろ静寂を覚えるくらいだ。

「うわあ」

「燃えてる、燃えてる」

「トラックだ」

「何台ぶつかってるの？」

野次馬は炎の周りに集まっているので、異なる方向に歩いている浩章の周りには人がいなくなった。

警官が野次馬を制止しているのが見えた。

「下がって！　下がって！」

「消火活動の邪魔になるから戻って！」

怒号と悲鳴が飛び交い、異様な雰囲気である。

群衆と警官が、炎に照らされてゆらゆらと蠢《うごめ》いているさまは、まるで炎を囲んで踊っているかのように見えた。

「あ、野田さんが見えます」

受話器の向こうから岩清水の声がする。

浩章はきょろきょろと周囲を見回した。

「正面です。ずっと先」

浩章は顔を上げた。

五十メートルほど先の交差点の暗がりに、誰かが立っているのが見えた。携帯電話を耳に当てていて、手を振ったのでそれが岩清水だと気付く。

岩清水に向かって歩いていくと、また霧が立ち込めてきた。いや、きな臭い匂いがするところをみると、煙も混ざっているらしい。

「岩清水さん」

浩章は岩清水に駆け寄った。岩清水は携帯電話をポケットにしまう。

「いったい何が起きたんです？」

浩章が息を切らせて叫ぶと、岩清水は炎のほうに目をやった。

「予想はしていたんだ――子供たちがいなくなった時から、次はこんなことが起きるんじゃないかって――だから、言わんこっちゃない――なんとかして止めなきゃ――手遅れになる前に」

熱に浮かされたように呟《つぶや》く岩清水の瞳《ひとみ》に炎が映っている。

岩清水の視線の先に浩章も目を向けると、ようやく消火活動が始まったところだった。

銀色の服をまとった消防士たちが、太いホースを手に放水している。

しかし、炎の勢いは衰えることがない。

浩章は、事故の現場を目の当たりにして絶句した。

炎は、複数の車から噴き上がっている。

潰《つぶ》れた乗用車がジグザグに繋《つな》がっていて、炎の中に輪郭が一緒くたになって黒く浮き上がっていた。それらの乗用車の上に、大きなトラックが乗り上げている。

トラックのフロントガラスが割れていて、中に人影らしきものが見えるが、トラック自体が炎の塊となって空にひとすじの強い光を噴き上げていた。人影らしきものは、ぴくりとも動かない。消防士は必死に運転席に近付こうとしていたが、炎の勢いが強すぎて近寄れない様子である。

「助けようとしたんです」

浩章が言葉を失っていると、岩清水がポツリと呟いた。

「助けようとした？　あなたが？」

「ええ」

岩清水は奇妙な表情で浩章を見た。

「近くを歩いていたら、追突の音がした。見たら、次々と車が追突していく」

のろのろと呟く声は、全く抑揚がなかった。

「霧のせいだと思ったんです。走ってきた車も、停まっている車が見えない。危ないと思ったら、後ろからトラックが突っ込んできた。衝突して、乗り上げた。パッと炎が上がったんで、慌てて前の乗用車に向かって駆けていった。中に人が閉じ込められていると思って」

「それで？」

岩清水の表情に異様なものを感じ、浩章は息を詰めて尋ねた。

「車に近寄ってみた。そうしたら」

岩清水は炎を見つめている。

「誰もいなかった」

「え？」

「乗用車の中は、無人だったんです。ドアも閉まったままだった」

浩章は混乱した。

「どういうことです？　もう逃げ出してたってことですか」

「違う」

岩清水はのろのろと首を振った。

「誰も乗っていなかった」

岩清水はそう呟き、初めてそこに浩章がいると気付いたかのようにまじまじと浩章の顔を見た。

まともに目が合った瞬間、浩章はゾッとした。

岩清水の目の中で何か明るいものがちらちらと揺れている。それが炎だと気付いた。

しかし、岩清水本人は炎を見ていなかったし、浩章を見ているわけでもなかった。

彼は何かに心を囚《とら》われていた。恐らくは――恐怖に。

「どこに行ったんです？　運転手は」

浩章は子供に言い聞かせるようにゆっくりともう一度尋ねた。

「霧の中に」

岩清水は、つ、と目を逸《そ》らした。

遠くの明るい炎をぼんやりと見つめる。

「何台もの車が停まっていた。ぶつかったからじゃない。きちんと車間距離も開いていて、どこにも損傷はなかった」

ふと、霧の中を戸惑った様子できょろきょろしている岩清水の姿が目に浮かんだ。

濃い霧の中に、停車している乗用車が点々と続いている。

霧に色彩は消され、灰色の鉄の塊がうっすらと輪郭だけ見える。

混乱した表情の岩清水が、車に近付いていき、用心しながら運転席を覗《のぞ》き込む。

そこに見たものは――

「誰もいなかった。どの車も空っぽ。誰も乗っていなかった」

岩清水は自分に向かって喋《しゃべ》っていた。

過去の自分、霧の中で乗用車に近付いた時の自分に向かって。

「僕は走っていった。乗用車のあいだを。停まっている車の先頭まで」

霧の中を駆けていく岩清水が見えた。

岩清水はスッと腕を上げ、遠くを指差した。

「先頭の車は、きちんと信号のところで停まっていました。横断歩道の前に、二車線並んで」

「つまり？」

浩章はもどかしく声を掛けた。

「どういうことなんです」

岩清水はまたあの奇妙な表情のまま浩章を振り向いた。一瞬、喘《あえ》ぐように口を開ける。

「霧の中で信号待ちをしているあいだに、停まっていた十数台の車の中から、運転手だけが消えてしまったんだと思います」

十二章　吉野

岩清水の異様な証言と直感が正しかったことは、その夜遅くと翌朝の報道によって確認されることになる。

大混乱の中を、二人はホテルに戻ってきた。岩清水は食事をしていなかったようなので、途中で弁当と惣菜《そうざい》を買った。

「あの時間なのに、一緒にいた方と夕飯は食べなかったんですか」

「あの辺りを歩きながら、つい話し込んでしまって」

岩清水は話したがらなかった。

どうやら、古藤結衣子を見たという警察関係者と会っていたことを公にはしたくないようだ。事故に遭遇してすぐに消防車を呼んだというが、目撃者として名乗り出る気はなさそうだ。一緒にいた相手も事故を目撃していたはずだが、そのことについて触れる様子はなかった。

繁華街に戻ってくると、野次馬もあらかた引き揚げていて、そこはいつも通りの夜だった。気抜けするのと同時に安堵《あんど》する。

潤子から電話があった。結局、彼女もあのあと事故現場に行ってみたものの、既に周囲は封鎖されていて、近くまでは寄れなかったらしい。食事を中座したことを詫《わ》び、小料理屋の主人にもそう伝えてもらうように頼み、また連絡を取り合う約束をして電話を切った。

浩章の部屋で黙々と弁当を食べながらＴＶに見入る。事故は九時前のローカルニュースで第一報が短く伝えられたに過ぎなかった。

「これで終わりですかね」

浩章が短く呟《つぶや》くと、岩清水は「いや」と首を振る。そのきっぱりとした否定が気になった。

今、彼は何を否定したのだろう。

あの事故について触れたニュースはこれで終わり。そう考えるのが普通だろう。

だが、浩章は、今自分は何を質問したのか、と考え直した。

これで終わりですかね。

何気なくそう質問したものの、自分は何のことを「これ」と言ったのか。事故のニュース？

それとも一連のこの不可解で不透明な事柄だろうか――

ぼんやりとそんなことを考えていると、九時の全国ニュースになった。

「奈良市内で大きな衝突事故が起きた模様です」

冒頭に、キャスターが言った。

「詳しい情報が入り次第お伝えします」

続報が入ってきたのは、ニュース番組も後半を過ぎ、スポーツや天気予報が終わったあとのことだった。

キャスターの手に紙のようなものが渡される。

戸惑ったようにサッと目を走らせ、彼は一瞬強張《こわば》った表情になった。

「えー、先ほどの奈良の事故について新しい情報が入ってきました」

キャスターは小さく咳払《せきばら》いをし、「失礼しました」と呟くと正面を見た。

「本日夜七時半ごろ、奈良市内で多重追突事故が発生し、乗用車とトラックが炎上。十数台の車が巻き込まれた模様です。先ほど火はようやく鎮火しましたが、死傷者が複数出ているようです」

キャスターはほんの少し首をかしげたように見えた。

「本日、奈良県は広い範囲で濃い霧に覆われており、全県に濃霧注意報が出ていました。奈良市内でも極端に視界が悪く、信号で停車していた車に次々と後続車が追突したものと見られています」

パッと画面が切り替わり、事故現場のものと見られる映像が流れた。隅に撮影者の名前が入っているところをみると、民間人が撮ったものらしい。激しく燃え上がる炎と駆け回る消防士、そして悲鳴を上げる周囲の野次馬が、ブレながらも生々しい臨場感を感じさせた。

ついさっき、二人も見た光景である。鼻の先に煙の匂いを思い出し、浩章は思わず周囲を見回した。

「現在、消防が救助を行っていますが、行方不明者が多数いる模様。何名が事故に巻き込まれたかはまだ分かっておりません」

行方不明者。

浩章と岩清水は無言で顔を見合わせた。

どうやら、キャスターはその点が引っかかっていたのだろう。トンネル内や山奥ならばともかく、見通しのよい市街地での事故である。濃霧が掛かっているとはいえ、行方不明というのが解せないに違いない。

しかし、二人は「行方不明者」という言葉が意味するところを既に共有していた。現場で取材した記者の戸惑いが「行方不明者」の言葉に込められているようだった。

　つまり、岩清水の証言は正しいのだ。事故に巻き込まれた車のうち、無人であった車が多数あるという事実が確認されたのである。

　夜遅くなるにつれ、民放のニュースでも「行方不明者多数」の事故は取り上げられた。

「第二の神隠し事件」という言葉を使ったのは、深夜零時過ぎのニュースだった。

　そして、その言葉が使われ出したとたん、がぜん視聴者の注目を集めたらしく、報道の色調が変わった。夜中なのに現地からの中継を交えた特番を始めた局もあって、事故現場には深夜にも拘《かか》わらず大勢の報道陣が詰めかけていることが窺《うかが》える。

　しかし、現場検証は翌朝からとあって新情報はなく、事故時の映像を繰り返し流しているだけなので、二人は寝ることにした。

　夜が明けると、どことなく街は騒然としていた。朝早くから上空をヘリコプターが行き交っているのは、報道各社が飛ばしたものらしい。TVを点《つ》けてみると、そのヘリコプターから撮った映像が映し出されている。

　浩章は、改めて事故の大きさを目の当たりにし、ショックを受けた。

　交差点から交差点までのあいだが、そっくりそのまま事故現場になっていた。道路には黒焦げの乗用車が並んでおり、前のほうは整然と二列に並んでいるのに対し、後ろのほうは追突して乗り上げた車がごちゃごちゃとひと塊になっていて、スクラップのようになっている。消火剤が真っ白な布を敷いたように周囲の公園の草地の上に広がっていた。辺りに燃え移っていたらと思うとゾッとする。燃え広がらなかったのは、ほとんど風がなかったためだろう。被害が拡大しなかったのは、偶然と幸運が重なったからに過ぎなかったのだ。

トラックと乗用車の運転手が二名死亡し、負傷者六人は病院に搬送されて治療を受けていた。比較的怪我が軽かった男性が病院でインタビューを受けていたが、霧がひどいので減速して運転していたら、いきなり目の前に停まっている車が現れてブレーキを踏んだが間に合わなかった、という証言のみにとどまった。

浩章は「その瞬間」に興味を持った。

事故に巻き込まれた車の信号待ちの様子は、その交差点には監視カメラがなかったため、映像に残っていなかった。

もし映像が残っていたら、どういうものだったのだろう。浩章はそんなことを考えた。

ふっと掻《か》き消えたのか。それとも徐々に消えていったのか。痛みはあるのか。意識は？　恐怖を感じただろうか。それとも驚き？

部屋の電話が鳴り、出ると岩清水だった。

彼も朝からニュースを見ていたらしく、声の向こうでTVの音がする。

ホテルの一階のカフェレストランで朝食を摂《と》りながら今日の予定を相談することにした。

「今度は何人消えたんでしょうか」

ロビーでTVを見ている客を横目に見ながら、浩章は呟いた。

「十二、三人のようです」

返事を期待していたわけではなかったのだが、岩清水が平然と答えたので、彼が独自に情報収集をしていたのだと気付く。

「別の交差点のカメラに事故に巻き込まれた車が何台か映っていたようです。車のナンバーから所有者は特定できたので、誰が乗っていたか今確認しているらしい」

「やはり消えた――んですよね？　何かアクシデントがあって車を降りたのではなく？」

「それは分かりません」

岩清水は慎重になった。昨夜はやはり彼も混乱していたのだろう。

「昨日、僕は直感で消えたと思ったけれど、もしかして突発的に車を降りなければならない何かがあった可能性は捨てきれません。信号待ちのごく短いあいだに、十数台の車の運転手がそうしなければならなかった理由というのをまだ思いつきませんけどね」

皮肉な口調が戻ってきている。

「それにしても――車の中から消えてしまったなんて、信じられない」

浩章は、そう口にしてみて、改めてその異様さに愕然《がくぜん》とした。

「神隠し」と言葉では言うけれども、実際に人やモノが一瞬にして消失するなどということは、物理的に受け入れがたい。マジックやイリュージョンではどんな大きなものも消えてしまうし、不思議だなあと驚き感心もするけれど、それは舞台の上だけのこと。ドアがロックされた密閉状態の車の中から人がいなくなるなんて、聞いたこともない話である。

昨夜からのマスコミの報道や視聴者の反応がじわじわと変わってきているのも無理はない。

数週間前の、小学校での「神隠し」事件では、まだ幾つかの可能性があった。むろん考えにくい可能性ではあったが、自発的にみんなでどこかに行ってしまったとか、誰かに強制的に連れ去られたという可能性も僅《わず》かながら残されているのだ。

世間は「神隠し」事件と呼んだけれども、それはいわば「仮」の呼び名であって、言葉の意味する超自然的な事件かどうかは口にする者も半信半疑だった。

しかし、今回の事件はそれでは済まされない。いきなり、市内の幹線道路で、十数台の車から人が消えたのだ。それも、経済活動中の大人の男性ばかりである。その事実を目の当たりにして、日常とはかけ離れたおとぎばなしのように語られるべき「不思議」な「神隠し」が、現実を侵蝕《しんしょく》してきたような不安を感じているのだろう。

「警察は、あの小学校の件と関連付けて考えているんでしょうか」

浩章は声を低めた。

「両方の線で考えているようです。全く別の事件かもしれないし、連続して起きた事件なのかもしれない。そうでしょう?」

冷静に考えれば岩清水の言う通りだった。

逆に言えば、また似たような事件が起きたら、皆が二つの事件を連続している事件だと考えるだろう。

次もあるのだろうか? だとすれば、いったい次はいつどこでどんなふうに起きるのか? 終わりはあるのか?

そんな疑問を抱いても不思議ではない。

「今日は、どこを捜すんです?」

浩章は、食欲が湧いてこず、コーヒーばかり飲んでいた。自分が何をしているのか、何をすべきなのか、全くビジョンが浮かばない。

「母親の実家の関係を辿《たど》ってみようかと思っています。血縁者はほとんどいないようですが、宮司の家系だったというのが気になる」

岩清水のほうは淡々と皿の上のものを綺麗《きれい》にたいらげ、コーヒーも飲み干して腰を浮かせる。

「じゃあ、十五分後にロビーで」

立ち上がってエレベーターホールに出ると、やはりTVに目が行く。

画面には、徐々に行方不明者が特定できてきたらしく、家族や同僚らしき人たちが次々に映し出されている。このところ報道される頻度が減ってきていた、小学校のほうの事件の連絡所も映っていた。やはり、マスコミは二つの事件を関連付けて考えているようだ。

どちらの関係者も、一様に不安そうな戸惑った表情を見せている。自分たちの家族や仲間が巻き込まれた事件がいったいどういう性質のものなのかはっきりしないので、どんな反応をしていいのか分からないのだ。

TVの画面で見ている時には気付かなかったが、外に出てみると今朝もまだうっすらと霧が残っていた。

昨夜ほどの濃い霧ではないけれども、薄ぼんやりとした紗《しゃ》が掛かった風景は、どことなく非現実的な感じがした。

空から降り注ぐ複数のヘリコプターのローター音だけが、やけに殺伐と耳に響いてくる。

行き交う市民や観光客はいつも通りに見えるが、かすかな緊張と興奮を共有しているように感じるのは気のせいだろうか。

岩清水はレンタカーを手配していた。

駅の近くの営業所に向かい、手続きをしてグレイの乗用車に乗り込む。

「昨日の事故もありますし、安全運転で行きます」

岩清水は誰にともなくそう言ったが、彼だけでなく他のドライバーたちも、さんざん事故現場の映像を見せられたせいか、みんなスピードを抑え気味だった。

そのため、車窓の景色はどことなく間延びしたアニメーションを見せられているようなぎくしゃくした動きに見える。

事故現場の周辺は広い範囲で立入禁止になっていたが、TVの中継車がぎりぎりのところに何台も並んでいるのが見えた。リポーターらしき姿もあり、TVカメラに向かって何か話している。しばらくあの小学校の時のような騒ぎが続くに違いない。

「これからどこに行くんですか」

リポーターの姿を見送りながら浩章は尋ねる。

「天理《てんり》のほうに彼女が最近泊まった民宿があるらしいのでそこに行ってみます」

「天理」

岩清水の返事に首をひねる。

「いったい彼女は何をやっているんでしょう。あちこちに出没して、まるで見られたがっているみたいだ」

警告している。みんなに。

潤子から聞いた都市伝説が浮かんだ。

何を警告しているのだろう。昨日の事故？

「しかも、どうやら複数いるようですよ」

「え？」

「防犯カメラに映った映像が複数あるという話でしたよね。投稿された映像を調べてみました」

岩清水はこともなげに言う。

「確かに、古藤結衣子らしき姿が映った映像が数種類見つかりました」

「本当に？」

浩章が顔を上げると、岩清水は疲れたような笑みを浮かべた。

「ほとんどは違う人でした。黒いコートを着て帽子をかぶった女。冬の時季、そんな女性がどのくらいいると思います？」

浩章は小さく笑った。

「そりゃそうだ」

黒のコートに黒のジャンパー。冬の街角を見渡すと、あまりに黒い上着が多いので時々驚くことがある。群衆が黒一色に見えるのだ。たまに明るい色のコートを見つけると、着ているのは外国人だったりする。

「残ったのは、五種類くらい。疑わしい、という程度のものです。あの小学校に残っていた映像を基準にしたんですがね」

前の車が減速した。

岩清水も用心深くスピードを落とす。

「もし同一人物であるとすれば、その人物はほんの数分で何十キロも移動したことになる」

「まさか」

「彼女の映像が残っていたのは、例の小学校のカメラに彼女の姿が残っていたのと同じ日の、どれも似たような時間帯でした」

「同時に、数箇所に現れたというんですか」

「そういうことになります。だから、もし故意に映像に残るように誰かが行動しているのだとすれば、自然と複数犯だということになる」

「いったいなんのために?」

「分かりません。誰かが古藤結衣子をもう一度担ぎ出そうとしているのかもしれない。彼女の賛美者かもしれないし、もしかするとその逆かもしれません。とにかく、防犯カメラを分析したところで得た結論は、黒いコートとかつらと帽子さえあれば、古藤結衣子に見せかけること――もっと平たく言えば、野田さんや僕でも小学校の監視カメラに残っていた古藤結衣子と思われる人物に見せかけることは決して難しくないということです。男性だって、コートを着ていればそんなに無理なことじゃない」

男性だって。

岩清水の一言がなんとなく脳裏に残った。

そうだ、彼女に面差しの似た男性であれば、かつらを着けて帽子をかぶればきっと結衣子に見えるのではないだろうか――

なぜか、そういう人物を知っているような気がした。どこかでそんな人物に会った記憶があると思うのは単なる勘違いだろうか。

幹線道路を走っているうちに、自然とスピードが上がり始めた。

視界は悪くなかったし、周囲に冬枯れの田園地帯が広がって、見晴らしがよくなったせいもあるだろう。ドライバーも安心して、緊張を解いていくのが分かった。浩章もなんとなくホッとして、シートにもたれかかる。

「民宿に泊まったということは、確かにその人物は実在しているということですね」

寺の境内に立っていた、などという目撃証言とは違う。ホテルのベッドに座っているのが窓に見えた、というのとも。

ちゃんとフロントで受付をし、部屋に入って翌朝精算して出て行ったのだ。いくらなんでもそんな幽霊はいないだろう。

「岩清水さんに情報提供をしてくれた人は、自分では捜査はしないんですか」

素朴な疑問をぶつけてみる。泊まった民宿まで特定できたのなら、直《じか》に行方を聞いてみてくれればいいものを。

「その人は、もうそういうことができる立場ではないんです」

警察ＯＢかな、と浩章はなんとなく思った。

「ただ、顔の広い人ではあるので、つてを辿って、その民宿について聞いてくれました。その人はこちらで暮らしているわけですから、何かを調べていると気付かれれば今後暮らしにくくなりますからね」

誰かが身辺を探っていると気がつくのは気分のいいものではない。その誰かが知人であれば、その人物に対する心証はさぞかし悪くなるだろう。

「で、その民宿は、やはり元々宮司の家系だった人がやっているそうなんですよ。たぶん、結衣子の母方の実家と関係している」

「なるほどね。だとしても、いったい何をしに泊まったんだろう。ルーツを訪ね歩いているわけでもあるまいに」

ルーツ。

自分で言った言葉が、浩章は気に掛かった。

私はそこにはいないわ。

彼女はそこにはいないよ。

同時に二つの声が脳裏に蘇《よみがえ》る。

なぜなら、そこには——

浩章はのろのろと目を車窓にやった。田畑の向こうには、なだらかな山が連なっている。奈良の山々は、本当に稜線《りようせん》が柔らかくすんなりした形をしている。浩章は、ふと、その山々の稜線が少しずつぼやけてきたことに気付いた。

標識を見ると、天理まであと九キロのところに近付いている。

一度天理に行ったことがあるが、独特の巨大な建造物が立ち並ぶ不思議な雰囲気の町だ。

ふと、辺りがなんとなく暗くなってきたような気がした。

「なんだか雲行きが怪しいですね」

浩章はフロントガラスのほうに身を乗り出した。前方がぼうっと薄暗い。

あれ、目が霞《かす》んでいる？

浩章は慌てて目をこすった。だが、やはり先のほうがほの暗いのである。

「変だな」

岩清水が呟《つぶや》いた。

「雲行きというよりも——なんだ、あれは」

岩清水は反射的に少しずつ減速していた。

前の車との車間距離はかなり開いていたのだが、前方の車も減速したようであまり距離は変わらない。

「煙？　いや、霧だ」

「霧ですね——やけに濃い。あそこだけ」

口々に目にしているものについて話そうとするのだが、形容しがたい光景である。

以前、仕事で夏の九州を移動していて、似たようなものを見たことがある。見晴らしのいい幹線道路を走っていて、前方に雷雲の塊が見えたのだ。

その雷雲は、低いところのごく狭い範囲に密集しているので、離れたところからだと、雨の降っているところがすっぽり視界に収まってしまうのだ。

それは不思議な眺めだった。上空は青空なのに、黒い綿のような雲が浮かんでいて、その下は真っ暗で激しい雨が降っている。その雲を離れた場所は、地面も乾いているし、陽射しがある。

道路は雷雲の下に続いていたので、やがて車は滝のような大雨の中に突っ込んでいった。辺りは真っ暗だし、あまりに雨が激しいので、ワイパーを最大限に動かしても前方がよく見えない。雨を掻《か》き分けるように進み、雨雲を抜けるのに二十分くらい掛かったが、抜けたあとはまた嘘のようにカラッと晴れていたっけ。

今、前方に広がっているのはその時の光景と似ていたものの、少し異なっていた。

「本当に、霧なんですかね」

「霧じゃなければなんだろう」

二人は目を凝らして前方に見入った。

岩清水は更にスピードを落とした。前の車も同じである。まっすぐに延びる道路の行く手に不可解なものがあるのだから。

「もしかして、昨日みたいに何かの事故があって、煙かガスが溜《た》まっているんじゃないでしょうか」

「煙だとしたら、上に上がるか、風があるのなら流れてもいいと思うんだが」

道路の先は、その「霧」の中に続いていた。

上空はやはり明るいものの、ちょうど大きな綿飴《わたあめ》を上から押し潰《つぶ》したような形にかすかに灰色がかった霧の塊が、道路の上に載っている、という感じなのである。

道路の先は、その「霧」で見えない。

「まっすぐ走ります?」

「じき、あの中に入りますね」

二人はちらっと目を見合わせた。

浩章は、じっとりと背中が冷たくなるのを感じた。なんとなく、嫌な予感がした。

あの中に入ってはいけない。そんな自分の声を心のどこかで聞いた。恐る恐る口を開く。

「なんだか、嫌じゃないですか？　あの中に入っていくの」

「僕もそんな気がします」

馬鹿馬鹿しい、と即座に却下されるかと思いきや、すぐに岩清水が同意したので驚いた。

「あれは霧じゃないような気がする」

岩清水はハンドルを切ると、車をゆっくりと路肩に寄せていった。

アスファルトから外れて、車ががくん、と傾いて止まる。

後ろから来た車が次々と追い抜いていく。

しかし、どの運転手も、路肩に止まった浩章たちをちらちらと不安げに見ていった。

二人はつかのま、黙り込んだまま動かなかった。

「どうしましょう」

「ルートを変えようか。でも、いったん引き返さないと。かなり遠回りになりますがね」

会話を交わしているものの、二人はどこか上の空だった。どちらも前方の「霧」の塊から目を離すことができないのだ。

いったいあれは何なのか。

浩章がその言葉を喉《のど》で飲み込んだ時、「あれっ」と岩清水が声を上げた。

「動いている」

彼は一点を指さした。

確かに、「霧」の中で何かが動いていた。

車ではない。何かがチラチラ動いている。

「もう少し近寄ってみましょう。あの中に入らなければ大丈夫な気がする」

岩清水が車を動かした。幸い、後ろから車が来ない。

のろのろと「霧」に向かって近付いていくと、少しずつ「霧」がほどけて、薄れていくのが分かった。

「霧が薄くなってます。見て、周りに散っていく」

浩章は叫んだ。

綿飴のようだった霧が、重みでほどけるようにして地表を左右に広がってゆくのだ。

同時に、徐々に視界が開けて、道路の先が見えるようになった。

「大丈夫」

浩章は安堵《あんど》の溜息《ためいき》を洩《も》らした。

まさか、また取り残された車が点々と残っているのではないかと思ったのだが、ちゃんと車は道路を通過していったようである。

が、まだ「霧」はそこにあった。

一瞬、車の中が暗くなり、いつのまにか「霧」の中に入っていることに気付く。

不意に、車の窓の外を丸い影が通り過ぎた。

「えっ」

岩清水が叫び声を上げ、思わず振り向こうとした。

浩章も首筋がザッと寒くなる。

助手席側ではない。運転手側の窓の外を通り過ぎたのだ。

岩清水は反射的にブレーキを踏んだ。

キィイ、と耳を裂く音が響き渡る。

「うわっ」

車が止まり、二人は前のめりに重力に耐えると、慌てて窓の外に目をやった。

小柄な影が遠ざかる。

誰かがセンターラインをスタスタと歩いていくのだ。

また、窓の外を丸い頭が通り過ぎた。子供だ。

霧の中から現れ、後方に消えていく。

「おい」

岩清水が叫んだ。

一瞬遅れてから、やっと呼ばれたことに気付いたかのように、ひょいと男の子が振り向いた。口が「あ」の形になり、目を丸くしてこちらを見ているが、足は止められないらしく、こちらを見つつもどんどん歩いていく。

「待って」

岩清水は更に叫んだが、子供たちはたちまち姿が見えなくなった。

「危ない！　車が来る」

浩章がルームミラーに後続車の姿を見つけて叫んだ。

「まずい」

岩清水は即座に車を動かした。みるみるうちに、後続車が近付いてくる。

浩章は冷や汗を感じながら、後ろに目をやった。

しかし、路上にはもはやなんの影もなく、いつのまにか辺りは明るくなっていて、「霧」もほとんど見えなくなっている。

岩清水は青ざめた顔のまま、黙って車を走らせていた。

じっと前方を見ているが、意識はルームミラーの中の、先ほど通り過ぎた場所にあるに違いない。

「子供だった」

「ええ。見ました」

浩章もやっと前方に目を戻した。

前の車が近付いてくる。信号である。

「あの子たちは」

浩章はそう言いかけて、咳払《せきばら》いをした。

岩清水が小さく頷《うなず》くのが分かった。

彼も気付いたのだ。

「小学校からいなくなった子供たちですね」

「たぶん。顔に見覚えがあった。写真が公表されてるから」

浩章も覚えていた。小学校の前の連絡所にも全員の写真が貼られていたし、新聞や雑誌にも載っていたからだ。

「あれはいったいどこなんです？　あの子たちはずっとあんな霧の中にいるんでしょうか？」

「霧」から抜けてしまうと、自分が見たものが信じられなくなった。

「他の運転手も見たんでしょうか？　さっき、僕たちの前を走っていた車の」

その答えは、前の車の運転席の窓が開き、真っ青な顔の運転手が頭を突き出し、後ろを振り向いていることで分かった。

「もしかすると、昨日の事故も、きっとさっきみたいな状態になって」

浩章はそう言ってまた咳払いをした。喉がカラカラで、声が出ないのだ。あの「霧」はいったい。

信号が変わった。岩清水は無言で車を出した。

天理の町に入ってからも、まだ悪夢から覚めやらぬような気分は続いていた。

どこからが始まりなのだろう。

浩章はそんなことをぼんやり考えていた。

昨日から立て続けに起きた出来事が何度も目の前に浮かんでは流れていく。

ホテルのベッドに腰掛けていた女。隣の座敷に広がっていた光景。不可解な大事故。そして、ほんの数分前に目にしたもの。

車窓の外に広がる景色が、本当に自分が目にしているものなのか疑わしくなってくる。

今また、外を誰かが歩いていかなかったか？

子供たちが運転手と窓一枚隔ててセンターラインをすたすたと進んでいくのではないか？

浩章は戸惑った表情で左右と前を見、そして後ろの窓を振り向いた。

市街地に入って交通量も増え、聞こえてくるクラクションもごく日常のものなのだが、すぐにまたあの奇妙な霧が行く手に現れ、すべてを飲み込んでしまうのではないかと考えてしまう。

目の前には、独特な外観を持つ巨大な建造物が並んでいる。その眺めが、まだ夢の中にいるのではないかという疑心暗鬼を煽《あお》るのである。

それとも、また誰かの夢の中に入っているのだろうか。

浩章は窓をそっと撫《な》でてみる。

これは誰かの夢札だろうか。

自転車に乗って通り過ぎる女。信号待ちをする老人。ドーナツ店の店先で立ち話をする男女。あれもこれも、夢札の登場人物なのかもしれない。俺は今、誰かの巨大な夢の中にいて、膨大なデータを処理しきれずに溺《おぼ》れようとしているのかもしれないのだ――

車が止まった。この感覚。ブレーキがかかり、身体に遠心力がかかる。シートベルトに圧迫されるこの感触は、本物の体験だろうか？

「野田さん？」

浩章はハッとして振り向いた。

隣に座る男。ハンドルを握り、こちらを見ている男。この男はいったい何者だ？

「大丈夫ですか、真っ青ですよ」

そう耳元で言われて、ようやく我に返った。

「すみません、なんだか誰かの夢札を見ているような気分になっちゃって」

浩章は苦笑した。まるで夢札酔いだ。

「あなたも見ましたよね？　僕だけじゃありませんよね？」

そう確認しつつも、俺は今、夢の中で自分の見た幻覚を確かめているのではないか、と考えた。

「胡蝶《こちょう》の夢状態ですね。人間が蝶になった夢を見ているのか、蝶が人間になった夢を見ているのか」

岩清水も苦笑しつつ、車を右折させた。

彼も似たようなことを考えているのだ、と少しホッとする。

広い道路の脇に、巨大な神殿が聳《そび》えている。あまりに大きいので遠近感がおかしな気がする。

ほら、遠近感がおかしくなるのも夢の中の特徴だ。

浩章はそう考えて、慌てて打ち消した。まだ疑心暗鬼が続いている。

気を取り直して尋ねた。

「誰かに報告しなくていいんですか」

「何を」

そっけない岩清水の返事に口ごもる。

「さっきのことですよ――あのおかしな雲のことです」

岩清水は、溜息とも苛立《いらだ》ちともとれる唸《うな》り声を喉《のど》の奥で発した。

「誰に何を報告すると言うんです」

「でも、昨日の事件と関係があるかもしれない。その前の神隠し事件だって。僕たちは、あの小学校から消えた子供たちを見たんですよ」

浩章は鼻白んだ。

こちらを振り向いた男の子の顔が目に焼きついている。

口を「あ」の形に開いたあの表情。

「見たからと言って、あの子たちが今どこにいるのか、どうやって取り返せばいいのか分からないでしょう」

岩清水は小さな子供にでも言い聞かせるかのようにゆっくりと言う。

「それに、あれを見たのは僕たちだけじゃない。他にも、何人ものドライバーがあれに気付いていた。きっと今頃、もう何かのコミュニティーサイトで目撃談がアップされているはずです。もう、世間でも、このことに気付き始めた。大きな騒ぎになる前に、僕らはできるだけ先回りしなけりゃならない」

「先回り？」

浩章は岩清水のその言葉を聞き咎《とが》めた。

「あなたはいったい何をしようとしているんです？」

岩清水の横顔は、いつにも増して硬く、浩章の視線を撥《は》ね付ける。

「取り返しがつかなくなる前になんとかしたい」

怒ったように呟《つぶや》く。

「だから、早く古藤結衣子に辿《たど》り着きたい。そのためにあなたを」

言いかけて急に黙り込んだ。

何を言おうとしたのだ？

気詰まりな空気が二人のあいだに漂う。

考えてみれば、ずっと言われるままに岩清水に引っ張り回されているが、彼の本当の目的は明かされてはいない。古藤結衣子を捜しているのは事実だろうが、傍目《はため》にもそれが最終目標とは思えないのだ。

取り返しがつかなくなる前に。

岩清水が口にした言葉は、本人がいたって冷静であるだけに不吉な響きがした。

取り返しがつかないとはどういうことだろう。それと古藤結衣子とは何の関係があるのか。

「じき、着きます」

浩章が疑問を挟むのを拒むように、岩清水は短くそう言った。

車は天理の町を抜けた。

そこにはもうなだらかな山々が迫っていて、鬱蒼《うっそう》とした古い森が存在感を持って佇《たたず》んでいる。

もうあそこは春日大社だ。

浩章の頭に、年の初めにTVで観たおん祭の様子が蘇《よみがえ》った。あの異様な声。夢で見た輿《こし》。

あれからほんの数ヶ月後に、この場所に来ることになろうとは、あの時は想像もしなかった。

車は幹線道路を外れた。

小さな集落の中を入り、小川を越えて薄い林を抜けた。生垣に囲まれた一角があり、立派な門構えの家——というよりも、屋敷と呼ぶほうがふさわしい日本家屋——が見えた。どうやらそこが目的地らしい。

「ちょっとここで待っていてください。駐車場の場所を確かめてきます」

岩清水はそう言って車を出ると、その古めかしい門をくぐって屋敷のほうに足早に歩いていった。

浩章は小さく溜息《ためいき》をつき、なんとなくラジオを点《つ》けてみた。そっけない声が流れ出す。

「――失踪《しっそう》した児童を目撃したとのことですが」

浩章はぎくっとして指をラジオに当てたまま凍りついた。

「どこでご覧になったんです？」

アナウンサーの声が問いかけている。

「いえね、それがね、国道××号線を北上してたら、いきなり変な霧の中に入っちゃったんですよ」

アナウンサーと電話で話しているらしく、ちょっと遠いところから興奮した声が耳に飛び込んでくる。

「そしたら、車の脇を子供がスーッと歩いていってね。いきなり現れたんです。しかも、センターラインの上なんですよ？　たまげましたね。私だけじゃありませんよ、前と後ろの車の人も見てますって。そのあと、信号待ちの時に声を掛けあって確かめましたから」

「で、その子たちはどこに行ったんですか」

「それがね、霧が消えるのと同時にどっかに消えちゃったんです。嘘じゃありません。何人もいて、大人もいたな。あれ、先生だと思う。ＴＶで見た顔とそっくりだったから」

「どんな様子でした？　怪我してるとか、具合が悪そうだとか、そんな感じでしたか？」

アナウンサーの声は半信半疑だったが、同時に抑えた緊張と興奮の色がある。

「いや、怪我してるふうじゃなかったなあ。でも、霧の中だから、顔色とかよく見えなくて。ほんの短い時間だったし」

答える声のほうは興奮一色である。

「でも、本当なんだ。他の車も見てるし、ほんとに、変な霧だったんですよ。そこだけ灰色の塊みたいなのがあってね」

声が上ずり、かすかに震えた。

「はい。実はですね、ここ一時間くらいのうちに、似たような情報が多数寄せられていまして」

アナウンサーの声がなだめるような調子になった。何かメモらしきものを見ているようだ。

「それも、県内の複数の場所でですね、おかしな霧が出た、しかもその霧の中を通った時に、行方不明になっている子供たちを見た、という目撃情報がございます」

「そうなんですか。他のところでもですか」

聴取者らしき男は愕然《がくぜん》とした声を出した。

「はい。警察にも通報があって、目撃された場所を調べているようです」

「そうなんだ。どうなってるんだろう」

浩章は、無意識のうちにラジオを切っていた。

車の中に静寂が降りる。

さっきの出来事が、もう電波に乗っているとは思わなかった。岩清水の言う通り、ネット上ではもっと騒ぎは大きくなっているのだろう。

取り返しがつかなくなる前に。

彼の言葉が実感を帯びてくる。

岩清水が小走りに戻ってきて、運転席に乗り込んだ。

「この先、坂を上り切ったところが駐車場だそうです」

そう言って車を出す。浩章は、ラジオのことを話すかどうか迷ったが、車を降りてからにしようと思った。

坂の上に着くと、なるほどぽっかり開けた空き地があった。五、六台は停められるスペースがある。隅に白いヴァンと青い乗用車があったが、あとは空いていた。

ちょうど、青い乗用車のほうから男が一人降りてきたところだった。

黒っぽいコート。中肉中背で、縁の広いフレームの眼鏡を掛けている。

浩章たちの車が空きスペースに入っていくのにチラッと目をやった。

浩章はハッとした。

男は浩章に気付いた様子はなく、すたすたと車を離れていく。浩章はその背中を見送る。あの男は。

車を奥に停めるのに少し時間が掛かった。

浩章は気が気でなく、急いで車を降りる。

「ちょっと、すみません」

「えっ？」

岩清水の怪訝《けげん》そうな顔を残して駆け出す。

道に飛び出したが、既にそこに男の姿はなかった。誰もいない。

だが、ここに車を停めたということは、浩章たちの目的地であるあの屋敷の関係者に違いない。

「どうしました？」

「いえ、知り合いかと思って」

岩清水が隣に来たので歩き出した。

髪型も変わっていたし、眼鏡も掛けていたけれど、今の男は正月に見たＴＶの中で舞っていた男に印象が似ていた。

それは、以前浩章が合同葬儀の時に会った男かもしれないということだ。ひょっとして、あの男もあの家に入っていったのだろうか？

浩章は、急に緊張してくるのを感じた。

浩章は、岩清水に続いて門をくぐろうとして、門灯の明かりに小さく「ごとう」という字が入っているのに気付いた。これが、この家が民宿だと示す唯一のもののようだ。しかも、明かりが灯《とも》っていなければ、ほとんどの人はこの字を見過ごしてしまうだろう。

ごとう。後藤と書くのだろうか。古藤と一字違いだが、単なる偶然か。岩清水が元々宮司の家系だと言っていたが、結衣子の家と関係があるのだろうか。

そう考えながら玄関に向かう。

立派な家だ。大きな引き戸は開いていた。

ふと、引き戸の上の表札が目に入る。

御灯秀則

なるほど、これで「ごとう」と読むのか。珍しい苗字《みょうじ》だ。

「どうぞこちらへ」

中から小柄な女が出てきて上がるよう促す。

高齢だが、背筋が伸びてきびきびした印象を与える女だった。警察の人間が訪ねてきて動揺しないはずはないと思うのだが、至極落ち着き払っている。

「失礼します」

浩章は岩清水の後から玄関に入り、会釈した。

女が浩章の顔を見てハッとしたような気がしたが、すぐに目を逸《そ》らして奥に入ってしまったので確信は持てなかった。

それよりも、玄関の上がったところの隅に大きな備前焼の壺《つぼ》があり、黄色い水仙が活《い》けられているのを見てギョッとする。

既視感を覚えたが、よく見るとそれは水仙ではなく、小さな黄色い花が沢山付いた別の種類の花だった。

「あれはなんという花ですか」

浩章は岩清水に声を掛けた。岩清水が、振り向いて花を一瞥《いちべつ》する。

「ああ、あれはフリージアでしょう」

そう言って前を向き、思い出したように振り向く。

「水仙じゃありません」

生垣で見えなかったが、奇妙な造りの家だった。長い廊下の壁は片側の上部がずっと窓になっており、殺風景な庭が広がっている。山がすぐ近くまで迫っていて、灰色の木々が斜面を覆っているのを見上げることができた。

廊下の反対側には部屋が並んでいるようで、えんえんと襖《ふすま》が続いている。廊下の奥に曲がり角が見えた。

どうやら、この家はL字形をしているようだ。

浩章は磨き込まれた廊下を見下ろした。

「お入りください」

廊下の奥の曲がり角のところの座敷の襖が開いていて、女がその前で小さくお辞儀した。

意外にも、中は絨毯《じゅうたん》が敷いてあり、ソファとテーブルが置いてあった。

「お邪魔いたします」

岩清水がソファの奥に座った。

浩章は、部屋に入る時、庭の奥のほうに誰かが立っているのに気付いた。

二人いる。

庭木の向こうで人相まではよく分からなかったが、二人の人間が立ち話をしているように見えた。

庭師かと思ったが、一人は坊主頭のようだ。

剃髪《ていはつ》のあとがさえざえとして青白いので、そんなに年配の人間ではないように感じた。

お坊さんかな？　宮司の家でお坊さんというのも奇異な感じがするけれど。

「お茶をお持ちします」

浩章が岩清水と並んで座るのを見届けると、女は素早く廊下に出ていった。

浩章は、しげしげと部屋の中を見回した。

古いガラスの入った窓があり、その向こうには、よく手入れされている日本庭園が見えた。

青々と刈り込まれたツツジに似た庭木があり、廊下側の窓の外に広がる冬枯れの景色とは対照的である。

天井の近くに古い柱時計が掛けられていて、四角いガラス窓の中で振り子が揺れていた。

こういう柱時計を見るのは久しぶりだ。

隣には日めくりが掛けられていて、なんだかタイムスリップしたような懐かしい心地になる。

「もうラジオでは、さっきの霧のことがニュースで流れてましたよ」

浩章は思い出して低い声で話しかけた。

「そうですか。やっぱりね」

岩清水は暗い顔で頷《うなず》く。

「それも、僕たちだけじゃないみたいです。他のところでも、似たような霧を体験した人がいて、子供たちや先生を見ています。あちこちから情報が寄せられてて、警察が調べているようですよ」

「警察が？」

岩清水は考え込む表情になった。

女が盆に湯飲みと茶菓子を載せて静かに部屋に入ってきた。

「それで」

女は茶菓子を勧めると向かい側に腰を下ろし、表情の読み取りにくい目でこちらを見た。

「何をお聞きになりたいんでしょうか」

岩清水は二枚の写真を取り出し、テーブルの上に置いた。

「この女性がこちらに泊まったはずですが、彼女が何のためにここに来たのか教えていただきたい」

静かだが、有無を言わせぬ口調である。

古藤結衣子の写真。

初めて見る写真に、浩章はびくっとした。

物憂げな暗い顔。モノクロの写真で、バストショットを撮ったものと、横から撮った写真である。

それは、明らかにただのスナップではなかった。

映画でよく見る、犯罪者の記録のために撮られる写真のようだった。

浩章は頬が熱くなるのを感じた。怒り。屈辱。

結衣子が重要参考人として手配されているという事実を、この写真で思い知らされる。

ふと、疑問が湧いた。

この写真はいつ撮られたものなのだろう？

あの爆発事故のあとでは有り得ない。しかも、よく見ると、かなり若い頃の写真だ。二十歳そこそこではないだろうか。

女は無表情のまま写真を見下ろしていた。写真に手を出そうともしない。その様子は、写真の人間を知っているということを無言で認めているように感じられた。

岩清水は何も言わず、じっと女を見つめている。

「――夢を」

長い沈黙のあと、女は溜息《ためいき》のように呟《つぶや》いた。

「変える方法を探している、と言っていました」

「夢を変える？」

そう繰り返したのは浩章だった。

今更、なぜそんなことを聞き回らなければならないというのか？

「はい。まあ、確かに、うちがかつて宮司を務めていた神社では、そういうご祈禱《きとう》があったと聞いております。どこかでそのことを見聞きしてこられたようです」

女は気のない調子ですらすらと答える。

「昔は夢というものがお告げのように考えられていましたからね。見た夢が瑞兆《ずいちょう》であるとか、凶兆であるとか、ずいぶん真剣に議論されていたようです。今でもありますでしょ？　嫌な夢を見たら、正夢にならないよう呪《まじな》いを唱えるという民間信仰が」

それは浩章も聞いたことがあった。

紙の人形を手に、日の出の方角を見て呪文《じゅもん》を唱えてから焼き捨てるとか、杯に満たした水に向かって呪文を唱えて水を流すとか、いろいろなバージョンがあるようだ。

確かに、嫌な夢を見て朝目覚めると、どことなく後味が悪いものだ。信仰心がなくとも、なんとなくお祓《はら》いをしてから一日の活動を始めたい、というのは人情だろう。

女は続ける。

「けれど、うちが宮司を務めていたのはかなり前のことですし、父が亡くなった時に、もうその秘法と呼ばれていたものも誰も分からなくなって、とっくに廃れてしまいましたわ。そもそも、民間の呪いと大差がないものやったと聞いております、と申し上げましたら、それ以上は深くお聞きになりませんでした」

女の顔には全く感情というものが浮かんでいない。こういう女なのだろうか？　それとも、やはり我々に対して警戒しているのだろうか。

岩清水はじっと女を見つめていたが、やがて口を開いた。

「そのあと、どこに行くか話していませんでしたか。これからどうするつもりだとか、家に帰るとか。何かその後の行動の手がかりになるようなものはありませんでしたか」

女に負けないくらい、岩清水が無表情に聞く。

が、女はそっけなく首を振った。

「いいえ、そんな話はちいとも。翌朝は早《は》ようお発《た》ちになりました」

「そうですか」

岩清水は小さく頷くと、「それでは」と上着の内ポケットに手を入れた。

「この人はどうです。最近、この人もここを訪ねてきたのではないですか」

岩清水は、もう一枚別の写真を取り出すと、そっと結衣子の写真の隣に置いた。

その写真を目にした女の表情が、明らかに変わった。

目が見開かれ、動揺したことが分かった。

だが、動揺したのは女だけではなかった。

浩章も、その写真を見て思わず腰を浮かせ、動転していた。

「どうです。来ましたね、この男が」

岩清水だけが、静かにソファに身体を沈めていた。

なぜだ。浩章は心の中で叫んだ。

そこにあったのは、彼の上司、鎌田康久の写真だった。

鎌田の写真は、結衣子のものと違って、どこかで盗み撮りしたスナップのようだった。

明らかに、写真を撮られていることに気付いていないようで、外を歩いているところである。

通勤途上なのか、コート姿である。いや、もしかすると、このあいだ一緒にG県に行った時に撮ったのかもしれない。

女はすぐに表情を繕ったものの、既に遅かった。岩清水とのあいだに険悪な沈黙が満ちる。

「どうして」

浩章は岩清水の横顔に尋ねた。しかし、岩清水は厳しい表情で女に目をやったままだ。

「この人は、我々のように古藤結衣子の居場所を聞きに来た。しかも、ごく最近に。そうでしよう？」

女は俯《うつむ》いたまま身動《みじろ》ぎもしない。

浩章が口を開こうとすると、突然、岩清水が浩章を振り向いた。

「直近で鎌田さんに会ったのはいつです？」

「え？」

急に聞かれて面喰《めんく》らうが、言われてみると、このところ別々に仕事をしているので顔を合わせていないことに気付く。小児精神衛生センターから依頼され、幼児期に夢札を引いた子供の追跡調査に駆り出されて、ひたすら書類や夢札の照合に没頭していたからだ。

「四日ほど前に、朝ちらっと会って――それ以来会ってません。それも、久しぶりだった。僕も鎌田さんも忙しかったし、別行動で仕事をしているので」

記憶を辿《たど》る。

互いに急いでいて、廊下でふたことみこと言葉を交わした程度だ。その時、どんな表情をしていただろうか。いつも通りだとその時は感じたはずだが。

「どんな様子でした？　今年に入って、何か変わった様子はなかったですか？」

変わった様子。

「特に変わった様子は――いや」

本当にそうか？

疲れた表情の鎌田の顔が浮かぶ。じっと自分の手を見ていた鎌田。

何か言っていたような気がする。よく眠れないとか。夢札酔いがひどいとか？　いや、何かもっと別のことを――

「そこまでご存知なら」

不意に女が口を開いた。

「もう何も申し上げることはございません」

ハッとして、浩章が女を見ると、目が合った。

女は、奇妙な笑みを浮かべて浩章を見ていた。

なぜこんな目で俺を見るのだろう？　まるで俺のことを以前から知っているかのように。

女はゆっくりと岩清水に視線を移した。

「さっきもラジオを聴いていました」

その目は、岩清水を通り越してどこか遠いところを見ている。

「もう、私どもにはどうしようもないことは分かっておられるでしょう」

「いや、そんなことはない」

岩清水はきつい口調で女の言葉を遮った。

「この男は今どこにいるんです？　古藤結衣子と一緒にいるんですか？」

女はゆるゆると首を振った。

「さあ。今どこにおられるのかは存じません」

穏やかな口調ではあるが、きっぱりと否定し、また浩章の顔を見て微笑んだ。

「その方がご存知なんやないでしょうか。だからあなたも連れていらっしゃったんでしょう」

浩章は呆然《ぼうぜん》とした。

俺が何を知っているというのか？

結衣子の居場所？　それとも鎌田の居場所？

浩章は慌てて手を振った。

「僕は何も」

「お邪魔しました」

突然、岩清水は膝《ひざ》に手を突くと立ち上がった。

「祝詞《のりと》がありました」

女が呟いた。

「うちに伝わっていた、夢を変えるための祝詞。それを、古藤結衣子さんのお母様にお教えしたことがあります。ずいぶんと前です。私どもはもう忘れてしまいましたけど」

女はそっと岩清水を見上げ、ニッと笑った。

「行きましょう」

岩清水はさっさと部屋を出ていく。

浩章は腰を浮かせたものの、呆然としたまま女の顔を見た。

女も浩章をじっと見る。

「悪い夢は変えなければいけません——でも、それが本当に悪い夢だったのかどうか決めるのは、夢を見た人ではないんです」

女の目には奇妙に熱っぽい光がある。

「きっと会えます」

女は小声で囁《ささや》いた。

「夢を見たでしょう？　夢を見るのは、相手があなたのことを思ってるから」

「彼女は」

浩章も低い声で尋ねた。

「生きているんですね？」

女は肯定も否定もしなかった。後ろ髪を引かれつつも、浩章はお辞儀をして部屋を出た。

車に戻ると、岩清水は運転席でじっと手帖《てちょう》を見つめていた。

「あれはいったいどういうことです。どうして鎌田さんがここに来ていると？」

隣の席に滑り込みつつ、そう浩章が詰め寄ると、不意に岩清水がまじまじと浩章の顔を覗《のぞ》き込んできたので、反射的に身を引いてしまった。

「彼が幽霊を見ていたからですよ」

「え？」

一瞬、耳を疑った。今なんと？

「あなただって見ていたでしょう」

「何を？」

「あなたが夢判断の仕事を始めてからどのくらいになりますか」

急に聞かれて、浩章は戸惑った。

「十二年くらいですね」

「夢札を見始めてからは？」

「研修期間も含めると十五年くらい」

岩清水は小さく頷《うなず》き、再び手にした手帖に目をやった。

「私もそれくらいになります。この案件を担当するようになってから」

「この案件？」

「鎌田さんは、ベテランだ。夢判断の中でも夢札を見続けて最長の部類に入るでしょう」

岩清水は浩章の疑問には答えていなかった。

「夢札酔い」

彼はぽつりと呟《つぶや》いた。

「鎌田さんは、夢札酔いがつらいと言っていませんでしたか？　自分の夢と夢札、あるいは現実との境界が分かりにくいと」

浩章はハッとした。そういえば、そんなことを言っていたような気がする。俺があまり夢を見ないと言ったら、鎌田は夢と夢札が曖昧《あいまい》になっている、というようなことを。

「そんなことを言っていたような気がします」

浩章は用心深く答えた。

「我々は、夢判断の制度が始まってから、注意深く観察してきた」

岩清水は、浩章の返事など期待していなかったかのように呟いた。

我々。その言葉が気に掛かった。つまり公安ということか？　それとも、国の研究者たちか？

「いったい人体にどんな影響があるのか。夢札を引くということ、引いた夢札を見るということと。それが脳や精神にどういう影響を与えるのか。誰も知らない未知の世界だ」

「夢札を引こうとして、赤ん坊が突然死したケースがありましたね。不眠状態になって、心臓に負担がかかる。まだはっきりとその原因は分かっていない。ただ、睡眠は脳を休めるためだということは分かっている。脳を休ませないと死に至ることも」

岩清水は喋《しゃべ》り続けている。

浩章は、開かれたままの岩清水の手帖にちらっと目をやった。

年間スケジュールのページが開かれている。

なぜ年間スケジュールのページを？

「夢札酔い。職業病とされていますね。長時間他人の夢を見ていると、現実感がなくなる。あるいは、自分の夢を侵蝕《しんしょく》される。眠りが浅くなる。人によっては、吐き気や眩暈《めまい》を覚えたり、体の不調を訴える場合もある」

「夢札を見ることで寿命を縮めるというんですか」

岩清水の話の行方が不安になり、浩章は口を挟んだ。

「まだ分かりません」

岩清水は気のない様子で首を振った。

「新しい医療分野だ。夢判断たちの健康データはまだじゅうぶん揃っていない」

確かにそうだ。アスベストの健康被害の実態が世に知れるまで、相当な歳月を要した。夢札を長年見続けた結果、何らかの悪影響が出るにしても、いったいどのくらい経てば判明するだろうか。そして、その因果関係をどうやって証明するというのだろう。

そう考えてぞくりとした。深刻な悪影響が出るとしたら？

「あなたたちは、定期的に健康診断を行っていますね。通常の健康診断以外に、カウンセリングも受けていますね？」

「ええ」

それは事実だ。精神的負担が大きい仕事なので、心療内科医と定期的に話すことが義務づけられている。

「鎌田さんたちのように在職二十年を超える人たちは、更に細かく健康がチェックされています。あなたもあと数年経ったら、タグを渡されるでしょう」

「タグ？」

そんな話はこれまで聞いたことがなかった。

「バイタルサインをモニターし続けるタグです。血圧、心拍数など、二十四時間健康状態を記録し続けている」

「まさか、そんなことを」

浩章は呆然とした。

「バイタルサインなんて――個人のプライバシーに関わることじゃありませんか」

「むろん、本人の同意が必要です。でも、これまでに断った人はいません。ベテランの夢判断たちは、データが役に立つのであれば是非に、とむしろ積極的に同意してくれた。それがなぜだか分かりますか？」

浩章は混乱する。岩清水の声に緊張感があるのに気付き、彼が今とても重要な話をしているということを確信したからだ。

「分かりません。なぜです」

そう聞かないわけにはいかなかった。本心では、分かりたくない、聞きたくないと思っているにもかかわらず。

「彼らは、異変に気付いていました。ベテランの者は一人残らず。もちろん、鎌田さんも」

「異変？」

聞きたくない。何かきっと恐ろしいことを聞かされるに違いないからだ。今すぐ、耳を塞《ふさ》いでしまいたい。

「幽霊を見る」

岩清水は静かに言った。

さっきの言葉は、聞き間違いではなかった。幽霊。やはり岩清水はそう言った。

「存在しないはずのものを見る。日常生活で。物理的な現実の空間で。在り得ないものを目にする。だから、今が夢なのか現実なのかだんだん自信がなくなってくる。みんな、程度に差こそあれ、そういう体験をしている」

浩章はじっと岩清水の言葉を聞いていた。

存在しないはずのものを見る。日常生活で。

それはまるで、ここ数ヶ月の浩章自身の体験について聞くようだった。

「例えば？」

浩章は短く尋ねた。

「例えば、どんな存在しないはずのものを見るんです？」

息苦しくなった。在り得ないもの。今が夢なのか現実なのかだんだん自信がなくなってくる──そう、今の俺のように。

「それは人によります。もう亡くなった人や昔死んだペット、外国の風景やもう消失している建物。さまざまです」

岩清水はゆっくりと、数え上げるようにして説明した。

「そう、古藤結衣子も」

「古藤結衣子も？」

今更その名前が出てきても驚かなかったが、ベテランの夢判断たちが幽霊を見ている、という話は聞き捨てならない。

岩清水は小さく頷いた。

「古藤結衣子の幽霊を見た、という話はかなりあります。鎌田さんも見ていた」

鎌田も見ていたのか。じゃあ、去年の暮れの俺の話を彼はどう思っただろう？　こいつも幽霊を見るようになったのか、と内心思っていたかもしれない。

「ただ、古藤結衣子の場合、『幽霊』のひと言で片付けるにはいろいろと疑問があった」

岩清水は座席に身体を押し付けた。

「まず第一に、彼女が本当に死んでいるのか、生きているのかが分からなかった。第一世代の夢判断たちが職歴二十年を超え、彼女の姿を目撃するようになったのは、彼女が行方不明になってからだ。もしかすると、彼女が生きていて、その実体を目にしているだけかもしれない」

岩清水は指を折った。

「それともうひとつ、彼女の夢札は、昔も今も最も多く研修に使われ、最も多く引用されている。そのことによる刷り込みのせいで、みんながおのおの勝手に造りだしているイメージなのか、それとも『本当に』実在する彼女から物理的なアクセスを受けているのかが分からない。それらの疑問をひっくるめて、我々は『幽霊』と呼んでいるんです。これまでの数少ないデータでは、『幽霊』はその人が関わった夢札の数や内容の深さが影響するらしい。一人の患者を長年担当したり、珍しいケースを体験したりすると、その担当者から引いた夢札の内容が、のちのち夢判断のイメージに反映されるということが分かってきている」

なるほど、と思わず首肯していた。

「だから、皆が古藤結衣子の姿を見るんですね。誰もが見ている、誰もが知っている夢札だから」

「そう解釈されています」

岩清水も相槌《あいづち》を打った。

「ましてや、近いところにいて彼女の話まで聞いていたあなたは、彼らよりももっと早く結衣子に『会って』いるはずです」

浩章はじっと隣の男の横顔を見つめた。

なんとなく腑《ふ》に落ちることがあった。

「知ってたんですか。僕が去年の暮れから、彼女らしき女の幽霊を見ていたこと。誰から聞いたんですか」

岩清水は否定しない。

「鎌田さんが、『見ているらしい』と言っていました。それこそ、『幽霊でも見たような顔だった』と」

やはり、暮れに二人でバーに行った時のことだろう。鎌田は岩清水をずっと前から知っていたのだ。

ふと、岩清水との初対面の時、列車のデッキで言葉を交わしたのを思い出す。

「そういえば、岩清水さんに初めて会った時もそんなふうに言われましたね。そうか、あれは喩《たと》えではなくて、本当に文字通りの意味だったんですね」

久しぶりに、岩清水はかすかな笑顔を見せた。

「ええ。もっとも、あの時のあなたの場合は、僕とよく似た男という意味でしたけど」

「じゃあ、岩清水さんも古藤結衣子の姿を見ているんですね？」

浩章はそのことをはっきりと彼の口から聞きたかった。この冷徹に見える男の口から、『幽霊』を見ていると言って欲しかった。そうすれば、奈良に着いてからの自分の混乱が、ほんの少しでいいから治まるのではないかと期待していたのである。

だが、またしても岩清水はそのことについては直截《ちょくせつ》答えなかった。

「我々は、古藤結衣子に関しては、たぶん『幽霊』なのだろう、と考えていました」

はぐらかされた返事に内心がっかりしていると、岩清水は浩章を振り向いた。

「おかしいでしょう？　普通、本当は生きているに違いないと思って捜索するほうが先じゃありませんか。なぜだと思います？」

「なぜかって――」

逆に質問されて、浩章は戸惑った。

が、例によって岩清水は特に答えを待っている様子もなく、少し間を置いてから口を開いた。

「なぜなら、我々は、古藤結衣子が亡くなっていると確信するだけの理由があったからです」

何気なく聞き流したが、浩章は、岩清水が大変なことを言っていることに気付いた。

「え？　今なんとおっしゃいました？」

慌てて座り直す。

「彼女が亡くなっていると確信していたというんですか？　あの事件当時に？　そんな。僕たち遺族には何も知らされてなかったのに。なんの決め手も、手がかりもなかった。いったいどうして？」

決定的な証拠もなく、骨も見つからず、彼女の死を「仮」のまま過ごした、宙ぶらりんの歳月が脳裏を通り過ぎる。

「でも、今僕たちは、生きている結衣子を捜しているんですよね。こうして奈良にまでやってきて。どうしてそんな話になるんですか」

浩章は、つい自分の声が恨めしげになるのを我慢できなかった。

岩清水は、珍しく逡巡《しゅんじゅん》する様子を見せた。そのことに、浩章はかえって動揺する。

じりじりするような沈黙があって、岩清水はようやく溜息《ためいき》混じりに声を絞り出した。

「古藤結衣子のバイタルサインもモニターしていたからです」

バイタルサイン。鎌田らベテランの夢判断は皆チェックされていたという。

「鎌田さんたちみたいに？　血圧とか脈とか？」

浩章は首をひねった。

「もっと詳しいものです」

岩清水は暗い声で言った。

「あなたたちにお渡しするのは、細い腕時計みたいな形をしたタグです。外そうと思えばいつでも外せる。でも、彼女のは違う」

首を振る彼を、浩章は戸惑いつつも見つめた。

「というのは？」

「彼女は、チップを体内に埋めていました。左の鎖骨のすぐ下。この辺りに」

岩清水は、さりげなく手をその箇所に当てていた。ジャケットの、左肩の少し下。

「なんですって？」

「まあ、発信機みたいなものです。彼女の体調をモニターできるし、GPSで彼女がいつどこにいたか、今どこにいるのかすぐに分かる」

体内に埋められた人工物。GPSを使えば、数メートル単位で居場所を特定できる。トイレにいる。女湯にいる。誰かの家にいる。行動が筒抜けだ。どこにも逃げられない。

「監視されていたということですか？」

「そうとってもらって構いません」

そっけない返事に、浩章は愕然《がくぜん》とする。

「ひどい。やっぱり犯罪者扱いじゃないですか。そんなことをする権利がいったい誰に」

怒りに震える声で抗議しようとする彼を、岩清水がサッと手を上げて制した。

「そう思うのはごもっともです。そうです、監視です。彼女の居場所を逐一確認し続ける担当業務というのがかつて存在していました。しかし、それは本人が強く希望したことなんです」

浩章には、俄《にわ》かには信じられなかった。

「結衣子自身が望んでいたというんですか？　自分の行動が二十四時間監視されることを？」

「はい」

岩清水はきっぱりと頷《うなず》いた。

「彼女はかねてからそうすることを希望していましたが、我々のあいだでも慎重論が根強くてなかなか実現には至らなかった。そうすることの是非はもちろん、もし実現させるのであれば、法律面でもクリアしなければならないことが多かったのでね。長年の課題でした」

結衣子も、岩清水と面識があったのだろうか。

「でも、彼女が行方不明になる一年ほど前に、近い将来私自身が何かに巻き込まれる可能性があるので、同意書でも念書でも何でもサインするし協力するから是非に、と頼み込まれた。もしかすると、その頃既に身の危険を予知していたのかもしれません。それで、二年間だけ実験的に、ということでチップを埋めることにした」

「二年間」

「きっかり二年後に、チップを取り出すことになっていたんです」

監視されていた。俺と一緒にいる時も。

急に気恥ずかしくなってきた。いつも結衣子の家で過ごしていたので、必ずしも浩章が一緒だったとは分からないはずだが、彼女の行動が把握されていたのなら、誰といるかもある程度知られていたに違いない。浩章は、顔が熱くなるのを感じた。

ずっと、知られていた。ずっと俺もマークされていた。結衣子の最後の日々をずっと一緒に過ごしていたことを当局に把握されていたのだ。

「チップは外科手術で埋めました。不可能というわけではないが、自分で取り出すにはやや深いところに」

岩清水はまだ同じところを押さえていた。

左肩のすぐ下。

「それに、もし身体から取り出したら、それまで随時データとして送られてきていたバイタルサインが消えるので、取り出したことがすぐに分かる」

岩清水が何を言いたいのか、浩章はその瞬間理解した。

「では、あの事故が起きて、チップが」

二人は目を見合わせた。岩清水が無言で頷く。

「ええ。チップ自体は非常に小さく、しかも相当に丈夫です。チップがどこにあるかは、むろん体内でも体外でもすぐに分かる」

岩清水は小さく咳払《せきばら》いをした。

「古藤結衣子は、毎月おおまかな予定表を送ってきてくれていました。どうせリアルタイムで居場所が分かるんだから不要といえば不要ですが、何かが起きた時のために――一応」

何かが起きた時のために。

「当然、あの事故の時は、上司が急に亡くなったことも、その方の郷里で週末に葬儀があることもこちらでは把握できていなかった」

結衣子があの場所を訪れることは、あの日まで誰にも予想できなかった。

「正直、二十四時間モニターし続けるといっても限界がある。なんのためにモニターしているのか、いつ何が必要になるのか、皆目見当もつかない。監視がルーティン業務化していたことは否定できません。モニターに異常があった時のみ担当者のモバイルにデータが転送されるようになっていたので、ほとんどそれに頼っていたようです。実際、彼女があの事故に巻き込まれたことに気付いたのは週が明けてからでした。その時の担当者が、週末のあいだ海外旅行に出かけていたのでね」

岩清水は肩をすくめた。

今どき、海外の携帯電話会社と提携していないところはないから、どこにいてもデータは転送されそうなものだが。

「異常の連絡はなかった」

浩章の疑問を見透かしたかのように、岩清水は言った。

「なぜかというと、モニターすべきものが消えていたからです。異常を伝えてこようにも、異常かどうかを判断すべき対象が消滅していた」

彼の言いたいことを悟る。

「じゃあ、チップそのものが」

「はい。週明け、我々は古藤結衣子の身体に埋められていたはずのチップ自体、もう存在していないことに気付いたんです」

チップはこの世から消滅した。恐らくは、それが埋め込まれていた結衣子の身体ごと。

「爆発の瞬間、事故現場は数千度の炎に包まれたと推測されています。あそこまで高温の炎に焼かれたら、いくら丈夫なチップといえど、跡形もなく燃えてしまう」

浩章は、そのあとを引き取って続けた。

「――だから、あの事故で結衣子が亡くなったと当時のあなたたちは確信できたわけですね。しかし、そのことを僕たちに伝えるわけにはいかなかった」

「そういう取り決めでした。家族にも、誰にも、チップの存在も、モニターしていたことも知らせない」

結衣子の意志でもあったのだろう。誰にも知らせない。彼女はそうと決めたら、絶対にそうする。

「ですから、モニター監視はチップが消滅した時点で終了しました。彼女に関するファイルもそこで終わりました」

彼女に関するファイル。そんなものが存在していたとは。そこには、関係者として浩章の名前もあるに違いない。改めて、すべてが知られていたという動揺と羞恥《しゅうち》、怒りが湧いてくる。

いっぽうで、じゃあなぜ岩清水はここにいるのか、これからどこに話が向かうのかという疑問が、暗い予感と共に膨らんできた。

「それから少なからぬ歳月が経って、第一世代の夢判断が『幽霊』を見始めた。そこには古藤結衣子のイメージも含まれていた。だからこそ我々は、それが『幽霊』であると断言できたわけです」

岩清水は話し続けている。

「ところが、最近になって、例の子供たちの事件が続いて、そこにも古藤結衣子が現れた。そのことを知って、かつて担当だった者が、ふと思いついて、十数年ぶりにモニターを立ち上げてみた。古藤結衣子が亡くなっていることを、念のため確認してみようと、なんとなく思いついたそうなんです」

そのあとに続く言葉はもう想像できた。

「そうしたら」

岩清水は目を見開いた。

「かすかにですが、バイタルサインが確認できた。チップが蘇《よみがえ》っていたんです」

「どうして」

「分かりません」

その場面を想像して思わず凍りついた。

何気なく電源を入れ、明るくなる画面。そこに点滅する光。まじまじとモニターに見入る担当者。それこそ、幽霊を見たような心地になっただろう。

「ただ、チップはもともと二年しか耐用年数を考えていなかったもので、もうかなりの時間が過ぎているせいか、反応はごく弱く、しかも現れたり消えたりする。数分続けて確認できることもあるが、ほとんどの時間は消えている。今度こそモニターをずっと監視し続けているんですが、たまにしか反応がない」

浩章は、いろいろなことが腑《ふ》に落ちた。

「その数少ない反応で確認できた場所が、奈良だったんですね」

岩清水は頷いた。

「どうしてチップが蘇ったんでしょう？　消滅したはずなのに？　例えば、彼女があの事故を機に海外に出ていたとすればどうです？」

浩章が尋ねると、彼は首を振った。

「その可能性は考えました。チップが再び確認されてから渡航記録を遡《さかのぼ》って調べてみましたが、彼女が国外に出た記録はない。それに、今のGPSは精度が高いので、国外に出ても居場所が分かるはずです」

「古藤結衣子の身体からチップを取り出して、別の人が装着しているという可能性は？」

「それもなくはない。しかし、そんなことをする理由が分からない。しかも、いったい誰が？」

確かにそうだ。わざわざ自分の身体を切り開いてそこに他人の身体の中にあったチップを埋めるなんて、考えただけでゾッとする。

「その——バイタルサインそのものは正常なんですか？」

「はい。送られてくるデータは微弱で少ないけれど、正常範囲です」

ますます分からなくなってきた。結衣子は生きているのだろうか。いったん死んで、再び蘇ったのか。

だが、この不可解な状況は多少理解できた。岩清水と自分がここにいる理由も。

「直近のデータではどこにいたんです？」

「この民宿。そして吉野。吉野は、蔵王堂と、あと数箇所反応がありました」

「蔵王堂」

浩章は溜息《ためいき》のように呟《つぶや》いた。

「どうして蔵王堂なんだろう。僕の夢にも出てきた——子供たちの夢にも」

ちらっと隣を見る。

「岩清水さんも見ていたんですね。あの山を」

彼は微動だにしない。

さっきから、浩章は岩清水が『幽霊』を見ていることをなんとか肯定させようとしているのだが、どうも彼はこの話題について反応するのを避けているようだ。

認めたくないのだろうか。

その気持ちは分からないでもない。浩章自身、これほどはっきりといろいろなものを見ていながら、その事実を受け入れるのに抵抗を覚えているのだ。

ましてや、監視し分析する立場にある岩清水が、わけの分からない『幽霊』を見ていることを認めたくないと思っても不思議ではない。そう考えた瞬間、ある疑問が頭に浮かんだ。

奈良に来る前、もう一人夢札を見てほしいと言っていたのは、もしかして岩清水さん、あなたの——

「これから行ってみます」

岩清水はシートベルトを締めた。慌てて浩章もシートベルトを引っ張り出した。

「僕が考えた理由を聞きたいですか」

「はい？」

唐突な質問に、浩章は聞き返した。

「どの理由ですか」

「あの事故の時、チップが消滅した理由です」

「ええ、もちろん」

岩清水の目は、どこか遠くを見ている。

「彼女が神隠しに遭った時、本人と周囲の認識にタイムラグがありましたね。彼女はほんの数時間のつもりだったのに、戻ってみたら三週間経っていた」

「はい、そうでしたね」

「あの事故の時もタイムラグがあったんじゃないかと思うんです」

「どんなふうに？」

岩清水は、手帖《てちょう》を目の前に掲げてみせた。

「あの時、彼女は未来に飛んだ」

「え？」

「事故の衝撃で、未来に飛んだんです。神隠しですよ」

「あれは神隠しだったというんですか」

「そうです。彼女はあの時、『現在』には存在していなかった。『未来』に飛ばされたんです。だから、彼女のチップは消滅したように見えた。ずっと先の時間と空間にいて、その時の空間にはいなかったんだから」

　頭が混乱する。何を言っているんだ、彼は？

　未来に飛ぶ？　神隠しで？

「今度も彼女は戻ってきた。むろん、タイムラグがあり、彼女にとっては数時間だったに違いないのに、こちらでは数週間の時間が経っていた。合同葬儀も、既に終わっていた」

　岩清水は手帖を開いて浩章に見せた。

　今年一年間のカレンダーが載ったページ。

「三月十四日、月曜日。覚えていますか」

　覚えている。早夜香が夢で逆行した教室の黒板に書かれていた日付だ。俺も、同じ日付を年明け早々の夢の中で見た。

　岩清水はカレンダーの一点を指差した。

「あれは、たぶん今年のことです。子供たちが夢で見ていたのは、未来だった。今年の三月十四日だったんです」

十二章　現在

とうとう来てしまった。

浩章は、そんな感慨めいた感想が浮かんでくるのを意識していた。

夢の続きのようだ。

周囲に広がる、早春の山々。

ひょっとして、俺は正月からずっと同じ夢を見続けているのではないだろうか。

ぼんやりと流れる景色を、行く手に現れるセンターラインを眺める。

岩清水の運転する車は市街地を抜け、山間部にさしかかっていた。

空は薄く雲がかかり、柔らかな青みを帯びている。

もちろん、この時期、まだ桜は咲いていない。

しかし、浩章は車窓に広がる山々にかかった霞《かすみ》が、いつのまにかピンク色の山桜に変わっているのではないかという気がして仕方なかった。

吉野。

最近、古藤結衣子のバイタルサインの反応があったという場所。浩章の夢や早夜香の夢に出てきた場所。

今、ついに夢の中のその場所に向かおうとしているのだ。

岩清水の話を、さっきから頭の中で何度も繰り返してみている。多少は腑に落ちるところもあったが、あまりに突飛な部分もあり、思考の一部がついていかない。

それに、鎌田のこともある。

ベテランの夢判断がバイタルサインをモニターされているなんて、全然知らなかった。玉紀たちは知っていただろうか。

子供たちの夢札を見ながらじっと黙っていた彼の姿を思い浮かべる。あの仕事をしていた時も、夢札酔いに悩まされていたのだろうか。

いずれは俺もタグを付けることになるのだ。

そう考えると、空恐ろしいような、腹立たしいような、複雑な気分になった。

「鎌田さんのバイタルサインはどうなんです？　正常なんですか」

尋ねると、岩清水は「はい」と頷《うなず》いた。

「彼の居場所はGPSで分からないんですか」

岩清水は硬い表情だ。

「鎌田さんのタグには、GPS機能は付いていません。バイタルサインをモニターし、記録するのが目的なものですから。だから、元気でいることは分かっても、どこにいるかは分からないんです。この先彼がタグを外してしまったら、それすらも分からなくなる」

「じゃあ、彼はまだタグを付けたままなんですね」

浩章はなんとなくホッとした。

そのことが、まだ彼の職業意識が保たれていることの顕《あらわ》れのように思えたのだ。

まだ彼は仕事をしている。夢と現実の区別がつかなくなったわけじゃない。夢判断として、活動しているのだ。

「夢は外からやってくる」

浩章は呟いた。

「鎌田さんの持説です。もしかすると、彼はそのことを証明する手がかりを見つけたのかもしれない。それなら、彼が手がかりを求めて出かけていくのも納得がいく」

「それはつまり」

岩清水が前を向いたまま口を挟んだ。

「古藤結衣子の生存、あるいは古藤結衣子の居場所、ということですか」

「だと思います」

浩章も正面を見つめたまま答える。

「彼は、古藤結衣子の現在の居場所に心当たりがあった。ここではないかと思い当たって、東京を飛び出したのかも」

俺には思い当たる場所はない。

浩章は暗い気持ちで考えた。吉野、蔵王堂という手がかりはあっても、そこに彼女がいるという確信は持てなかった。どうやって鎌田はその場所を探り当てたのだろう。どうして浩章にはそのことを教えてくれなかったのだろう。

恨めしいというよりは、訝《いぶか》しく思う気持ちが勝っていた。

それとも、俺には教えたくないような事実に辿《たど》り着いたのだろうか？

鎌田は、結衣子と浩章、あるいは浩章の家族との微妙な関係に気付いていただろうし、結衣子と浩章の特別な繋《つな》がりについても察知していたはずだ。ならば、彼女の行方に関する手がかりを入手したなら、真っ先に浩章に教えてくれてもよさそうなものなのに。それをあえてしなかったということは、あるいは結衣子は――

さまざまな考えが浮かび、行きつ戻りつしては消えていく。

このどこかにいるのか。本当に、結衣子が。

かすかに靄《もや》っている山に目をやる。

モニターに映るバイタルサイン。データによれば、彼女は存在している。しかし、どうしても浩章には、実際に結衣子が生活をしているところがイメージできないのだった。

「――夢は外からやってきて」

岩清水がぽつんと呟《つぶや》いた。

「どこへ行くんでしょうね」

ぼんやりしていた浩章は、少し遅れて岩清水の言葉に反応した。

「どこへ？」

「いや、なんでもない。独り言です」

岩清水がかすかに笑ったような気がした。

「岩清水さんは、吉野の桜を見たことがありますか？」

浩章が尋ねると、岩清水が「いいえ」と首を振った。

「正直言うと、そんなに桜の花が好きじゃないんです」

「どうしてです」

「満開の桜を見ていると、怖くなる」

岩清水の口から「怖い」という言葉を聞くのは意外な気がした。

「確かに、この世ならぬものを感じる時がありますね」

昔から、桜の木の下には鬼が出るとか、満開の桜の根元には死体が埋まっている、などというのは、その一種凄絶《せいぜつ》さすら感じさせるような美しさゆえだろう。

「それに、ここ吉野の場合、桜は慰労や鎮魂のために植えられたものというイメージがあって。余計にそう感じるのかもしれない」

岩清水にしては珍しく、個人的な感情が滲《にじ》み出ていた。

「子供の頃、桜並木の下を一人でとぼとぼ歩いていた記憶があるんです。よく晴れた日で、真っ青な空に溶けるようにして、満開の桜がどこまでも続いていた。ものすごく怖かったのを覚えています」

「怖かった？」

「ええ。周りには誰もいなかった。たった一人で、大人を捜しながら歩いていた。桜並木から逃れよう、離れようと思っているのに、どこまでも桜の木が途切れない。ほとんど駆け足になって、半べそを掻《か》いていた」

「夢じゃないんですか。そんなに満開の桜並木の下に、人がいないだなんて有り得ない。しかも、子供が一人ぼっちでいるなんて」

浩章は反論を試みた。

「ですよね。私もそう思った。きっと悪い夢を見たんだと。だけど、今も時々、あれは実際に体験した出来事なんじゃないかと思う瞬間があるんです」

「何か根拠があるんですか」

唐突に始まった岩清水の思い出話に戸惑いながら、浩章は話を合わせた。

「根拠は特にありません」

岩清水は僅《わず》かに肩をすくめ、あっさりと否定する。

「ただ、古藤結衣子のかつての夢の話を聞いていて、あの時のことを思い出したんです――一人で桜並木の下を逃げていた時のこと」

かつての夢の話。昨日、大学病院で聞いた話のことだ。

「あの、山に鳥の足を植えるという話ですか」

「ええ。それだけではないですが」

岩清水はちょっとだけ考えるそぶりをした。

あの話は、浩章も印象に残っていた。ずっと夢の中の山に鳥の足を植え続けていて、植え終わったのでもうその夢は見なくなったという結衣子の話。

「あの話を聞きながら、どうしてあんなに桜並木が怖かったのか、ずっと考えていた。で、思い当たったのは――」

浩章は続きを待つ。

「たぶん、あの時、私は周りの桜の木が人間であることに気付いたからなんじゃないかと」

「人間？」

意外な言葉に思わず聞き返す。

「ええ。桜の木というのは、きっと人間の意識なんです」

冗談であるようには聞こえない。

「あの時――私はあの場所で一人きりで、周囲には誰もいなかった。だけど、実は大勢の人間がいた。あの桜の木いっぽんいっぽんが人間の意識だった。周りにいたはずの大人が、桜の木に変わってしまっていた。それが恐ろしかったんだ」

浩章は面喰《めんく》らっていた。

真面目に聞いていたけれど、彼の言葉を額面通りに受け取ってよいものなのか。

チラリと横顔を見る。

これは何かの喩《たと》えなのだろうか。それとも、彼なりの洞察を表現しているのか。

「おかしなことを言うと思うでしょう」

浩章の気持ちを見透かしたかのように岩清水は小さく笑った。

「うまく説明できないな。子供の頃って、見えないものを見ていたり、見えるはずのものが見えなかったりする。当時の私は、大人が桜の木に見えていたのかもしれない」

道が狭くなり、古い集落に入った。

これまでの幹線道路とは異なり、昔からある街道筋と分かる。

周囲の山肌を埋める木々が、うっすらと赤みがかっている。

あれはみんな桜の木だ。枝の蕾《つぼみ》が膨らみかかっているのだ。

これが全部咲いたらどれほど凄《すご》いだろう。

視界が開けた。いつのまにか車は見晴らしのよい山道を上っている。

車窓から、開けた平野部が見通せた。今まさに吉野の山を登っているのだ。
小さな土産物屋や茶店が道に沿って点々と続いている。
対向車とすれちがうのが難しいほど狭い道だ。岩清水はスピードを落とし、慎重に登ってい
く。かなり急斜面の道路である。
浩章は、いつしか動悸《どうき》が激しくなっているのを感じた。
何かが近付いてくる。何かのやってくる気配がある。いったい何が？
道の先に、大きな石の柱があった。山門の入口である。蔵王堂だ。
駐車場に車を止め、二人は外に降り立った。
ひんやりした空気。少し霧が出ていて、喉《のど》の奥まで冷たい霧が入ってくるようだった。
どことなく、いかめしく荘厳な雰囲気が漂っていて、浩章は背筋を伸ばしていた。
吉野は山の稜線《りょうせん》に沿って幾つもの寺や神社が連なっているが、蔵王堂は金峯山寺《きんぷせんじ》のお堂で、
ひときわ見晴らしのよい場所に建っている。
道を回りこみ、正面から進んでいくと、ずっしりとした存在感のある黒々とした影が、うっ
すらとかかる霧の向こうにそびえていた。
浩章は、職場の近くで見た犬のことを思い出した。神社の鳥居の下にうずくまっていた黒い
影。あれと同じように、目の前に建つ巨大なお堂も、まるで生き物のように息づいている気が
した。
観光客もいるが、数はそんなに多くなかった。お堂の軒先に掲げられた、力強い文字が躍る
額が目に飛び込んでくる。

浩章はその迫力に驚嘆した。いったいこの額は、畳何畳分くらいの大きさなのだろう。

動悸は治まらない。心臓の音が聞こえてくるかのようだ。ざわざわと鳥肌が立つ。何かが近付いてくる。

岩清水が足を止め、周囲を見回した。

「何か聞こえませんか」

「え？」

浩章も立ち止まり、耳を澄ました。

確かに、遠くから音が響いてくる。

潮騒《しおさい》？

最初に浮かんだのはその単語だった。が、じっと聞いているうちに、甲高い音が幾つも重なりあっているのだと気付く。

声。人の声だ。しかも、この声の高さは、まるで小さな……

「子供の声じゃないですか」

「どこから聞こえてくるんだろう」

二人できょろきょろと辺りを見回した。

「お堂のほうから聞こえてくるみたいだ」

浩章は、蔵王堂に目をやった。そっと、声のするほうに向かって歩いていく。

霧の向こうのお堂から、小さな影が出てきた。

「あれは」

思わず二人は声を上げていた。

お堂の中から、ゾロゾロと子供たちが歩み出てくるのである。

あどけない表情の子供たち。不思議そうに辺りを見回し、「ここどこ?」「お寺みたい」と叫んでいる。いきなり泣き出した子供もいた。

中には大人もいる。四十歳くらいの女性が、青ざめた顔できょろきょろしながら、両脇に抱えた子供たちの肩をしっかり押さえている。

驚いた僧侶《そうりょ》たちがあちこちから飛び出してきた。若い僧が多い。

「いったいどこから」

「いきなり、奥から出てきたんですわ」

「そんな馬鹿な」

「ほんまです。まるで、湧いて出てきたみたいに次々と」

悲鳴のように叫ぶ声が聞こえた。

周りが騒いでいるのが怖くなったのか、他の子供たちもつられて次々と泣き出した。僧侶たちが子供たちの肩を抱いて宥《なだ》めている。

「この子ら、ひょっとして」

「そや。神隠しに遭ってた子やないか」

岩清水と浩章は顔を見合わせた。子供たちの顔に見覚えがあったのだ。

朝、国道の霧の中で遭遇した子供たち。

あの子供たちが、今度はいきなり蔵王堂の中から現れたのだ。僧侶たちが驚くのも無理はない。浩章たちだって、目の前で起きていることを、俄《にわ》かに信じることはできなかった。

「警察や、警察呼んでくれ」

「救急車も」

辺りは騒然となった。

岩清水は、泣いている子供の肩を抱いている女性に近付いていった。

「先生ですか？」

彼女は、岩清水が近付いてきてもまるで目に入っていないかのようにボンヤリしていたが、一瞬間を置いてからようやく話しかけられたことに気付いたらしく、「いいえ」と首を振った。

「私は事務員です。帰ろうとして外を見たら、いつのまにか子供たちと一緒に山にいて――ずっと歩いていて――どこなのか分からなくて」

話しながらも半信半疑のようで、目が泳いでいる。

「ここはどこです？」

ハッとしたように、目の焦点が合った。

「吉野です。ここは吉野の山の中にある蔵王堂ですよ」

「蔵王堂」

女性はようやく振り返り、自分が出てきたところを確認すると、呆然《ぼうぜん》とお堂を見上げた。

「なんで――なんで？」

「歩いていたのはどのくらいの時間ですか？」

岩清水は辛抱強く聞いた。

「どのくらいの時間——」

女性は考え込んだ。

「さっきからずっと——学校を出て、まだ日は暮れてませんから、二、三時間というところでしょうか」

「二、三時間」

浩章と岩清水は再び目を合わせた。

やはり、かなりの時間のずれがある。

「今日は三月十二日です。あなたたちはずっと行方不明だったんですよ」

「三月十二日ですって？」

女性はあんぐりと口を開け、目を見開いた。

「そんな。有り得ません。信じられない。そんなに時間が経っているなんてことは——まさか。ほんの数時間、外を歩いていただけなのに」

しどろもどろになった女性に、岩清水は携帯電話を開いて見せた。そこに表示された日付と曜日を。

女は食い入るように携帯電話の画面を見つめ、「嘘」とだけ呟《つぶや》いた。

「学校から出て、何を見ましたか。車とすれ違いませんでしたか？ 実は、我々はあなたたちの姿を国道で見ています」

岩清水の声は、彼女に聞こえていないようだった。あまりに信じがたい事実に、思考がついていかないのだろう。ただぼんやりと首を振り続けるだけである。

　ふと、浩章は女性が肩を抱いている少年が自分を見ていることに気付いた。もう一人の子供はまだ激しく泣きじゃくっているが、その子はもう泣きやんで、じっと不思議そうに浩章の顔を見上げている。

「どうかした？」

　浩章は身体をかがめて聞いてみた。

「おじさん、いたよね」

「え？」

「おじさん、あの人といた」

「あの人？」

　岩清水も、少年の言葉に興味を抱いたようだった。

「あの人と手を繋《つな》いでた」

「あの人って誰だい」

「女の人。長い髪の人。髪の毛のここのところが白かった」

　少年はこめかみを押さえた。

　浩章は息を呑《の》んだ。結衣子だ。

「僕が？　どこにいたの？　あの人に会ったんだね？　何か言っていなかった？」

　思わず勢い込んで問い詰めると、少年は少し怯《おび》えた顔をして、首をかしげた。

「会ったんじゃなくて——いたんだ」

　目を逸《そ》らし、ボソボソと呟く。

のかもしれない。


「いた？」

「うん。頭の中に聞こえたの」

「頭の中に聞こえた？」

頭が混乱する。この子は何の話をしているのだろう。ひょっとして、この子も混乱している
のかもしれない。

「ええとね」

少年は必死に言葉を探していた。

「僕たち、ずっとあの人の中にいたの。それで、あの人が見えて、聞こえたの」

結衣子の中にいた？　結衣子が見えて、聞こえた？　この子は何を言おうとしている？

浩章は、少年の話が意味するところをイメージしようと努力した。

その時、岩清水の携帯電話が鳴った。

画面に見入る彼の表情が変わる。

「この近くで彼女のバイタルサインが現れたと」

「えっ」

浩章と目を見合わせる。

「ついさっきのようです。つかまえられるかもしれない」

「行きましょう」

遠くから、かすかにパトカーのものと思《おぼ》しきサイレンが聞こえてきた。これからここは大騒ぎになるに違いない。

「君、名前はなんていうの？」

浩章は身体をかがめて少年に尋ねた。

少年は、そこで初めて少しはにかんだ顔になった。女性の陰に隠れるようにして答える。

「ホンダ」

「ホンダ君だね。下の名前は？」

「ホンダリョウマ」

「あとでまた、その女の人のことを聞かせてくれるかな？　僕は野田と言います」

「うん」

小さく頷《うなず》いたのを見届けて、岩清水と一緒にその場を離れる。

話を聞きつけたのか、近所の人たちもやってきた。子供たちの姿を見て仰天している。悲鳴や歓声で辺りが騒然としてきた。

「もしかすると道が封鎖されるかもしれません。急ぎましょう」

岩清水が足を速めた。

車に乗り込み、カーナビを確認する。彼が設定した目標ポイントは、確かにここからそんなには離れていない。だが、峰に沿って連なる寺社仏閣とは異なり、どちらかといえば吉野の外れという感じだ。

「下っていく形になるのかな」

「いや——もう少し上って、それから逸れるみたいだ」

狭い道路を車は慎重に上っていく。上っていく彼らとは逆に、人が後ろに向かってぞろぞろ歩いていくのが見えた。きっと、蔵王堂に忽然《こつぜん》と現れた子供たちを見に行くのだろう。パトカーのサイレンが、背後から這《は》い上ってくる。救急車も混じっているのか、かなりの数の車が上がってくるようだ。追って、マスコミも押し寄せてくるだろう。

なるべく早く彼らから離れなくては。自分たちのことを気付かれてはいけない。

岩清水もそう考えているのは明らかだった。

俺たちが捜しに行くものの存在を知られてはいけない。

浩章の頭にもそんな焦りがあった。もし誰かに嗅《か》ぎつけられでもしたら、どうなる？

かつての毀誉褒貶《きよほうへん》を思い出すと、息苦しくなってくる。

しかし、本当に結衣子なのだろうか？

こうして山道をゴトゴトと揺られていても、まだ浩章には実感がなかった。

いや、理屈からいって、結衣子でしか有り得ない。こんなにも近付いているのだ。すぐそこに。とうとう彼女に会えるのだ。

カーナビの地図を見つめ、自分にそう言い聞かせてみる。

俺は本当に彼女に会いたいのだろうか。

そんな素朴な疑問が湧いてきたことに驚く。

本音では会いたくないと思ってはいないか。実際のところ、彼女に会うのを恐れているのでは？　どんな顔をして会えばいいのだろう？

浩章は、拭いがたい後ろめたさがつきまとうのを感じていた。

彼女をちゃんと捜そうとしなかった。彼女のことを忘れて、日常に戻っていた。何より、彼女のことを恐れていた。

どう考えても、感激の再会になるとは思えなかった。失われた歳月の大きさがひしひしと迫ってくる。

「さっきのあの子の話、どう思いますか」

唐突に岩清水が話しかけてきた。

いつのまにか、また辺りに店も車もなくなり、見晴らしのいい山道になっている。

「古藤結衣子の中にいた、という話のことですよね」

「どこかで聞き覚えがありませんか」

カーナビに眼をやりながら、岩清水は呟いた。

「聞き覚え？　彼女の中にいた、という話は聞いたことがないと思いますけど」

浩章は首をかしげた。

「その部分ではなく、別のところです。彼女があなたと一緒にいた、という」

「ああ」

あの人と手を繋いでた。

少年はそう言った。俺と結衣子が手を繋いで一緒にいたと。

「名古屋で山科早夜香の夢札を見ましたね。事件より後のものを。あの時、古藤結衣子らしき人物ともう一人、成人男性が出てきた」

浩章はハッとした。

早夜香の夢札の中の光景が蘇《よみがえ》る。

歩いていく影の一部。裾《すそ》を軽く折り返した焦げ茶のズボン。黒いスニーカー。

「あの時、夢札の中の結衣子はその成人男性と手を繋いでいた。あれは、ひょっとしてあなただったんじゃありませんか？　野田さん」

気付いていたのか。

浩章は音もなく溜息《ためいき》をついた。

「──僕じゃないかとは思っていました。でも、確信は持てなかった」

「でしょうね。一部分しか見えなかったし」

岩清水は軽く頷き、浩章がそのことを言わなかったと咎《とが》める様子はない。

「僕だとすれば、どういうことになるんでしょう」

思い切って聞いてみるが、岩清水は首をひねるだけだ。

「もしかすると、彼女はずっとあなたと一緒にいるのかも」

「え？　ずっとって──」

浩章はもごもごと語尾を飲み込んだ。

背後霊のように？　といっても、浩章は背後霊や守護霊といったものの存在は信じていない。

道の行く手が、二つに分かれた。右を行くとまた上りになり、吉野の山を分け入る方角になる。左はいちだんと道が狭く、曲がりくねっていて先が見えない。

「ここか」

岩清水は、左の道に入っていった。道は緩やかな下りになり、背の高い枯れ草の中を進んでいく。

「本当にこんなところにいるんでしょうか？」

浩章は不安になった。舗装された道ではあるが、かなり長いこと手を入れられていない様子で、アスファルトが剝《は》げて凹凸があり、車がガタガタと揺れる。

「ナビによるとそうです」

ずいぶん下りてきたような気がした。

「おや――この先にお寺があるようですよ」

岩清水が、窓の外に目をやった。

そちらを見ると、矢印の形をした小さな木の看板が道端に立っていた。

木蓮寺　２㎞

そう毛筆でそっけなく書かれている。

もくれんじと読むのだろうか。浩章は頭の中で呟《つぶや》いてみた。

「まだ新しい看板のようですね――ここに立てられてから、そんなに経っていないみたいだ」

人の手が入っていないように見える周囲の風景の中で、その看板だけが浮き上がって見える。

「目的地は、そのお寺なんですか」

浩章はナビを見つめた。

設定したポイントがじわじわと近付いてくる。

「限りなく近いことは確かです」

道は平地に出た。荒涼とした風景が広がる。葦《あし》に似た背の高い冬枯れの草が続いている。

「あそこかな」

岩清水が正面を指差した。

「モクレンの木がある」

遠くに、白いものが見えた。

まだモクレンの季節には少し早いような気がするが、その木はもう満開だった。

モクレンの花を見ると、いつも白い鳥がたくさん枝に止まっているところを想像してしまう。ひとつひとつに重量を感じる花のせいだろう。

あの花々が一斉に飛び立ったら、木が枯れ木のように空っぽになってしまうのではないかと。

しかし、モクレンの花は見えているのに、なかなか近付いてこなかった。道がでこぼこでスピードが出せないせいだろう。

ようやく正面にモクレンの木の全景が見えてきた。土塀の向こうに聳《そび》えている木は、相当な大きさだった。小さな山門も見える。あれが木蓮寺らしい。

「大きいな」

「かなり高さがありますね」

「なんとなく、女性的な感じのするお寺ですね」

岩清水が何気なく呟いたのを聞いて、浩章はハッとした。女性が住職を務める寺の話を、ごく最近耳にしたのではなかったか？

山際潤子。

「そういえば、山際さんが吉野の外れにあるお寺の話をしていた」

浩章は話し始めていた。

「夢札を引いてくれるお寺があると。宿坊に泊めてくれて、カウンセリングもしてくれる女性の僧侶《そうりょ》がいて、数ヶ月先まで予約が一杯だと」

「夢札を引くですって？」

岩清水の目が鋭くなった。

「ええ。元はエンジニアだったという話です。僕が詳しく聞こうとしたら、商売じゃないし宣伝もしていないからと言って、教えてくれなかった。夢札を引くための初期投資を考えたら、商売じゃないというのはどう考えてもおかしいと思ったんですが、実際、通常の宿坊と変わらないような料金だそうです」

山門の前には、控え目だが駐車場の矢印があったので、車をそちらに移動させた。

駐車場といっても、枯れた空き地があるだけだった。年季の入ったRV車と白い乗用車が並べて停めてある。

「あれは、鎌田さんの車です」

RV車を見て、浩章はそう直感した。ナンバーにも見覚えがある。

やはり、ここが山際潤子の話していた寺なのだ。もしかすると、鎌田も夢札を引ける寺があるという情報を独自に得ていたのかもしれない。そして、鎌田がここに来ているということは、つまり――

「どうやら、ここが終着駅のようだ」

岩清水が低く呟いた。

終着駅。その言葉は、どこか不気味に響く。

車を降りて、二人で正面に向かう。

山門をくぐったとたん、奇妙な感覚に襲われた。

奇妙なお寺だ。

浩章はしげしげと中を見回した。

門の外から見ると、いかにも昔からあるお寺という雰囲気なのだが、中の建物は最近普請したようで、まだ新しかった。

いわゆるお堂らしきものは見当たらず、中にもうひとつ、ぐるりと塀に囲まれた平屋建ての日本家屋があるだけなのだ。

「本当にお寺なんですかね。鐘楼も何もない」

浩章は境内に聳えるモクレンの木を見上げた。

ここでいちばん存在感があるのはモクレンだった。過剰なまでにびっしりと咲いた白い花がひどく生々しい。

岩清水は無言でゆっくりと家に向かって歩き出した。

内側の塀の小さな門のところにある呼び鈴を押す。

「はい」

思いがけず、すぐに涼やかな声が応《こた》えた。

「岩清水です」

そうインターフォンに名乗ると、つかのま沈黙したように思えた。

長めの間があって、ようやく返事があった。

「──どうぞ、お入りください」

静かな声だった。

岩清水はカラリと明るい音を立てて引き戸を開いた。短い石畳の向こうに、ひっそりと奥まった玄関がある。

変だな、と浩章は思った。

今、彼は「岩清水です」と名乗った。初めてここに来るのであれば、「岩清水という者ですが」とか、「古藤結衣子という人を捜しているんですが」とか、前置きがあってしかるべきではないだろうか。なのに彼は、まるで相手が自分のことを知っているかのように名乗ったのだ。

二人が玄関に近付くと、誰かが扉の向こうにやってきて、岩清水が手を伸ばす前に開けられた。

ほっそりとした長身の娘。剃髪《ていはつ》した頭の下に白のタートルネックのセーターとジーンズという格好が、一瞬ちぐはぐに見える。

ふと、浩章はその姿がさっきの民宿の庭で見かけた姿にダブるような気がした。

あそこにいた？

「──母が」

娘は溜息《ためいき》のように呟いた。

「きっと、そちらにも向かうだろうと」

そう言って、岩清水と浩章の顔を交互に見た。

やはり、そうだ。あの民宿の女性は、この娘の母親だったのだ。

違和感を覚えたのは、彼女が彼のことをどこか懐かしそうに見たからだった。

初対面のはずなのに。そう尋ねてみたかったが、口に出しかねた。

「二人はどこにいるんですか」

岩清水は有無を言わさぬ口調で切り出した。

娘は動じることなく、じっと岩清水を見ていたが、やがて「こちらへ」と中に向かって歩き出した。

奥に進むと、渡り廊下が見えた。

渡り廊下に差しかかると、中庭に小さなお堂が建ててあるのが分かった。八角形の建物。明らかに、法隆寺の夢殿を模したお堂である。

岩清水が足を止めた。浩章もハッとする。

戸板の一部が開いていて、中に人が見えたのだ。どうやら横になっているらしく、頭を肘《ひじ》で支えている。

「鎌田さん」

浩章は思わずそう呼んでいた。

頭がピクリと動くのが見え、身体を起こしてこちらを見たのは、紛れもなく鎌田本人である。

「よう、辿《たど》り着いたか」

鎌田はのんびりした声を出し、軽く手を挙げてみせた。

「こっちに来いよ。そこにサンダルがある」

その、あまりに普段と変わらぬ様子に浩章はぽかんとしてしまった。

前を歩いていた娘に目をやると、彼女はかすかに微笑んだ。

「後ほど、鎌田さんと奥にいらしてください」

そう言ってさっさと行ってしまう。

岩清水と浩章は顔を見合わせ、渡り廊下の途中にあった沓脱《くつぬ》ぎ石の上のサンダルを履くと、鎌田のいるお堂に近付いた。

「なかなか気持ちのいい空間だよ」

中で胡坐《あぐら》をかいて座っている鎌田が、ふわっと欠伸《あくび》をした。

「子供たちが見つかりましたよ」

浩章はそう声を掛けた。

「どこで？」

そう驚いた様子もなく、鎌田が尋ねる。

「蔵王堂です」

「そうか。そろそろだとは思っていたが」

鎌田はカリカリと頭を掻《か》いた。

三人で、車座になってお堂の中に座っているのは奇妙な心地がした。

四畳半ほどの空間である。天井に小さな電灯が下げられているだけで、見事に何もない。

「ここは何のための場所なんですか」

岩清水が天井を見上げながら呟《つぶや》いた。

「もちろん、夢見のための場所さ」

鎌田は肩をすくめた。

確かに、ここで全部戸板を閉めて一人きりでいたら、昼間でも強烈な夢が見られそうだ。

「瞑想《めいそう》、座禅。呼び名はどれでもいい。一人で、見えないものを見るための場所だ。もっとも、このところ見えないものがどんどん目に見えるようになってきてるけどね」

鎌田の声には冷めた響きがあった。

岩清水と浩章は鎌田の顔に注目していたが、鎌田は誰のことも見ていなかった。

「ベテランの夢札酔い」

独り言のように話し出す。

「仲間うちで数年前から噂にはなっていた。人によって内容は違うが、死んだ人が出てくるという話は聞いていた。俺の場合、特にそんなこともなかったので、個人差があるんだと思っていた。だが、二年ほど前」

鎌田はそこでようやく浩章を見た。

「彼女が出てきた」

「古藤結衣子ですね」

岩清水が静かに言う。鎌田は頷《うなず》いた。

「ああ。なんで彼女なんだろうと思ったけど、野田を通して彼女の話はよく聞いていたから、その時は、なるほど、死んだ人が出てくるというのはこういうことかと思ったよ」

「だが」

鎌田は鼻をこすった。

「俺はこう見えて、実はかなり疑い深い」

その、表情の読めない瞳《ひとみ》を見ながら、浩章はこの男について自分はいったい何を知っていたのだろう、と思う。

「まず思ったのは、古藤結衣子は本当に死んでいる人なのだろうか、ということだった。調べてみると、彼女が亡くなったという証拠はない。だとすれば、生きているのかもしれないと考えるようになった。あるいは」

鎌田は言葉を切り、少しためらった。

「あるいは？」

浩章が先を促す。

「どこかでずっと夢を見続けているのではないかと考えた」

「それは、生きているということではないんですか」

もどかしげに尋ねると、鎌田は黙り込む。

「――それが自分でもよく分からなかった。直感でそう思いついただけで、特に根拠はなかったんだ。でも、彼女がこちらにアクセスしてくるのは、きっとどこかで夢札を引いている最中ではないかと思った。俺は、夢札を引くという行為そのものが、我々の意識を変容させたと考えているのでね」

変容。夢は外からやってくる。夢を見ている結衣子が我々の意識にアクセスしてくる――

「それで、個人的に夢札を引けるところがないか探してきた。病院や研究関係だったら、古藤結衣子だとすぐに分かるはずだから、それ以外のところ。実は、日本でも意外に『獏《ばく》』を個人で持っている人が多いんだ。登録しなければならないとはいえ、個人で持っているとなかなかそこから先、どんなふうに使っているか聞くことは難しい。こういう人が夢札を引いていませんかと聞くわけにいかないしな。大変だったよ」

「この寺のことを知ったのはいつごろですか」

浩章は尋ねた。潤子の話では、ここが口コミで評判になったのは、そんなに昔の話ではないようだ。

「最近だよ。ずっとネットで張っていたんだが、『夢札を引く』という条件では、ここはヒットしなかったんだ。夢判断の研修生の若い女の子から噂を聞くまで、まさか、こんなふうにデトックス感覚で夢札を引くという使い道が流行《はや》るとは思いつきもしなかった。で、ここのことを調べてみてピンと来た」

若い女性の口コミ。鎌田も浩章と似たような経緯で知ったわけだ。

「それで直《じか》にやってきたんですね」

岩清水が硬い表情を崩さずに尋ねる。

「あの民宿に行ったのはなぜです？」

「この寺の住職の実家で、古藤結衣子とも遠縁だというのに引っかかったからだ」

住職。青々とした剃髪の娘。

「あの人はいったい――」

そう浩章が言いかけたところで、鎌田がおもむろに立ち上がった。狭いお堂なので、一人が立ち上がると急にますます中が狭くなったように感じる。

「奥に行こう。彼女が待ってる」

鎌田はそう呟くと、外に出た。渡り廊下に上がり、勝手知ったる様子で奥に入っていく。浩章と岩清水も後に続いた。

渡り廊下で繋《つな》がれている、離れといった趣の建物に入ると、十五畳ほどありそうながらんとした座敷があった。

三面に縁側があり、縁側の障子がすべて開け放してある。

縁側に座布団が三枚並べてあるのが見えた。

浩章たちが部屋の中で棒立ちになっていると、廊下からあの娘が現れた。手には茶碗《ちゃわん》の載った盆を持っている。

「どうぞ、そちらへ」

娘に促され、三人で縁側に並んで座った。

縁側の周りは大きなサッシュで囲まれており、冬枯れの庭が見渡せた。といっても、萩《はぎ》や八つ手など多くの庭木で視線は遮られる。それでも、かなりの広さがあるようだった。

「お庭を散策してもらったり、希望する方には写経をお願いしたり、座禅を組んだりしてもらいます」

娘は誰に言うともなく説明した。

「夢札を引くのは、さっきの八角形のお堂でですか？」

浩章が尋ねると、娘は頷いた。

「はい。原則としてはあそこでですが、狭いところが苦手という方もいらっしゃるので、この部屋で引くこともあります」

確かに、閉所恐怖症の人にさっきのお堂はつらいかもしれない。

「ここのお寺はずっと誰もいなくて——祖父の幼馴染《おさななじみ》が守っていたそうなんですけど、係累が少ない人で。まさか私がここに来ることになるとは思いませんでした」

ずいぶん遠いところまで来た。

浩章は不意にそんな感慨がこみ上げてくるのを感じた。こんなところで、こんなメンバーで並んで座っているのが信じられない。

「——母が最初に見つけたんです」

娘は庭に目を向けたまま呟いた。

何を、と言いかけて浩章は飲み込んだ。

「うちの玄関の前に倒れていたそうです」

ハッとして彼女の横顔を見たが、視線は庭に向けられたままだ。

「あのひどい事故があって、三週間くらい経った頃だったと思います」

淡々とした静かな声。

「顔や手にやけどが少し。意識はありませんでした。見た目にはそんなにひどい状態ではなかったけれど、本当のところはやけどよりも、全身打撲のほうが重傷だったようです。全身あざだらけで、よく調べてみたらあちこち細かい骨折もしていました」

浩章は、心臓の鼓動が速まるのを感じた。

彼女が誰について話しているのか悟ったからである。

「起き上がるまで数ヶ月。半年近く歩くことができませんでした。重い脳震盪《のうしんとう》もあったようです――そのダメージがいちばん大きかったのかもしれません」

未来に飛ばされたとはいえ、爆発の衝撃を受けたのは間違いない。

「最初は母も誰なのか分からなかったようです。遠縁とはいえ、本当に疎遠で、それまでに会ったことはなかったそうですから」

娘の目は、遠い過去を見ているようだった。

「それに、母が見つけた時、聞いて知っていた彼女の特徴は失われていました。そもそも、まさか事故から三週間も経ってあんなところで見つけるとは、誰だって夢にも思っていなかったでしょう。でも」

何か思い出したように、娘は小さく笑った。

「不思議ですね。あの人を病院に運び込んだ夜、母は夢を見たそうなんです。夢の中で、あの人が誰なのか思い当たったと。あの人が、夢の中で『夢を変える方法を探している』と母に訴えてきたというんです」

夢を変える方法。かつてそういう祈禱《きとう》があったと話していたっけ。

「それで、あの人の面倒を見ることを決めたそうです。幸い、病院であの人が誰なのか気付く人はいませんでした」

やはり彼女はこの地にいたのか。

安堵《あんど》にも似た感情がこみ上げてきて、喉《のど》の奥が熱くなったことに浩章は驚いた。

「怪我のほうの回復は順調だったんですが、なかなか意識が戻りませんでした——脳震盪の後遺症かと思って心配しました。いえ、正確に言うと、意識はあるんです。元々自発呼吸もあったし、少しずつ身体を起こせるようになって、食事もできれば呼びかけにもある程度応《こた》える。だけど、なんというか、常に別の世界にいるというか」

娘はもどかしげに言葉を切った。伝えたいニュアンスが伝わらない、という様子である。

「——夢うつつの世界にいるというか」

そう言い添えて、彼女はつかのま黙り込んだ。

「あなたは『獏』の製作メーカーのエンジニアだったそうですね」

浩章は尋ねた。

「はい。Mに勤めていました」

娘は、アメリカ大手のメーカーの名を挙げた。

「私は幾つか『獏』の映像処理の技術で特許を取っているんです。私が勤めていた企業では開発者に特許料の一部が入ることになっているので、『獏』を買ってこの寺を修理することができました」

なるほど、それなら少なからぬ費用も捻出《ねんしゅつ》できるかもしれない。

「母から彼女のことを聞いて——私はどうしても彼女の夢札を引いてみたかった。私も研修で彼女の夢札を見たことがあったし、今現在彼女がどんな夢を見ているのか知りたかった」

「それがこの寺を始めたきっかけなんですか？」

「うーん。今となってはどちらが先だったのか。彼女の夢札を見たいから始めたのか、寺を預かりたいからだったのか。分かりません」

娘はゆっくりと首を振った。

「ひょっとして、彼女の医療費はあなたがいたメーカーが？」

岩清水がさりげなく尋ねた。娘は一瞬無表情になったが、再び首を振る。

「そのことについてはノーコメントです」

結衣子の正体が明かせない以上、保険が使えなければ医療費はかなりの額になったはずだ。結衣子の夢札を手に入れられるのであれば、それくらいの費用は出すだろう。が、岩清水はそれ以上の深入りはしなかった。

浩章も、早く続きが聞きたかった。

「で、彼女の夢札を引いて見たんですね？」

「はい」

娘はどことなく緊張した表情で頷《うなず》いた。

「どうでした？」

こんな間抜けな質問しかできないことが歯がゆかったが、浩章はそう聞くしかなかった。

「それはもう」

娘の目が遠くなった。

「私がエンジニアになってからも、ずいぶんと技術は進歩しました。映像の精度も桁違《けたちが》いです」

その目に恍惚《こうこつ》感と恐怖とが同時に浮かんでいるように見えたのは気のせいだろうか。

「彼女が常に夢うつつのように見えたので、お医者さんに調べてもらいました。すると、どうやら彼女は本当に、脳がいつも夢を見ている状態にあるらしい、と言われました」

いつも夢を見ている状態。レム睡眠状態にあるということか。そんなことがあるのだろうか。

「たぶん、彼女は自ら望んでそうしているんです。だって、彼女はとても美しいところにいるんだから」

自ら望んで。いっときは夢を見るのを嫌がっていたのに、今は夢を見たがっているというのか。ひょっとして、彼女は自分が望んだ夢だけを見られるようになったのだろうか。

「そう、彼女は望んで夢の世界にいるんだと思います。その証拠に、退院してからも、彼女は夢を見るためだけに生きているように見える」

「というのは？」

「ちゃんと最低限の食事もして、排泄《はいせつ》も入浴もする。毎日キチンと、ほとんど義務のようなルーティンワークとして、です。庭も散歩して、体力も維持している。まるで無意識のうちにカロリー計算しているみたい。そして、夢を見続けるだけのエネルギーを満たしたら、あとの時間はずっとうつらうつらと夢を見ているんです。まさに彼女は夢を見るために生きているんです」

生きている。結衣子は生きているのだ。

浩章はその言葉を噛《か》みしめていた。本当に、彼女はこの世に存在しているのだ。

喜びと悲しみと、両方の気持ちが入り混じっている。この複雑な感情は何なのだろう。

「何年もその状態だと」

　岩清水が呟《つぶや》いた。

「ええ」

　娘は岩清水を静かな目で見た。

「それが変わったのは——転機は、二年くらい前のことです」

　転機。浩章は顔を上げた。

「私、久しぶりに自分の夢札を引いてみたんです。もう何年ぶりか分からないくらい、久しぶりに」

　娘はまた遠い目をした。

「そうしたら、彼女に会えたんです」

「え？」

「夢の中で会う彼女はとてもリアルで、私のほうが彼女の夢の中に入り込んでしまったような気がしました。いえ、実際そうだったんじゃないかと思います。そして、それは私だけじゃなかった」

　娘はそこで初めて、隣にいる三人の男を順番にぐるりと見回した。

「いろいろな人が彼女の夢に来ていた。子供たちや大人たち——私のように、夢札を引いていて彼女の夢に入り込んでいた人もいたし、そうでない人もいた。それどころか」

　娘は溜息《ためいき》をついた。

「彼女が夢の中から現実に出没していることに気付いたんです」

「現実にというのは――」

ボソボソと岩清水が呟く。

「文字通りの意味です。学校の教室。廊下。町の中。彼女が夢の中で行こうとした場所に、かつて彼女が事故に遭った時の姿で現れるらしい。ネット上で噂になっているのに気付き、私も庭にいた彼女を見て外に出たら、帽子をかぶってコートを着た彼女が歩いていくのが見えた」

「ドッペルゲンガー」

鎌田が呟いた。

「生霊かもしれん――彼女にとって、夢札を引いたことのある人間の意識は通路になっている。集団的な夢の中で、彼女はそんな意識に引き寄せられていく。そして、そこに『現れる』わけだ。夢札を引いたことのある生徒の多い教室や、夢判断の家にね」

病院の廊下や、図書館にも。

浩章は、結衣子はかつて自分が神隠しに遭った教室に戻ろうとして、別の教室に何度も現れてしまったのではないかと思った。

「彼女は言いました――夢の中で私に。『私はもう未来は見ない。ずっとここにいる』と」

「未来を見ない？」

予知夢はもう見ないというのか。見られなくなったのか。それとも、本人の意志でそれができるようになったと？

「その頃から、彼女はだんだん目覚めなくなっていきました」

消え入りそうな声で娘が呟いたので、浩章はハッとして彼女の顔を見た。

「目覚めなくなった？」

「ええ。それまではほぼ毎日、数時間は起きていたのに、少しずつ眠っている時間が長くなっていったんです」

娘の言葉の意味するところに気付き、浩章は愕然《がくぜん》とした。娘は続ける。

「やがて、起きて食事をするのも二日に一度になり、三日に一度になりました。今では、五日に一度目が覚めればよい、という状態です。食事もかろうじて、食べさせれば食べるという程度で、じきに点滴だけになってしまうかもしれない」

つまり、彼女は――

浩章は、その先を続けるのが怖かった。

「会わせてください」

いつのまにか、娘に詰め寄っていた。

「いるんでしょう？　彼女に会わせてください」

娘と鎌田が顔を見合わせるのが分かった。

岩清水は静かに座っている。

娘が立ち上がり、よく磨かれたサッシュをがらりと開けた。サッと冷たい風が部屋に吹き込んでくる。

「お庭を歩いてみましょうか」

娘は庭に下りた。浩章たちも、並んでいるサンダルを履いて庭に出る。冷たく感じられた風は、外に出てみると春のぬくもりを含んでいるように感じられた。

娘と鎌田は、並んでボソボソと何か話しながら歩いていく。

「もし」

その後ろに続いた浩章は、岩清水が独り言のように呟くのを聞いていた。

「今度こそ古藤結衣子が目覚めずに、彼女の身体がこの世から消滅してしまったら――彼女がとうとう夢の中だけの存在になってしまったら、何が起こると思いますか」

浩章は岩清水を見た。

「あなたが恐れていたのはそのことなんですね。取り返しのつかない状況というのは、彼女が我々の夢に介入してくること――いや、夢だけでなく現実に介入してくること。彼女の夢見る時間が長引けば長引くほど、その介入力は強くなっていく。彼女が完全に夢の世界の住人になった時、彼女は万能になり、彼女はこの世界の『どこにでもいる』存在になるんだ」

そう言いながらも、浩章は自分の言葉に現実感がないのに戸惑っていた。こんな荒唐無稽《むけい》な話を誰が信じてくれるだろうか。

「考えられますか？　幽霊との共存なんて。彼女だけが一方的にアクセスしてくる？　どこにでも現れる？　そんな世界でどうやって法と秩序を維持していくというんです？　受け容《い》れろと？　受け容れられると？」

岩清水が硬い表情で、吐き捨てるように呟いた。

「そんなことをさせるわけにはいかない」

「でも、どうやって？　彼女はもう向こう側に行きたがっている。そう望んでいるんです」

「阻止しなければ――彼女が向こうに行ってしまうのを。引き留めなければ」

岩清水はそう呟いた。

引き留める。どうやって？

風が正面から吹きつけてきて、庭木の枝を鳴らした。

やがて、先に開けた場所が見えてきた。

浩章はハッとした。

古い石仏が並んでいて、そこに誰かがいる。

男が一人、立っていた。背中を向けているので顔は見えない。

そして、その隣にもう一人。

車椅子があり、白い頭が見えた。

娘が男に声を掛けたらしく、男が振り向いた。

ぎくっとしたのは、浩章だけでなく、隣を歩いている岩清水も同時だった。足が止まる。

男が浩章たちに気付き、その目が見開かれた。

似ている。

岩清水が凍りついたように男を見ていた。自分とよく似た、自分より少し年長と思われるその男を。

「──まさか」

そう岩清水が呟くのが聞こえた。

男が薄く笑うのが見えた。

浩章たちはゆっくりと男に向かって近付いていった。

車椅子の前に回り込んでゆく。

浩章は、自分がぶるぶると震えているのに気付いた。抑えようとしても、震えが止まらない。冷や汗が背中を伝っている。

娘と鎌田が、車椅子の前でじっとこちらを見つめている。

浩章は、恐る恐る車椅子の前に進んだ。

女が眠っていた。

真っ白な髪をした、痩《や》せた女。

老女かと思ったが、顔は若い。記憶の中の顔とほとんど変わらぬものがそこにあった。

「結衣子さん」

浩章は、溜息のように呟《つぶや》いていた。

結衣子は、眠っていた。目は閉じられており、穏やかな笑みを口元に浮かべて。

「結衣子さん」

そう呼びかけずにはいられなかった。

浩章は結衣子の足元にしゃがみ、膝掛《ひざか》けに手を置いてその顔を見上げた。

何気なく触れた膝の薄さにぎょっとする。

食事も摂《と》らず、運動もしていないため、筋肉が落ちてしまっているのだ。

結衣子の髪の毛は、まるで染めたかのように、見事なまでの銀髪になっていた。きっと、家の前で倒れていた時から既にこうだったのだろう。だから、「彼女の特徴は失われていた」と言ったのだ。

「ずっとこうなんですか」

浩章は娘に尋ねた。娘は頷《うなず》く。

「ええ。めったに目を開けることはありません」

「こちらの声は聞こえているんでしょうか」

「それが、分からないんです。聞こえていると思う時もあるし、そうでないと思う時もあるし」

「結衣子さん」

もう一度呼びかけてみる。

結衣子は微笑んでいた。

苦しそうに眠っている姿が焼きついているだけに、こんなふうに幸せそうに眠っているのを見るのは初めてのような気がした。

肌は透明感を増し、彼女はとても綺麗《きれい》だった。

「あんたと一緒にいる夢をずっと見てるんだと思うよ」

頭の上から声が降ってきた。

浩章は、改めてその男を見上げた。

男は親しげにこちらを見ている。

そうだ、この男だ。合同葬儀の時に言葉を交わした男。正月にTVの中で見かけた男。

「あなたは誰なんです？」

浩章はそう尋ねた。

「そいつの兄貴」

男はチラッと岩清水に目をやった。

「え？」

浩章は硬い表情のままの岩清水を見た。

きょうだいは妹が一人と言っていなかったか？

「まあ、そいつは俺の顔など忘れちまってると思うけどね」

男は肩をすくめた。

「会うのは何年ぶりだろう――俺たちの両親が別れたのは、俺が七歳の時だった。おまえはまだ三歳になったばかりだったな」

岩清水は、のろのろと口を開いた。

「野田さんが、僕に似た男を見たと言った時、ひょっとして、とは思ったんだ――父方に引き取られた兄かもしれない、と。でも、そんな偶然があるはずはない、と思った。まさかそんなことは、と」

「はは。偶然、か」

男は力なく笑った。

「俺の父方の家は、『舞の家』でね。俺は舞の跡取りとして引き取られたのさ」

舞の家。だからおん祭で踊っていたのか。

浩章はＴＶの中の姿を思い浮かべた。

「奉納で踊ることも多い。結衣子の母親は、公演などで花を活《い》けに来てくれていたので知っていた。結衣子のことも」

　男は視線を落とし、結衣子に目をやった。

「あの葬儀の時、彼女はそこにはいない、と言ったのはなぜですか」

　浩章が尋ねると、男は考え込む顔になる。

「そんなことを言ったっけ？　ああ、言ったな、そういえば」

　男は顔を上げた。

「そんな気がしたんだ。あの時。結衣子は死んでいない。どこかにいる。そう思っていた」

　実際、そうだったわけだ。

「あなたは、結衣子さんが生きていることをいつ知ったんですか」

「一年ほど前だ」

「どんなふうに？」

「夢札を引いた」

　男は鎌田にチラッと目をやった。

「俺たちは、夢の中でも舞っている。いつもイメージトレーニングを欠かさないからな。もう、習い性みたいなものだ。たまに夢の中でヒントを貰《もら》うこともある。夢の中で踊った感触が残っていて、それを試してみようと思ったりもする。夢の中でのイメージを逃したくなくて、たまに夢札を引いてみるんだ」

　夢札を引くと通路ができる。

「一年ほど前、何回か続けて夢札を引いてみた。大きな公演会の前だ――そうしたら、結衣子が出てきた。木蓮寺にいるの、とはっきり言ったんだ」

通路ができれば、結衣子はどこにでも行くことができる。

「夢だったけれど、気になった。あまりにも鮮明で、あまりにリアルだったからだ。それで、調べてみた——木蓮寺という寺があるかどうか。あった。しかも、夢札を引けるという。ますます気になった」

結衣子は夢の中ではリアルである。夢は彼女の意識でもある——

「で、直接訪ねてみることにした。電話していったら警戒されると思ってね。で、単刀直入に聞いた。ここに古藤結衣子はいるかって」

娘が頷いている。

「一目で分かりました。この人は知っているって。だから認めました。ここにいます、と」

「俺がここに来た頃には、彼女の目覚めている時間はもうかなり減っていた。俺は彼女が起きているところを見たことがない」

男は足元を見た。

「彼女の現世での時間は——たぶんもうあまり残っていないだろう」

浩章は食い入るように結衣子の顔を見つめていた。

現世での時間。彼女はこのまま二度と目覚めることなく逝ってしまうのだろうか。

「そんな。このままにしておくつもりなんですか」

岩清水が、声を荒らげた。

「病院に移しましょう。きっと何か手立てがあるはずだ。国で彼女を引き取って、面倒をみればーーきっと予算は付く」

白い病室で、たくさんの管につながれ、モニターに囲まれた結衣子の姿が目に浮かんだ。

そうだ、そうすれば結衣子はまだ生きていてくれる。この世に肉体をとどめていてくれる。

浩章は、希望と絶望とを同時に感じた。

年老いた自分が、病室を訪れるところが想像できた。目覚めることなく、ゆっくりと老いていく結衣子を見つめている老いたおのれの姿が。

それでも、生きていてほしいーー結衣子のそんな姿は見たくないーー矛盾する感情がぶつかりあい、渦巻いている。

鎌田と娘、岩清水の兄は静かな表情でこちらを見ていた。男が口を開いた。

「彼女が目覚めるつもりなら、とっくに目覚めていたはずだ。彼女は自ら望んで夢を見ている。夢の中の世界を選んだんだ」

「だからといってーーこのまま見過ごすわけには」

岩清水が搾り出すような声を出す。

「実は、この時を待っていた」

鎌田がおもむろに話し始めた。

「この時？　この時というのは？」

浩章が尋ねると、鎌田はじっと浩章の顔を見た。

「野田が彼女に会う瞬間だよ」

「僕が？」

「もしかして、おまえがやってきたら、彼女が目覚めるんじゃないかと思ったんだ。彼女はおまえと一緒にいたいと思っているし、夢の中では一緒にいるようだから——いや、そもそも、おまえは彼女の夢に干渉していた。干渉できた」

「え？」

「おまえは、彼女が眠っている時、何度もそばにいたな？」

いきなり言い当てられてどぎまぎし、反射的に目を逸《そ》らしてしまう。

「だからおまえは彼女の夢に入り——彼女が見てるものも見た」

ハッとした。一緒にいた成人男性。教室。廊下。山。和水仙。

王子。自分が。浩章は思わず苦笑した。

「眠り姫の目を覚まさせるのは王子に決まっている」

鎌田は結衣子に目をやった。

「期待していたんだ——彼女が目覚めるとしたら、この時しかないと」

期待していたんだ。

鎌田の言葉が過去形であることを、浩章は鈍い痛みとともに噛《か》み締めていた。

幸せそうに眠っている結衣子。浩章の声にも反応しない結衣子。

「彼女は目覚めません」

浩章は静かに言った。

「この世界は、彼女にはつらすぎました。彼女は、いつもつらい夢ばかり見てきた。今の彼女は、とても幸せそうに見える」

「野田さん。あなたまで」

岩清水が顔色を変える。

「どうすればいいのか分からない。ここにいてほしいとも思う。ずっとこうして顔を見ていられたら」

浩章は膝掛《ひざか》けを握り締めていた。結衣子の痩《や》せた膝が、膝掛け越しに手に触れる。

ずっと、この幸せそうな寝顔を見ていられたら。楽しい夢を見ている結衣子だけを。

彼女はずっとここにいたのだ。一人で、夢を見ながら。浩章に会いに行くこともせず。ずっと一人きりで、幸福感に包まれ、笑みすら浮かべて。

微笑んでいる結衣子の顔がぼやけた。

自分が泣いていることに、浩章はしばらく気付かなかった。

「あ——」

とてもか細い、かろうじて聞き取れるような音だった。

浩章はハッとして、慌てて結衣子の口に耳を寄せた。かすかに唇が動いている。

「——あのはる——に」

あのはるに。そう聞こえた。

それきり、結衣子は口をつぐんだ。

あの春に。かつて、同じことを結衣子が言ったことがあった。

「あの春に、どうしたの？　結衣子さん？　ねえ、どうしたいの？　聞こえる？」

浩章は結衣子の身体を揺さぶる。

「野田さん」

岩清水の兄が、そっと浩章の身体を結衣子から引き離した。

結衣子の頭が、かくんと傾いた。

「結衣子さん」

みんながハッとして棒立ちになる。

一陣の風が、ごおっと音を立てて庭を吹き抜けていった。庭木の枝が揺れ、枯れ草が舞う。

春はまだ来ない。けれど、その風は、かすかに甘い花の香りがした。

終章　夢違

朝の冷たい空気を頬に感じながら、浩章はゆっくりと石畳の上を歩いていた。

まだ朝の八時とあって、団体客が来ている気配はない。参道には人気《ひとけ》がなく、土産物屋も開いていない。

空は薄曇りだった。青と灰色が混ざりあって、うっすらと太陽の光を滲《にじ》ませている。

黒い門の向こうに、塔が見えた。

なみなみならぬ、異様な迫力を湛《たた》えた五重塔。

浩章は足を止め、その巨大な塔を見上げた。

向こうも、こちらを見下ろしているように感じる。塔には誰かがいる。現世の者を高みから睥睨《へいげい》する、高次の存在が。

ゆっくりと門の中に入り、回廊に沿って歩いていく。

やはり、塔が人格を持っているように思えてならない。今、何を考えているのだろう。

浩章は塔の周りをぐるりと回ってから、塔を離れた。

土塀にはさまれた広い道を歩いていく。

正面に、チラリと屋根が見えた。

久しぶりに訪れる、夢殿だ。

結衣子の姿は、ここ法隆寺でも見られたという話だった。きっと彼女は夢殿に来ていたに違いない。

八角形のお堂。

木蓮寺の中庭にあった、小さなお堂を思い出す。あの中で、ゆうべも誰かが夢札を引いていたのだろうか。

夢殿の周りも、ゆっくりと回ってみる。

結衣子もこんなふうに回っただろうと思いながら。ここにも、誰かがいる気配を感じる。中に誰かがこもって、じっと瞑想《めいそう》をしているところを思い浮かべてしまう。

夢殿が造られたのは、聖徳太子の死後である。造られた理由は諸説あるが、未《いま》だに謎の多い建造物とされている。

夢を変える方法を教えて。

結衣子の声を思い出す。

そう、彼女はずっとその方法を考えていたのだ。自分の見る恐ろしい夢を変える方法。それをよい夢に変えられればどんなにいいだろう。

きっと、彼女はこの世界に戻ってきたのちも、ずっとそのことについて夢の中でも考え続けていた。

ならば、この場所に来ないはずがない。ここには、彼女の願いを叶《かな》えてくれるものが古くから存在しているのだから。

少しずつ太陽の光が強まり、雲が薄れてきた。灰色よりも青が勝るようになり、晴天の予感で世界が明るくなる。

浩章は、休憩所で一休みした。缶コーヒーを買い、ゆっくりと飲む。

ゆうべはほとんど眠ることができなかった。まどろむことはできても、すぐにハッと目が覚めてしまうのだ。

何かの夢をたくさん見たような気がするのに、カーテンの隙間に朝の光を見たとたん、すべてが淡いバラバラの欠片《かけら》となって、両手の指のあいだをあっさり滑り落ちていってしまった。

行かなければ。あの場所に。

起き上がった浩章の頭には、そのことしかなかった。駆り立てられるように服を着て、朝食も摂《と》らずにホテルを出て、一目散にここ法隆寺まで来てしまった。

浩章は、なんとなく携帯電話を取り出し、開いてみた。

カレンダーが目に入る。

三月十四日。月曜日。

携帯電話をパチンと閉じる。

陽射しが暖かくなってきた。コーヒーの甘さが、頭をはっきりさせてくれる。

浩章は伸びをして、立ち上がった。

ゆっくりと、大宝蔵院《だいほうぞういん》に向かう。

中は薄暗く、照明が落としてある。年配の女性が二人、先を歩いていた。他に客の姿は見当たらない。

国宝級の仏像が、次々に現れる。

静謐《せいひつ》な空間に、さまざまな時代のさまざまな表情の仏像がひっそりと佇《たたず》んでいるのを眺めていると、自然と心が静かになってくる。

何を託してきたのだろう。何を託されてきたのだろう。どれだけの重さを受け止めてきたのだろう。

静かに降り積もってきた長い長い時間が、この空間に見えるような気がした。

これから先、時間も見えるようになるのだろうか。

ふと、そんなことを考えた。あらゆるものが可視化されてゆく世界。そんな世界は何を変容させていくのだろう。人々の意識？　あるいは、意識を収めている肉体までも変わってしまうのだろうか。教室で結衣子に会った子供たちや、子供たちの子供たちはいったい何を目にするのだろう。いったいどこまで、人は「視る」ことができるようになるのだろう。

ついに、その仏像の前にやってきた。

黒っぽい、こぢんまりした仏像だ。

いつもこの仏像の前に立つと、イメージしていたものよりも小さいことに驚くのだ。

無邪気に微笑んでいるようにも見えるし、はにかんでいるようにも見える。

夢違観音。

これはこの観音像の正式な名前ではない。夢違観音というのは俗称で、嫌な夢を見た時に祈ると、よい夢に変えてくれるという民間信仰から、庶民のあいだで付けられた名前である。

彼女の夢を変えてもらえませんか。

浩章は心の中で仏像に話しかけてみる。

彼女、何度もここにやってきたでしょう？　ぜひとも相談に乗ってやってください。お願いします。彼女がいい夢を見られるように、協力してあげてください。

浩章は、手を合わせて目を閉じ、しばらくいっしんに祈っていた。

ようやく目を開けた時、仏像と彼を隔てるガラスの中に、こちらに向かって歩いてくる若い女の姿を見つけた。

ゆっくりと、しなやかな動きで、女は歩いてくる。グレイのアンサンブルニットに、滑らかにひるがえるフレアースカート。

浩章は、静かに深呼吸した。

ガラスの中に見える女は、微笑んでいた。

愛の喜びに満ちた、穏やかな笑顔。

こめかみのところに、ひとふさの銀髪。艶《つや》やかな長い黒髪が揺れている。

浩章は、仏像に目をやったまま、後ろに近付いてくる、コツコツというパンプスの音を聞いていた。

あの春に。

彼女が呟《つぶや》いたのは、この春のことだった。

「あの春」がついにやってきたのだ。

柔らかい気配が近付いてくる。浩章と仏像のあいだのガラスに、彼女の笑顔がはっきりと映っている。

足音が止まり、仏像を見ている浩章と彼女の顔が並ぶ。

浩章の腕に、ほっそりとした手がそっと触れた。肩に髪の毛がかかる。

温かい息を感じ、耳元で、懐かしい静かな声が響いた。

「ごめんなさい、待った?」

「いいや、ちっとも」

浩章は首を振り、隣の女に微笑みかけた。


（完）

解説

鏡リュウジ

傑出した作品というのは、作家個人の産物であるのはもちろんだけれど、同時に時代精神というべきもののエッセンスがその作家を通して凝縮し、練り上げられ、この世に産み落とされるのではないか……一占星術家の妄想と受け取られてもよいのだが、ぼくにはそう思えてならない。

なぜか。面白い作品というのは、必ずと言っていいほど、不思議な偶然をおこし、時代と、集団的無意識と響き合い、波紋を広げていくものだからだ。でなければ、多くの人たちの心をとらえるヒットなどということは起こり得ない。

『夢違』もまさにそんな時代精神と作家の能力が絶妙にかみ合って生まれた小説である。個人的な話になるが、ぼくにとってもこの小説をめぐっては最初から不思議なシンクロニシティが起こっているのである。

文芸誌「小説野性時代」編集部からご連絡をいただいたのは、二〇一一年秋である。恩田陸さんが、夢を題材にした小説を書かれました、ついては本誌で対談しませんか、というお誘いであった。

ぼくは占星術を表看板にあげてはいるが、大学院では心理学者ユングをテーマに修士論文を

書いているし、ユング心理学関連の翻訳書も何冊も出している。当然、宗教学や文化史的な側面を含め、夢には大いに関心を持っている。きけば、光栄なことに対談相手として恩田さんご自身のご指名を頂いたのだという。舞い上がらんばかりの気持でお誘いに乗り、お送りいただいたゲラを夢中になって読ませていただいた。

時代設定は近未来。人が見る夢を映像化する技術が開発され、かつて精神分析がクライアントに談話のかたちで聞きだしていた夢を、カウンセラー（作品中では「夢判断」と呼ばれる）が直接、画像として見ながら治療にあたれる時代。そこに予知夢をみる不思議な女性が現れ、消えた。

それを背景に、小学校での集団ヒステリー、はては神隠しといった奇怪な事件が勃発《ぼっぱつ》、「夢判断」の主人公がその謎解きに巻き込まれていくという筋立てである。

内容については多くを語るまい。テンポよく展開してゆくこの小説の面白さは、ぜひご自身でお楽しみいただきたい。

かくいうぼくもスリリングな筆致に引き込まれつつ、頂いたゲラを夜を徹して一気に読んでしまった。そして、しらじらと夜が明けたころ、それは起こった。さあ、一休みして寝ようかと、ネットに接続し、ニュースサイトを見た時、ぼくの背筋は凍りついたのである。

ニュースは告げる。アメリカの研究機関で夢を映像化することに成功した、と。そしてその再現画像までアップされている。これは小説の続きなのか？　あるいは現実？

『夢違』に登場する「夢判断」たちが体験するという「夢酔い」があるとしたら、きっとこのときにぼくが感じた現実感覚の喪失感に近いものに違いない。

恩田さんがこのテクノロジーの存在を前もってご存じだったのかどうかは知らない。しかし、この絶妙なタイミングで小説と現実が交差したのを体感したとき、少なくともこの作品は時代の集団的精神と深く呼吸しあっている、という直観をぼくはぬぐいさることができなくなってしまったのである。

もちろん、このエピソードはぼくの個人的な、あるいはまったく主観的な印象論にすぎない。お前の妄想にすぎないと言われればそれまでだ。

しかし、このところの「心理学」の動向を見ていると、もう少し客観的な意味でもこの時代精神の変化と作品の並行関係が見えてくるのである。

キーワードは、作品中に何度も出てくる「夢は外からやってくる」である。

実は近代の精神医学は「夢」、あるいは夢をもたらす霊的存在の「実在」を「内」へと閉じ込めることで立ちあがった。

近代精神医学の歴史書として名高いアンリ・エレンベルガーの『無意識の発見』を開いてみよう。エレンベルガーによれば、近代の力動精神医学(無意識を扱う精神医学)は一七七五年に誕生した。なぜ、そんな年号まで特定できるのか。それは当時、人気のあった悪魔祓《ばら》い師ガスナーと、のちの催眠術の祖となるメスメルが対決し、メスメルが勝利したときを近代精神医学の産声の瞬間とエレンベルガーがとらえているからである。

革命前夜とはいえ、当時はいまだ精神疾患の原因として悪魔の憑依《ひょうい》が公然と信じられていた。悪魔《あくま》祓い師が治療としてその技を披露していた。それにたいし、メスメルは悪魔などは実在し

ない、病の原因は「動物磁気」と呼ばれる一種の物理的な力であり、これを操作すれば悪魔祓い師と同じ治療効果を、聖職者でなくとも挙げることができるという。そして絶大な影響力をもつ悪魔祓い師に勝負を挑み、見事、勝利。一躍時の人となる。が、医学アカデミーは「動物磁気」は実在しないと断じ、すべては「想像力」の効果であるとしてこれがのちの催眠術へと発展、この発見がフロイトやユングに流れ込んでいくのである。

いずれにせよ、悪魔祓い師の敗北は、霊的な存在をこの世から存在論的に奪ってしまった。霊的なものと深くかかわる夢の世界は、このときから、「想像力」の内部へ、そしてかつては実在性をもっていた天国も地獄も異世界も、脳のなかの、皮膚の内側の（Within Skin）小さな世界へと折りたたまれてしまったのである。しかも、妄想や「単なる想像」として、正当な存在論的基盤を剝奪《はくだつ》されたかたちで。

しかし、悪魔や精霊、あるいは死者たちは消え去ったわけではない。彼らは、「無意識」という領地を獲得したともいえる。すなわち夢の世界であれば、幽霊も悪魔も精霊も存在できる。そう、死んだと思われていた古藤結衣子だって…。ユングの言葉でいえば、それは「心的現実」（サイキック・リアリティ）としてなら存在を認めよう、というわけである。

だが、ことはそう単純ではなかった。心理学や精神医学が「内」へ閉じ込めたはずの異世界は、近代精神医学が設営した主観的無意識という檻《おり》からときどき脱走するように見える。あるいは夢と現実が、正夢のごとき形で交差することがある。ユングが「シンクロニシティ」という言葉で意味ある偶然の一致、内的世界と外的世界の不思議な符合を理論化しようとしたことは、近代精神医学のひいた結界が万全ではないことを心理学者自身が告白しているようなものだ。

そして二〇〇九年にはユングの壮大な無意識観察の記録である『赤の書』が長きにわたる禁を破ってついに公開された。これは精神分析運動史における、近年における最大の事件である。簡単に解説しておくと『赤の書』とは、ユングがフロイトと決別し心理的バランスを失い、かつ一次大戦という巨大な時代精神の乱気流のなかで、浮かび上がってきた強烈なヴィジョンを書きとめたものだ。ウイリアム・ブレイクやニーチェを思わせる預言的な詩文と、アウトサイダーアートにも通じる強烈な絵画からなりたっている。一種の瞑想《めいそう》状態、あるいは夢見の状態で現れたヴィジョンの記録であるが、そのなかではエリヤやサロメといった神話的人物や死者たちがありありとあらわれ、ユングと会話を交わす。ユング自身、こうしたヴィジョンはそれ自体の自律性をもつと断言する。自分のうちにありながら、あたかも「外からやってくる」がごとく、実在性をともなっているというのだ。

『赤の書』の編者であるソヌ・シャムダサーニは、現代を代表するユング心理学者であるジェイムズ・ヒルマンと「赤の書以降の心理学」を巡って対談本を出している。その冒頭から、ヒルマンはこの書はエジプトの儀式のように「死者たちを蘇《よみがえ》らせる」もの、つまり死者たちの世界、夢の世界の現実の境界をもう一度見直すものとなるという。

主観も客観も、究極的にいえば「こころ」が生み出しているものだとすれば、夢と現《うつつ》は本来地続きとなる。となれば夢は「外」にも漏れだしているはずだし、こちらの意識ではコントロール不能な、「外から」、存在論的基盤をもってやってくるものなのだろう。ただ、昼間の、正気の意識ではそれを認めることはあまりにも恐ろしかったのだろう、近代の精神医学は「無意識」という「内面」の檻に収監し、神経生理学はほとんど無意味な神経パルスの生み出す幻影だと矮小化《わいしょうか》した。

だが、それでは死者たちは、思い出は、夢は、居場所を失う。心理学が心自身を殺すことになる。

イスラム哲学の泰斗アンリ・コルバンは物理的存在とはいえないものの、単にでっちあげたものではない存在を「イマジナル」と命名した。人間内部（ミクロコスモス）と外的世界（マクロコスモス）をつなぐ中つ世界（メディオコスモス）の次元といってもよい。「ある」と「ない」、「現」と「夢」、「実在」と「無」をつなぐリアリティの存在を素直に認めようという動きが出てきているのである。現代のある種の心理学は、科学とは異なる視座で、夢の存在論的根拠を、つまりは「外からやってくる」夢をまがりなりにも認めようとしている。

この流れと夢の可視化のテクノロジーがどのように結びつくのか、まだ未知数だ。しかし、「外からやってくる」夢の復権と夢の可視化の技術が結びついたとき、ぼくたちの夢観、ひいては現実認識そのものが劇的に変容することは大いにあり得る。そのときぼくたちの「現実」はどうなるのか。この小説自身、その先を暗示する一粒の予知夢に思えてならない。

本書は二〇一一年十一月、小社より
単行本として刊行されました。

夢違《ゆめちがい》

恩田《おんだ》 陸《りく》

平成26年 2月25日　初版発行

発行者●山下直久

発行所●株式会社KADOKAWA
〒102-8177　東京都千代田区富士見2-13-3
電話 03-3238-8521（営業）
http://www.kadokawa.co.jp/

編集●角川書店
〒102-8078　東京都千代田区富士見1-8-19
電話 03-3238-8555（編集部）

角川文庫 18393

印刷所●大日本印刷株式会社　製本所●大日本印刷株式会社

表紙画●和田三造

ISBN978-4-04-101223-9　C0193

角川文庫発刊に際して

角川源義

第二次世界大戦の敗北は、軍事力の敗北であった以上に、私たちの若い文化力の敗退であった。私たちの文化が戦争に対して如何に無力であり、単なるあだ花に過ぎなかったかを、私たちは身を以て体験し痛感した。西洋近代文化の摂取にとって、明治以後八十年の歳月は決して短かすぎたとは言えない。にもかかわらず、近代文化の伝統を確立し、自由な批判と柔軟な良識に富む文化層として自らを形成することに私たちは失敗して来た。そしてこれは、各層への文化の普及滲透を任務とする出版人の責任でもあった。

一九四五年以来、私たちは再び振出しに戻り、第一歩から踏み出すことを余儀なくされた。これは大きな不幸ではあるが、反面、これまでの混沌・未熟・歪曲の中にあった我が国の文化に秩序と確たる基礎を齎らすためには絶好の機会でもある。角川書店は、このような祖国の文化的危機にあたり、微力をも顧みず再建の礎石たるべき抱負と決意とをもって出発したが、ここに創立以来の念願を果すべく角川文庫を発刊する。これまで刊行されたあらゆる全集叢書文庫類の長所と短所とを検討し、古今東西の不朽の典籍を、良心的編集のもとに、廉価に、そして書架にふさわしい美本として、多くのひとびとに提供しようとする。しかし私たちは徒らに百科全書的な知識のジレッタントを作ることを目的とせず、あくまで祖国の文化に秩序と再建への道を示し、この文庫を角川書店の栄ある事業として、今後永久に継続発展せしめ、学芸と教養との殿堂として大成せんことを期したい。多くの読書子の愛情ある忠言と支持とによって、この希望と抱負とを完遂せしめられんことを願う。

一九四九年五月三日

角川文庫ベストセラー

Ａｎｏｔｈｅｒ（上）（下）　綾辻行人

1998年春、夜見山北中学に転校してきた榊原恒一は、何かに怯えているようなクラスの空気に違和感を覚える。そして起こり始める、恐るべき死の連鎖！名手・綾辻行人の新たな代表作となった本格ホラー。

グラスホッパー　伊坂幸太郎

妻の復讐を目論む元教師「鈴木」。自殺専門の殺し屋「鯨」。ナイフ使いの天才「蟬」。3人の思いが交錯するとき、物語は唸りをあげて動き出す。疾走感溢れる筆致で綴られた、分類不能の「殺し屋」小説！

マリアビートル　伊坂幸太郎

酒浸りの元殺し屋「木村」。狡猾な中学生「王子」。腕利きの二人組「蜜柑」「檸檬」。運の悪い殺し屋「七尾」。物騒な奴らを乗せた新幹線は疾走する！『グラスホッパー』に続く、殺し屋たちの狂想曲。

グランド・ミステリー　奥泉光

昭和16年12月、真珠湾攻撃の直後、空母「蒼龍」に着艦したパイロット榊原大尉が不可解な死を遂げた。彼の友人である加多瀬大尉は、未亡人となった志津子の依頼を受け、事件の真相を追い始めるが――。

木島日記　大塚英志

昭和初期の東京。民俗学者にして歌人の折口信夫は古書店「八坂堂」に迷い込む。奇怪な仮面で顔を覆った店主・木島平八郎は信じられないような自らの素性を語り始めた……。

角川文庫ベストセラー

多重人格探偵サイコ　全3巻　大塚英志

「ルーシー7の7人目を探して」。1972年に起きた内ゲバ事件を生き抜いて、今は獄中にいる死刑囚が、警視庁キャリア刑事・笹山徹に託した奇妙な依頼とは……。

木島日記　乞丐相《コツガイソウ》　大塚英志

民俗学者にして歌人の折口信夫にはひとには話せない悩みがあった。彼は幼少の頃より顔に青痣をもってお り長らくそれにより苦しめられてきたのだった。木島日記第二弾は昭和のアンタッチャブルに触れる。

サウスバウンド（上）（下）　奥田英朗

小学6年生の二郎にとって、悩みの種は父の一郎だ。自称作家というが、仕事もしないでいつも家にいる。ふとしたことから父が警察にマークされていることを知り、二郎は普通じゃない家族の秘密に気づく……。

オリンピックの身代金（上）（下）　奥田英朗

昭和39年夏、オリンピック開催を目前に控えて沸きかえる東京で相次ぐ爆破事件。警察と国家の威信をかけた捜査が極秘のうちに進められる。圧倒的スケールで描く犯罪サスペンス大作！　吉川英治文学賞受賞作。

狐火の家　貴志祐介

築百年は経つ古い日本家屋で発生した殺人事件。現場は完全な密室状態。防犯コンサルタント・榎本と弁護士・純子のコンビは、この密室トリックを解くことができるか!?　計4編を収録した密室ミステリの傑作。